Victor Hugo
Han der Isländer

Hugo, Victor

Han der Isländer

Reihe: *classic pages*

ISBN: 978-3-86267-133-5

Auflage: 1
Erscheinungsjahr: 2011
Erscheinungsort: Bremen, Deutschland

Europäischer Literaturverlag GmbH, Fahrenheitstr. 1, 28359 Bremen (www.elv-verlag.de).

Cover: Foto © Regina Mohr/Pixelio

Han der sländer

www.elv-verlag.de

I. Band

I.

»Dahin führt die Liebe, Nachbar Niels; diese arme Gut Stersen würde nicht auf diesem großen, schwarzen Stein da ausgestreckt liegen, wie ein Seefisch, den die Ebbe zurückgelassen hat, wenn sie nie an etwas Anderes gedacht hätte, als die Bretter am Nachen ihres Vaters festzunageln oder seine Netze zu flicken. Möge St. Usuph, der Fischer, unseren alten Kameraden in seinem Leide trösten!«

»Und ihr Bräutigam«, fiel eine heisere, zitternde Stimme ein, »Gill Stadt, dieser schöne, junge Mensch, der neben ihr liegt, würde nicht da sein, wenn er, statt diese Gut zu lieben und in den verfluchten Bergwerken von Roeraas sein Glück zu suchen, an der Wiege seines jungen Bruders, die an den rauchigen Balken seiner Hütte hängt, sitzen geblieben wäre.«

Der Nachbar Niels unterbrach sie: »Euer Gedächtnis altert mit Euch, Mutter Olly. Gill hat niemals einen Bruder gehabt, und deshalb muss der Schmerz der armen Witwe Stadt umso bitterer sein, denn ihre Hütte ist jetzt ganz einsam und verlassen. Wenn sie zum Himmel aufblicken will, um dort Trost zu suchen, so findet sie zwischen ihren Augen und den Wolken ihr altes Dach, an dem noch die leere Wiege ihres Kindes hängt, das ein großer Jüngling geworden und dann gestorben ist.«

»Arme Mutter!«, sagte die alte Olly. »Was den jungen Menschen betrifft, so ist er selbst schuld, warum ist er Bergknappe in den Minen von Roeraas geworden?«

»Ich glaube in der Tat«, sagte Niels, »dass uns diese höllischen Minen für jeden Zentner Kupfer, den sie uns geben, einen Menschen nehmen. Was meint Ihr, Gevatter Braal?«

»Die Bergleute sind Narren«, erwiderte der Fischer. »Wenn der Fisch leben will, darf er nicht aus dem Wasser, und wenn der Mensch leben will, so soll er nicht unter den Boden.«

»Aber«, fragte ein junger Mensch unter dem Hausen, »wenn es für Gill Stadt nötig war, in den Minen zu arbeiten, um seine Braut zu bekommen? ...«

»Man muss«, unterbrach ihn Olly, »man muss niemals sein Leben aussetzen für Neigungen, die es nicht wert sind. Ein schönes Brautbett, das Gill für seine Gut gewonnen hat!«

»Dieses junge Mädchen«, fragte ein Neugieriger, »hat sich also aus Verzweiflung über den Tod des jungen Menschen ertränkt?«

»Wer sagt das?«, rief mit starker Stimme ein Soldat aus, der durch den Haufen gedrungen war. »Dieses junge Mädchen, das ich wohl kenne, war allerdings die Braut eines jungen Bergmanns, den kürzlich ein Felsstück in den unterirdischen Gängen der Storwaadsgrube bei Roeraas zerschmettert hat; aber sie war zugleich die Geliebte eines meiner Kameraden, und als sie sich vorgestern zu Munckholm einschleichen wollte, um dort mit ihrem Liebhaber den Tod ihres Bräutigams zu feiern, strandete ihr Nachen an einer Klippe, und sie ist ertrunken.«

Ein Geräusch verwirrter Stimmen erhob sich. »Unmöglich, Herr Soldat!«, schrien die alten Weiber; die jungen schwiegen, und der Nachbar Niels wiederholte boshafterweise dem Fischer Braal seinen bedeutsamen Spruch: »Dahin führt die Liebe!«

Der Soldat begann im Ernst auf seine weiblichen Gegner böse zu werden, und nannte sie bereits *alte Hexen aus der Grotte von Quiragoth*, welche grobe Beschimpfung sie nicht geduldig hinzunehmen geneigt waren, als plötzlich eine kreischende Stimme in gebietendem Tone rief: »*Stille! Stille, ihr Plaudertaschen!*« Alles schwieg. Der Auftritt, dessen Erzählung wir hier begonnen haben, ging in einem jener traurigen Gebäude vor, welche das öffentliche Mitleid und die staatsgesellschaftliche Umsicht für die unbekannten Leichname erbaut haben, diesem letzten Zufluchtsorte von Toten, die meistens unglücklich gelebt haben, und wo sich der gleichgültige Neugierige, der grämliche oder wohlwollende Beobachter, und oft trauernde Verwandte und Freunde drängen, denen eine lange und unerträgliche Unruhe nur noch eine einzige klägliche Hoffnung übrig gelassen hat. In der von uns bereits weit entfernten Epoche und in dem wenig zivilisierten Lande, wo diese Geschichte spielt, war man noch nicht, wie in unsern Städten von Kot und Gold, auf den Gedanken gekommen, aus diesen Orten künstlich furchtbare und elegant traurige Monumente zu machen. Der Tag fiel nicht durch die hohe Wölbung auf eine Art von Ruhebetten, wo man den Toten einige der Bequemlichkeiten des Lebens lassen zu wollen schien, und wo ein Kopfkissen, wie für Schlafende, vorhanden ist. Wenn die Türe des Wächters sich öffnete, konnte sich nicht, wie heutzutage, das von dem Anblick nackter und scheußlicher Leichname ermüdete Auge durch den Anblick kostbarer Gerätschaften und freundlicher Kinder erholen. Dort war der Tod in seiner ganzen Hässlichkeit, in seinem ganzen Schrecken, und man hatte noch nicht versucht, sein fleischloses Skelett mit Putz und Bändern zu verzieren.

Der Saal, in welchem sich die handelnden Personen befanden, war geräumig und dunkel, wodurch er noch geräumiger erschien. Er erhielt sein Licht bloß durch eine niedere, viereckige Türe, die sich auf den Hafen von Drontheim öffnete, und durch eine plumpe Öffnung in der Decke, durch welche mit dem Regen, dem Hagel und Schnee, je nach der Jahreszeit, ein bleiches Licht auf die Leichname herabfiel, die sich unmittelbar darunter befanden. Dieser Saal war in seiner Breite durch ein eisernes Gitter von halber Manneshöhe in zwei Hälften geteilt. Das Publikum trat durch die viereckige Türe in die erste Hälfte ein. In der zweiten Hälfte sah man sechs lange steinerne Lager, in paralleler Richtung, für die Leichname. Eine kleine Seitentüre diente dem Wächter und seinem Gehilfen, deren Wohnung den hinteren Teil des hart an das Meer stoßenden Gebäudes einnahm, zum Eingang. Auf zweien dieser steinernen Betten lagen der Bergmann und seine Braut. Der Leichnam des Mädchens ging bereits in Verwesung über; die Züge des Mannes schienen hart und düster, und sein Körper war furchtbar verstümmelt.

Vor diesen entstellten menschlichen Leichnamen hatte die Unterhaltung begonnen, welche wir soeben erzählt haben.

Ein langer, ausgetrockneter alter Mann, der in dem dunkelsten Winkel des Saals mit gesenktem Haupt auf einem halb zerfallenen Schemel saß, hatte bis zu dem Augenblicke, wo er sich plötzlich mit dem Ruf: »*Stille! Stille, ihr Plaudertaschen!*« erhob, dem Gespräch gar keine Aufmerksamkeit zu schenken geschienen.

Alle schwiegen, der Soldat wandte sich um, und als er das eingefallene Gesicht, die wenigen schmutzigen Haare, die hagere, ganz in Rentierfelle gekleidete Gestalt des Alten erblickte, brach er in lautes Lachen aus. In den Reihen der im ersten Augenblicke bestürzten Weiber erhob sich jetzt ein Gemurmel: »Das ist der Wächter des Spladgest! – Dieser höllische Türsteher der Toten! – Dieser teuflische Spiagudry! Dieser verfluchte Hexenmeister!«

»Stille! Stille, ihr Plaudertaschen! Wenn es heute Hexen-Sabbath ist, so holt eure Besen, sonst stiegen sie allein fort. Lasset diesen geehrten Abkömmling des Gottes Thor in Ruhe!«

Mit diesen Worten wandte sich Spiagudry dem Soldaten zu und sprach mit einer freundlichen Grimasse: »Ihr sagtet soeben, mein Tapferer, dass dieses elende Weibsbild ...«

»Der alte Schacher!«, murmelte Olly. »Ja, freilich, wir sind in seinen Augen elende Weibsbilder, weil ihm unsere Leichname, wenn sie in seine Klaue fallen, nach der Taxe bloß dreißig Pfennige eintragen, während er für das Gerippe eines Mannes vierzig bekommt.«

»Stille, ihr alten Hexen!«, wiederholte Spiagudry. »Diese verdammten Weiber sind wie ihre Kessel; wenn sie heiß werden, fangen sie an zu pfeifen. Sagt mir doch, mein tapferer Degenknopf, Euer Kamerad, dessen Geliebte diese Gut war, wird wohl aus Verzweiflung über ihren Verlust einen Selbstmord begehen? ...«

Hier erfolgte der lange zurückgehaltene Ausruf: »Hört ihr den Schacher, den alten Heidenkopf?«, schrien zwanzig kreischende, misstönende Stimmen. »Erwünscht einen Lebenden weniger wegen der vierzig Pfennige, die ihm ein Toter einträgt!«

»Und wenn es so wäre?«, fuhr der Wächter des Spladgest fort. »Unser gnädigster König und Herr, Christiern der Fünfte, erklärt sich auch zum geborenen Beschützer aller Bergleute, damit sie bei ihrem Tode seinen königlichen Schatz mit ihrem lumpigen Nachlass bereichern.«

»Ihr erweist dem König viel Ehre«, sagte der Fischer Braal, »dass Ihr seinen königlichen Schatz mit Eurer Bettelbüchse und Euch mit ihm vergleicht, Nachbar Spiagudry.«

»Nachbar!«, wiederholte der Wächter des Spladgest, den diese Vertraulichkeit ärgerte. »Euer Nachbar! Sagt lieber, Euer Wirt, denn, mein lieber Schiffmann, es könnte wohl eines Tages geschehen, dass ich Euch auf einem meiner sechs steinernen Betten beherbergte.«

»Im Übrigen«, fügte er lachend hinzu, »wenn ich von dem Tode dieses Soldaten sprach, so geschah es bloß, um in den großen und tragischen Leidenschaften, welche die Weiber einflößen, den löblichen Gebrauch des Selbstmords verewigt zu sehen.«

»Nun, großer Leichnam, der Du Leichname hütest«, sagte der Soldat, »wohin zielst Du denn mit Deiner liebenswürdigen Grimasse, die dem letzten Lachen eines Gehenkten gleicht?«

»Wohl gesprochen, mein Tapferer!«, antwortete Spiagudry. »Ich war immer der Meinung, dass unter dem Helm des Waffenmannes Thurn, der den Teufel mit Schwert und Zunge überwand, mehr Verstand stecke, als unter der Mütze des Bischofs Isleif, der die Geschichte von Island verfasst, und unter der Schlafhaube des Professors Schönning, der unsere Hauptkirche beschrieben hat.«

»In diesem Falle, mein alter Ledermann, rate ich Dir, die Einkünfte Deiner Fleischbank im Stiche zu lassen und Dich in das Naturalienkabinett des Vizekönigs zu Bergen zu verkaufen. Ich schwöre Dir bei Sankt Belphegor, dass man dort die seltenen Tiere mit Gold auswägt. Jetzt aber sage mir erst, was Du denn eigentlich von mir willst?«

»Wenn die Leichname, die man uns bringt, im Wasser gefunden worden sind, so müssen wir die Hälfte der Taxe den Fischern abgeben. Ich wollte Euch demnach bitten, erlauchter Nachkomme des Waffenmannes Thurn, Euern unglücklichen Kameraden zu vermögen, dass er sich nicht ersäufe, sondern irgendeine andere Todesart wähle. Das kann ihm ja ganz einerlei sein, und wenn ihn doch einmal seine unglückliche Liebe zu dieser Handlung treibt, so wird er einem unglücklichen Christen, der seinen Leichnam gastfreundlich ausnimmt, im Sterben kein Unrecht zufügen wollen.«

»Hierin, mein gastfreundlicher Wirt, irrt Ihr Euch gewaltig, mein Kamerad bedankt sich für die Ehre, in Eure appetitliche Herberge mit den sechs Betten aufgenommen zu werden. Meint Ihr denn, er habe sich für den Verlust dieses Liebchens da nicht bereits durch ein anderes entschädigt? Ich schwöre Euch bei meinem Bart, dass er Eurer Gut längst übersatt war.«

Bei diesen Worten brach das Ungewitter, das Spiagudry einen Augenblick auf sein Haupt abgelenkt halte, stürmischer als je über den unverschämten Kriegsmann los.

»Wie, elender Taugenichts!«, schrien die alten Weiber. »So leicht vergeht Ihr uns! Jetzt gebt euch mehr mit diesen Schlingeln ab!«

Die jungen Weiber und Mädchen schwiegen fortwährend. Mehrere von ihnen sahen diesen Taugenichts an und fanden ihn nicht so übel.

»Oh! Oh!«, sagte der Soldat, »sind wir denn auf dem Hexentanz? Das ist eine harte Zugabe für Freund Beelzebub, dass er allwöchentlich einen solchen Chorus hören muss!«

Man weiß nicht, auf welche Weise sich dieser Sturm zuletzt noch entladen haben würde, wenn nicht die allgemeine Aufmerksamkeit durch ein von außen kommendes Geräusch in Anspruch genommen worden wäre. Das Geräusch nahm allmählich zu, und bald stürmte ein Schwarm halb nackter Buben, um eine von zwei Männern getragene und bedeckte Tragbahre herum laufend und schreiend, in den Spladgest herein.

»Woher kommt das?«, fragte der Wächter die Träger.

»Vom Strande von Urchtal.«

»Oglypiglap!«, rief Spiagudry.

Aus einer Seitentüre trat ein kleiner, in Leder gekleideter Lappländer herein, und gab den Trägern ein Zeichen, ihm zu folgen. Spiagudry begleitete sie, und die Türe schloss sich wieder, ehe noch die neugierige Menge an der Länge des auf der Tragbahre liegenden Leichnams erraten konnte, ob es ein Mann oder ein Weib sei.

Um diesen Gegenstand drehte sich das allgemeine Gespräch, als Spiagudry und sein Gehilfe wieder erschienen und den Leichnam eines Mannes auf einem der steinernen Betten niederlegten.

»Es ist schon lange her, dass ich keine so schönen Kleider mehr berührt habe«, sagte Oglypiglap, schüttelte den Kopf, stellte sich auf die Spitze der Zehen und hängte eine prächtige Hauptmannsuniform über dem Toten auf. Der Kopf des Leichnams war entstellt und die übrigen Glieder mit Blut bedeckt. Der Wächter begoss ihn mehrmals aus einer alten halb zerbrochenen Wasserrinne.

»Bei St. Beelzebub!«, rief der Soldat, »das ist ein Offizier von meinem Regiment. Lasst sehen! Ist es vielleicht der Hauptmann Bollar, aus Schmerz, seinen Oheim verloren zu haben? Bah! Er erbt ja. Der Baron Randmer? Er hat gestern sein Gut im Spiele verloren, aber er wird es morgen nebst dem Schlosse seines Gegners wieder gewinnen. Oder der Hauptmann Lory, dessen Hund ersoffen ist? Oder der Zahlmeister Stunk, dessen Weib untreu ist? In der Tat, alles das ist kein Grund, sich eine Kugel vor den Kopf zu schießen.«

Die Menge nahm mit jedem Augenblicke zu. Ein junger Mann ritt am Hafen vorüber, sah das Zuströmen des Volks, stieg vom Pferde, warf die Zügel seinem Bedienten zu und trat in den Spladgest herein. Er trug ein einfaches Reisekleid, war mit einem Säbel bewaffnet und in einen weiten grünen Mantel gewickelt. Eine schwarze Feder, die mit einer diamantenen Schnalle an seinem Hut befestigt war, fiel auf sein edles Gesicht herab und wogte auf seiner hohen, von langen braunen Haaren beschatteten Stirne. Seine mit Kot bespritzten Stiefel und Sporen bewiesen, dass er einen weiten Weg gemacht hatte.

Als er eintrat, sagte eben ein kleiner untersetzter Mann, der, gleich ihm, in einen Mantel gewickelt war und seine Hände in großen Handschuhen stecken hatte, zu dem Soldaten: »Und wer sagt Euch denn, dass er sich selbst umgebracht hat? Dieser Mann da, dafür stehe ich Euch, hat sich eben so wenig selbst umgebracht, als das Dach Eurer Hauptkirche sich von selbst entzündet hat.«

»Unsere Hauptkirche!«, sagte Niels, »man deckt sie jetzt mit Kupfer. Dieser elende Han, der Isländer, hat, wie es heißt, das Feuer eingelegt, um den Bergleuten Arbeit zu schaffen, unter denen sich sein Schützling Gill Stadt befand, der jetzt hier liegt.«

»Zum Teufel!«, rief seinerseits der Soldat, »mir, dem zweiten Arkebusier der Garnison von Munckholm, ins Angesicht zu behaupten, dass dieser Mann da sich nicht vor den Kopf geschossen habe!«

»Dieser Mensch ist ermordet worden«, erwiderte der kleine Mann ruhig.

»Höre einmal, Du Orakel! Deine kleinen grauen Augen sehen nicht heller, als Deine Hände unter den großen Handschuhen da, womit Du sie mitten im Sommer bedeckst.«

Ein Blitz schoss aus den Augen des kleinen Mannes: »Soldat! Bitte Deinen Schutzpatron, dass nicht eines Tages diese Hände da ihre Spuren auf Deinem Gesichte zurücklassen mögen!«

»Heraus denn!«, rief der zornige Soldat. »Doch nein«, fügte er plötzlich hinzu, »vor Toten soll man nicht von einem Zweikampfe sprechen.«

Der kleine Mann murmelte einige Worte in einer fremden Sprache und verschwand.

Eine Stimme rief: »Am Strande von Urchtal hat man ihn gefunden.«

»Am Strande von Urchtal?«, sagte der Soldat, »Dort sollte diesen Morgen der Hauptmann Dispolsen, der von Kopenhagen kommt, sich ausschiffen.«

»Der Hauptmann Dispolsen ist noch nicht zu Munckholm angekommen«, rief eine andere Stimme. »Es heißt«, fuhr ein Dritter fort, »dass sich Han der Isländer jetzt dort herumtreibt.«

»In diesem Falle«, sagte der Soldat, »ist es möglich, dass dieser Mann der Hauptmann Dispolsen ist, wenn ihn Han umgebracht hat, denn jedermann weiß, dass dieser Isländer auf eine so teuflische Art mordet, dass seine Schlachtopfer oft wie Selbstmörder aussehen.«

»Was ist denn das für ein Mensch, dieser Han?«, fragte jemand.

»Ein Riese«, sagte der Eine.

»Ein Zwerg«, sprach der Andere.

»Hat ihn denn noch niemand gesehen?«, fragte eine Stimme.

»Wer ihn zum ersten Mal sieht, hat ihn auch zum letzten Mal gesehen.«

»Stille!«, sagte die alte Olly, »es gibt nur drei Personen, die jemals menschliche Worte mit ihm gewechselt haben: dieser Heide Spiagudry da, die Witwe Stadt und ... aber sein Leben und Tod war unglücklich ... dieser arme Gill, den ihr da liegen seht. Stille!«

»Stille!«, wiederholte man von allen Seiten.

»Jetzt«, rief plötzlich der Soldat, »jetzt weiß ich gewiss, dass es wirklich der Hauptmann Dispolsen ist, ich erkenne die Stahlkette, welche ihm unser Gefangener, der alte Schuhmacher, bei seiner Abreise geschenkt hat.«

Der junge Mann mit der schwarzen Feder fiel ihm heftig ins Wort: »Ihr wisst gewiss, dass dies der Hauptmann Dispolsen ist?«

»Gewiss, so wahr es einen Beelzebub gibt!«, versicherte der Soldat.

Der junge Mann ging rasch hinaus.

»Eine Barke nach Munckholm!«, sagte er zu seinem Diener.

»Aber, gnädiger Herr, und der General? ...«

»Du bringst ihm die Pferde. Ich komme morgen zu ihm. Bin ich mein Herr oder nicht? Vorwärts, der Tag neigt sich, und ich habe Eile, eine Barke also!«

Der Diener gehorchte und folgte eine Zeit lang mit den Augen dem Nachen, in welchem sein junger Herr saß, und der sich mit schnellem Ruderschlag vom Ufer entfernte.

II.

Der Leser weiß, dass wir uns zu Drontheim, einer der vier größten Städte Norwegens, obwohl nicht der Residenz des Vizekönigs, befinden. Zur Zeit, in welcher diese Geschichte vorging – im Jahre 1699 – gehörte das Königreich Norwegen noch zu Dänemark, und wurde von Vizekönigen regiert, deren Sitz zu Bergen, einer größeren, schöneren und südlicher gelegenen Stadt, als Drontheim, war.

Drontheim bietet einen angenehmen Anblick dar, wenn man es von dem Golf aus betrachtet, dem diese Stadt ihren Namen gegeben hat. Der Hafen ist ziemlich breit und die Stadt liegt in einer wohlbebauten Ebene. Mitten im Hafen, einen Kanonenschuss vom Ufer, erhebt sich, auf einer von Wogen umspülten Felsenmasse, die einsame Feste Munckholm, ein düsteres Gefängnis, in welchem damals der durch sein langes Glück sowohl, als durch seine schnelle Ungnade so berühmte Staatsgefangene saß.

Schuhmacher, ein Mann von niederer Geburt, war von seinem König erst mit Gunstbezeugungen überhäuft, dann plötzlich von seinem Sitze eines Großkanzlers von Dänemark und Norwegen auf die Bank der Staatsverräter gebracht, sofort aufs Schafott geschleift und zuletzt aus Gnade in einen einsamen Kerker an der äußersten Grenze der beiden Königreiche gebracht worden. Seine eigenen Kreaturen hatten ihn gestürzt, und er hatte nicht einmal das Recht, über Undank zu klagen. Durfte er klagen, wenn er Sprossen der Leiter, die er bloß so hoch gestellt hatte, um auf ihnen hinaufzusteigen, unter seinen Füßen brechen sah?

Der Mann, welcher den Adel in Dänemark gegründet hatte, musste aus seinem Verbannungsorte sehen, wie die Großen, die er geschaffen, seine eigenen Würden unter sich verteilten. Der Graf Ahlfeldt, sein Todfeind, war sein Nachfolger als Großkanzler; der General Arensdorf verfügte als Feldmarschall über die Armee sowie der Bischof Spollyson über Geistlichkeit und Schulen. Der einzige seiner Feinde, der ihm seine Erhebung nicht verdankte, war der Graf Ulrich Friedrich Guldenlew, natürlicher Sohn des Königs Friedrich des Dritten, Vizekönig von Norwegen, und dieser war der edelmütigste von allen.

Gegen diesen traurigen Felsen von Munckholm steuerte die Barke, die den jungen Mann mit der schwarzen Feder trug. Die Sonne ging eben unter.

III.

»Andrew, in einer halben Stunde soll man die Torglocke läuten. Sorsyll soll Duckneß am großen Fallgatter ablösen und Maldivius auf die Plattform des großen Turmes steigen. Beim Kerker des Löwen von Schleswig soll streng aufgepasst werden. Nicht zu vergessen, um sieben Uhr eine Kanone zu lösen, damit die Kette im Hafen aufgezogen werde; doch nein, man erwartet noch den Hauptmann Dispolsen; man muss im Gegenteil die Leuchte auf dem Turm anzünden und nachsehen, ob der Leuchtturm von Walderhog brennt, wie heut der Befehl dazu erteilt worden ist; vor allem sind Erfrischungen für den Hauptmann bereitzuhalten. Und dass ich es nicht vergesse, man notiere für Toric-Belfast, zweiten Arkebusier des Regiments, zwei Tage Arrest; er war den ganzen Tag abwesend.«

So sprach der Sergeant der Wache unter dem schwarzen und rauchigen Gewölbe der Thorwache von Munckholm, die unter dem Turm gelegen ist, welcher das erste Tor des Schlosses beherrscht.

Die Soldaten, an welche seine Befehle gerichtet waren, legten die Karten weg oder erhoben sich vom Lager, um sie zu vollziehen.

In diesem Augenblicke hörte man von außen das gleichförmige Geräusch der Ruder.

»Ohne Zweifel kommt endlich der Hauptmann Dispolsen!«, sagte der Sergeant und öffnete das kleine vergitterte Fenster, das auf den Hafen geht.

Eine Barke legte unten an der eisernen Pforte an.

»Wer da?«, rief der Sergeant mit rauer Stimme.

»Öffnet!« war die Antwort. »Friede und Sicherheit!«

»Eingang verboten! Habt Ihr Eingangsrecht?«

»Ja!«

»Das will ich erst untersuchen. Lügt Ihr, so will ich Euch das Wasser des Golfs zu kosten geben.«

Er schloss das Fenster, wandte sich zur Wache und sagte: »Immer noch nicht der Hauptmann!«

Ein Licht glänzte hinter der eisernen Pforte, die verrosteten Riegel kreischten, die Eisenstangen hoben sich, das Tor ging auf, und der Sergeant untersuchte ein Pergament, das ihm der Ankömmling darbot.

»Einpassiert!«, sagte er. »Halt!«, fügte er rasch hinzu, »lasst Eure Hutschnalle außen. Man darf nicht mit Kleinodien in ein Staatsgefängnis. Hiervon sind nach dem Reglement bloß ausgenommen: »Der König und die Mitglieder der königlichen Familie, der Vizekönig und die Mitglieder seiner Familie, der Bischof und die Befehlshaber der Besatzung.« Ihr habt ohne Zweifel keine von all diesen Eigenschaften?«

Statt aller Antwort nahm der junge Mann die Hutschnalle ab und warf sie dem Schiffer, der ihn geführt hatte, an Zahlungsstatt zu. Dieser, welcher fürchtete, der andere möchte seine Freigebigkeit bereuen, stieß schnell vom Ufer, um das Wasser der Bucht zwischen den Wohltäter und die Wohltat zu legen.

Während der Sergeant, über die Unklugheit der Kanzlei murrend, welche auf solche Art die Eingangspässe verschwende, die schweren Riegel wieder vorschob, schritt der junge Mann, den Mantel über die Schulter zurückgeworfen, eilends durch den dunklen Bogen und kam über den Waffenplatz an das große Fallgatter, das nach Prüfung seines Passes gehoben wurde. Dann schritt er, von einem Soldaten begleitet, wie jemand, der des Wegs wohl kundig ist, dem Kerker zu, das *Schloss des Löwen von Schleswig* genannt, weil Rolf der Zwerg weiland seinen Bruder Jotham den Löwen, Herzog von Schleswig, darin gefangen halten ließ.

An einem der inneren Türme schlug der junge Mann mit einem kupfernen Hammer, den ihm der Wächter am Fallgatter gegeben hatte, heftig an die Türe. »Öffnet!«, rief von innen eine laute Stimme, »das wird wohl dieser verfluchte Hauptmann sein!«

Als die Türe sich öffnete, erblickte der Ankömmling im Inneren eines schwach beleuchteten gotischen Saals einen jungen Offizier, der nachlässig auf einem Haufen Mäntel und Rentierhäute lag. Neben ihm stand ein dreiarmiger Leuchter, den er von der Zimmerdecke abgenommen und neben sich gestellt hatte. Seine reiche und ausgesucht elegante Kleidung stand in schroffem Gegensatz zu dem nackten Saal und den plumpen Gerätschaften. Er hielt ein Buch in der Hand und wandte sich mit halbem Leibe dem Ankömmling zu:

»Das ist der Hauptmann!«, sagte er. »Guten Abend, Herr Hauptmann! Schon lange warte ich auf Ihre Ankunft, obwohl ich nicht das Vergnügen habe, Sie zu kennen. Doch was das betrifft, so werden wir uns bald kennenlernen, nicht wahr, lieber Hauptmann? Vor allen Dingen statte ich Ihnen meine Beileidsbezeugung zu Ihrer Rückkehr in dieses alte verfluchte Nest ab. Wenn ich noch einige Zeit hier verweile, werde ich so abschreckend werden wie eine Nachteule, die man als Vogelscheuche an eine Türe nagelt, und wenn ich zur Vermählung meiner Schwester nach Kopenhagen zurückkomme, so will ich verdammt sein, wenn mich unter hundert Damen nur vier wieder erkennen. Sagen Sie mir doch, ob die rosenroten Bänder noch immer in der Mode sind? Ist kein neuer Roman von Demoiselle Scudery aus dem Französischen übersetzt worden? Hier habe ich gerade Clelia in der Hand. Man wird das zu Kopenhagen auch noch lesen. Das ist mein Kodex der Galanterie, jetzt, wo ich seufze, fern von so vielen schönen Augen; denn so schön auch die Augen unserer jungen Gefangenen sind, Sie wissen, wen ich meine, so bleiben sie doch immer stumm für mich. Ha! Wenn meines Vaters Befehl nicht wäre! ... Ich muss Ihnen im Vertrauen sagen, Herr Hauptmann, aber behalten Sie es bei sich, dass mich mein Vater beauftragt hat, Schuhmachers Tochter zu ... Sie verstehen mich schon, aber ich verliere Zeit und Mühe, das ist kein Mädchen von Fleisch und Bein, sondern eine steinerne Bildsäule, sie weint immer und sieht mich niemals an.«

Der junge Mann, der bei der Geläufigkeit der Zunge des Offiziers bisher nicht hatte zum Wort kommen können, stieß jetzt einen Schrei der Verwunderung aus. »Wie! Was sagen Sie? Beauftragt die Tochter dieses unglücklichen Schuhmacher zu verführen! ...«

»Verführen? Meinetwegen, wenn man das gegenwärtig zu Kopenhagen so nennt; aber das würde selbst dem Teufel nicht gelingen. Als ich vorgestern die Wache hatte, zog ich, ausdrücklich für sie, eine prächtige französische Halskrause an, die man mir unmittelbar von Paris geschickt hatte. Können Sie es glauben, dass sie nicht einmal einen Blick auf mich warf, obwohl ich drei bis viermal durch ihr Zimmer ging und meine neuen Sporen, deren Räder so breit sind, als eine lombardische Dukate, nicht schlecht klingen ließ? Diese Sporen werden wohl noch immer in der Mode sein?«

»Mein Gott! Mein Gott!«, sagte der junge Mann und schlug sich vor die Stirne, »das verwirrt mich so ...«

»Nicht wahr?«, fuhr der Offizier fort, der sich über den wahren Sinn dieses Ausrufs täuschte. »Nicht einen einzigen Blick auf mich zu werfen! So unglaublich das auch ist, so ist es doch wahr.«

Der junge Mann ging in heftiger Aufregung im Zimmer auf und ab.

»Wollen Sie etwas genießen, Hauptmann Dispolsen?«, rief ihm der Offizier zu.

»Ich bin nicht der Hauptmann Dispolsen.«

»Wie?«, sagte der Offizier in ernstem Tone und richtete sich sitzend in die Höhe, »und wer sind Sie denn, dass Sie es wagen, um diese Stunde hier zu erscheinen?«

Der junge Mann hielt ihm seine Einlasskarte hin: »Ich will den Grafen Greiffenfeld ... ich will sagen, Ihren Gefangenen sehen.«

»Grafen! Grafen!«, murmelte der Offizier missvergnügt. »Aber wirklich, die Karte ist in Ordnung, da steht die Unterschrift des Vizekanzlers Grummond von Knud: Vorweiser dies kann immer und zu jeder Zeit alle königlichen Gefängnisse besuchen. Grummond von Knud ist der Bruder des alten Generals Levin von Knud, der zu Drontheim befehligt, und Sie werden wissen, dass dieser alte Herr meinen künftigen Schwager erzogen hat ...«

»Ich danke Ihnen für die Mitteilung Ihrer Familienangelegenheiten, Herr Leutnant. Meinen Sie nicht, dass Sie mir bereits genug davon mitgeteilt haben?«

»Das ist ein unverschämter Kerl, aber er hat, weiß Gott, recht«, murmelte der Leutnant für sich und biss sich in die Lippen.

»Holla! Türschließer, Kerkermeister, holla!«, rief er, »führt diesen Fremden da zu Schuhmacher und zankt nicht, dass ich Euern dreiarmigen Leuchter, in dem nur ein einziges Licht steckt, von der Decke genommen habe! Ich wollte dieses alte Stück näher betrachten, das sich ohne Zweifel noch aus den Zeiten Sciolds des Heiden, oder Havars des Kopfspalters herschreibt, und überhaupt man hängt heutzutage nur noch Kronleuchter von Kristall an der Decke auf.«

Der junge Mann entfernte sich mit dem Kerkermeister, und der Offizier nahm sein Buch wieder zur Hand, um die verliebten Abenteuer der Amazone Clelia und Horatius des Einäugigen zu lesen.

IV.

Während dieser Zeit war ein Diener mit einem Handpferd in den Palasthof des Gouverneurs von Drontheim eingeritten. Er war mit Kopfschütteln und missvergnügter Miene abgestiegen und machte sich eben fertig, die Pferde in den Stall zu führen, als plötzlich jemand ihn barsch am Arm ergriff.

»Wie!«, rief ihm eine Stimme zu, »Du kommst allein, Paul! Wo ist denn Dein Herr?«

So fragte der alte General Levin von Knud, der von seinem Fenster aus den Bedienten ohne seinen Herrn hatte ankommen sehen und in den Hof herbeigeeilt war.

»Exzellenz«, erwiderte der Diener mit einer tiefen Verbeugung, »mein Herr ist nicht mehr in Drontheim.«

»Wie? Er war also da? Er ist wieder fort, ohne seinen alten Freund zu sehen? Und seit wann denn?«

»Er ist diesen Abend angekommen und diesen Abend wieder fort.«

»Diesen Abend? Diesen Abend! Wo ist er denn abgestiegen? Wohin ist er denn?«

»Er ist im Spladgest abgestiegen und hat sich nach Munckholm eingeschifft.«

»Hm! Ich glaubte ihn bei den Gegenfüßlern. Was Teufels hat er denn in dem alten Schloss zu tun? Was machte er denn im Spladgest? Das ist ja ein wahrer fahrender Ritter! Ich bin freilich selbst schuld daran, warum habe ich ihn so erzogen? Ich wollte ihn frei wissen, trotz der Fesseln seines Ranges ...«

»Ei!«, fiel Paul ein, »er kümmert sich auch verdammt wenig um die Etikette.«

»Wenn er nur etwas mehr Herr seiner Launen wäre! Nun, er wird schon kommen. Lass Dir inzwischen nichts abgehen, Paul! Nun, seid ihr weit miteinander in der Welt herumgezogen?«

»Mein Herr General, wir kommen gerade von Bergen. Mein Herr war traurig.«

»Traurig! Was hat es denn zwischen ihm und seinem Vater gegeben? Will ihm diese Heirat nicht einleuchten?«

»Ich weiß es nicht, aber Seine Erlaucht will es nun einmal so haben.«

»Will es so haben! Der Vizekönig will es so haben! Will denn Ordener nicht?«

»Ich weiß nicht, Exzellenz! Er scheint traurig.«

»Traurig! Wie hat ihn sein Vater empfangen?«

»Das erste Mal, das war im Lager bei Bergen. Seine Erlaucht sagte: Ich sehe Dich nicht oft, mein Sohn! – Desto besser für mich, mein gnädiger Vater, erwiderte mein Herr, das ist ein Zeichen, dass Sie mich vermissen. – Hierauf erzählte er von unseren Reisen in dem Norden, worauf Seine Erlaucht sagte: Das ist gut! – Am anderen Morgen, als mein Herr von seinem Vater kam, sagte er: Man will mich verheiraten, ich muss aber erst meinen zweiten Vater, den General Levin sprechen. – Dann habe ich die Pferde gesattelt, und jetzt sind wir hier.«

»Wirklich«, sagte der alte General gerührt, »wirklich, er hat mich seinen zweiten Vater genannt?«

»Ja, Euer Exzellenz.«

»Wehe mir, wenn ihm diese Heirat zuwider ist, denn ich will lieber bei dem König in Ungnade fallen, als dazu helfen. Inzwischen, die Tochter des Großkanzlers beider Königreiche ... Höre, Paul, weiß Dein Herr, dass seine künftige Schwiegermutter, die Gräfin Ahlfeldt, seit gestern inkognito hier ist, und dass der Graf erwartet wird?«

»Ich weiß nicht, mein General!«

»Jawohl!«, dachte der alte General, »er muss es wissen, sonst hätte er nicht gleich bei seiner Ankunft zum Rückzug geblasen.«

Der General nickte gegen Paul und die Schildwache, die das Gewehr vor ihm präsentiert hatte, wohlwollend mit dem Kopf und ging in den Palast zurück.

V.

Als der junge Mann ins Zimmer des Gefangenen trat, klang es abermals in seine Ohren: »Ist es endlich der Hauptmann Dispolsen?«

Diese Frage machte ein alter Mann, der, den Rücken der Türe zugewendet, an einem Tische saß, die Ellenbogen auf den Tisch gestützt und den Kopf in beiden Händen. Er trug eine Art Schlafrock von schwarzer Wolle, und über einem Bette, das in einem Winkel des Zimmers stand, erblickte man ein zerbrochenes Wappen, um welches die ebenfalls zerbrochenen Elefanten- und Danebrogsorden hingen; unterhalb des Wappens war eine umgekehrte Grafenkrone, und die beiden Bruchstücke einer Hand der Gerechtigkeit machten das Ganze dieser seltsamen Zierraten vollständig. Dieser Greis war der Staatsgefangene Schuhmacher.

»Nein, gnädiger Herr«, antwortete der Kerkermeister. Hierauf sagte er zu dem Fremden: »Hier ist der Gefangene!«

Mit diesen Worten schloss er die Türe, ehe er noch die Antwort des Gefangenen hören konnte, der in verdrießlichem Tone sagte: »Wenn es nicht der Hauptmann ist, so will ich niemand sehen.«

Der Fremde blieb an der Türe stehen, und der Gefangene, der sich allein glaubte, denn er hatte nicht einmal aufgeblickt, fiel wieder in seine vorige Träumerei zurück.

Plötzlich rief er aus: »Gewiss hat mich dieser Hauptmann auch verraten und verlassen! Die Menschen ... Ha! Die Menschen sind wie das Stück Eis, das jener Araber für einen Edelstein hielt: Er packte es sorgfältig in seinen Ranzen, und als er es suchte, fand er nicht einmal mehr einen Tropfen Wasser.«

»Ich gehöre nicht zu diesen Menschen«, sagte der Fremde.

Schuhmacher erhob sich rasch: »Wer ist hier? Wer hört mir zu? Irgendein elender Scherge dieses Guldenlew?«

»Reden Sie nicht übel von dem Vizekönig, Herr Graf!«

»Herr Graf! Wollen Sie mir schmeicheln, dass Sie mich so nennen? Sie geben sich verlorene Mühe, ich bin nicht mehr mächtig.«

»Der, welcher mit Ihnen spricht, hat Sie nie in Ihrer Macht gekannt und ist doch Ihr Freund.«

»So hofft er noch irgendetwas von mir. Die Erinnerung an Unglückliche knüpft sich stets an Hoffnungen, die noch übrig sind.«

»Ich sollte mich über Sie beklagen, Herr Graf, denn ich habe mich Ihrer erinnert, und Sie haben mich vergessen. Ich bin Ordener.«

Ein Strahl der Freude überzog die düsteren Züge des Gefangenen.

»Willkommen, Ordener!«, sagte er. »Willkommen, der aus der Ferne kommt und sich des Gefangenen noch erinnert!«

»Und Sie hatten mich vergessen?«, fragte Ordener.

»Ich hatte Sie vergessen«, erwiderte Schuhmacher, der wieder in seinen düsteren Ton zurückfiel, »wie man den vorüberstreichenden Wind vergisst, der uns die Wangen kühlt. Glücklich noch, wenn es kein Sturmwind wird, der uns unter Trümmern begräbt!«

»Graf Greiffenfeld«, fuhr der Fremde fort, »Sie glaubten also nicht an meine Rückkehr?«

»Der alte Schuhmacher glaubte nicht daran; es ist aber hier ein junges Mädchen, die mich heute erst daran erinnerte, dass Sie am letztverflossenen achten Mai vor einem Jahr abgereist sind.

Ordener bebte vor Freude: »Wie, mein Gott! Ist dieses junge Mädchen, das sich meiner erinnerte, Ihre Ethel?«

»Und wer sonst?«

»Ihre Tochter hat die Monate seit meiner Abreise gezählt! Wie viele traurige Tage habe ich inzwischen nicht verlebt! Ich habe ganz Norwegen bereist, von Christiernia bis Wardhus; aber immer zog es mich wieder nach Drontheim hin.«

»Benützen Sie Ihre Freiheit, junger Mann, so lange Sie sich ihrer erfreuen. Aber sagen Sie mir endlich einmal, wer Sie sind. Ich möchte Sie unter einem anderen Namen kennen. Der Sohn eines meiner Todfeinde heißt auch Ordener.«

»Vielleicht, Herr Graf, fühlt dieser Todfeind mehr Wohlwollen für Sie, als Sie für ihn.«

»Sie weichen meiner Frage aus. Doch behalten Sie Ihr Geheimnis; ich würde vielleicht erfahren, dass die von außen lockende Pflanze tödliches Gift enthält.«

»Herr Graf!«, sagte Ordener mit Entrüstung. »Herr Graf!«, wiederholte er im Tone mitleidigen Vorwurfs.

»Kann ich Ihnen denn trauen, da Sie immer mir gegenüber die Partie des unversöhnlichen Guldenlew nehmen?«

»Der Vizekönig«, unterbrach ihn der junge Mann feierlich, »hat eben erst Befehl erteilt, dass Sie im Inneren des ganzen Schlosses des Löwen von Schleswig künftig frei und ohne Wache sein sollen. Ich habe dies zu Bergen erfahren und man wird es Ihnen ohne Zweifel bald bekannt machen.«

»Das ist eine Gunst, die ich nicht zu erlangen hoffte, und so viel ich mich erinnere, habe ich von meinem Wunsche nur mit Ihnen gesprochen. Übrigens vermindert man das Gewicht meiner Eisen, so wie das meiner Jahre sich vermehrt, und wenn die Gebrechlichkeit des Alters mich hinfällig gemacht haben werden, so wird es ohne Zweifel heißen: Jetzt bist Du frei!«

Bei diesen Worten lächelte der Greis bitter und fuhr fort: »Und Sie, junger Mann, haben Sie noch immer Ihre törichten Gedanken von Unabhängigkeit?«

»Hätte ich sie nicht, so wäre ich nicht hier.«

»Wie sind Sie nach Drontheim gekommen?«

»Wie? Zu Pferd!«

»Wie nach Munckholm?«

»In einem Nachen.«

»Armer Thor! Sie glauben frei zu sein, und Sie bedürfen eines Rosses und einer Barke! Das sind nicht die Glieder deines Leibes, die deinen Willen tun, sondern ein Tier und ein lebloser Stoff, und das nennst du Willen!«

»Ich zwinge Wesen, mir zu gehorchen.«

»Über gewisse Wesen das Recht auf Gehorsam üben, heißt Andern das Recht auf Befehl geben. Unabhängigkeit ist nur in Vereinzelung.«

»Sie lieben die Menschen nicht?«

Der Greis lächelte traurig: »Ich weine, dass ich Mensch bin, und ich lache über den, der mich tröstet. Sie werden es erfahren, wenn Sie es noch nicht wissen, das Unglück macht misstrauisch, wie das Glück undankbar. Sagen Sie mir, da Sie von Bergen kommen, ob der Hauptmann Dispolsen guten Wind gehabt hat? Es muss ihm etwas Glückliches begegnet sein, weil er mich vergisst.«

Ordener wurde verlegen und traurig.

»Dispolsen, Herr Graf! Um mit Ihnen über ihn zu sprechen, kam ich heute. Ich weiß, dass er Ihr ganzes Vertrauen besaß ...«

»Sie wissen es?«, unterbrach ihn der Gefangene mit Unruhe. »Sie irren sich. Kein menschliches Wesen besitzt mein Vertrauen. Dispolsen hat allerdings sehr wichtige Papiere von mir in Händen. In meinen Angelegenheiten ging er nach Kopenhagen zum König. Ich gestehe sogar, dass ich ihm mehr traute, als jedem anderen, denn so lange ich mächtig war, habe ich ihm nie eine Gunst erwiesen.«

»Herr Graf, ich habe ihn heute gesehen ...«

»Ihre Verwirrung sagt mir das Übrige, er ist ein Verräter.«

»Er ist tot.«

»Tot!«

Der Gefangene ließ das Haupt sinken und kreuzte die Arme über die Brust, dann hob er das Auge und starrte den jungen Mann an: »Als ich Ihnen sagte, dass ihm etwas Glückliches begegnet sei ...«

Jetzt wandte sich sein Blick der Mauer zu, an welcher die Trümmer seiner vergangenen Größe hingen, und er winkte mit der Hand, als ob er den Zeugen eines Schmerzes, den er zu überwinden suchte, entfernen wollte.

»Nicht ihn beklage ich«, sagte er, »es ist nur ein Mensch weniger auf der Welt. Nicht mich beklage ich, was habe ich zu verlieren? Aber meine Tochter, mein unglückliches Kind! Ich werde das Opfer dieser schändlichen Umtriebe werden, und was wird aus meinem Kinde werden, wenn man ihm den Vater nimmt?«

Der Greis kehrte sich lebhaft Ordener zu: »Wie ist er gestorben? Wo haben Sie ihn gesehen?«

»Ich sah ihn im Spladgest; man weiß nicht, ob er durch Selbstmord oder durch Meuchelmord umgekommen ist.«

»Daran liegt alles. Ist er ermordet worden, so weiß ich, woher der Schlag kommt. Dann ist alles verloren. Er überbrachte mir die Beweise des Komplottes, das sie gegen mich spinnen. Diese Beweise hätten mich retten und sie verderben können ... Sie wussten sie zu vernichten! Unglückliche Ethel!«

»Herr Graf, ich werde Ihnen morgen sagen, ob er ermordet worden ist.«

Ohne zu antworten, folgte Schuhmacher dem hinausgehenden Ordener mit einem Blicke, worin sich die Ruhe der Verzweiflung malte, die schrecklicher ist, als die Ruhe des Todes.

Ordener trat in das einsame Vorzimmer des Gefangenen, ohne zu wissen, nach welcher Seite er sich wenden sollte. Es war Nacht, der Saal dunkel. Er öffnete eine Türe und befand sich in einem großen Vorplatz, der bloß durch das helle Licht des Mondes beleuchtet war. Er ging einem rötlichen Scheine zu, der vom äußersten Ende des Korridors ihm entgegen leuchtete.

Durch eine halb offene Türe erblickte er ein junges schwarzgekleidetes Mädchen auf den Knien vor einem einfachen Altar. Sie hatte schwarze Augen und lange schwarze Haare. Beides eine Seltenheit im hohen Norden. Ordener bebte, er erkannte die Betende.

Das Mädchen betete für ihren Vater, für den gestürzten Gewaltigen, für den verlassenen Gefangenen. Sie betete noch für einen anderen, dessen Namen sie nicht nannte. Ordener entfernte sich, das einsame Gebet der Jungfrau ehrend.

Das Gebet war zu Ende. Die Jungfrau kam mit dem Licht in der Hand durch den Korridor. Ordener drückte sich an die Mauer.

»Mein Gott!«, rief sie, als sie ihn erblickte.

Die Lampe entfiel ihrer Hand. Ordener stürzte herbei, die Ohnmächtige zu halten.

»Ich bin es!«, sagte er mit sanfter Stimme.

»Ordener ist es!«, flüsterte sie. Sie hatte den Ton dieser Stimme im Lauf eines Jahres nicht vergessen.

Sie wand sich, schüchtern und verwirrt, aus seinen Armen los und sagte: »Herr Ordener ist es!«

»Er selbst, Gräfin Ethel!«

»Warum nennen Sie mich Gräfin?«

»Warum nennen Sie mich Herr?«

Die Jungfrau schwieg lächelnd. Der Jüngling schwieg und seufzte.

Sie unterbrach zuerst das Stillschweigen: »Wie sind Sie denn hierhergekommen?«

»Verzeihen Sie, wenn meine Gegenwart Sie belästigt. Ich kam, um mit dem Grafen, Ihrem Vater, zu sprechen.«

»Also«, sagte die Jungfrau mit bewegter Stimme, »also sind Sie nur meines Vaters wegen gekommen?«

Der junge Mann senkte das Haupt, denn diese Worte dünkten ihn sehr ungerecht.

»Sie sind ohne Zweifel«, fuhr die Jungfrau im Tone des Vorwurfs fort, »Sie sind ohne Zweifel schon lange zu Drontheim? Ihre Abwesenheit aus dieser Festung wird Ihnen nicht lange vorgekommen sein.«

Ordener, tief gekränkt, antwortete nicht.

»Ich verdenke es Ihnen nicht«, fuhr das Mädchen mit einer Stimme fort, die vor Schmerz und Zorn zitterte, »aber ich hoffe, Herr Ordener«, fügte sie in stolzem Tone hinzu, »dass Sie mir nicht zugehört haben, als ich mein Gebet verrichtete.«

»Doch, Gräfin, ich habe Ihnen zugehört.«

»Ah! Herr Ordener! Es ist nicht schicklich zu horchen.«

»Ich habe nicht gehorcht, sondern gehört.«

»Ich bete für meinen Vater«, sagte die Jungfrau, ihn starr anblickend, als ob sie auf so einfache Worte eine Antwort erwarte.

Ordener schwieg.

»Ich habe auch«, fuhr sie unruhig fort, »für jemand gebetet, der Ihren Namen führt, für den Sohn des Vizekönigs, des Grafen Guldenlew; denn man muss für jedermann beten, selbst für seine Widersacher ...«

Die Jungfrau errötete, weil sie die Unwahrheit sagte, aber sie war erbittert über den Jüngling und glaubte in ihrem Gebet seinen Namen genannt zu haben.

»Ordener Guldenlew«, sagte der Jüngling, »ist sehr zu bedauern, wenn Sie ihn unter Ihre Widersacher zählen; inzwischen fühlt er sich glücklich, eine Stelle in Ihrem Gebet zu finden.«

»Nicht doch«, sagte die Jungfrau, bestürzt über den kalten Ton des Jünglings, »ich habe nicht für ihn gebetet ... Ich weiß nicht was ich tat, nicht was ich sage. Den Sohn des Vizekönigs, den verabscheue ich ... ich kenne ihn nicht ... Sehen Sie mich nicht so finster an! Habe ich Sie denn beleidigt? Können Sie denn einer armen Gefangenen nichts verzeihen, Sie, der seine Tage bei irgendeiner schönen Edeldame verlebt, die frei und glücklich ist, wie Sie!«

»Ich, Gräfin!«, rief Ordener aus.

Der Jungfrau stürzten die Tränen aus den Augen. Der Jüngling sank ihr zu Füßen.

»Hatten Sie mir nicht selbst gesagt«, fuhr sie durch Tränen lächelnd fort, »dass Ihnen Ihre Abwesenheit kurz vorgekommen ist?«

»Wer, ich? Gräfin!«

»Nennen Sie mich nicht so, ich bin für niemand mehr Gräfin, am wenigsten für Sie.«

Der Jüngling sprang vom Boden auf und drückte sie an seine Brust.

»Angebetetes Wesen!«, rief er im Taumel der Leidenschaft, »nenne mich Deinen Ordener! Sprich, liebst Du mich?«

Er verschlang ihre Antwort in dem seligen Kuss der ersten Liebe. Beide schwiegen, sie konnten keine Worte mehr finden. Ethel richtete sich zuerst aus den Armen ihres Geliebten auf. Beide betrachteten sich mit trunkenen Blicken.

»Warum haben Sie mich denn erst gemieden, als Sie in diesem Gange waren?«, fragte das Mädchen.

»Ich habe Sie nicht gemieden; ich war ein unglücklicher Blinder, der nach langen Jahren wieder Licht sieht, und der sich einen Augenblick von ihm abwendet, weil seine Augen zu schwach geworden sind, es zu ertragen.«

»Auf mich passt Ihr Gleichnis besser, denn während Ihrer Entfernung kannte ich kein anderes Glück, als den Umgang mit meinem unglücklichen Vater. Ich verbrachte meine langen Tage damit, ihn zu trösten und auf Ihre Rückkehr zu hoffen. Ich las meinem Vater die Fabeln der Edda vor, und wenn er an den Menschen verzweifelte, las ich ihm das Evangelium, damit er doch den Glauben an den Himmel behalte. Ich sprach von Ihnen; er schwieg, und das beweist, dass er Sie liebt. Wenn ich über den Meerbusen hin auf die ferne Straße und auf die landenden Schiffe blickte, schüttelte er bitter lächelnd den Kopf. Ich weinte. Das Gefängnis, in dem ich mein ganzes Leben zugebracht habe, wurde mir jetzt zum einsamen Kerker. Mein Vater füllte es nicht mehr aus, meine Gedanken schweiften in die Ferne; ich sehnte mich nach der Freiheit, die ich nie gekannt habe.«

»Und ich, ich will jetzt diese Freiheit nicht mehr, die Du nicht mit mir teilen kannst!«

»Wie, Ordener, Sie wollen also immer hier bleiben?«

Diese Worte riefen dem Jüngling alles ins Gedächtnis zurück, was er vergessen hatte.

»Geliebtes Wesen«, sagte er, »ich muss Dich diesen Abend noch verlassen. Morgen sehe ich Dich wieder, und muss wieder gehen, bis ich zurückkehre, um immer zu bleiben.«

»Ach!«, unterbrach ihn schmerzlich die Jungfrau, »noch einmal fort!«

»Ich komme bald wieder, um Dich aus diesem Kerker zu reißen, oder mich mit Dir darin zu begraben.«

»Gefangen mit ihm!«, sagte sie sanft. »O, täusche mich nicht, darf ich ein solches Glück hoffen?«

»Welchen Schwur verlangst Du? Was begehrst Du von mir? Sage es, Geliebte!«, rief der Jüngling aus und schloss sie stürmisch in seine Arme.

»Ich bin Dein!«, flüsterte die Jungfrau.

Eine männliche Stimme lachte nahe bei ihnen laut auf. Ein Mann schlug seinen Mantel zurück, zog eine Blendlaterne hervor und leuchtete den beiden ins Gesicht.

»Mut gefasst, mein schönes Paar!«, sagte er lachend. »Nur Mut gefasst!«

Es war der Leutnant, der seine nächtliche Runde machte. Er hatte das liebende Paar von Ferne erblickt und seine Laterne unter dem Mantel versteckt.

Ethel machte eine Bewegung, sich von Ordener loszureißen, aber, bestürzt, wie sie war, trieb sie der Instinkt, Schutz bei ihm zu suchen, und sie verbarg ihr glühendes Gesicht an seiner Brust.

Der Jüngling blickte stolz auf und sagte: »Wehe dem, der Dich zu beleidigen wagt!«

»In der Tat, ja«, erwiderte der Leutnant, »wehe mir, wenn ich so tölpisch war, die zarte Madonna zu erschrecken!«

»Herr Leutnant«, rief Ordener hochfahrend, »schweigen Sie!«

»Herr Unverschämter«, versetzte der Offizier, »belieben Sie zu schweigen!«

»Haben Sie es gehört?«, donnerte Ordener. »Erkaufen Sie Ihre Begnadigung durch Schweigen.«

»Tibi tua«, antwortete der Leutnant, »behalten Sie Ihren guten Rat für sich, erkaufen Sie Ihren Pardon durch Schweigen!«

»Schweigen Sie!«, rief Ordener donnernd, setzte die Jungfrau auf einen alten Stuhl nieder und fasste den Offizier kräftig am Arme.

»Ho, Bauer!«, sagte dieser halb erzürnt, halb lachend, »Ihr seht nicht, dass dieser Ausschlag, den Ihr so plump anfasst, vom feinsten Samt ist.«

Ordener sah ihn starr an: »Leutnant, mein Degen ist länger, als meine Geduld.«

»Ei, seht doch!«, erwiderte der Offizier, »Ihr macht Ansprüche auf eine solche Ehre. Wisst Ihr auch, wer ich bin? Nein, nein! Prinz gegen Prinz! Bauer gegen Bauer! Wie der schöne Leander gesagt hat.«

»Männer gegen Männer!«, sagte Ordener gelassen.

»Ich würde böse werden, mein sehr wackerer Bauersmann, wenn Ihr eine Uniform trüget.«

»Einen Säbel trage ich, lieber Freund!«

Mit diesen Worten warf Ordener den Mantel zurück und fasste den Griff seines Säbels. Die Jungfrau, aus ihrer Betäubung erwachend, fiel ihm mit einem Schrei in den Arm.

»Ihr tut wohl daran, schöne Dame«, sagte der Leutnant, der sich ruhig in Positur gesetzt hatte, »zu hindern, dass dieser Jüngling für seine Kühnheit gestraft werde, denn Cyrus war im Begriff, es mit Cambyses aufzunehmen, obwohl diesem Lehensmann da noch zu viel Ehre geschieht, wenn man ihn mit Cambyses vergleicht.«

»Im Namen des Himmels, Herr Ordener«, sagte Ethel, »lassen Sie mich nicht Ursache und Zeugin eines solchen Unglücks sein!«

Ordener stieß langsam die halb gezogene Klinge in die Scheide zurück.

»Meiner Treu, Ritter, ich weiß nicht, ob Sie einer sind, aber ich gebe Ihnen diesen Titel, weil Sie ihn zu verdienen scheinen; ich und Sie handeln nach den Gesetzen der Ehre und Tapferkeit, aber nicht nach denen der Galanterie. Die Dame hat recht, Austritte solcher Art dürfen nicht unter den Augen von Damen vor sich gehen, obwohl häufig Damen die Ursache davon sind. Wir können also hier schicklicherweise bloß von einem *duellum remotum* reden; und Sie als der Beleidigte haben die Waffen zu bestimmen.«

»Wohl denn, Ritter«, erwiderte Ordener; »ich werde Ihnen durch einen Freund Zeit und Ort bekannt machen lassen.«

»So sei es«, antwortete der Leutnant, »und es ist mir umso lieber, weil ich jetzt Zeit habe, der Vermählung meiner Schwester anzuwohnen, denn Sie müssen wissen, dass Sie die Ehre haben werden, sich mit dem künftigen Schwager eines hohen Herrn, des Sohnes des Vizekönigs von Norwegen, Baron Ordener Guldenlew, zu schlagen, der bei Gelegenheit dieses erlauchten Beilagers zum Grafen von Danneskiold erhoben und zum Obrst und Ritter des Elefantenordens ernannt werden wird, während man mich, den Sohn des Großkanzlers beider Königreiche, zum Hauptmann ernennen wird ...«

»Ganz gut, ganz wohl, Leutnant Ahlfeldt!«, fiel ihm Ordener ungeduldig ins Wort, »Sie sind noch nicht Hauptmann und der Sohn des Vizekönigs ist noch nicht Oberst ... und Säbel sind immer Säbel.«

»Und Lümmel bleiben Lümmel, was man auch tue, sie zu sich zu erheben«, murmelte der Offizier zwischen den Zähnen.

»Ritter«, fuhr Ordener fort, »Sie kennen die Vorschriften des Rittertums, Sie werden nie mehr in diesen Turm kommen und über diese Sache Stillschweigen beobachten.«

»Was das Stillschweigen betrifft, so verlassen Sie sich auf mich, ich werde so stumm sein, als Mucius Scävola, als er die Faust über die Kohlpfanne hielt. In diesen Turm werde ich nicht mehr kommen, weder ich, noch irgendein Argus der Besatzung, denn ich habe eben den Befehl erhalten, in Zukunft Schuhmacher ohne Wache dann zu lassen, welchen Befehl ich ihm diesen Abend mitgeteilt hätte, wenn ich nicht ein Paar neue polnische Stiefel hätte anprobieren müssen, was meine ganze Zeit in Anspruch nahm. Dieser Befehl ist, unter uns gesagt, sehr unklug. Soll ich Ihnen meine polnischen Stiefel zeigen?«

Während dieses Gesprächs war Ethel, welche jetzt die beiden friedlich sah und nicht wusste, was *duellum remotum* heißt, verschwunden, nachdem sie zuvor Ordener ins Ohr geflüstert hatte: »Morgen also!«

»Leutnant Ahlfeldt, ich wünsche, dass Sie mir dazu behilflich wären, aus der Festung zu kommen.«

»Recht gerne, obwohl es schon spät oder vielmehr früh ist. Aber wie wollen Sie einen Nachen finden?«

»Das ist meine Sache.«

Der Leutnant begleitete nun Ordener bis an das äußerste Thor, das er ihm öffnen ließ.

»Auf Wiedersehen, Leutnant Ahlfeldt!«

»Auf Wiedersehen! Und hierbei erkläre ich, dass Sie ein wackerer Kämpe sind, obwohl ich Ihren Namen nicht weiß.«

Die Eisenpforte schloss sich und der Leutnant kehrte zurück, eine Melodie von Lulli summend, seine polnischen Stiefel betrachtend und aus einem französischen Roman deklamierend.

Ordener zog seine Kleider aus, wickelte sich in seinen Mantel und befestigte sie mit seiner Degenkuppel auf dem Kopfe: Dann warf er sich in die See und schwamm dem Spladgest zu.

Als er sich diesem Gebäude näherte, hörte er innen ein Geräusch von Stimmen; ein schwaches Licht schimmerte aus der oberen Öffnung. Hierüber verwundert, schlug er heftig an die Pforte; das Geräusch hörte auf, das Licht verschwand. Er klopfte abermals, und als das Licht wieder erschien, sah er etwas Schwarzes durch die obere Öffnung auf das Dach gleiten. Er klopfte zum dritten Mal mit dem Griff seines Säbels und rief: »Öffnet, im Namen Sr. Majestät des Königs! Öffnet, im Namen Sr. Erlaucht des Vizekönigs!«

Die Türe öffnete sich endlich langsam, und unter ihr erschien Spiagudrys lange, hagere Gestalt, die Kleider in Unordnung, mit stierem Blick, verwirrten Haaren, blutigen Händen, einer Lampe in der Hand.

VI.

Etwa eine Stunde darauf, nachdem Ordener den Spladgest verlassen hatte, schloss Oglypiglap, da es ganz Nacht geworden war und die Menge sich verlaufen hatte, das äußere Tor des Gebäudes, während Spiagudry die Leichname zum letzten Male mit Wasser begoss. Beide zogen sich dann in ihre bescheidene Wohnung zurück; der Lappe legte sich auf sein ärmliches Lager. Spiagudry setzte sich hinter einen Tisch voll alter Bücher, getrockneter Pflanzen, abgeschälter Beine, und lag seinen Studien ob.

Er war schon mehrere Stunden in tiefes Nachdenken versunken und wollte eben seine Bücher mit dem Bett vertauschen, als er auf folgende Stelle des Thormodus Torföus stieß: »Wenn ein Mensch seine Lampe anzündet, kehrt der Tod bei ihm ein, ehe sie erlischt.«

»Der gelehrte Doktor mag mir verzeihen«, sagte er für sich, »so wird es bei mir diesen Abend nicht sein.«

Er nahm die Lampe in die Hand, um sie auszublasen.

Da rief plötzlich eine Stimme, die aus dem Zimmer der Leichname kam: »Spiagudry!«

Spiagudry zitterte an allen Gliedern, nicht als ob er an eine Auferstehung seiner Toten geglaubt hätte, denn dazu war er zu einsichtsvoll, nicht weil ihm die Stimme unbekannt, sondern weil sie ihm nur allzu bekannt war.

»Spiagudry!«, wiederholte die Stimme zornig, »willst Du hören, oder soll ich Dir die Ohren ausreißen?«

»Möge St. Hospiz sich meiner erbarmen, nicht meiner Seele, sondern meines Leibs!«, sagte der erschrockene Alte, ging mit einem Schritte, den die Furcht beschleunigte und zugleich verzögerte, der Türe zu und öffnete sie.

Am Fuße des steinernen Bettes, auf welchem Gill Stadts Leichnam lag, stand ein kleiner untersetzter Mann, in verschiedenartige Tierhäute gekleidet, auf welchen zum Teil das abgetrocknete Blut noch bemerkbar war. Die Züge des kleinen Mannes hatten etwas außerordentlich Wildes. Er hatte einen roten dichten Bart, sein Kopf, auf dem er eine Mütze von Elensfell trug, war mit gleichen Haaren bedeckt; sein Mund war groß, seine Lippen dick, seine Zähne weiß und scharf, seine Nase gebogen wie ein Adlerschnabel, und sein graues, unstetes Auge warf auf Spiagudry einen schielenden Blick, worin die Wildheit des Tigers nur durch die Bösartigkeit des Affen ermäßigt war. Dieses seltsame Wesen war mit einem breiten Schwert, einem Dolch ohne Scheide bewaffnet und stützte sich auf den Stiel einer steinernen Axt, die es in der Hand trug; seine Hände waren mit großen Handschuhen von blauem Fuchsfell bedeckt.

»Dieses alte Gespenst«, brummte der Mann vor sich hin, »hat mich lange warten lassen.«

Bei diesen Worten stieß er ein Geheul aus, wie ein wildes Tier. Spiagudry bebte erschrocken zurück.

»Weißt Du«, fuhr er fort, »dass ich von dem Strande von Urchtal komme? Warum hast Du gesäumt, mir zu öffnen? Hast Du etwa Lust, Dein Strohlager mit einem dieser steinernen Betten zu vertauschen?«

Der alte Mann zitterte an allen Gliedern, und was ihm von Zähnen im Munde noch übrig war, klapperte im Fieberfrost zusammen.

»Verzeiht, Herr«, sagte er und bückte sich tief, »ich lag in tiefem Schlaf. ...«

»Soll ich Dich einen noch tieferen Schlaf kennen lehren?«

Spiagudry machte eine Gebärde des Schreckens.

»Nun, was ist Dir denn? Was hast Du? Ist Dir etwa meine Gegenwart nicht angenehm?«

»O, mein gnädigster Herr! Was könnte mir denn angenehmer sein, als das Glück, Euer Exzellenz zu sehen?«

»Alter Fuchs ohne Schwanz, meine Exzellenz befiehlt Dir, mir die Kleider von Gill Stadt einzuhändigen.«

Als der kleine Mann diesen Namen aussprach, wurde sein Gesicht, bisher wild und höhnisch, plötzlich düster und traurig.

»Verzeiht, Herr!«, sagte Spiagudry, »ich habe sie nicht mehr, Euer Gnaden weiß, dass wir den Nachlass der Bergleute, welche der König als ihr geborener Beschützer beerbt, an den königlichen Schatz abliefern müssen.«

Der kleine Mann wandte sich gegen den Leichnam, kreuzte die Arme übereinander, und sagte mit dumpfer Stimme: »Er hat recht. Die elenden Bergleute sind wie die Eidergans! Man macht ihr das Nest, dann rupft man ihr die Federn aus.«

Mit diesen Worten umfasste er den Leichnam, drückte ihn fest in seine Arme und stieß ein Schmerzgeheul aus, das so wild klang, wie das Brüllen eines wilden Tiers. Darunter mischte er von Zeit zu Zeit einige Worte einer fremden Sprache, die Spiagudry nicht verstand.

Er ließ den Leichnam auf den Stein zurückfallen und wandte sich zu dem Wächter: »Weißt Du, verfluchter Hexenmeister, den Namen des unter einem bösen Sterne geborenen Soldaten, der das Unglück gehabt hat, Gill von diesem Mädchen vorgezogen zu werden?«

Hier gab er dem Leichnam der Gut Stersen einen Fußtritt. Spiagudry machte mit dem Kopf ein verneinendes Zeichen.

»Nun denn, bei der Axt Ingulfs, meines Stammvaters, so will ich alle vertilgen, welche diese Uniform tragen!« Er deutete auf die Kleider des Hauptmanns, die an der Wand hingen.

»Der«, fuhr er fort, »an dem ich mich rächen will, wird darunter sein. Ich will den ganzen Wald anzünden, damit der vergiftete Stamm darin verbrenne. Das habe ich an dem Tage geschworen, wo Gill gestorben ist, und ich habe ihm bereits einen Gefährten beigesellt, damit sich sein Leichnam freue.«

»O, Gill!«, klagte er in wilden Tönen, »da liegst Du jetzt, ohne Kraft und Leben, der Du die Robbe im Schwimmen und die Gämse im Laufen überholtest, der Du den Bären des Berges Kohle in Deinen Armen erdrücktest! Starr und unbeweglich liegst Du, der Du Drontheimhus, von Orkel bis zum Smiassen, in einem Tage durchliefst, der Du den Gipfel des Dofre-Field erstiegst, wie ein Eichhörnchen den Gipfel der Eiche! Da liegst Du stumm, der Du, aufrecht auf der stürmischen Spitze des Kongsberg, Deine Stimme lauter erhobst, als das Brüllen des Donners! O, Gill! So habe ich denn vergebens für Dich die Minen von Faroer verschüttet, so habe ich vergebens für Dich die Kirche von Drontheim verbrannt! Alle meine Mühe ist verloren, und mit Dir stirbt das Geschlecht der Kinder des Eislandes, der Abkömmlinge Ingulfs des Vertilgers! Du wirst nicht der Erbe meiner steinernen Axt sein, sondern ich werde aus Deinem Schädel das Wasser des Meeres und das Blut der Menschen trinken!«

Mit diesen Worten ergriff er den Kopf des Leichnams.

»Spiagudry, hilf mir!«, sagte er, riss seine Handschuhe ab und zeigte seine breiten Hände, an denen lange, harte und gebogene Nägel waren, wie die Krallen eines wilden Tieres.

Spiagudry, der ihn im Begriffe sah, mit seinem breiten Säbel den Schädel des Leichnams abzuhauen, schrie mit einem Tone des Abscheus, den er nicht zurückzuhalten vermochte: »Gerechter Gott, Herr! ... ein Leichnam! ...«

»Nun«, erwiderte ruhig der kleine Mann, »ist es Dir lieber, wenn diese Klinge sich hier an einem Lebenden versucht?«

»Erlaubt mir, Eure Ritterlichkeit anzustehen! ... Wie mag Eure Exzellenz eine solche Entweihung ... Euer Gnaden ... gnädiger Herr ... Euer Erlaucht wird nicht ...«

»Bist Du bald zu Ende? Brauche ich alle diese Titel, lebendes Skelett, um an Deinen tiefen Respekt vor meinem Säbel zu glauben?«

»Ich beschwöre Euch beim heiligen Waldemar, beim heiligen Usuph, schont eines Toten!«

»Hilf mir, und sprich nicht mit dem Teufel von den Heiligen!«

»Gnädiger Herr, bei Eurem erlauchten Ahnherrn St. Ingulf! ...«

»Ingulf der Vertilger war ein Ausgestoßener, wie ich.«

»Im Namen des Himmels«, fuhr der alte Mann fort und warf sich vor ihm nieder.

Die Geduld des kleinen Mannes war erschöpft, seine grauen Augen glühten wie zwei Kohlen.

»Hilf mir!«, wiederholte er und schwang seinen Säbel.

Diese beiden Worte klangen wie das Brüllen eines wilden Tieres. Spiagudry, in Todesfurcht zitternd, setzte sich auf den Stein und hielt mit seinen Händen Gills kaltes und feuchtes Haupt, während der kleine Mann, mit Hilfe seines Dolchs und Säbels, den Hirnschädel mit seltener Geschicklichkeit abnahm.

Er betrachtete einige Zeit lang den blutigen Schädel, während er abgebrochene Worte in einer fremden Sprache ausstieß. Dann gab er ihn Spiagudry, damit er ihn säubere und wasche.

»Und ich«, sprach er mit untermischtem Heulen, »ich werde im Tode nicht den tröstenden Gedanken haben, dass ein Erbe der Seele Ingulfs aus meinem Schädel das Blut der Menschen und das Wasser der Meere trinken wird!«

Nach einem düsteren Nachsinnen fuhr er fort: »Der Orkan folgt dem Orkan, die Lawine der Lawine, und ich werde der letzte meines Geschlechtes sein. Warum hat Gill nicht, gleich mir, gehasst, was ein menschliches Antlitz an sich trägt? Welcher Dämon, der Ingulfs Dämon feindlich ist, hat ihn in diese unseligen Minen gestoßen, ein wenig Gold zu gewinnen?«

Spiagudry, der ihm den Schädel brachte, unterbrach ihn: »Die Exzellenz hat recht. Selbst das Gold, sagt Snorro Sturleson, wird oft zu teuer erkauft.«

»Du erinnerst mich eben recht«, sagte der kleine Mann, »dass ich Dir einen Auftrag zu erteilen habe. Hier ist eine eiserne Büchse, die ich bei diesem Offizier gefunden habe. Sie ist so fest verschlossen, dass sie ohne Zweifel mit Gold gefüllt sein muss, als dem Einzigen, was die Menschen wertschätzen. Diese Büchse händige der Witwe Stadt, im Weiler Thoctree, ein, um ihr ihren Sohn zu bezahlen.«

Mit diesen Worten zog er aus seinem Tornister eine kleine eiserne Büchse und übergab sie Spiagudry, der sie mit einer tiefen Verbeugung empfing.

»Erfülle getreulich meinen Befehl«, sagte der kleine Mann und warf ihm einen durchbohrenden Blick zu. »Bedenk, dass zwei Dämonen nichts hindert, sich wieder zu sehen. Ich halte Dich für noch mehr feig als geizig, Du bist mir für diese Büchse verantwortlich.«

»O, Herr, bei meiner armen Seele! ...«

»Nicht doch! Bei Deinem Fleisch und Bein.«

In diesem Augenblick wurde heftig an die äußere Türe des Spladgest gepocht.

Der kleine Mann staunte, Spiagudry bebte zurück und bedeckte die Lampe mit seiner Hand.

»Was ist das?«, grinste der Kleine. »Du zitterst, alter Tropf! Wie wirst Du erst zittern, wenn Du die Posaune des Jüngsten Gerichts hörst!« Ein zweiter heftigerer Schlag ließ sich vernehmen. »Man wird einen Toten bringen«, sagte der kleine Mann. »Nein, Herr, nach Mitternacht bringt man keine Leichname mehr.«

»Lebendig oder tot, ich muss fort. Du, Spiagudry, sei treu und stumm. Ich schwöre Dir bei Ingulfs Geist und Gills Schädel, dass Du das ganze Regiment von Mundholm in Deine Herberge bekommen wirst.«

Er befestigte Gills Schädel an seinen Gürtel, zog seine Handschuhe an und schwang sich mit der Lebendigkeit einer Gämse durch die obere Öffnung auf das Dach.

Ein dritter Schlag erschütterte das Gebäude, und eine Stimme von außen gebot im Namen des Königs und des Vizekönigs, die Türe zu öffnen.

VII.

Nachdem der Gouverneur von Drontheim aus dem Schlosshof in sein Kabinett zurückgekommen war, warf er sich in einen breiten Sessel und ließ sich von einem seiner Sekretäre die eingelangten Bittschriften vortragen.

Der Geheimschreiber begann folgendermaßen:

»1. Der hochwürdige Doktor Anglyvius bittet, dass der hochwürdige Doktor Foxtipp, bischöflicher Bibliothekar, unfähigkeitshalber in seinem Amte ersetzt werde. Supplikant weiß nicht, wer den gedachten unfähigen Doktor ersetzen könnte; er will bloß so viel sagen, dass er, Doktor Anglyvius, lange Zeit das Amt eines Bibliothekars ...«

»Der Schlingel soll sich an den Bischof wenden«, unterbrach ihn der Gouverneur.

»2. Athanasius Munder, Priester, Seelsorger der Gefängnisse, bittet um die Begnadigung von zwölf reuigen Verurteilten bei Gelegenheit der glorreichen Vermählung des ritterlichen Ordener Guldenlew, Barons von Thorwick, Ritters des Danebrogordens, Sohnes des Vizekönigs, mit der edlen Dame Ulrike von Uhlfeldt, Tochter Sr. Gnaden des Grafen Großkanzlers beider Königreiche.«

»Vertagt!«, sagte der General. »Mich dauern die Verurteilten.«

»3. Faustus Prudens Destrombides, norwegischer Untertan, lateinischer Poet, bittet um Erlaubnis, das Hochzeitgedicht für gedachtes Brautpaar verfertigen zu dürfen.«

»Ah! Ah! Der wackere Mann muss schon alt sein, denn er ist der Nämliche, der im Jahre 1674 ein Hochzeitgedicht auf die projektierte Vermählung Schuhmachers, damals Grafen von Greiffenfeld, mit der Prinzessin Luise Charlotte von Holstein-Augustenburg vorbereitet hatte, welche Vermählung nicht stattfand. Ich fürchte«, fügte der Gouverneur zwischen den Zähnen hinzu, »dass Faustus Prudens der Poet der Vermählungen sei, welche nicht stattfinden. Vertagt die Bitte und fahrt fort. Man soll sich in Beziehung auf diesen Poeten erkundigen, ob im Hospital von Drontheim keine Bettstelle vakant ist.«

»4. Die Bergleute des Guldbranstales, der Inseln Faroer, des Sund-Moer, von Hubfallo, Roeraas und Kongsberg bitten um Befreiung von den Lasten der königlichen Vormundschaft.«

»Diese Bergleute sind ungeduldig. Sie sollen, wie es heißt, bereits darüber murren, dass man sie so lange ohne Antwort lässt. Diese Bittschrift muss einer reiflichen Prüfung unterworfen werden.«

»5. Braal, Fischer, erklärt, in Gemäßheit des Adelsrechts, dass er bei der Absicht beharre, sein Erbgut wieder an sich zu kaufen.«

»6. Die Schöppen von Kös, Löwig, Indal, Skongen, Stod, Sparbo und anderen Flecken und Dörfern des nördlichen Drontheimhus bitten, auf den Kopf des Räubers, Mörders und Mordbrenners Han, gebürtig, wie man sagt, von Klippstadur in Island, einen Preis zu setzen. Dieser Bitte widersetzt sich Nychol Orugix, Scharfrichter des Drontheimhus, der Han als sein Eigentum in Anspruch nimmt. Dagegen unterstützt die Bitte Benignus Spiagudry, Wächter im Spladgest, als welchem der Leichnam zukommen soll.«

»Dieser Bandit ist sehr gefährlich, besonders in einem Augenblick, wo man Unruhen unter den Bergleuten fürchtet. Man soll einen Preis von tausend Talern auf seinen Kopf setzen.«

»7. Benignus Spiagudry, Mediziner, Antiquar, Skulptor, Mineraloge, Naturalist, Botaniker, Legist, Chemiker, Mechanikus, Physiker, Astronom, Theologe, Grammatiker ...«

»Ist denn das nicht der nämliche Spiagudry, der Wächter im Spladgest ist?«

»Allerdings, Ew. Exzellenz!«

»... im Namen des Königs Inspektor im Gebäude des Spladgest, in der königlichen Stadt Drontheim, stellt vor, dass er, Benignus Spiagudry, es ist, welcher die Entdeckung gemacht hat, dass die Sterne, welche man Fixsterne nennt, ihr Licht nicht von dem Gestirn erhalten, das man Sonne nennt; *item*, dass Odins wahrer Name Frigge, Sohn des Fridulf ist; *item*, dass derSeeregenwurmm sich von Sand nährt; *item*, dass der Lärm der Bevölkerung die Fische von Norwegens Küsten scheucht, weshalb die Unterhaltsmittel in dem nämlichen Verhältnis abnehmen, in welchem die Bevölkerung zunimmt; *item*, dass der Golf, Otte-Sund benannt, ehedem Limfjord geheißen und den Namen Otte-Sund erst angenommen hat, nachdem Otto der Rote seine Lanze hineingeworfen; *item*, dass man auf seinen Rat und unter seiner Leitung aus einer alten Bildsäule der Freya die Göttin der Gerechtigkeit gemacht hat, welche den großen Platz von Drontheim ziert, und dass man den Löwen, der sich unter den Füßen des Götzenbildes befand, in den Teufel umgewandelt hat, der das Verbrechen darstellt; *item*item ...«

»Verschont uns mit den weiteren *Item* und sagt kurz, was der Mann begehrt!«

Der Sekretär schlug mehrere Blätter um und fuhr fort:

»... Der untertänigste Supplikant glaubt für so viele der Kunst und Wissenschaft ersprießliche Arbeiten Se. Exzellenz bitten zu dürfen, die Taxe jedes männlichen und weiblichen Leichnams um zehn Pfennige zu erhöhen, was den Toten nur angenehm sein kann, indem es ihnen beweist, wie hoch man ihre Personen anschlägt ...«

Hier öffnete sich die Türe des Kabinetts und der Türsteher kündete mit lauter Stimme die edle Dame Gräfin von Ahlfeldt an.

Eine Dame von hoher Gestalt, die auf ihrem Kopf eine kleine Grafenkrone trug, reich in Scharlach und Gold gekleidet, trat in das Zimmer. Der General bot ihr die Hand und führte sie an einen Sessel.

Die Gräfin mochte fünfzig Jahre alt sein. Das Alter hatte aber den Runzeln, welche die Sorgen des Hochmuts und Ehrgeizes schon längst in ihre Züge gegraben hatten, nichts beizufügen gehabt. Sie warf ihren hochmütigen Blick mit ihrem falschen Lächeln auf den alten General.

»Nun, Herr General, Ihr Zögling lässt auf sich warten. Er sollte vor Untergang der Sonne hier sein.«

»Er wäre hier, Frau Gräfin, aber er ist gleich bei seiner Ankunft nach Munckholm gegangen.«

»Nach Munckholm? Er wird doch hoffentlich nicht Schuhmacher dort aufsuchen?«

»Es wäre wohl möglich.«

»Wie, der erste Besuch des Barons von Thorwick für Schuhmacher?«

»Warum nicht, Gräfin? Schuhmacher ist unglücklich.«

»Wie, General! Der Sohn des Vizekönigs steht in Verbindung mit diesem Staatsgefangenen?«

»Frau Gräfin, als Friedrich Guldenlew mir seinen Sohn anvertraute, bat er mich, ihn zu erziehen, wie ich den meinigen erzogen hätte. Ich war der Meinung, dass die Bekanntschaft mit Schuhmacher unserem Ordener, der die Bestimmung hat, eines Tages eben so mächtig zu werden, nützlich sein könnte. Ich habe daher, mit Genehmigung des Vizekönigs, meinen Bruder Grummond von Knud um eine Einlasskarte in alle Gefängnisse gebeten, die ich sofort Ordener einhändigte. Er macht jetzt Gebrauch davon.«

»Und seit wann hat Ordener diese nützliche Bekanntschaft gemacht?«

»Seit etwas mehr als einem Jahre. Es scheint, dass er sich in Schuhmachers Umgang gefiel, denn er ist ziemlich lange zu Drontheim geblieben. Nur auf meine ausdrückliche Aufforderung hat er es im letzten Jahre ungern verlassen, um eine Reise durch Norwegen zu machen.«

»Und weiß Schuhmacher, dass sein Tröster der Sohn eines seiner größten Feinde ist?«

»Er weiß, dass er sein Freund ist, und das genügt ihm, wie uns.«

»Aber Sie, Herr General«, sagte die Gräfin mit einem durchbohrenden Blick, »wussten Sie, als Sie diese Verbindung nicht nur duldeten, sondern selbst herbeiführten, dass Schuhmacher eine Tochter hat?«

»Ich wusste es, Gräfin.«

»Und dieser Umstand schien Ihnen gleichgültig in Beziehung auf Ihren Zögling?«

»Der Zögling Levins von Knud, der Sohn Friedrichs Guldenlew, ist ein rechtlicher Mann. Ordener kennt die Schranke, die ihn von Schuhmachers Tochter trennt; er ist unfähig, ein Mädchen, und dazu noch die Tochter eines unglücklichen Mannes zu verführen.«

Die Gräfin errötete und erblasste abwechselnd. Sie wandte das Haupt ab, um den ruhigen unbefangenen Blick des alten Mannes zu vermeiden.

»Erlauben Sie, General«, stotterte sie endlich, »ich muss es Ihnen sagen, diese Bekanntschaft scheint mir sonderbar und unklug. Es heißt, dass die Bergleute und die nördlichen Stämme mit einer Empörung drohen, und dass Schuhmachers Name in diese Sache verwickelt sei.«

»Sie setzen mich in Erstaunen«, rief der Gouverneur aus, »Schuhmacher hat bis jetzt sein Unglück geduldig ertragen. Dieses Gerücht ist gewiss nicht begründet.«

Der Türsteher kündigte an, dass ein Abgesandter des Großkanzlers mit der Gräfin zu sprechen wünsche. Die Gräfin verabschiedete sich und begab sich in ihre Gemächer.

Sie saß, von ihren Frauen umgeben, auf einem reichen Sofa, als der Abgesandte eintrat. Als ihn die Gräfin erblickte, machte sie eine Gebärde des Widerwillens, welche sie aber alsbald hinter einem wohlwollenden Lächeln versteckte. Der Abgesandte war ein wohlbeleibter, mehr kleiner als großer Mann. Sein Gesicht war offen bis zur Schamlosigkeit, und sein Blick hatte etwas Teuflisches. Er verbeugte sich tief vor der Gräfin und reichte ihr ein versiegeltes Paket dar.

»Gnädige Gräfin«, sagte er, »erlauben Sie mir, eine wichtige Botschaft Seiner Gnaden, Ihres erlauchten Gemahls, meines erhabenen Herrn, zu Ihren Füßen niederzulegen.«

»Kommt er nicht selbst? Und warum schickt er Euch?«, fragte die Gräfin.

»Wichtige Geschäfte verzögern Seiner Gnaden Ankunft, wie Sie aus diesem Briefe ersehen werden, gnädige Gräfin. Was meine Sendung betrifft, so soll ich, laut Befehls meines erhabenen Herrn, mich der ausgezeichneten Ehre einer geheimen Audienz bei Ihnen erfreuen.«

Die Gräfin erblasste und rief mit zitternder Stimme aus: »Ich, eine geheime Unterredung mit Euch, Musdoemon?«

»Wenn dies der gnädigen Gräfin im geringsten unangenehm wäre, so würde sich Ihr unwürdiger Diener bis in den Tod betrüben.«

»Unangenehm! Durchaus nicht!«, sagte die Gräfin mit erzwungenem Lächeln; »aber ist denn diese Unterredung durchaus notwendig?«

Der Abgesandte verbeugte sich tief: »Durchaus notwendig! Der Brief Ihres erhabenen Gemahls wird Sie förmlich davon in Kenntnis setzen.«

Es war auffallend, die stolze Gräfin Ahlfeldt vor einem Diener, der ihr so tiefe Ehrfurcht bezeugte, zittern und erbleichen zu sehen. Sie öffnete langsam das Paket, und nachdem sie dessen Inhalt durchlaufen hatte, sagte sie zu ihren Frauen mit schwacher Stimme: »Man lasse uns allein!«

»Geruhen die gnädige Gräfin«, sagte der Abgesandte, indem er ein Knie beugte, »mir die Freiheit, die ich mir nehme, und die Mühe, die ich Ihnen zu verursachen scheine, gnädigst zu verzeihen!«

»Ihr könnt im Gegenteil glauben«, erwiderte die Dame mit erzwungenem Wohlwollen, »dass es mir Vergnügen macht, Euch zu sehen.«

Die Frauen entfernten sich.

»Elphege«, sagte jetzt der Abgesandte in gänzlich umgestimmtem Tone, »Du scheinst der Zeiten vergessen zu haben, wo ein *Téte-à-Téte* mit mir Dir nicht so zuwider war?«

Die stolze Dame beugte ihr gedemütigtes Haupt. »Möchte ich es vergessen können!«, murmelte sie.

»Einfältiges Weib! Wie magst Du über Dinge erröten, die kein menschliches Auge gesehen hat?«

»Gott sah sie.«

»Gott, Du schwaches Weib! Du bist nicht wert, Deinen Mann betrogen zu haben, denn er ist nicht so leichtgläubig als Du.«

»Ihr treibt Euern Spott mit meinen Gewissensbissen, Musdoemon!«

»Nun, Elphege, wenn Du ein Gewissen hast, warum häufst Du täglich neue Verbrechen?«

Die Gräfin verbarg ihr Gesicht in beiden Händen. Musdoemon fuhr fort: »Elphege, Du hast die Wahl: Gewissensbisse und keine Verbrechen mehr oder das Verbrechen und keine Gewissensbisse. Mache es wie ich, wähle das Zweite.«

»Mögen Euch diese Worte nicht in die Ewigkeit begleiten!«

»Das geht über den Spaß, mein Schatz!«

Musdoemon setzte sich vertraulich neben die Gräfin und schlang seine Arme um ihren Hals.

»Elphege«, sagte er, »suche dem Geist nach wenigstens zu bleiben, was Du vor zwanzig Jahren warst.«

Die unglückliche Gräfin, Sklavin ihres Mitschuldigen, suchte seiner widerlichen Zärtlichkeit los zu werden. Es lag in dieser ehebrecherischen Umarmung von zwei Wesen, die sich gegenseitig hassten und verachteten, etwas, das selbst für diese entwürdigten Seelen empörend war. Ihre gesetzwidrige Verbindung, einst ihre Lust, war ihnen jetzt zur Qual geworden. Gerechte Strafe verbotener Leidenschaften! Ihr Verbrechen war ihre Strafe geworden.

Um dieser qualvollen Szene ein Ende zu machen, fragte die Gräfin, indem sie sich den Armen ihres verhassten Liebhabers entriss, welchen mündlichen Auftrag ihr Gemahl ihm erteilt habe?

»Ahlfeldt«, sagte Musdoemon, »hat in dem Augenblicke, wo seine Macht sich durch die Vermählung Ordener Guldenlews mit unserer Tochter befestigt ...«

»Unserer Tochter!«, rief die stolze Gräfin aus, und ihr auf Musdoemon gerichteter Blick nahm einen Ausdruck hochmütiger Verachtung an.

»Nun«, sagte Musdoemon kaltblütig, »ich meine doch, dass Ulrike ebenso gut meine Tochter sein könne, als die seinige. Ich wollte also sagen, dass diese Heirat Deinen Mann nicht vollkommen befriedigt, wenn nicht zu gleicher Zeit Schuhmacher ganz gestürzt wird. Dieser alte Günstling ist von seinem Kerker aus fast ebenso furchtbar, als in seinem Palast. Er hat am Hofe heimliche, aber wichtige Freunde, umso mächtiger vielleicht, weil sie unbekannt sind. Als der König vor einem Monat erfuhr, dass die Unterhandlungen des Großkanzlers mit dem Herzog von Holstein-Plön nicht vorwärtsschritten, rief er ungeduldig aus: Greiffenfeld allein wusste mehr, als alle diese Menschen zusammen. Ein Intrigenmacher namens Dispolsen, der von Munckholm nach Kopenhagen kam, hat von dem König mehrere geheime Audienzen erhalten, nach welchen der König aus der Kanzlei, wo sie niedergelegt sind, Schuhmachers Adels- und Eigentumsurkunde abfordern ließ. Man weiß nicht, wohin Schuhmacher abzielt, aber ein Staatsgefangener ist, wenn er nur seine Freiheit erlangt, nicht mehr so fern von der Macht. Er muss also sterben, und zwar durch richterlichen Spruch umkommen. Ihm ein Verbrechen unterzuschieben, daran arbeiten wir.

»Dein Mann, Elphege, wird unter dem Vorwand, die nördlichen Provinzen inkognito zu besuchen, sich des Resultats, das unsere Umtriebe bei den Bergleuten gehabt haben, selbst versichern. Wir wollen in Schuhmachers Namen einen Aufstand von ihnen herbeiführen, der sich nachher leicht wird dämpfen lassen. Was uns beunruhigt, ist der Verlust mehrerer wichtigen Papiere, welche sich auf diesen Plan beziehen, und die wir nicht ohne Grund im Besitze dieses Dispolsen vermuten. Da wir nun wussten, dass er von Kopenhagen nach Munckholm zurückgereist war, so haben wir in den Schluchten von Kole einige Getreue aufgestellt, um ihn umzubringen und ihm seine Papiere abzunehmen. Aber wenn, wie man versichert, Dispolsen zur See zurückgekommen ist, so war unsere Mühe vergebens. Inzwischen habe ich bei meiner Ankunft einige Gerüchte von der Ermordung eines gewissen Hauptmanns Dispolsen vernommen. Wir werden ja sehen.

»Inzwischen spüren wir einem berüchtigten Räuber, Han dem Isländer, nach, den wir an die Spitze des Aufstands der Bergleute stellen wollen. Und nun, mein Schatz, was hast Du mir von Deiner Seite für Nachrichten mitzuteilen? Ist der niedliche Vogel in dem Käfig von Munckholm endlich die Beute unseres Friedrich ...«

»Unseres Friedrich!«, rief die Gräfin entrüstet aus.

»Nun, was weiter! Wie alt ist er? Vierundzwanzig Jahre, und es sind jetzt sechsundzwanzig Jahre, dass wir einander kennen!«

»Mein Friedrich, Gott weiß es, ist der legitime Erbe des Großkanzlers.«

»Wenn Gott es weiß«, sagte Musdoemon lachend, »so ist vielleicht dem Teufel davon nichts bekannt. Im Übrigen ist Dein Friedrich ein Pinsel, der meiner unwert wäre, und es lohnt sich nicht der Mühe, sich um eine solche Kleinigkeit zu streiten. Er taugt zu nichts, als ein Mädchen zu verführen. Damit ist er doch hoffentlich zustande gekommen?«

»Noch nicht, soviel ich weiß.«

»Elphege, suche doch eine etwas tätigere Rolle in unsern Angelegenheiten zu spielen. Ich kehre morgen zu Deinem Manne zurück. Beschränke Du Dich nun nicht darauf, für unsere Sünden zu beten, sondern handle. Ahlfeldt muss auch darauf denken, mich etwas besser zu belohnen, als bisher geschehen ist. Mein Glück ist an das Eurige geknüpft; aber ich fange an, es müde zu werden, der Diener des Gemahls zu sein, wenn ich der Liebhaber der Frau bin, und der Schulmeister der Kinder, deren Vater ich zu sein die Ehre habe.«

Hier endigte die Unterredung. Die Frauen traten wieder ein.

»Erlauben mir die gnädige Gräfin«, sagte Musdoemon mit einer tiefen Verbeugung, »die Hoffnung zu hegen, dass ich morgen wieder eine Audienz erlangen werde, um die Huldigungen meiner tiefsten Ehrfurcht zu Ihren Füßen niederzulegen?«

VIII.

»Alter Herr«, sagte Ordener zu Spiagudry, »fast hätte ich geglaubt, dass die in diesem Gebäude befindlichen Leichname damit beauftragt seien, die Türe zu öffnen.«

»Verzeihen Sie, gnädiger Herr, ich ... ich lag in tiefem Schlafe.«

»Wenn das der Fall ist, so müssen Eure Toten wach gewesen sein, denn ich hörte eben erst hier laut und deutlich sprechen.«

Spiagudry geriet in Verwirrung: »Wie, gnädiger Herr«, stotterte er, »Sie hätten reden gehört?«

»Allerdings! Doch was liegt daran? Ich bin nicht hierhergekommen, mich mit Euern Angelegenheiten zu beschäftigen, sondern Euch mit den meinigen. Wir wollen hineingehen.«

Spiagudry öffnete und sie traten in das Leichenzimmer.

»Benignus Spiagudry«, sagte jetzt dieser, »steht Ihnen in allem, was menschliche Wissenschaften betrifft, zu Diensten. Wenn Sie jedoch, wie man aus Ihrem nächtlichen Besuche schließen möchte, einen Hexenmeister hier zu finden glauben, so irren Sie sich. *Ne famam credas*, ich bin nur ein Gelehrter. Kommen Sie in mein Arbeitszimmer, gnädiger Herr!«

»Nicht doch, wir müssen hier bei diesen Leichnamen bleiben.«

»Bei diesen Leichnamen!«, rief Spiagudry bestürzt aus. »Die können Sie nicht sehen, gnädiger Herr!«

»Wie? Ich soll Leichname nicht sehen dürfen, die bloß deshalb hier sind, um gesehen zu werden? Ich habe Erkundigungen über einen derselben bei Euch einzuziehen, und Eure Pflicht ist es, sie mir zu geben. Gern oder ungern, Ihr müsst.«

Spiagudry hatte einen großen Respekt vor tödlichen Gewehren, und er sah einen tüchtigen Säbel an Ordeners Seite. »*Nihil non arrogat armis*«, murmelte er zwischen den Zähnen.

»Zeigt mir die Kleider des Hauptmanns«, sagte Ordener.

In diesem Augenblicke fiel ein Strahl des Lichts auf Gill Stadts verstümmeltes Haupt.

»Gerechter Gott!«, rief Ordener aus, »welche abscheuliche Entweihung!«

»Erbarmet Euch meiner um Gottes Barmherzigkeit willen!«, rief der Alte.

»Alter Mann«, fuhr Ordener mit drohender Stimme fort, »Du stehst am Rande des Grabes und scheust Dich nicht, einen solchen Frevel zu begehen! Zittere, die Lebenden werben die Entweihung rächen, die Du an Toten begangen hast!«

»Gnade! Gnade! Ich habe es nicht getan ... Wenn Sie wüssten! ...«

Hier hielt er inne, denn er dachte an die Worte des kleinen Mannes: »*Sei treu und stumm.*«

»Haben Sie«, fuhr er zitternd fort, »Jemand durch diese Öffnung schlüpfen sehen?«

»Ja! War es Dein Mitschuldiger?«

»Nein, es war der Schuldige, der Alleinschuldige. Das schwöre ich bei allen himmlischen und höllischen Mächten, bei diesem so schändlich entweihten Leichnam selbst!«

Mit diesen Worten warf er sich stehend auf die Knie nieder. So hässlich er auch war, so lag doch in seiner Verzweiflung, in seinen Beteuerungen ein solcher Ton der Wahrheit, dass er Ordener überzeugte.

»Alter Mann«, sagte er, »stehe auf. Wenn Du den Toten nicht entweiht hast, so würdige wenigstens Dein Alter nicht herab.«

Spiagudry stand auf.

»Wer ist der Schuldige?«, fragte Ordener.

»Stille, edler Herr, stille! Sie wissen nicht, von wem Sie sprechen. Stille!«

»Wer ist der Schuldige? Ich will ihn wissen«, fuhr Ordener kaltblütig fort.

»Im Namen des Himmels, gnädiger Herr! Reden Sie nicht so, schweigen Sie, sonst möchte ... Ich kann nicht ... aus Furcht ...«

»Furcht! Die wird mich nicht schweigen machen, Dich aber wird sie zum Reden bringen.«

»Gnade, edler junger Herr!«, rief der trostlose Spiagudry, »ich kann nicht ... ich darf nicht ...«

»Du kannst und sollst. Nenne den Schuldigen!«

Spiagudry suchte eine Ausflucht: »Wohlan denn, edler Herr! Der Entweiher dieses Leichnams ist der Mörder dieses Offiziers.«

»Dieser Offizier ist also ermordet worden?«

»Allerdings, gnädiger Herr!«

»Und von wem? Von wem?«

»Im Namen der Heiligen, die Ihre Mutter anrief, als sie Ihnen das Leben gab, forschen Sie nicht nach diesem Namen, zwingen Sie mich nicht, ihn zu nennen.«

»Ich will den Mörder wissen.«

»Nun denn! Betrachten Sie die tiefen Risse, welche lange und spitzige Nägel in diesen Leichnam gegraben haben – dann werden Sie den Mörder kennen.«

»Wie!«, sagte Ordener, »irgendein wildes Tier?«

»Nein, mein gnädiger Herr.«

»Nun, wenn es nicht der Teufel selbst getan hat, so wüsste ich nicht ...«

»Stille! Nehmen Sie sich in Acht. Haben Sie niemals«, fuhr der Alte mit leiser Stimme fort, »von einem Menschen oder einem Ungeheuer mit menschlichem Angesicht sprechen hören, dessen Nägel so lang sind, wie die Astaroths, der uns ins Verderben gestürzt hat, oder des Antichrists, der uns verderben wird?«

»Rede deutlicher.«

»Wehe! Wehe!, heißt es in der Offenbarung ...«

»Den Namen des Mörders will ich wissen.«

»Der Mörder ... den Namen ... Gnädiger Herr, erbarmen Sie sich meiner! Ach, erbarmen Sie sich!«

»Zaudere nicht länger.«

»Nun denn, wenn Sie es durchaus verlangen, der Mörder und Entweiher ist Han der Isländer.«

Dieser furchtbare Name war Ordener nicht unbekannt.

»Wie!«, rief er aus, »Han! Dieser abscheuliche Bandit!«

»Er hat keine Bande, sondern ist immer allein.«

»Und wie kommst Du zu seiner Bekanntschaft, Elender? Welche gemeinschaftlichen Verbrechen haben Euch einander nahe gebracht?«

»Edler Herr, misstrauen Sie dem Scheine. Ist der Stamm der Eiche vergiftet, weil die Schlange an ihrer Wurzel kriecht?«

»Keine leeren Worte, ein Bösewicht kann keinen anderen Freund haben, als einen Mitschuldigen.«

»Ich bin nicht sein Freund, und noch weniger sein Mitschuldiger, und wenn meine Beteuerungen Sie nicht überzeugt haben, so erwägen Sie doch, dass die Entweihung dieses Leichnams mich innerhalb vierundzwanzig Stunden, wenn man den toten Körper abholt, der Strafe der Heiligtumsschänder aussetzen wird, obgleich ich unschuldig bin.«

Dieser Grund war für Ordener der überzeugendste; er sagte ruhig, aber ernst: »Alter, seid aufrichtig. Habt Ihr Papiere bei diesem Offizier gefunden?«

»Nicht eines, auf meine Ehre!«

»Wisst Ihr, ob Han der Isländer Papiere bei ihm gefunden hat?«

»Ich weiß es nicht.«

»Kennt Ihr das Versteck Han des Isländers?«

»Er versteckt sich nicht, sondern wandert immer hin und her.«

»Das mag sein, aber er hat doch gewisse Verstecke.«

»Dieser Heide«, sagte Spiagudry leise, »hat ebenso viele Verstecke, als die Insel Hitteren Felsenriffe und der Sirius Strahlen.«

»Gebt mir eine bestimmtere Antwort. Ihr steht in geheimnisvoller Verbindung mit diesem Räuber. Ihr kennt ihn und müsst wissen, wohin er von hier aus gegangen ist. Wenn Ihr nicht sein Mitschuldiger seid, so werdet ihr keinen Anstand nehmen, mich an seinen Aufenthaltsort zu führen ...«

Spiagudry schauderte zurück.

»Sie, gnädiger Herr«, rief er aus. »Sie, großer Gott! Sie, voll Jugend und Leben, diesen Satan aufsuchen, herausfordern! Als Ingiald den Riesen Nyctolm bekämpfte, hatte er wenigstens vier Arme.«

»Nun, wir haben ja auch vier Arme, wenn Ihr mir zum Führer dient!«

»Ich! Ihr Wegweiser? Sie scherzen mit einem alten Manne, der bereits fast selbst eines Führers bedarf.«

»Hört! Wenn die Entweihung dieses Leichnams Euch der Strafe der Heiligtumsschänder aussetzt, so könnt Ihr nicht hier bleiben. Ihr müsst also fort. Ich nehme Euch unter meinen Schutz, aber nur unter der Bedingung, dass Ihr mich zum Versteck des Räubers geleitet. Seid mein Führer, ich will Euer Beschützer sein. Finde ich Han den Isländer, so bringe ich ihn lebendig oder tot hierher. Ihr könnt dann Eure Unschuld dartun, und ich verspreche Euch, dass Ihr in Euer Amt wieder eingesetzt werdet. Inzwischen empfanget hier mehr Taler, als es Euch das ganze Jahr durch einträgt.«

»Edler Herr«, versetzte Spiagudry, indem er das Geld in Empfang nahm, »Sie haben vollkommen recht. Wenn ich Ihnen folge, so setze ich mich einige Tage der Rache des furchtbaren Han aus. Bleibe ich, so falle ich morgen in die Hände des Henkers Orugix. Welches ist denn die Strafe der Heiligtumsschänder? ... Gleichviel. In beiden Fällen ist mein armes Leben in Gefahr; da jedoch, nach der richtigen Bemerkung des gelehrten Saemond-Sigfusson, *inter duo pericula aequalia minus imminens eligendum est,* so folge ich Ihnen. Ja, gnädiger Herr, ich will Ihr Führer sein. Vergessen Sie jedoch nicht, dass ich allem aufgeboten habe, Sie von Ihrem gefährlichen Unternehmen abzubringen.«

»Ihr sollt also mein Führer sein, und ich verlasse mich auf Eure Rechtlichkeit.«

»Herr, Spiagudrys Rechtlichkeit ist ebenso unbefleckt, als das Geld, das Sie mir ebenso großmütig gespendet haben.«

»Wo denkt Ihr, dass Han sich jetzt aufhalte?«

»Da der Süden von Drontheimhus jetzt voll Truppen ist, welche man auf Requisition des Großkanzlers dahin geschickt hat, so wird wohl Han seinen Weg nach der Grotte von Walderhog oder dem See von Smiassen genommen haben. Wir müssen also über Skongen gehen.«

»Wann könnt Ihr mir folgen?«

»Wenn heute Abend die Nacht einbricht und der Spladgest geschlossen wird, so wird Ihr demütiger Diener seinen Dienst als Führer bei Ihnen antreten.«

»Wo werde ich Euch diesen Abend finden?«

»Auf dem großen Platze von Drontheim, wenn es Ihnen so gefällig ist, bei der Bildsäule der Gerechtigkeit, welche ehedem die Göttin Freya war und die mich ohne Zweifel in den Schutz ihres Schattens aufnehmen wird, aus Dankbarkeit, dass ich einen so schönen Teufel unter ihre Füße habe meißeln lassen.«

»Gut, Alter, der Vertrag ist geschlossen.«

»Geschlossen«, wiederholte Spiagudry.

Kaum hatte er dieses Wort gesprochen, so ließ sich über ihnen eine Art von Gebrumme hören. »Was ist das?«, sagte der zitternde Spiagudry.

»Ist denn außer uns beiden noch ein lebendes Wesen hier?«, fragte Ordener staunend.

»Ah! Ohne Zweifel mein Vicarius Oglypiglap«, sagte Spiagudry, den dieser Gedanke beruhigte. »Ein schlafender Lappe, sagte der Bischof Arngrim, macht eben so viel Lärm, als ein wachendes Weib.«

Ordener entfernte sich. Spiagudry schloss eilig die Türe, legte Gill Stadts Leichnam so zurecht, dass man der Verstümmelung nicht gewahr werden konnte, und begab sich dann in seine Wohnung.

Viele Gründe mussten zusammentreffen, um den furchtsamen Spiagudry zu bewegen, Ordeners abenteuerlichen Vorschlag anzunehmen. Die Hauptgründe waren: 1) die Furcht vor dem anwesenden Ordener und seinem Säbel; 2) die Furcht vor dem Scharfrichter Orugix; 3) ein alter Hass gegen Han den Isländer, den er kaum sich selbst zu gestehen wagte, so sehr drückte ihn der Schrecken nieder; 4) die Liebe zu den Wissenschaften, welche er auf dieser Reise befriedigen zu können glaubte; 5) das Zutrauen in seine vermeintliche List, durch welche er sich Hans Blicken zu entziehen hoffte; 6) die Liebe zum Geld, indem er die für die Witwe Stadt bestimmte Büchse für sich behalten zu können hoffte.

Im Übrigen war es ihm gleichgültig, ob der Räuber den Fremden oder der Fremde den Räuber töte. Als er über diesen Punkt nachdachte, brach er in die Worte aus: »Es ist immerhin ein Leichnam, der mir zukommen wird.«

Hier ließ sich abermals ein Brummen hören. Spiagudry fuhr schreckensvoll zusammen.

»Das ist kein Schnarchen meines Oglypiglap«, sagte er, »diese Töne kommen von außen. Es wird wohl«, fügte er nach einigem Nachdenken hinzu, »der Hund im Hafen sein, der bellt.«

IX.

Am Morgen dieses Tages stieg Schuhmacher, wie er pflegte, auf den Arm seiner Tochter gestützt, in den Garten herab, der an sein Gefängnis stieß. Beide hatten eine unruhige Nacht gehabt, der Greis durch Schlaflosigkeit, das junge Mädchen durch süße Träume.

Der Vater warf, nachdem sie eine Zeit lang herumgegangen waren, einen ernsten und traurigen Blick auf seine Tochter: »Du lächelst vor Dich hin und errötest, Ethel; Du bist glücklich, denn Du errötest nicht über die Vergangenheit und lächelst der Zukunft entgegen.«

Ethel errötete noch mehr und hörte auf zu lächeln.

»Mein Vater«, sagte sie verwirrt, »ich habe die Edda mitgebracht.«

»So lies, meine Tochter!«, versetzte der Greis und fiel in seine vorige Träumerei zurück.

Ethel las ihm die Geschichte der Schäferin Allanga vor, welche die Hand eines Königs ausschlug, bis er ihr bewiesen haben würde, dass er ein Kriegsmann sei. Regner Lodbrog erhielt die Hand der Schäferin erst, nachdem er den Räuber von Klipstadur, Ingulf den Vertilger, besiegt hatte.

Plötzlich ließ sich ein Geräusch hinter ihnen hören, und der Leutnant Ahlfeldt trat aus dem Gebüsche.

»Habe ich nicht, schönste Dame«, rief er Ethel zu, »den Namen Ingulfs des Vertilgers aus Ihrem schönen Munde vernommen? Ohne Zweifel haben Sie von Han dem Isländer gesprochen und sind sofort bis zu seinem Ahnherrn hinaufgestiegen. Die Damen lieben Räubergeschichten. Man erzählt von Ingulf und dessen Nachkommen Dinge, welche schauerlich angenehm zu vernehmen sind. Ingulf der Vertilger hatte nur einen einzigen, mit der Hexe Thoarka erzeugten Sohn. Dieser Sohn hatte wieder nur einen Sohn, der ebenfalls mit einer Zauberin erzeugt war. Seit vier Jahrhunderten hat sich dieses Geschlecht immer nur durch einen einzigen Zweig fortgepflanzt und in Island viel Unglück angerichtet. Durch diese Reihe einziger Erben ruht jetzt Ingulfs Geist auf dem berüchtigten Han dem Isländer, der soeben, wie ich vermute, die jungfräulichen Gedanken der schönen Dame beschäftigt hat.«

Der Leutnant hielt einen Augenblick inne. Ethel schwieg aus Verlegenheit, Schuhmacher aus Ekel und Langeweile. Der Geck hielt dies für eine Aufmunterung, fortzufahren.

»Han der Isländer«, sprach er weiter, »kennt keine andere Leidenschaft als Menschenhass, und ist einzig damit beschäftigt, dem menschlichen Geschlechte zu schaden ...«

»Das ist vernünftig von ihm«, sagte Schuhmacher.

»Er lebt immer allein«, fuhr der Leutnant fort.

»Dann ist er glücklich«, sprach Schuhmacher.

»Möge uns der Gott Mithra von diesen Vernünftigen und Glücklichen befreien! Verflucht sei der Wind, der diesen isländischen Teufel nach Norwegen geweht hat! Ein Bischof ist es, dem wir das Glück danken, Han von Klipstadur zu besitzen. Nach der Tradition fanden einige Bauern Han, der noch ein Kind war, auf den Bergen von Bessested und wollten ihn umbringen; aber der Bischof von Scalholt hielt sie davon ab, und nahm den jungen Wilden in Schutz, um aus dem Teufel einen Christen zu machen. Er wendete tausend Mittel an, seine höllische Intelligenz zu entwickeln. In einer finstern Nacht aber zündete der herangewachsene Han seines Wohltäters Wohnung an, setzte sich auf einen Baumstamm und schiffte ohne Weiteres nach Norwegen. So erzählt man sich in den Spinnstuben. Seitdem Unheil aller Art: Die Minen von Faroer verschüttet und dreihundert Arbeiter unter den Trümmern begraben, der über Golyn hängende Fels zur Nachtzeit auf das Dorf herabgestürzt, die Brücke von Half-Broe unter den Wanderern zusammenbrechend und in den Abgrund fallend, die Hauptkirche zu Drontheim in Brand gesteckt, die Leuchttürme in stürmischen Nächten ausgelöscht und eine Menge von Verbrechen und Mordtaten in die Seen von Sparbo und Smiassen eingesenkt, oder in den Grotten von Walderhog und Rylaß verborgen. In den Spinnstuben behaupten sie, dass bei jedem Verbrechen ihm ein neues Haar in seinen Bart wachse. Wenn das der Fall ist, so muss sein Bart so dicht sein, als der des ehrwürdigsten assyrischen Magiers.«

Schuhmacher unterbrach ihn: »Und es ist nicht gelungen, sich dieses Menschen zu bemächtigen?«, sagte er mit triumphierendem Blick und ironischem Lächeln. »Ich muss in der Tat die Fähigkeit der Großkanzlei beider Königreiche bewundern.«

»Han«, fuhr der Leutnant, der die spöttische Anspielung nicht verstand, redselig fort, »hat sich bisher ebenso unüberwindlich gezeigt, als Horatius Cocles. Soldaten, Milizen, Bergbewohner, Landleute, alles flieht vor ihm oder findet den Tod. Er ist ein Dämon, dem man weder entgehen, noch ihn erreichen kann. Glücklich diejenigen, welche ihn suchen und nicht finden. Nicht wahr, edle Dame, das sind seltsame Geschichten? Sie könnten Stoff zu einem trefflichen Roman im Geschmacke der sublimen Schriften der Demoiselle Scudery liefern. Man müsste jedoch unser Klima etwas mildern, die Traditionen ein wenig aufputzen und unsere barbarischen Namen modifizieren. So müsste man z. B. aus Drontheim Durtinianum machen, unsere finsteren Wälder in liebliche Gebüsche und unsere Waldströme in tausend klare Bäche verwandeln. Unsere schauerlichen Höhlen müssten halbdunkle Grotten sein, in welchen das reinste Kristall glänzt. In einer dieser Grotten würde ein berüchtigter Zauberer, Hannus von Thule, wohnen ... denn Sie werden einsehen, dass Han der Isländer für ein poetisches Ohr zu hart klingt. Dieser Riese, denn ein Riese müsste es durchaus sein, würde in gerader Linie von dem alten Mars abstammen. Ingulf der Vertilger ist ein Name, der die Fantasie nicht in Anspruch nimmt. Die Hexe Thoarka könnte man in die Zauberin Theone verwandeln. Nachdem der Großmagier von Thule den Riesen Hannus erzogen hat, entflieht er eines Tages aus seinem goldenen Palaste auf einem mit zwei fliegenden Drachen bespannten Wagen. Ein alter Baumstamm wäre gar zu prosaisch. Unter dem schönen Himmel von Durtinianum angekommen und durch den Anblick dieses lieblichen Geländes verführt, schlägt er hier seinen Wohnsitz auf und macht das Land zum Schauplatze seiner Verbrechen. Lauter Verbrechen, das wäre gar zu schauerlich, weshalb einige sinnreich erdachte verliebte Abenteuer damit zu verflechten sind. Mithin muss die Schäferin Alcippe eines Tages mit ihren Lämmchen in einem Rosen- und Myrtenhain spazieren gehen. Der Riese Hannus erblickt sie und verliebt sich alsbald. Allein die schöne Alcippe liebt bereits den schönen Lycidas, welcher Offizier ist und daselbst in Garnison liegt. Hierdurch Eifersucht des Riesen auf den Offizier, des Offiziers auf den Riesen, allerhand Ränke, List und Streit, Ohnmachten, Zweikämpfe, Entführungen, und eine Menge allerliebster Geschichten, durch welche die Gräueltaten des Riesen Hannus verzuckert und für den zarten Geschmack des schönen Geschlechts genießbar gemacht würden, und ich wette meine polnischen Stiefel gegen ein Paar Holzschuhe, dass ein solcher Roman, aus der Feder der geistreichen Scudery geflossen, alle Damen in Kopenhagen toll machen würde.«

Schuhmacher, der auf das ganze Gesalbader nicht geachtet hatte, fasste den Namen Kopenhagen auf und sagte: »Kopenhagen? Was gibt es Neues zu Kopenhagen?«

»Nichts, soviel ich weiß«, antwortete der Leutnant, »außer der Einwilligung des Königs zu der wichtigen Vermählung, von der man in diesem Augenblicke in beiden Königreichen spricht.«

»Wie! Welche Vermählung?«

In diesem Augenblicke trat Ordener in den Garten. Die Anwesenheit des unberufenen Leutnants setzte die Gesellschaft in Verlegenheit und führte ein ziemlich langes Stillschweigen herbei.

»Bei der Schleppe des königlichen Mantels«, rief der Leutnant lachend aus, »das ist ein Schweigen, welches ganz demjenigen der gallischen Senatoren gleicht, als der Römer Brennus ... Ich weiß auf Ehre nicht mehr recht, wer Römer oder Gallier, Senator oder Feldherr war. Doch gleichviel. Erzählen Sie dem alten Herrn da, was es Neues zu Kopenhagen gibt. Ich wollte ihn eben von der hohen Vermählung unterhalten, welche in diesem Augenblicke Meder und Perser beschäftigt.«

»Welche Vermählung?«, fragten Ordener und Schuhmacher zugleich.

»Aus dem Schnitt Ihrer Kleider, Herr Fremdling«, rief der Leutnant, in die Hände klopfend, »habe ich bereits geahnt, dass Sie aus irgendeiner anderen Welt gekommen sein müssen. Diese Frage gibt mir Gewissheit darüber. Sie sind ohne Zweifel gestern in einem mit Drachen bespannten Feenwagen an den Ufern der Nidder gelandet, denn wenn Sie durch Norwegen gereist wären, hätten Sie doch von der berühmten Vermählung zwischen dem Sohn des Vizekönigs und der Tochter des Großkanzlers hören müssen.«

Schuhmacher wandte sich zu dem Leutnant: »Wie! Ordener Guldenlew heiratet Ulrike Ahlfeldt?«

»So ist es, und zwar wird das geschehen, ehe noch die Wülste zu Kopenhagen aus der Mode kommen.«

»Friedrich Guldenlews Sohn muss jetzt etwa zweiundzwanzig Jahre alt sein, denn ich erfuhr seine Geburt, nachdem ich etwa ein Jahr in der Zitadelle von Kopenhagen saß. Mag er sich jung heiraten«, fuhr Schuhmacher mit einem bitteren Lächeln fort; »wenn er in Ungnade fällt, wird man ihm doch nicht minder den Vorwurf machen, dass er nach dem Kardinalshut getrachtet habe.«

Der Leutnant verstand die Anspielung nicht, welche der gefallene Günstling auf sein eigenes Unglück machte.

»Das gewiss nicht«, rief er lachend, »der Baron Ordener wird Graf, Oberst und Ritter vom Elefantenorden, was alles mit dem Kardinalshut sich nicht verträgt.«

»Desto besser«, sagte Schuhmacher. »Vielleicht wird man eines Tags aus seinem Ordensband ein Halsband machen, die Grafenkrone auf seiner Stirne zerbrechen und ihm die Epauletten ins Gesicht werfen.«

Ordener ergriff des Alten Hand: »Sprechen Sie nicht den Fluch über das Glück eines Feindes aus, ehe Sie wissen, ob dieses Glück auch ein Glück für ihn ist.«

»Je nun«, fiel der Leutnant ein, »was liegt dem Baron Thorwick an diesen Verwünschungen?«

»Mehr vielleicht, als Sie glauben«, erwiderte Ordener. »Übrigens«, fügte er nach einer Pause hinzu, »ist Ihre berühmte Heirat noch nicht so gewiss, als Sie denken.«

»*Fiat quod vis*«, versetzte der Leutnant mit einer ironischen Verbeugung. »Der König, der Vizekönig und der Kanzler wünschen und wollen zwar diese Heirat, weil sie aber dem fremden Herrn da missfällt, so wird ohne Zweifel trotz des Königs, des Vizekönigs und des Kanzlers nichts daraus werden.«

»Da können Sie vielleicht recht haben«, sagte Ordener trocken.

»Das ist gar zu spaßhaft«, rief der Leutnant aus, und lachte wie toll. »Wenn doch nur der Baron Thorwick hier wäre, um zu hören, wie dieser fremde Prophet über seine Zukunft verfügt! Es scheint mir jedoch, mein gelehrter Herr, dass Ihr Bart noch nicht lang genug ist, um ein großer Zauberer zu sein.«

»Herr Leutnant«, antwortete Ordener kalt, »ich glaube nicht, dass Ordener Guldenlew eine Frau heiratet, ohne sie zu lieben.«

»Und wer sagt Ihnen, mein Herr vom grünen Mantel, dass der Baron Ordener Guldenlew die Gräfin Ulrike von Ahlfeld nicht liebt?«

»Und wer sagt Ihnen«, frage ich, »dass er sie liebt?«

Hier wurde der Leutnant durch die Lebhaftigkeit des Gesprächs hingerissen, eine Tatsache zu behaupten, welcher er nicht gewiss war: »Wer es mir sagt, dass er sie liebt? Eine spaßhafte Frage! Es tut mir leid um Ihre Prophetengabe, aber jedermann weiß ja, dass diese Vermählung sowohl eine Neigungs- als eine Konvenienzheirat ist.«

»Wenn jedermann es weiß, so weiß ich wenigstens es nicht.«

»Sie also ausgenommen! Was liegt daran? Sie werden dadurch nicht hindern, dass der Sohn des Vizekönigs in die Tochter des Großkanzlers verliebt ist.«

»Verliebt?«

»Ganz toll verliebt!«

»Er müsste allerdings toll sein, wenn er in sie verliebt wäre.«

»Vergessen Sie nicht, von wem und mit wem Sie reden. Sollte man nicht meinen, der Sohn des Vizekönigs dürfte sich nicht in eine Dame verlieben, ohne zuvor diesen Bauer da um Erlaubnis zu bitten?«

Mit diesen Worten erhob sich der Offizier. Ordeners Augen blitzten.

Ethel trat zu ihm: »Ruhig, um Gottes willen! Was liegt uns daran, ob der Sohn des Vizekönigs die Tochter des Kanzlers liebt?«

Ordener beruhigte sich. Der Leutnant nahm seine alte muntere Laune wieder an.

»Das Fräulein«, rief er aus, »spielt mit unendlicher Grazie die Rolle der Sabinerinnen. Meine Worte waren nicht abgemessen genug; ich hatte vergessen, dass zwischen uns ein Band der Ritterlichkeit besteht, das uns verbietet, uns gegenseitig zu reizen. Ritter, Ihre Hand! Gestehen Sie ebenfalls, dass Sie vergessen hatten, dass Sie von dem Sohne des Vizekönigs mit seinem künftigen Schwager, dem Leutnant Ahlfeldt, sprachen.«

Schuhmacher, der bisher gleichgültig zugehört hatte, sprang von seinem steinernen Sitze auf und stieß einen Schrei des Abscheus aus.

»Ahlfeldt! Ein Ahlfeldt vor meinen Augen!«, rief er aus. »Fort Schlange! Warum erkannte ich nicht an dem Sohne die Züge seines schändlichen Vaters! Lasst mich in Ruhe in meinem Kerker, ich bin nicht zu der Strafe verurteilt, Euch zu sehen! Jetzt fehlte mir nur noch der Sohn jenes Guldenlew neben diesem Ahlfeldt! Feige Verräter! Am Ende kommen sie noch selbst, sich an meinem Jammer zu ergötzen! Abscheuliches Geschlecht! Fort von mir, Du Sohn Ahlfeldts!«

Der Leutnant, der im Anfang bestürzt war, ging bald zum Zorn über. »Willst Du schweigen, alter Narr! Willst Du aufhören, Deine teuflischen Litaneien zu singen!«

»Fort«, rief Schuhmacher, »und, nimm meinen Fluch mit Dir, meinen Fluch über Dich und das elende Geschlecht der Guldenlew, das sich dem Deinigen vermählen will!«

»Zum Teufel! Doppelte Beschimpfung! ...«

Ordener hielt den Leutnant, der ganz außer sich war.

»Leutnant«, sagte er ruhig, »Ihr Feind ist ein Greis. Wir haben uns bereits Genugtuung zu geben, ich nehme auch die Beleidigungen des Gefangenen auf mich.«

»Meinetwegen, Sie machen eine doppelte Schuld ab«, erwiderte der Leutnant. »Das wird ein Kampf auf Leben und Tod werden, denn ich habe meinen Schwager und mich selbst zu rächen. Vergessen Sie nicht, dass Sie mit meinem Handschuh auch den für Ordener Guldenlew ausheben.«

»Leutnant Ahlfeldt«, sagte Ordener, »Sie führen die Sache der Abwesenden mit edelmütiger Hitze. Bedenken Sie, dass ein unglücklicher Greis, dem das Unglück einiges Recht gibt, ungerecht zu sein, auch Mitleid verdient.«

Ahlfeldt gehörte zu den Menschen, bei denen man durch Lob eine Tugend wecken kann. Er drückte Ordeners Hand und trat auf Schuhmacher zu, der, durch seine Entrüstung erschöpft, auf den Stein zurück in die Arme seiner trostlosen Tochter gesunken war.

»Herr Schuhmacher«, sagte der Offizier, »Sie haben Ihr Alter missbraucht, und ich war vielleicht im Begriff, meine Jugend zu missbrauchen, wenn Sie nicht einen Verfechter gefunden hätten. Ich bin diesen Morgen zum letzten Mal in Ihr Gefängnis gekommen, um Ihnen anzukündigen, dass Sie, laut besonderen Befehls des Vizekönigs, von nun an in dem Ihnen angewiesenen Raume frei und unbewacht bleiben können. Empfangen Sie diese erfreuliche Nachricht aus dem Munde eines Feindes.«

»Gehen Sie!«, sagte der alte Gefangene mit dumpfer Stimme.

Der Leutnant verbeugte sich und ging, innerlich vergnügt, einen beifälligen Blick Ordeners erlangt zu haben.

Schuhmacher blieb eine Zeit lang in Gedanken versunken; dann warf er einen Blick auf Ordener und fragte: »Nun?«

»Herr Graf, Dispolsen ist ermordet.«

Das Haupt des Greises sank auf seine Brust herab.

Ordener fuhr fort: »Sein Mörder ist ein berüchtigter Räuber, Han der Isländer.«

»Han der Isländer!«, sagte Schuhmacher. »Han der Isländer!«, wiederholte Ethel.

»Er hat den Hauptmann beraubt«, fuhr Ordener fort.

»Haben Sie«, fragte der Greis, »von keiner kleinen eisernen Büchse, die mit dem Greiffenfeldischen Wappen versiegelt war, etwas vernommen?«

»Nein, Herr Graf!«

Schuhmacher stützte seine Stirne in beide Hände.

»Ich werde Ihnen diese Büchse verschaffen, verlassen Sie sich darauf. Der Mord ist gestern Morgen geschehen, Han ist nach Norden geflohen. Ich habe einen Führer, der seine Schlupfwinkel kennt, und ich selbst habe oft die Berge von Drontheimhus durchstrichen. Ich werde den Räuber auffinden.«

Ethel erbleichte. Schuhmacher stand auf, sein Blick hatte etwas Freudiges; er schien vergnügt, noch Tugend unter den Menschen zu finden.

»Edler Ordener, leben Sie wohl!«, sprach der Greis feierlich, hob die Hand gen Himmel und verschwand im Gebüsche.

Als Ordener sich umwandte, fiel sein erster Blick auf Ethel. Die Jungfrau saß auf dem von Moos gebräunten Felsstück, bleich wie ein Marmorbild auf einem schwarzen Fußgestell.

»Gerechter Gott!«, rief er aus. »Was ist Dir?«

»Ordener«, erwiderte sie mit zitternder Stimme, »wenn Du mich liebst, wenn ich Dir teuer bin, wenn Du meinen Tod nicht willst, so gib diesen törichten Vorsatz auf, ich beschwöre Dich im Namen des Himmels, bleib! Suche diesen Räuber, diesen Dämon nicht auf! Warum willst Du ohne Grund Dein Leben aufs Spiel setzen?«

»Du machst Dir unnötige Unruhe, meine Ethel! Der Himmel wird mit mir sein, und ich suche nicht ohne Grund diesen Räuber auf; es geschieht für Euch, diese eiserne Büchse enthält ...«

»Was soll mir diese eiserne Büchse, mag sie enthalten, was sie will, wenn sie Dein Leben in Gefahr bringt!«

»Warum denkst Du denn, dass mein Leben in Gefahr sei?«

»Ha! Du kennst diesen Han, diesen höllischen Geist nicht! Weißt Du, welches Ungetüm Du aufsuchst? Weißt Du, dass er über alle Mächte der Finsternis gebietet? Dass er Berge umstürzt und Städte verwüstet? Dass unterirdische Höhlen unter seinem Fußtritt einbrechen? Dass sein Hauch die Leuchttürme auf dem Felsen auslöscht? Und diesem von der Macht der Hölle beschützten Riesen willst Du entgegentreten?«

»Beruhige Dich, liebe Ethel, man hat Dir die Macht und Stärke dieses Räubers viel zu übertrieben geschildert. Er ist ein Mensch wie ein anderer; er gibt den Tod und empfängt ihn.«

»Du willst mir also nicht folgen? Was soll aus mir werden, wenn Du ferne bist, wenn ich Dich von Gefahr zu Gefahr irrend weiß? Gewiss, Du kennst dieses Ungeheuer nicht, es hat ganze Bataillone vernichtet.«

»Beste Ethel, ich muss. Es handelt sich um Euer Glück, um Euer Vermögen ...«

»Was liegt an meinem Glück, an meinem Vermögen?«

»Ethel, es handelt sich um das Leben Deines Vaters.«

»Um das Leben meines Vaters?«, rief sie erbleichend aus.

»Ja, dieser Räuber, den wahrscheinlich Deines Vaters Feinde gedungen haben, hat dem Hauptmann Dispolsen Papiere abgenommen, an denen Deines Vaters Leben hängt. Diese Papiere will ich ihm wieder abnehmen, und sollte ich sie mit meinem Blute bezahlen.«

»Um meines Vaters Leben!«, wiederholte die trostlose Jungfrau, wandte dann langsam die Augen auf Ordener und sprach: »Was Du tun willst, ist fruchtlos, aber tue es!«

»Edelmütige Tochter!«, rief der Jüngling begeistert aus und fasste ihre Hand. »Der Himmel wird mich schützen, ich kehre bald zurück, um Dich nie mehr zu verlassen. Ich will der Retter Deines Vaters werden und verdienen, sein Sohn zu sein.«

»Gehe, mein Ordener, und wenn Du nicht wiederkehrst, wird auch mich der Schmerz töten. Diesen Trost habe ich.«

Sie verließen Hand in Hand den Garten. Unter der Pforte schnitt Ethel eine ihrer schwarzen Locken ab und gab sie Ordener.

»Ordener«, sprach sie, »denke an mich, ich will für Dich beten!«

X.

Nach einer schlaflosen Nacht lag die Gräfin von Ahlfeldt auf dem Sofa, gepeinigt von dem bitteren Nachgeschmack unreiner Freuden. Sie dachte an diesen Musdoemon, der ihr einst in so verführerischem Lichte erschienen war, und den sie jetzt so abscheulich fand. Das unglückliche Geschöpf weinte, nicht aus Reue, sondern aus Verdruss. Das Laster hatte sie geflohen, sie nicht das Laster. Ihre Tränen gewährten ihr nicht den Trost, den der Tugendhafte darin findet. Jetzt öffnete sich die Türe und Musdoemon trat mit ihrem Sohne Friedrich ein.

»Wie kommen denn Sie hierher, Mutter?«, rief der Leutnant, »Ich glaubte Sie zu Bergen. Ist es jetzt bei unseren Damen Mode geworden, wie fahrende Ritter durch das Land zu ziehen?«

Die Gräfin umfing ihren Friedrich mit zärtlichen Umarmungen, die er, wie alle verwöhnten Kinder, ziemlich kalt erwiderte. Dies war vielleicht die empfindlichste aller Strafen für die unglückliche Mutter. Friedrich war ihr Liebling, das einzige Wesen auf der Welt, an dem sie mit uneigennütziger Liebe hing.

»Es freut mich, lieber Sohn«, sagte sie, »dass Du sogleich zu mir geeilt bist, nachdem Du meine Anwesenheit in Drontheim erfahren hattest.«

»Sie irren sich, Mama! Ich wusste gar nicht, dass Sie hier sind. Die Langeweile plagte mich in der Festung, ich ging in die Stadt, begegnete Musdoemon, und der hat mich hierher geführt.« Die arme Mutter stieß einen Seufzer aus.

»Apropos, Frau Mutter«, fuhr Friedrich fort, »es ist eben recht, dass Sie hier sind. Sie werden mir sagen können, ob Rosa zu Kopenhagen noch immer in der Mode ist. Haben Sie nicht vergessen, mir eine Flasche Haaröl mitzubringen? Den zuletzt übersetzten französischen Roman, meine goldenen Borten und die kleinen Lockenkämmchen werden Sie hoffentlich auch mitgebracht haben? ...«

Das unglückliche Weib hatte ihrem Sohne nichts mitgebracht, als die einzige Liebe, welche sie für irgendjemand auf der Welt fühlte.

»Mein lieber Sohn, ich war krank, und meine Schmerzen haben mich gehindert, an das zu denken, was Dir Freude macht.«

»Krank! Es freut mich, dass Sie sich wieder wohl befinden. Apropos, was macht meine Meute normannischer Hunde? Ich wette darauf, dass man vergessen hat, mein niedliches Äffchen jeden Abend in Rosenwasser zu baden, und meinen Papagei, den werde ich am Ende tot finden ... Wenn ich abwesend bin, nimmt sich niemand des armen Tieres an.«

»Deine Mutter, mein Sohn, denkt wenigstens an Dich«, sagte die Gräfin mit zitternder Stimme.

Selbst der Engel mit dem feurigen Schwerte, der die Sünder aus dem Paradiese treibt, würde in diesem Augenblicke mit der unglücklichen Mutter Mitleid gehabt haben. Musdoemon lachte höhnisch in einem Winkel des Zimmers.

»Herr Friedrich«, sagte er, »wozu dieses Haaröl, und diese Bänder, und diese Borten, und all dieses schwere Geschütz der Liebe, wenn das einzige weibliche Herz, das Munckholms Mauern einschließen, unbezwinglich ist?«

»Fürwahr, das ist sie!«, erwiderte Friedrich lachend. »Ich habe von dieser Festung abziehen müssen, jetzt ist sie unüberwindlich, und ich fordere den General Schack selbst auf, sie zu nehmen. Wie soll man auch eine Festung überrumpeln, in der das ganze Jahr nichts dekuvriert ist, wo alle Posten immer besetzt sind? Halskrause bis an das Kinn, Ärmel bis auf die Finger! Und in diesem Fort, mein lieber Lehrmeister, hält die Schamhaftigkeit Wache.«

»Wirklich!«, sagte Musdoemon. »Nun, so muss die Liebe die Schamhaftigkeit zur Übergabe zwingen.«

»Vergebliche Mühe! Die Liebe hat sich allerdings in den Platz eingeschlichen, aber sie dient der Schamhaftigkeit als Verstärkung.«

»Das ist etwas Nagelneues. Wenn Sie geliebt sind ...«

»Wer sagt Ihnen denn, dass ich geliebt sei?«

»Und wer denn?«, riefen Musdoemon und die Gräfin zugleich aus.

Als eben Friedrich antworten und die nächtliche Szene schildern wollte, fiel ihm das gegebene Ehrenwort ein.

»Wahrhaftig ...«, sagte er, »ich weiß in der Tat nicht, wer ... irgendein gemeiner Mensch ... ein Lehensmann ...«

»Irgendein Soldat der Besatzung?«, sagte Musdoemon lachend.

»Wie, mein Sohn!«, rief die Gräfin aus, »sie liebt einen Bauern, einen Lehensmann? Weißt Du das gewiss? Das wäre nicht zu bezahlen.«

»Freilich weiß ich es gewiss; es ist aber kein Soldat der Besatzung. Ich weiß so gewiss, dass sie liebt, dass meine längere Verbannung in dieses verfluchte Schloss jetzt überflüssig ist.«

Der Gräfin Augen leuchteten vor Schadenfreude: »Du musst uns das noch ausführlicher erzählen, mein Sohn. Im Übrigen wundere ich mich nicht darüber, eine Bauerndirne kann nur einen Bauern lieben. Inzwischen verwünsche dieses Schloss nicht, in welchem Du zum ersten Mal eine unserer Familie so werte Person gesehen hast.«

»Wie, Mutter, welche Person?«, fragte der Leutnant verwundert.

»Keinen Scherz, mein Sohn! Hat Dir gestern niemand die Aufwartung gemacht? Du siehst, ich weiß davon.«

»Mehr als ich, wie es scheint. Der Teufel soll mich holen, wenn ich gestern ein fremdes Gesicht gesehen habe!«

»Wie, Friedrich, Du hast niemand gesehen?«

»Niemand, Mutter!«

»Wie! Ist nicht gestern Abend der Sohn des Vizekönigs nach Munckholm gekommen?«

Der Leutnant wollte sich vor Lachen ausschütten: »Der Sohn des Vizekönigs! Sie träumen oder wollen mich zum Besten haben.«

»Weder das eine noch das andere. Wer hatte denn gestern die Wache?«

»Ich selbst, Mama!«

»Und Du hast den Baron Ordener nicht gesehen?«

»Nein, sage ich Ihnen!«

»Er konnte ja das Inkognito beobachten, Du kennst ihn ja nicht, da er zu Drontheim erzogen worden ist. Du kennst seine Grillen, er kann einen falschen Namen angenommen haben. Hast Du in der Tat gar niemand gesehen?«

Friedrich schwankte einen Augenblick. Sein Ehrenwort fiel ihm ein. »Nein!«, rief er, »Niemand!«

»In diesem Falle ist also der Baron nicht nach Munckholm gegangen.«

Musdoemon hatte aufmerksam zugehört. Er unterbrach jetzt die Gräfin.

»Erlauben Sie, gnädige Gräfin! Wie heißt der Bauer, gnädiger Herr, der Schuhmachers Tochter liebt?«

»Ich weiß es nicht ... oder vielmehr ... Ja, ich weiß es nicht.«

»Und wie wissen Sie denn, dass sie einen Bauern liebt?«

»Habe ich gesagt einen Bauern? Ja, richtig einen Bauern ...«

Des Leutnants Verlegenheit stieg. Er suchte ihr durch einen raschen Entschluss zu entgehen.

»Meiner Treu, Herr Musdoemon, und Sie, gnädige Mama, wenn die Narrheit der Verhöre jetzt Mode ist, so machen Sie sich das Vergnügen, einander selbst zu verhören! Was mich betrifft, so will ich nicht länger verhört sein.«

Mit diesen Worten öffnete er die Türe und verschwand. Die beiden erschöpften sich in Vermutungen.

Friedrich eilte in den Hof, denn er hörte Musdoemons Stimme, die ihn zurückrief, schwang sich aufs Pferd und sprengte dem Hafen zu.

Unterwegs dachte er über die Sache: Wenn es Ordener Guldenlew war, dann gute Nacht, meine arme Ulrike ... doch nein! Wer wird denn so einfältig sein, die arme Tochter eines Staatsgefangenen der reichen Tochter eines allmächtigen Ministers vorzuziehen! Ein solcher Narr lebt nicht auf der Welt. Mithin könnte die Liebe zu Schuhmachers Tochter höchstens eine vorübergehende Neigung sein, und nichts hindert, neben der Frau eine Maitresse zu halten; das gehört sogar zum guten Ton. Doch nein! Es ist nicht Ordener, der Sohn des Vizekönigs würde nicht in einem abgetragenen Rocke und mit einer schwarzen Feder ohne Diamantschnalle, die von Wind und Wetter gefegt ist, einhergehen! Und dieser große Mantel, aus dem man ein Zelt machen könnte! Und die Haare ohne Frisur und ohne Kamm! Und diese mit Kot bespritzten Stiefel mit eisernen Sporen! Das ist nicht der Sohn des Vizekönigs. Der Baron von Thorwick ist Ritter des Danebrogordens; dieser Fremde hat nichts an sich, was von Weitem einem Orden gleich sieht. Wenn ich Ritter wäre, so würde ich das Ordensband am Schlafrock tragen. Er weiß nichts von dem neuesten Roman der geistreichen Scudery. Das ist nicht der Sohn des Vizekönigs.

XI.

»Was gibt es? Was willst Du, Paul? Wer hat Dich kommen heißen?«

»Euer Exzellenz vergessen, dass Sie mich eben selbst gerufen haben.«

»Richtig«, sagte der General. »Hm! Gib mir diese Mappe da.«

Paul reichte dem Gouverneur die Mappe dar, nach der er nur den Arm hätte ausstrecken dürfen, um sie selbst zu nehmen.

Der Gouverneur blätterte mit zerstreuter Miene in einigen Papieren.

»Paul, ich wollte Dich auf diesem ... Wie viel Uhr ist es?«

»Sechs Uhr«, erwiderte der Bediente dem General, vor dessen Augen eine Uhr hing.

»Ich wollte Dich fragen ... Was gibt es Neues im Hause?«

»Nichts, als dass ich immer noch auf meinen Herrn warte, und ich sehe, dass Euer Exzellenz wegen seines Ausbleibens auch besorgt sind.«

»Ich, besorgt! Ich weiß, warum er abwesend ist ... ich erwarte ihn noch nicht.«

Der General Levin von Knud hielt so sehr auf sein Ansehen, dass er es für gefährdet hielt, wenn ein Untergebener einen seiner geheimen Gedanken nur hätte erraten können. Er wollte nicht wissen lassen, dass Ordener ohne seinen Befehl gehandelt habe.

»Paul«, fuhr er fort, »Du kannst gehen.«

Der Diener ging. »In der Tat«, sagte der General missmutig für sich, »er missbraucht mich, dieser Ordener. Wenn man den Bogen zu stark spannt, bricht er. Mich eine schlaflose Nacht zubringen lassen! Den General Levin den Spöttereien einer Kanzlerin und den Vermutungen eines Reitknechtes aussetzen! Und alles das, um einem alten Feinde die ersten Umarmungen zu bringen, die er einem alten Freunde schuldig ist! Ordener! Ordener! Launenhaftigkeit ist nicht die wahre Freiheit. Er soll nur kommen, ich will ihm tüchtig den Kopf waschen!«

In diesem Augenblicke rief eine wohlbekannte Stimme: »Mein edler Vater!«

Ordener lag in den Armen des Generals.

»Ordener, lieber Ordener!«, rief dieser freudig aus. »Wie glücklich bin ich, dass Du da bist! ...«

Plötzlich hielt der alte Herr inne und fuhr dann in anderem Tone fort: »In der Tat, ja es freut mich, dass Du so Herr Deiner Gefühle bist. Ohne Zweifel wolltest Du Dir eine Büßung auflegen, dass Du vierundzwanzig Stunden zugebracht hast, ohne mich zu besuchen.«

»Mein Vater, Sie haben mir oft selbst gesagt, dass ein unglücklicher Feind einem glücklichen Freunde vorgehe. Ich komme von Munckholm.«

»Allerdings, Du hast recht, wenn im Verzuge Gefahr liegt, aber Schuhmachers Zukunft ...«

»Ist ärger bedroht als je, mein Vater! Ein schändliches Komplott ist gegen diesen Unglücklichen angesponnen. Menschen, die seine geborenen Freunde sind, wollen ihn verderben. Ein Mann, der sein geborener Feind ist, wird ihn zu retten wissen.«

»Ganz wohl, lieber Ordener«, erwiderte der General, dessen Gesicht immer freundlicher geworden war. »Aber was sagst Du da? Welche Menschen? Welche Umtriebe? Schuhmacher steht unter meinem Schutze.«

»Welche Umtriebe! Welche Menschen! In wenigen Tagen werde ich alles erforscht haben, und dann sollen Sie das Ganze erfahren. Ich muss diesen Abend wieder abreisen.«

»Wie! Du willst nur so kurze Zeit bleiben! Und wohin gehst Du, warum willst Du fort, mein lieber Sohn?«

»Sie haben mir schon mehr als einmal erlaubt, eine gute Tat im Stillen zu tun.«

»Allerdings, mein Sohn! Ist Deine Abreise aber auch so dringend notwendig, und bedenke, welche große Angelegenheit Dich zurückhalten sollte! ...«

»Mein Vater hat mir einen Monat Bedenkzeit gegeben, diesen verwende ich zum Nutzen eines Anderen. Gute Tat gibt guten Rat. Bei meiner Rückkunft werden wir weiter sehen.«

»Wie! Missfällt Dir etwa diese Heirat? Ulrike Ahlfeldt soll sehr schön sein. Hast Du sie gesehen?«

»Ja, und sie scheint mir wirklich schön.«

»Nun denn?«, sagte der Gouverneur.

»Sie wird mein Weib nicht«, erwiderte Ordener.

Dieses kalte entschiedene Wort traf den General wie ein Donnerschlag. Der Verdacht der hochmütigen Gräfin kam ihm ins Gedächtnis zurück.

»Ordener«, sagte er mit Kopfschütteln, »Ordener, der alte Gefangene hat eine Tochter!«

»Davon eben wollte ich mit Ihnen sprechen, mein Vater! Ich bitte Sie um Ihren Schutz für dieses schwache, unglückliche Wesen.«

»Du bittest sehr lebhaft«, sagte der General ernst.

Ordener fasste sich: »Ich bitte für eine unglückliche Gefangene, der man die Unschuld rauben will.«

»Die Unschuld! Bin denn ich nicht mehr Gouverneur? Ich weiß nichts von all diesen Gräueln. Erkläre Dich näher.«

»Mein edler Vater! Schuhmachers Leben ist durch ein höllisches Komplott bedroht ...«

»Das wird ernsthaft, welche Beweise hast Du dafür?«

»Der älteste Sohn einer mächtigen Familie ist in diesem Augenblicke zu Munckholm; er ist dort in der Absicht, die Gräfin Ethel zu verführen ... er hat es mir selbst gesagt.«

Der General wich drei Schritte zurück.

»Mein Gott! Die arme Verlassene!«, rief er aus. »Ordener! Schuhmacher und seine Tochter stehen unter meinem Schutze. Wer ist dieser Elende? Wie heißt die Familie?«

»Ahlfeldt.«

»Ahlfeldt!«, rief der alte General aus. »Jetzt ist mir alles klar. Friedrich von Ahlfeldt ist zu Munckholm. Und an diese Rasse will man Dich verkuppeln, mein edler Ordener! Jetzt wundere ich mich nicht mehr über Deinen Widerwillen.«

Der Greis blieb eine Zeit lang mit verschränkten Armen stehen, dann trat er auf Ordener zu und drückte ihn an seine Brust: »Du kannst gehen. Ich bleibe der Beschützer jener Unglücklichen. Geh und handle. Diese höllische Gräfin von Ahlfeldt ist hier.«

In diesem Augenblicke öffnete der Türsteher das Zimmer: »Die gnädige Gräfin von Ahlfeldt!«

Ordener wich unwillkürlich in einen Winkel des Zimmers zurück. Die Gräfin stürmte herein, ohne ihn zu bemerken.

»Herr General«, rief sie, »Ihr Zögling treibt sein Spiel mit Ihnen; er war nicht zu Munckholm.«

»Wirklich!«, sagte der General.

»Allerdings! Mein Sohn Friedrich hatte gestern die Wache und hat niemand gesehen.«

»Wirklich, gnädige Frau?«, wiederholte der General.

»Mithin«, fuhr die Gräfin mit einem triumphierenden Lächeln fort, »warten Sie nicht mehr auf Ihren Ordener.«

»In der Tat warte ich auch nicht mehr auf ihn«, sagte der General ernst und kalt.

»Ich glaubte, wir seien allein«, sagte die Gräfin, die sich umgewendet hatte. »Wer ist ...«

Ordener verbeugte sich.

»In der Tat«, fuhr sie fort ... »ich habe ihn nur einmal gesehen ... aber ... ohne diese Kleidung ... wäre er der Sohn des Vizekönigs?«

»Er ist es, gnädige Gräfin!«, sagte Ordener und verbeugte sich zum zweiten Mal.

Die Gräfin lächelte.

»Wenn es so ist, so erlauben Sie einer Dame, die Ihnen bald näher angehören wird, zu fragen, wohin Sie gestern gegangen sind, Herr Graf?«

»Herr Graf! Ich hoffe nicht, dass ich so unglücklich gewesen bin, bereits meinen Vater zu verlieren, Frau Gräfin!«

»Dieser Sinn liegt nicht in meiner Rede. Besser ist es, Graf zu werden durch den Gewinn einer Gattin, als durch den Verlust eines Vaters.«

»Das eine taugt nicht viel mehr, als das andere.«

Die Gräfin wurde durch diese Antwort ein wenig in Verlegenheit gesetzt, war aber gewandt genug, um ihre scherzhafte Seite aufzufassen, und brach in ein lautes Lachen aus.

»Richtig«, rief sie aus, »man hat nicht gelogen, seine Bildung ist etwas wilder Art. Sie wird sich inzwischen mit den Geschenken der Damen vertraut machen, wenn Ulrike Ahlfeldt ihm die Kette des Elefantenordens um den Hals schlingen wird.«

»In der Tat, eine wirkliche Kette!«, sagte Ordener.

»Wir werden noch erleben, General«, fuhr die Gräfin fort, deren Lachen etwas peinlich wurde, »dass Ihr unlenksamer Zögling auch seinen Rang als Oberst einer Dame nicht wird verdanken wollen.«

»Sie haben recht, gnädige Gräfin«, erwiderte Ordener; »ein Mann, der ein Schwert an der Seite trägt, müsste sich schämen, seine Epauletten von einem Unterrock anzunehmen.«

Das Gesicht der Gräfin verfinsterte sich ganz und gar.

»Ho! Ho! Woher kommt denn der Herr Baron? Ist es denn wirklich wahr, dass Seine Ritterlichkeit nicht zu Munckholm gewesen ist?«

»Gnädige Gräfin, ich pflege nicht alle Fragen zu beantworten. Auf Wiedersehen, mein Vater!«

Er drückte dem General die Hand, verbeugte sich gegen die Gräfin und verließ das Zimmer.

XII.

Mit Einbruch der Nacht wanderten auf der engen und steinigen Straße von Drontheim nach Skongen, die bis zum Weiler Vygla längs dem Golf hinläuft, zwei Reisende. Beide waren in Mäntel gehüllt. Der eine ging festen Schrittes, aufrecht, mit erhobenem Haupt; unter seinem Mantel sah der unterste Teil eines Säbels hervor; eine Feder wehte auf seinem Haupt; der andere war etwas größer als sein Gefährte, aber mager und schmächtig: Unter seinem Mantel ragte eine Art Höcker hervor, der von einem Schnappsack, den er darunter trug, herzurühren schien. Er hatte einen Knotenstock in der Hand, mit welchem er seinen schwankenden Gang unterstützte.

»Jetzt, junger gnädiger Herr«, sagte der Letztere, »befinden wir uns auf dem Punkt, von dem aus man den Turm von Vygla und die Kirchtürme von Drontheim zugleich erblickt. Vor uns, am Horizont, jene schwarze Masse dort ist der Turm, hinter uns liegt die Hauptkirche von Drontheim.«

»Ist Vygla weit von Skongen, Meister Spiagudry?«, fragte der andere.

»Wir müssen zuvor noch Ordals passieren und werden Skongen nicht vor drei Uhr morgens erreichen, gnädiger Herr!«

»Wie viel Uhr schlägt es eben?«, fragte Ordener weiter.

»Mein Gott, Herr! Sie machen mich zittern! Ja, es ist die Glocke von Drontheim, deren Töne uns der Wind zuführt. Das kündigt ein Gewitter an. Der Hauch des Nordwestwinds führt die Wolken herbei.«

»In der Tat, die Sterne hinter uns sind verschwunden.«

»Lassen Sie uns den Schritt verdoppeln, mein edler Herr! Das Gewitter naht, und vielleicht hat man in der Stadt bereits die Verstümmelung Gill Stadts wahrgenommen, und weiß, dass ich entflohen bin. Vorwärts in Gottes Namen!«

»Gerne, alter Herr! Ihr scheint schwer zu tragen: Gebt mir Euren Pack, ich bin jung und stark.«

»Nicht doch, edler Herr! Es ziemt dem Adler nicht, das Haus der Schildkröte zu tragen. Wer bin ich, dass Sie meinen Schnappsack tragen sollten!«

»Wenn er Euch aber zu schwer wird, alter Herr? Er scheint gewichtig. Was ist denn darin? Ihr seid eben gestolpert, es klingt ja wie Eisen.«

Spiagudry ging schnell vorwärts.

»Es klingt, gnädiger Herr! Nicht doch, Sie irren sich. Es ist nichts darin als Lebensmittel, Kleider ... Oh! Es ist gar nicht schwer.«

Der wohlwollende Vorschlag Ordeners schien Spiagudry einen bedeutenden Schrecken eingeflößt zu haben, den er zu verhehlen suchte.

»Nun«, sagte Ordener, der dies nicht wahrnahm, »wenn der Pack Euch nicht beschwerlich ist, so behaltet ihn.«

Spiagudry, obwohl dadurch beruhigt, beeilte sich doch, das Gespräch auf einen anderen Gegenstand zu bringen,

»O, wie traurig ist es«, sagte er seufzend, »in der Finsternis der Nacht eine Straße als Flüchtling zu wandern, die man zur Tageszeit so angenehm als nützlich mit den Augen eines wissenschaftlichen Beobachters durchlaufen könnte! Links an den Ufern des Golfs findet man eine Menge Runensteine, auf denen man Buchstaben lesen kann, welche laut der Tradition Götter und Riesen hineingegraben haben. Rechts von uns hinter den Felsen, die den Weg begrenzen, breitet sich der salzige Sumpf von Skiold aus, der ohne Zweifel durch irgendeinen unterirdischen Kanal mit dem Meer in Verbindung steht, weil man darin den Seeregenwurm antrifft, diese seltsame Fischgattung, welche, nach der von Ihrem untertänigen Diener und Wegweiser gemachten Entdeckung, sich von Sand nährt. In dem Turme von Vygla, dem wir uns jetzt nähern, hat der heidnische König Pharamund die Brüste der heiligen Etheldera, der glorreichen Märtyrerin, mit Holz vom wahren Kreuze Christi braten lassen. Inzwischen hat man, wie die Sage geht, vergebens versucht, diesen verfluchten Turm in eine Kapelle zu verwandeln. Alle Kreuze, die man nacheinander hineinsetzte, sind vom Feuer des Himmels verzehrt worden.«

In diesem Augenblick erhellte ein furchtbarer Blitz den Golf, die Hügel und Felder umher. Die Wanderer standen still. Ein heftiger Donnerschlag folgte, dessen Echo in den Bergen widerhallte. Der Himmel war ganz umwölkt; der Wind trieb schwarze Wolken vor sich her. In den oberen Regionen hörte man den Sturmwind brausen; er war noch nicht bis zur Erde herniedergestiegen. Sonst war die Nacht still und schweigsam. Kein Laut ließ rings umher sich hören.

Plötzlich ertönte durch diese stürmische Stille nahe bei den beiden Reisenden ein Brummen, wie von einem wilden Tier, das den Alten erbeben machte.

»Allmächtiger Gott!«, rief er aus und fasste den Arm des jungen Mannes, »das ist das Lachen des Teufels in diesem Sturme oder die Stimme des ...«

Ein neuer Blitz, ein neuer Donnerschlag machten ihn verstummen. Das Gewitter brach jetzt mit Heftigkeit aus. Die beiden Wanderer hüllten sich dichter in ihre Mäntel.

»Alter Herr«, sagte Orden«, »ich habe im Blitzstrahle rechts von uns den Turm von Vygla gesehen. Wir wollen dort eine Zuflucht suchen.«

»Eine Zuflucht in dem verfluchten Turm!«, rief Spiagudry voll Entsetzen aus. »Hilf Himmel! Dieser Turm ist verlassen und unbewohnt.«

»Desto besser, dann wird uns niemand an der Türe warten lassen.«

»Bedenken Sie doch, welche entsetzliche Tat ihn entheiligt hat!«

»Nun, so wollen wir ihn durch unsere Gegenwart wieder heiligen. In einer solchen Nacht würde ich Gastfreundschaft in einer Räuberhöhle suchen. Vorwärts Alter!«

Ordener schlug, trotz Spiagudrys Widerspruch, den Weg zum Turme ein, den ihm die häufigen Blitze in geringer Entfernung zeigten. Als sie näher kamen, erblickten sie ein Licht in einer der Öffnungen des Turmes.

»Ihr seht«, sagte Ordener, »dass dieser Turm nicht unbewohnt ist. Jetzt werdet Ihr ohne Zweifel beruhigt sein.«

»Mein Gott! Mein Gott! Wo führen Sie mich hin? Bewahre mich der Himmel, dass ich in diesen Tempel der höllischen Geister trete!«

Sie waren jetzt am Turme angelangt, Ordener schlug mit Macht an die Türe. »Seid ruhig, alter Herr«, sagte er scherzend, »es ist gewiss irgendein frommer Einsiedler in diese Wohnung des Teufels eingezogen, um sie wieder zu heiligen.«

»Nein«, rief Spiagudry mit Entsetzen aus, »nein, ich gehe nicht hinein! Der heilige Eremit könnte hier nicht wohnen, wenn er nicht eine der sieben Ketten Beelzebubs als Rosenkranz hätte.«

Inzwischen war von Öffnung zu Öffnung ein Licht herabgestiegen, das man jetzt durch die Spalten der Türe leuchten sah.

»Du kommst spät, Nychol!«, rief eine heisere Stimme.

»Man schlägt den Galgen um die Mittagsstunde auf, und man braucht nur sechs Stunden, um von Skongen nach Vygla zu kommen. Hat es denn noch mehr zu tun gegeben?«

Ein Weib öffnete die Türe. Als sie zwei fremde Gesichter erblickte, stieß sie einen Schrei des Schreckens und der Drohung aus, während sie drei Schritte zurückwich.

Das Weib war von hoher Statur und trug eine eiserne Lampe in der Hand. Ihr falbes Gesicht und ihre ausgetrocknete, eckige Figur hatten etwas Leichenartiges an sich. Sie blickte finster aus hohlen Augen. Sie trug von der Hüfte an einen Scharlachrock, der bis auf ihre nackten Füße hinabreichte. Ihre fleischlose Brust war mit einem Männerwams von gleicher Farbe halb bedeckt, dessen Ärmel am Ellenbogen abgeschnitten waren. Der durch die offene Türe hereindringende Wind spielte mit ihren grauen Haaren, die durch ein Netz von Baumrinde festgehalten waren. Ihr Gesicht erhielt dadurch einen noch wilderen Ausdruck.

»Gutes Weib«, sagte Ordener, »der Regen fällt in Strömen, Ihr habt ein Dach und wir Geld.«

Spiagudry zog ihn am Mantel und flüsterte ihm zu: »Was sagen Sie denn da? Was reden Sie von Geld? Wenn das nicht die Wohnung des Teufels selbst ist, so ist es wenigstens die Höhle irgendeines Räubers. Unser Geld wird uns hier zum Verderben gereichen.«

»Ruhig, Alter!« erwiderte Ordener, zog seine Börse und klimperte damit in die Ohren der Turmbewohnerin.

Die Hexe des Turms blickte sie mit stieren Augen an und sprach in hohlem Tone: »Fremdlinge, haben Euch Eure Schutzgeister verlassen? Was sucht Ihr hier bei den verfluchten Bewohnern des verfluchten Turmes? Fremdlinge! Menschen haben Euch den Weg zu diesem Turme nicht gezeigt. Sie hätten Euch gesagt: Lieber unter dem Blitze des Himmels, als am Herde des Turmes von Vygla! Der einzige Lebende, der hier aus und eingeht, betritt keine Wohnung anderer Sterblichen, er verlässt die Einsamkeit nur, um vor der strömenden Menge auf öffentlichem Platze zu erscheinen, er lebt nur für den Tod. Die Flüche der Menschen folgen ihm, er dient nur ihrer Rache, im Verbrechen ist sein Dasein. Und der elendeste Verbrecher wälzt von sich die öffentliche Verachtung auf ihn ab, und fügt noch die seinige hinzu. Ihr seid Fremdlinge, Ihr müsst es sein, denn Euer Fuß steht ohne Schauder auf der Schwelle dieses Turms. Stört nicht länger die Wölfin und ihre Jungen! Kehrt auf den Pfad zurück, auf dem die Kinder der Menschen wandeln, und wenn Ihr nicht wollt, dass Eure Brüder Euch fliehen, so sagt ihnen nicht, dass die Lampe des Vyglathurmes Eure Gesichter bestrahlt habe.«

Bei diesen Worten deutete die Turmbewohnerin mit dem Finger auf die Türe und trat auf die beiden Wanderer zu. Spiagudry zitterte an allen Gliedern. Ordener, der wegen der Geläufigkeit ihrer Zunge von den Reden der Alten wenig verstanden hatte, hielt sie für wahnsinnig und hatte übrigens keine Lust, sich dem Sturm, der noch ebenso heftig raste, wieder auszusetzen.

»Ihr macht mich sehr begierig auf den seltsamen Bewohner dieses Turmes, mein gutes Weib«, sagte er scherzend, »und ich will die Gelegenheit nicht verlieren, eine so anziehende Bekanntschaft zu machen.«

»Die Bekanntschaft mit ihm, junger Mensch, ist ebenso schnell beendigt als gemacht. Wenn der böse Geist Euch dazu treibt, so ermordet einen Lebenden oder entweiht einen Toten.«

»Einen Toten entweihen!«, rief Spiagudry mit zitternder Stimme und verbarg sich im Schatten seines Gefährten.

»Man müsste ein Narr sein«, sagte Ordener, »bei einem solchen Wetter die Reise fortzusetzen.«

»Und ein größerer Narr«, murmelte Spiagudry, »an einem solchen Orte Schutz zu suchen, das Wetter mag sein, wie es will.«

»Unglückseliger!«, rief die Hexe. »Weiche von der Schwelle dessen, der keine andere Pforte öffnet, als die des Grabes!«

»Und wenn es offen stände«, erwiderte Ordener entschlossen. »Schließe die Türe, Alte, denn der Wind weht kalt, und nimm dieses Gold! Ich führe ein Schwert an der Seite, das mir für mein Leben bürgt.«

»Was soll ich mit Eurem Golde?«, fuhr die Turmbewohnerin fort. »Wertvoll in Euern Händen, wird es in den meinigen zu Blei. Bleibt denn für Euer Gold! Es kann ein Obdach öffnen gegen die Stürme des Himmels, vor der Verachtung der Menschen schützt es nicht. Bleibt, Ihr bezahlt die Gastfreundschaft teurer, als man das Haupt eines Menschen bezahlt. Gebt mir Euer Gold und wartet hier eine Weile. Zum ersten Mal tragen menschliche Hände Gold, das nicht mit menschlichem Blute befleckt ist, in dieses Haus.«

Die Alte stellte die Lampe auf den Boden, verriegelte die Türe und verschwand unter dem Eingang einer finstern Treppe, die abwärts führte. Spiagudry rief alle Heiligen an und verwünschte die Unklugheit seines Gefährten. Ordener nahm das Licht und leuchtete in dem runden Zimmer herum, worin sie sich befanden. Als er sich der Mauer näherte, schauderte er zurück, und der Alte, der ihm gefolgt war, rief leichenblass aus: »Großer Gott! Ein Galgen!«

In der Tat war ein großer Galgen an die Mauer gelehnt.

»Und hier«, fuhr Ordener fort, »Sägen, Ketten, Halsbänder, eiserne Zangen!«

»O, Herr im Himmel!«, rief Spiagudry. »Wo sind wir?«

Ordener fuhr ruhig fort: »Hier ein hänfener Strick, dort Glühöfen und Kessel; hier Peitschen mit stählernen Spitzen, dort ein Beil und ein Schwert!«

»Das ist die Rüstkammer der Hölle!«, sprach der zitternde Alte.

»Das sind freilich seltsame Gerätschaften! Ich bedaure meine Unklugheit, die Euch hierher geführt hat, alter Herr!«

»Jetzt ist es zu spät!«, sagte Spiagudry, der mehr tot als lebendig war.

»Nur ruhig, ich bin da und mein Schwert auch!«

»Das wird viel helfen!«, murmelte der Alte zwischen den Zähnen.

Jetzt erschien die Turmbewohnerin wieder und gab den Fremden ein Zeichen, ihr zu folgen. Sie ging mit der Lampe voran, und sie stiegen eine enge Treppe hinauf. Sie kamen oben in ein rundes Zimmer, wie das untere war. In der Mitte desselben brannte ein großes Feuer, dessen Rauch durch eine Öffnung in der Decke hinauszog. Ein Bratspieß mit noch frischem Fleisch drehte sich an dem Feuer, Spiagudry wendete sich mit Abscheu weg.

»An diesem abscheulichen Herde«, sagte er zu seinem Gefährten, »hat das Holz des wahren Kreuzes die Glieder einer Heiligen verzehrt.«

In einiger Entfernung vom Feuer stand ein plumper Tisch. Das Weib lud die Reisenden ein, Platz daran zu nehmen.

»Fremdlinge«, sagte sie und setzte die Lampe vor sie hin, »das Nachtessen wird bald fertig sein, und mein Mann wird bald kommen, damit ihn nicht der Geist der Mitternacht, der um den verwünschten Turm haust, durch die Lüfte davon führe.«

Jetzt, beim Scheine des Lichts, konnte Ordener erst sehen, wie seltsam sich der furchtsame Spiagudry verkleidet hatte, um sich unkenntlich zu machen. Er hatte seine Kleider von Rentierfell gegen eine ganz schwarze Kleidung vertauscht, die er im Spladgest von einem berühmten Grammatiker aus Drontheim ererbt hatte, welcher sich aus Verzweiflung darüber ersäufte, dass er den Grund nicht auffinden konnte, warum Jupiter im Genitiv mit Jovis dekliniert wird. Seine Holzschuhe hatte er gegen ein paar weite Postillonsstiefel vertauscht, die ein Postknecht, den seine Pferde geschleift hatten, im Spladgest zurückließ. Er hätte darin keinen Schritt tun können, wenn sie nicht mit einem halben Bund Heu ausgestopft gewesen wären. Auf seinem Haupt trug er eine große Perücke, von einem reisenden Franzosen ererbt, der in der Nähe von Drontheim ermordet worden war. Eines seiner Augen war mit einem Pflaster bedeckt, und das Gesicht hatte er sich mit einer Schminke bestrichen, die er von einer alten Jungfer an sich gebracht hatte, welche aus Liebe gestorben war. Ehe er sich setzte, nahm er das Paket, das er auf seinem Rücken trug, sorgfältig unter sich, wickelte sich in seinen alten Mantel, und seine ganze Aufmerksamkeit war auf den Braten gerichtet, den die alte Hexe am Spieß hatte, und auf den er von Zeit zu Zeit Blicke voll unruhigen Entsetzens warf. Sein zahnloser Mund murmelte von Zeit zu Zeit: »Menschenfleisch! ... *Horrendas epulas* ... Anthropophagen! ... Gastmahl des Molochs! ... *Noe pueros coram populo Medea trucidet!* ... Wo sind wir? ... Druide! ... Irmensäule! ...«

Endlich rief er aus: »Gott sei Lob und Dank! Ich sehe einen Schwanz.«

Ordener, der aufmerksam auf ihn gewesen war, hatte den Gang seiner Gedanken ungefähr erraten und sagte lächelnd: »Das ist nicht sehr beruhigend. Es ist vielleicht das Hinterteil eines Teufels.«

Spiagudry überhörte diesen Scherz, denn seine Blicke starrten auf den Hintergrund des Zimmers. Er schauderte zusammen und flüsterte in Ordeners Ohr: »Herr, sehen Sie dort hin, auf dem Stroh da hinten ... im Schatten ...«

»Nun, was denn?«

»Drei nackte und unbewegliche Körper, drei Leichname von Kindern! ...«

»Man klopft an die Türe des Turmes«, sagte die Alte.

In der Tat folgten mehrere heftige Schläge hintereinander, die das Toben des Sturms übertönten.

»Das ist endlich Nychol!«, sagte die Turmbewohnerin, nahm die Lampe und stieg eilends die Treppe hinab.

Bald hörte man in dem unteren Zimmer ein verwirrtes Geräusch von Stimmen, unter welchen man endlich folgende Worte unterschied, die in einem Tone ausgesprochen wurden, der schauderhaft in Spiagudrys Ohr klang: »Weib«, sagte die Stimme, »schweig! Wir bleiben. Der Sturm fährt in das Haus, ohne dass man ihm die Pforte öffnet.«

Spiagudry drängte sich an Ordener und sagte kläglich: »Wehe uns, o, Herr, Wehe uns!«

Schritte ertönten auf der Treppe, und zwei Männer in geistlicher Kleidung traten ein. Die Turmbewohnerin folgte ihnen. Der eine dieser Männer war ziemlich groß und trug die schwarze Kleidung der lutherischen Geistlichen; der andere, von kleiner Gestalt, hatte eine Einsiedlerskutte an, die mit einem Strick um den Leib befestigt war. Die vorgezogene Kapuze ließ von seinem Gesicht nichts erblicken, als seinen langen schwarzen Bart, und seine Hände waren von den langen Ärmeln seiner Kutte ganz bedeckt.

Beim Anblick dieser beiden friedlichen Personen legte sich der Schrecken, den die sonderbare Stimme der einen von ihnen Spiagudry eingeflößt hatte.

»Seid unbesorgt, gutes Weib«, sagte der Geistliche zu der Turmbewohnerin, »die Diener des Herrn dienen selbst ihren Feinden; sollten sie denen schaden wollen, die ihnen dienstlich sind? Wir verlangen nur ein Obdach. Wenn der ehrwürdige Vater, der mich begleitet, eben hart mit Euch gesprochen hat, so hatte er unrecht, jene Ermäßigung der Stimme aus der Acht zu lassen, welche unser Gelübde vorschreibt. Aber selbst die Heiligsten sind Menschen und Sünder. Ich war verirrt aus der Straße von Skongen nach Drontheim, ohne Führer in der Nacht, ohne Zuflucht im Sturm. Dieser ehrwürdige Vater hat mir den Weg zu Eurer Wohnung gezeigt. Er hat mir Eure Gastfreundschaft gerühmt, und ich hoffe mich darin nicht getäuscht zu sehen. Nehmt uns wohlwollend auf, dann wird der Herr Eure Ernten vor Hagel bewahren, Euren Herden im Sturm eine Zuflucht gewähren, wie Ihr sie verirrten Wanderern gewährt habt.«

»Alter Mann«, unterbrach ihn die Turmbewohnerin, »ich besitze keinen Fleck Erde, auf dem ich säen und ernten könnte, und nicht den Raum für eine einzige Ziege.«

»Wenn Ihr arm seid, so wisset, dass Gott den Armen vor dem Reichen segnet. Ihr werdet alt werden mit Eurem Manne und geachtet, nicht um Eurer irdischen Güter, sondern um Eurer Tugenden willen. Eure Kinder werden aufwachsen, umgeben von der Achtung der Menschen, und sie werden sein, was ihr Vater war ...«

»Schweige, alter Mann! Ja, unsere Kinder werden bleiben, was wir sind, die Verachtung der Menschen wird ihnen folgen, wie uns, von Geschlecht zu Geschlecht. Schweige, alter Mann! Uns wird der Segen zum Fluche.«

»Allmächtiger Gott!«, rief der Geistliche aus. »Wer seid Ihr denn? In welchen Verbrechen bringt Ihr Euer Leben hin?«

»Was nennt Ihr Verbrechen, was Tugend? Wir besitzen hier ein Vorrecht vor allen Menschen: Wir können keine Tugenden üben, wir können keine Verbrechen begehen.«

»Dieses Weib ist wahnsinnig«, sagte der Geistliche zu dem kleinen Eremiten, der seine Kutte an dem Feuer trocknete.

»Nein, Priester!«, versetzte die Turmbewohnerin. »Du aber weißt nicht, wo Du bist. Ich will lieber Abscheu einflößen, als Mitleid. Ich bin nicht wahnwitzig, sondern das Weib des ...«

Ein heftiger Schlag an die Haustüre hinderte das Übrige zu hören, zum großen Verdrusse Spiagudrys und Ordeners, welche diesem Zwiegespräch aufmerksam zugehört hatten.

»Verflucht sei«, murmelte das Weib zwischen den Zähnen, »der Oberrichter von Skongen, der uns diesen so nahe an der Straße gelegenen Turm zur Wohnung angewiesen hat! Vielleicht ist es abermals nicht Nychol.«

Sie nahm ihre Lampe und fügte hinzu: »Gleichviel, ob es abermals ein Reisender ist! Nach der Überschwemmung des Stroms mag auch das Bächlein sein Wasser ergießen.«

Die vier Wanderer betrachteten einander beim Scheine des Feuers. Spiagudry, den die Stimme des Eremiten anfangs erschreckt, dann sein schwarzer Bart wieder beruhigt hatte, würde vielleicht abermals gezittert haben, wenn er gesehen hätte, welche stechende Blicke der Einsiedler unter seiner Kapuze hervor auf ihn warf.

Nach einer Pause warf der Geistliche eine Frage hin: »Bruder Eremit, Ihr seid wahrscheinlich einer der katholischen Priester, welche der letzten Verfolgung entgangen sind, und wäret auf dem Wege nach Eurer Zufluchtsstätte, als ich Euch zu meinem Glücke begegnete. Könnt Ihr mir sagen, wo wir uns befinden?«

Die Türe öffnete sich rasch, bevor noch der Einsiedler Zeit zur Antwort gefunden hatte.

Ein Mann von riesenmäßigem Wuchse, rot gekleidet, trat ein.

»Weib«, sagte er, »wenn ein Ungewitter kommt, fehlt es nicht an Leuten, die sich an unserem verfluchten Tische niedersetzen und sich unter unserem verwünschten Dache bergen.«

»Nychol«, erwiderte das Weib, »ich konnte nicht hindern ...«

»Nun, willkommen sind die Gäste, welche bezahlen! Das Geld ist ebenso gut verdient, wenn man einem Reisenden Obdach und Nahrung gibt, als wenn man einem Diebe den Strick um den Hals schnürt.«

Als Benignus Spiagudry den rot gekleideten Mann erblickte, stieß er einen Schrei des Entsetzens aus. Der Geistliche wendete mit Staunen und Abscheu sein Haupt weg.

Der Herr des Hauses, der ihn erkannt hatte, redete ihn an: »Wie kommt Ihr hierher, Herr Pfarrer? Ich glaubte in der Tat nicht, dass ich heute noch einmal das Vergnügen haben würde, Eure erschrockene Miene und Euer salbungsvolles Gesicht zu sehen.«

Der Geistliche unterdrückte seine erste Regung von Widerwillen. Seine Züge wurden ernst und heiter.

»Und ich, mein Sohn«, sagte er, »ich danke der Vorsehung, die den Hirten zu dem verirrten Lamme geführt hat, damit, so wird es der Herr wollen, das Lamm zu dem Hirten komme.«

»Ha ha! Bei Hamans Galgen«, rief der andere mit lautem Gelächter aus, »das ist das erste Mal, dass ich mich mit einem Lamme vergleichen höre. Hört, geistlicher Herr, wenn Ihr dem Geier schmeicheln wollt, so müsst Ihr ihn nicht Taube nennen.«

»Derjenige, mein Sohn, durch den der Geier zur Taube wird, tröstet und schmeichelt nicht. Du glaubst, ich fürchte Dich, ich beklage Dich nur.«

»Ihr müsst in der Tat einen guten Vorrat von Mitleid besitzen, dass Ihr es heute bei diesem armen Teufel nicht ganz erschöpft habt, dem Ihr Euer Kreuz vorhieltet, damit er meinen Galgen nicht sehen sollte.«

»Dieser Unglückliche war weniger bedauernswert, als Du, denn er weinte und Du lachtest. Glücklich, wer in dem Augenblicke, wo er sein Verbrechen büßt, erkennt, wie viel mächtiger Gottes Wort ist, als der Arm der Menschen!«

»Wohl gesprochen, mein Vater in Christo. Glücklich, wer weint! Unser Mann von heute hatte übrigens kein anderes Verbrechen begangen, als dass er seinen König so sehr liebte, dass er nicht umhin konnte, das Bildnis Seiner Majestät auf kleine Kupferstücke zu graben, die er alsdann künstlich versilberte, um sie des königlichen Angesichts desto würdiger zu machen. Unser gnadenreicher Souverän ist aber auch dafür erkenntlich gewesen und hat ihm zur Belohnung einer so großen Anhänglichkeit an seine erhabene Person ein schönes hänfenes Band verliehen, welches ihm heut auf dem Marktplatze von Skongen durch mich, Großkanzler des Galgenordens, unter dem Beistande des hier gegenwärtigen Großalmoseniers gedachten Ordens, öffentlich umgehängt worden ist.«

»Halt ein, Unglücklicher!«, unterbrach ihn der Priester. »Wie kann der Arm der Gerechtigkeit vergessen, dass das Laster gestraft wird! Hörst Du den Donner?«

»Was ist der Donner? Satans Gelächter.«

»Großer Gott! Er kommt eben von einer Hinrichtung und lästert Gott!«

»Stille, alter Narr!«, rief der Henker zornig aus. »Stille, sonst möchtest Du vielleicht dem Engel der Finsternis fluchen, der uns in zwölf Stunden zweimal auf dem nämlichen Karren und unter dem nämlichen Dache zusammengeführt hat! Ahme das Beispiel Deines Amtsgenossen, des Eremiten nach; er schweigt, weil er in seine Grotte zu Lynraß zurückkehren möchte. Ich danke Euch, Bruder Eremit, für den Segen, den Ihr jeden Morgen, wenn Ihr über den Hügel geht, dem verfluchten Turme erteilt; es hat mir aber von ferne geschienen, als ob Ihr größer seid, und Euer schwarzer Bart kam mir weißer vor. Ihr seid ja doch der Einsiedler zu Lynraß, denn es gibt in ganz Drontheimhus keinen anderen?«

»Ich bin in der Tat der einzige«, erwiderte der Eremit in dumpfem Tone.

»Wir sind also die beiden Einsiedler der Provinz. Holla! Weib, mache, dass dieser Lammbraten fertig wird, denn ich habe Hunger. Ich bin zu Burlock von diesem verfluchten Doktor Manryll aufgehalten worden, der mir für den Leichnam nur zwölf Pfennige geben wollte, während man dem höllischen Wächter des Spladgest vierzig bezahlt.«

»Was ist Euch denn, alter Perückenstock?«, rief der Henker Spiagudry zu, der an allen Gliedern zitterte. »Steht fest auf den Beinen, wenn Ihr nicht fallen wollt! – Weib, bist Du mit dem Skelett des Vergifters Ogivius fertig? Er muss fort in das Kabinett zu Bergen. Hast Du einen Deiner kleinen Frischlinge an den Syndikus zu Loewig abgeschickt, um zu fordern, was er mir schuldig ist? Vier harte Taler für die Tortur einer Hexe und zweier Alchimisten, zwanzig Pfennige, dass ich den Strick eines Selbstmörders abgeschnitten, und einen Taler für einen neuen Arm an den Galgen.«

»Das Geld ist noch in den Händen des Syndikus, weil Dein Bube den hölzernen Löffel vergessen hatte, um es in Empfang zu nehmen, denn niemand, auch die Amtsknechte nicht, wollte sich dazu verstehen, es ihm in seine eigene Hand zu legen.«

Der Scharfrichter runzelte die Stirne: »Möge ihr Hals in meine Hände fallen, dann will ich sie mit etwas anderem berühren, als mit einem hölzernen Löffel! – Höre, Weib, lass doch Deine Jungen nicht mit meinen Zangen spielen, sie haben alle meine Instrumente in Unordnung gebracht.«

»Wo sind sie, die jungen Wölfe?«, fügte er hinzu und trat an das Strohlager, auf welchem Spiagudry drei Leichname ausgestreckt glaubte. »Da liegen sie ja und schlafen!«

Der arme Spiagudry war seit dem Eintreten des Scharfrichters, den er sogleich erkannt hatte, voll Entsetzen. Jetzt neigte er sich zu Orderers Ohr und sagte mit fast unhörbarer Stimme: »Es ist Nychol Orugir, Scharfrichter des Drontheimhus!«

Inzwischen hatte das Weib den Lammbraten in einer großen irdenen Schüssel aufgetragen. Der Scharfrichter setzte sich zwischen die zwei Geistlichen, Ordener und Spiagudry gegenüber.

»Nun, ehrwürdiger Vater«, sagte Orugir lachend, »das Lamm bietet Euch Schöpsbraten an. Und ihr, Herr Perückenstock, hat der Wind Eure Perücke Euch so über das Gesicht geweht?«

»Der Wind ... Herr ... das Gewitter ...«, stotterte der zitternde Spiagudry.

»Nur Mut gefasst, mein Alter! Ihr seht ja, dass die Herren Pfaffen und ich gute Teufel sind. Sagt mir einmal, wer Ihr seid, und wer ist der schweigsame junge Mensch, Euer Begleiter? Tut einmal das Maul auf! Wir wollen Bekanntschaft miteinander machen. Wenn Eure Reden Eurem Ansehen entsprechen, so müsst Ihr sehr unterhaltend sein.«

»Der Herr beliebt zu spaßen ...«, erwiderte Spiagudry und bemühte sich vergebens, ein Lächeln hervorzubringen, »ich bin nur ein armer alter Mann ...«

»Irgendein alter Gelehrter, ein alter Hexenmeister ...«, unterbrach ihn der lustige Henker.

»Gelehrt, ja! Hexenmeister, nein! Das könnt Ihr mir glauben, Herr!«

»Desto schlimmer. Ein Hexenmeister würde unserem lustigen Sanhedrin wohl anstehen. Ihr Herren Gäste, lasst uns unser Mahl mit diesem Bier würzen! Vielleicht wird dann unser alter Gelehrter redseliger. Auf die Gesundheit des heute Gehenkten, Bruder Pfarrer! Wie, Bruder Eremit, Ihr verschmäht mein Bier?«

Der Eremit hatte unter seiner Kutte eine Feldflasche mit einem sehr hellen Wasser hervorgezogen, womit er sein Glas anfüllte.

»Höllenteufel! Einsiedler von Lynraß«, rief der Henker aus, »wenn Ihr nicht von meinem Bier trinkt, so trinke ich von dem Wasser, das Ihr ihm vorzieht.«

»Trinke!«, sagte der Eremit.

»Zieht zuerst Eure Handschuhe aus, ehrwürdiger Herr: man schenkt nicht anders als mit bloßer Hand zu trinken ein.«

Der Einsiedler machte ein verneinendes Zeichen.

»Es ist ein Gelübde«, sagte er.

»So schenkt ein«, versetzte der Henker.

Kaum hatte Orugix sein Glas an den Mund gebracht, so stieß er es rasch wieder von sich, während der Eremit das seinige mit einem Zuge leerte.

»Beim heiligen Kelche des Abendmahls, hochwürdiger Bruder, was habt Ihr da für ein höllisches Getränke? Ich habe noch nie ein ähnliches getrunken, seit dem Tage, wo ich auf der Reise von Kopenhagen nach Drontheim beinahe ertrunken wäre. Das ist kein Wasser aus der Quelle des Lynraß, sondern Seewasser.«

»Seewasser!«, stammelte Spiagudry mit einem Entsetzen, das der Anblick des Handschuhes des Eremiten noch vermehrte.

»Alter Absalon«, sagte der Henker lachend, »Alles setzt Euch ja hier in Schrecken, bis auf das Seewasser hinaus, das ein heiliger Waldbruder trinkt, seinen Leib zu kasteien?«

»Seewasser! ... Herr ... Seewasser! ... Es gibt nur einen einzigen Menschen ...«

»Ihr wisst nicht, was Ihr sprecht. Euer Schrecken kommt von einem bösen Gewissen oder aus Verachtung ...«

Diese in einem empfindlichen Tone ausgestoßenen Worte ließen den armen Spiagudry die Notwendigkeit erkennen, sein Entsetzen zu verhehlen. Um nun seinen gefürchteten Wirt zu ergötzen, bot er das bisschen Geistesgegenwart, das ihm noch übrig geblieben war, zur Unterstützung seines unermesslichen Gedächtnisses auf.

»Verachtung, Herr!«, sagte er. »Ich sollte Euch verachten! Euch, dessen Anwesenheit in einer Provinz derselben das *merum imperium* oder Blutrecht erteilt! Euch, den Nachrichter, den Vollzieher der öffentlichen Gerechtigkeit, das Schwert der Justiz, den Schild der Unschuld! Euch, den Aristoteles unter die Magistratspersonen zählt, und dessen Gehalt das Paris von Puteo auf fünf Goldgulden festsetzt, wie aus folgender Stelle erhellt: *Quinque aureos manivolto!* Euch, dessen Amtsbrüder zu Kronstadt den Adel erlangen, nachdem sie dreihundert Köpfe abgeschlagen haben! Euch, dessen furchtbare, aber ehrenwerte Amtsgeschäfte in Franken von dem jüngsten Ehemann, zu Reutlingen von dem jüngsten Gemeinderat, zu Stedien von dem jüngsten Bürger verrichtet werden! Wie sollte ich Euch nicht tief verehren, da der Abt von Saint-Germain-des-Pres Euch jedes Jahr am St.-Vincentius-Tage einen Schweinskopf verabreicht und Euch an der Spitze seiner Prozession gehen lässt! ...«

Hier wurde der Strom seiner Gelehrsamkeit von dem Scharfrichter plötzlich unterbrochen.

»Das ist das erste Wort, das ich davon erfahre«, rief er aus. »Der hochwürdige Abt, von dem Ihr da redet, hat mich bis jetzt um dieses Recht schändlich betrogen. Ihr Herren«, fuhr er fort, »ich will mich nicht weiter mit den Tollheiten dieses alten Narren einlassen, sondern Euch nur kurz sagen, dass allerdings meine Laufbahn gänzlich verfehlt ist. Ich bin heute noch nur der arme Scharfrichter einer armen Provinz. Und ich hätte eine ebenso glänzende Laufbahn zurücklegen können, als Stillison Dickoy, der berühmte Nachrichter von Moskau! Könnt Ihr's glauben? Ich war es, den man vor vierundzwanzig Jahren mit Schuhmachers Hinrichtung beauftragt hatte.«

»Schuhmachers, Grafen von Greiffenfeld?«, rief Ordener aus.

»Das wundert Euch, mein stummer Herr! Ja, des nämlichen Schuhmacher, den ein sonderbarer Zufall abermals in den Bereich meines Armes bringen würde, im Fall es dem König gefiele, den Aufschub der Hinrichtung aufzuheben. Ich will Euch erzählen, ihr Herren, wie es kommt, dass ich so erbärmlich ende, nachdem ich so glänzend begonnen hatte.«

»Ich war im Jahre 1676 Knecht von Rhum Stuald, königlichem Nachrichter zu Kopenhagen.

»Bei des Grafen von Greiffenfeld Verurteilung wurde ich, weil mein Herr krank war, dank meinen Protektionen, auserlesen, diese ehrenvolle Hinrichtung zu vollziehen. Am 5. Juni, ich werde diesen Tag nie vergessen, schlugen wir von 5 Uhr morgens an ein schwarz behängtes Schafott auf. Um acht Uhr umgab die Nobelgarde das Gerüst, und die Uhlanen von Schleswig hielten die Menge zurück, welche sich auf dem Platze drängte. Ich war selig! Aufrecht, das Schwert in der Hand, harrte ich auf der Estrade. Alle Augen waren auf mich gerichtet. In diesem Augenblicke war ich die wichtigste Person in beiden Königreichen. Dein Glück, dachte ich, ist gemacht, denn was vermögen ohne dich und dein Schwert alle die großen Herren, die sich zum Untergang des Kanzlers verschworen haben? Ich erblickte mich im Geiste schon als königlichen Nachrichter der Hauptstadt, ich hatte Knechte, Privilegien ... Hört nun weiter! Die Glocke des Forts schlägt zehn Uhr. Der Verurteilte verlässt den Kerker, geht durch die Menge, besteigt mit festem Tritt und ruhigem Angesicht das Blutgerüste, Ich will ihm die Haare hinaufknüpfen; er stößt mich zurück und tut es selbst. »Ich bin schon lange gewohnt«, sagte er lächelnd zu dem Pfarrer von St. Andreas, »mir die Haare selbst zu machen.«

»Ich biete ihm die schwarze Binde an, er weist sie unwillig, doch ohne mir Verachtung zu zeigen, zurück. »Freund«, sagte er zu mir, »das ist vielleicht das erste Mal, dass die beiden Endpunkte der richterlichen Ordnung, der Großkanzler und der Scharfrichter, auf dem engen Räume eines Blutgerüstes zusammentreffen.«

»Diese Worte sind in mein Gedächtnis gegraben geblieben. Er nahm auch das schwarze Kissen nicht an, das ich unter seine Knie legen wollte; er umarmte den Geistlichen und kniete nieder, nachdem er mit lauter Stimme gerufen hatte, er sterbe unschuldig.

»Jetzt zertrümmerte ich mit einer Keule sein Wappenschild, indem ich, wie es gebräuchlich ist, rief: »Solches geschieht *mit Fug und Recht!*« Das erschütterte seine Festigkeit; er erblasste, doch fasste er sich gleich wieder und sagte: »*Der König hat es mir gegeben, der König kann es wieder nehmen!*«

Ruhig legte er sein Haupt auf den Block, ich hob das Schwert. In diesem Augenblicke ertönte es in meinen Ohren: »*Gnade! Im Namen des Königs! Gnade!*«

Ich wende mich um und sehe einen Adjutanten dem Schafott zusprengen, den Gnadenbrief hoch in der Hand schwingend.

Der Graf erhob sich ruhig. Man reichte ihm den Gnadenbrief: »Gerechter Gott!«, rief er aus. »Ewige Gefangenschaft! Ihre Begnadigung ist härter als der Tod.«

Er steigt herab, niedergeschlagener als er hinaufgestiegen war. Mir war das gleichviel. Ich konnte nicht ahnen, dass das Glück dieses Menschen mein Unglück werden sollte. Nachdem das Schafott abgetragen war, kehrte ich zu meinem Herrn zurück, noch voll Hoffnung, und nur etwas ärgerlich, dass ich um den Goldgulden gekommen war, der für einen abgeschlagenen Kopf bezahlt wird. Das war aber nicht alles. Am anderen Morgen bekomme ich den Bestallungsbrief als Nachrichter von Drontheimhus, mit dem Befehl, sogleich abzureisen. Scharfrichter in der Provinz, und zwar in der schlechtesten Provinz Norwegens! Wisst Ihr, wie das zuging, ihr Herren? Die Feinde des Grafen hatten, um sich ein Ansehen von Milde zu geben, alles so eingerichtet, dass die Begnadigung einen Augenblick nach der Hinrichtung eintreffen sollte. Eine Minute machte hier alles aus, und nun schob man die Schuld auf meine Langsamkeit, als ob es anständig gewesen wäre, einen vornehmen Herrn sich nicht noch einige Sekunden vor seinem letzten Augenblick erfreuen zu lassen! Als ob ein königlicher Nachrichter, der einen Großkanzler enthauptet, dies nicht mit mehr Anstand und Würde verrichten müsste, als der Henker einer Provinz, der einen schäbigen Juden aufknüpft! Dazu kam noch Bosheit. Ich hatte einen Bruder, der, glaube ich, noch lebt. Er hatte einen anderen Namen angenommen und sich in dem Hause des neuen Großkanzlers, Grafen von Ahlfeldt, einzunisten gewusst. Diesem Elenden war meine Anwesenheit in Kopenhagen zuwider. Mein Bruder hasst und verachtet mich; er hat vielleicht eine Ahnung, dass ich der Henker sein werde, der ihn eines Tages hängt.«

Hier hielt der Redner einen Augenblick inne und fuhr dann lachend fort: »Ihr seht, meine lieben Gäste, dass ich mich in mein Schicksal gefügt habe. Zum Teufel mit dem Ehrgeiz! Ich treibe hier ehrbar mein Handwerk. Ich verkaufe meine Leichname, oder macht mein Weib Skelette daraus, die ich an anatomische Kabinette verwerte. Ich lache über alles, selbst über dieses arme Weibsbild, die sonst als Zigeunerin herumzog und jetzt in der Einsamkeit toll geworden ist. Meine drei Erben wachsen auf in der Furcht des Teufels und des Galgens. Mein Name ist der Schrecken der kleinen Kinder in der ganzen Provinz Drontheimhus. Die Schöppen liefern mir einen Karren und rote Kleider. Der verfluchte Turm schützt mich so gut gegen den Regen, als den Bischof sein Palast. Die alten Pfarrer, die ein Obdach bei mir suchen, predigen mir, und die Gelehrten orgeln mir etwas vor. Summa summarum: Ich bin so glücklich, als irgendein anderer, ich esse und trinke, ich köpfe und hänge, ich wache und schlafe.«

»Er tötet und schläft, der Unselige!«, murmelte der Geistliche.

»Wie glücklich ist dieser Elende!«, rief der Eremit aus.

»Ja, Bruder Eremit«, sagte der Henker, »elend wie Du, aber gewiss glücklicher. Das Handwerk wäre gut, aber es gibt Leute, die einem armen fleißigen Mann das Brot vor dem Maul wegschnappen. Da hat erst der neue Almosenier von Drontheim bei Gelegenheit ich weiß nicht welcher hohen Hochzeit um Begnadigung von zwölf Verbrechern angesucht, die mir verfallen sind ...«

»Die Euch verfallen sind!«, rief der Geistliche aus.

»Allerdings, geistlicher Herr! Sieben davon sollen ausgepeitscht, zwei auf dem linken Backen gebrandmarkt und drei gehängt werden, das macht, wohl gezählt, ihrer zwölf, und das sind zwölf Taler und dreißig Pfennige, die ich verliere, wenn die Begnadigung erfolgt. So verfügt dieser Priester über mein Eigentum! Dieser verfluchte Pfaffe heißt Athanasius Munder. Ha! Wenn ich ihn hätte ...«

Der Geistliche erhob sich und sagte ruhig: »Ich, mein Sohn, bin dieser Athanasius Munder.«

Bei diesem Namen flammte des Henkers Gesicht vor Zorn, er stand rasch auf. Sein zorniges Auge fiel auf das ruhige und wohlwollende Gesicht des Geistlichen, dann setzte er sich langsam, stumm und verwirrt wieder auf seinen Sitz.

Es trat eine augenblickliche Stille ein. Ordener, der sich erhoben hatte, um den Priester zu verteidigen, brach sie zuerst.

»Nychol Orugix«, sagte er, »hier sind dreizehn Taler, um Euch für die Begnadigung der Verurteilten zu entschädigen.«

»Wer weiß«, unterbrach ihn der Geistliche, »ob ich diese Begnadigung erlangen werde? Ich möchte gerne mit dem Sohn des Vizekönigs selbst sprechen, denn die Begnadigung hängt von seiner Vermählung mit der Tochter des Großkanzlers ab.«

»Herr Pfarrer«, versetzte Ordener in zuversichtlichem Tone, »Sie werden diese Begnadigung erlangen. Ordener Guldenlew wird den Brautring nicht wechseln, bis die Ketten Ihrer Schutzbefohlenen gebrochen sind.«

»Junger Fremdling, dazu können Sie nichts beitragen, aber der Herr hat Ihre guten Wünsche vernommen und wird Sie dafür belohnen.«

Die dreizehn Taler hatten den guten Nychol Orugix gänzlich umgewandelt. Seine fröhliche Laune war zurückgekehrt,

»Ihr seid ein wackerer Mann, verehrtester Herr Almosenier«, sagte er, »und ich habe mehr Schlimmes über Euch gesagt, als ich selbst dachte. Ihr geht schnurgerade auf Eurem Pfade fort, und es ist nicht Eure Schuld, wenn er den meinigen durchkreuzt. Aber wem ich nicht wohl will, das ist der Wächter im Totenhause zu Drontheim, dieser alte Hexenmeister ... Wie heißt er doch? ... Spliugry? ... Spadugry? ... Sagt mir doch, alter Herr Doktor, der Ihr ein Babel von Wissenschaft seid, und dem nichts verborgen ist, könnt Ihr mir den Namen dieses Hexenmeisters, Eures Kollegen, nicht mitteilen? ... Ihr habt ihm doch wohl manchmal an einem Sabbat auf einem Besen in der Luft beggnen müssen.«

Der arme Benignus Spiagudry wäre in diesem Augenblicke gerne auf einem Besen durch die Lüfte davongefahren, wenn er auf diesem Wege aus dem verfluchten Turm hätte entrinnen können. Er zitterte wie Espenlaub, und seine Zunge war so schwer, dass er kein Wort hervorzubringen vermochte.

»Nun«, fuhr Orugix fort, »wisst Ihr den Namen dieses verdammten Wächters des Spladgest? Macht Euch Eure Perücke taub?«

»Ein wenig, Herr ... Aber«, stotterte er nach einer Pause, »ich weiß diesen Namen nicht, das schwöre ich Euch«,

»Er weiß ihn nicht«, sagte des Einsiedlers gefürchtete Stimme. »Er tut nicht wohl, darauf zu schwören. Dieser Mensch heißt Benignus Spiagudry.«

»Ich! Ich! Großer Gott!«, rief der Alte schreckensvoll aus.

Der Henker schüttete sich aus vor Lachen: »Wer spricht denn von Euch? Wir reden von diesem heidnischen Wächter des Spladgest. Dieser Schulmeister da gerät doch über alles in Angst. Wie wäre es erst, wenn er eine gegründete Ursache dazu hätte? Es müsste ein Spaß sein, diesen alten Narren zu hängen. Also, verehrtester Doktor«, fügte Orugix hinzu, den die Angst Spiagudrys belustigte, »also kennt Ihr diesen Benignus Spiagudry nicht?«

»Nein, Herr, ich kenne ihn nicht, das versichere ich Euch«, antwortete er, etwas beruhigt durch sein Inkognito. »Und da er das Unglück hat, Euch zu missfallen, so möchte ich in der Tat diesen Menschen gar nicht kennen.«

»Aber Ihr, Meister Einsiedler, Ihr scheint ihn zu kennen?«

»Allerdings, es ist ein alter, langer, dürrer, ausgetrockneter Mensch mit einem Kahlkopf ...«

Spiagudry zog hastig seine Perücke über die Stirne.

»Er hat Finger, so lang wie die eines Diebs, der seit acht Tagen keinem Reisenden begegnet ist, sein Rücken ist gekrümmt ...«

Spiagudry setzte sich so aufrecht, als ihm möglich war.

»Man könnte ihn für einen der Leichname halten, die er bewacht, wenn er nicht so stechende Augen hätte ...«

Spiagudry hielt die Hand vor das Auge, das nicht mit Pflaster bedeckt war.

»Schönen Dank, Vater, ich werde nun diesen alten Juden erkennen, wo ich ihn auch finde ...«

Spiagudry, der ein sehr guter Christ war, konnte, durch diese Schmähung empört, einen Ausruf nicht unterdrücken: »Jude! ... Herr! ... Jude!« Er hielt plötzlich inne, als ob er bereits zu viel gesagt hätte.

»Jude oder Heide, das ist einerlei, wenn er im Bunde mit dem Teufel steht, wie es heißt!«

»Das würde ich auch glauben«, fuhr der Eremit mit einem sardonischen Lächeln fort, das seine Kapuze nicht ganz verbarg, »wenn er keine so feige Memme wäre. Aber wie sollte er den Anblick des Teufels ertragen können? Er ist ebenso feig als boshaft. Wenn ihn die Furcht ergreift, kennt er sich nicht mehr.«

»Ein boshafter Mensch sollte nicht feig sein«, sagte Orugix. »Gegen eine Schlange muss man kämpfen, eine Eidechse tritt man mit dem Fuße nieder.«

Spiagudry wagte einige Worte zu seiner Verteidigung: »Aber, Ihr Herren, wisst Ihr auch gewiss, dass der Beamte, von dem Ihr sprecht, so beschaffen ist, wie Ihr ihn schildert? Steht er denn in einem Rufe ...«

»In dem schlimmsten Ruf in der ganzen Provinz«, erwiderte der Einsiedler.

Benignus, auf dieser Seite geschlagen, wendete sich dem Scharfrichter zu: »Herr und Meister, welches Unrecht habt Ihr ihm denn vorzuwerfen, denn ich zweifle nicht, dass Euer Hass gegen ihn gerecht sei?«

»Und Ihr tut wohl daran. Da sein Gewerbe dem meinigen gleicht, tut er alles, was er vermag, mir zu schaden.«

»O Herr, glaubt das nicht! Oder wenn dem so ist, so kommt es bloß daher, dass dieser Mann Euch nicht wie ich gesehen hat, umgeben von Eurer reizenden Gattin und Euern hoffnungsvollen Kindern, Fremdlinge an Eurem Tische speisend. Wenn dieser Unglückliche Eure Gastfreundschaft genossen hätte, wie wir, könnte er nicht Euer Feind sein.«

Kaum hatte Spiagudry diese Worte gesprochen, so erhob sich das Weib des Nachrichters, die bisher stumm da gesessen war, von ihrem Sitze und sprach mit schauervoll feierlicher Stimme: »Die Zunge der Viper ist nie giftiger, als wenn sie von Honig trieft.«

»Dieses Weib ist wahnsinnig«, dachte Spiagudry, der sich den schlechten Erfolg seiner, wie er glaubte, so wohl angebrachten Schmeichelei nicht anders erklären konnte.

»Das Weib hat recht--«, sagte Orugix, »und ich werde Euch selbst für eine Otterzunge halten, wenn Ihr diesen Spiagudry noch länger in Schutz nehmt.«

»Gott soll mich behüten, Herr, dass ich diesen Menschen verteidigte!«

»Das lasse ich gelten. Ihr wisst noch nicht einmal, wie weit er seine Unverschämtheit treibt. Glaubt Ihr wohl, dass er die Frechheit hat, mir mein Recht an Han dem Isländer streitig zu machen?«

»An Han dem Isländer?«, fragte rasch der Einsiedler.

»Allerdings! Ihr kennt wohl diesen berüchtigten Räuber?«

»Ja!«, sagte der Eremit.

»Nun denn, jeder Räuber ist dem Henker verfallen, nicht wahr? Was tut nun dieser höllische Spiagudry? Er verlangt, dass man einen Preis auf Hans Kopf setze ...«

»Er verlangt, dass man auf Hans Kopf einen Preis setze!«, unterbrach ihn der Einsiedler.

»So frech ist er, und einzig deswegen, damit ihm der Leichnam zukomme und ich um mein Eigentum betrogen sei.«

»Das ist schändlich, Meister Orugix, Euch ein Eigentum streitig zu machen, das so augenscheinlich Euch gehört!«

Diese Worte waren von dem boshaften Lachen begleitet, das Spiagudry so schreckte.

»Es ist umso schändlicher, da ich einer Hinrichtung, wie die Han des Isländers ist, bedürfte, um mich aus meiner Dunkelheit zu ziehen und das Glück zu machen, das ich bei Schuhmacher verscherzt habe.«

»Da habt Ihr Recht, Meister Nychol!«

»Ja, Bruder Einsiedler, an dem Tage, wo Han gefangen wird, kommt zu mir, dann wollen wir auf meine künftige Erhöhung ein fettes Schwein schlachten.«

»Gerne; aber wisst Ihr auch, ob ich an diesem Tage frei sein werde? Ihr habt aber ja eben erst allen Ehrgeiz zum Teufel geschickt?«

»Musste ich nicht, da ich sehe, dass es nur eines Spiagudry und einer Bitte, einen Preis auf Hans Kopf zu setzen, bedarf, um die begründetsten Hoffnungen zu vernichten?«

»Ha!«, wiederholte der Einsiedler mit einer sonderbaren Stimme. »Ha! Spiagudry hat einen Preis auf Han des Isländers Kopf verlangt!«

Diese Stimme gab jedes Mal dem armen Spiagudry einen Stich durch das Herz.

»Ihr Herren«, sagte er, »warum so obenhin aburteilen? Die Sache ist noch nicht gewiss, vielleicht ist es nur ein falsches Gerücht ...«

»Ein falsches Gerücht!«, rief Orugix aus. »Es ist nur allzu gewiss. Die Bitte der Schöppen liegt gegenwärtig zu Drontheim und Spiagudrys Unterschrift steht darunter. Man wartet nur noch auf die Genehmigung des Gouverneurs.«

Spiagudry verstummte und zwang sich, seine Angst zu verbergen. Sein Schrecken stieg noch höher, als er plötzlich den Eremiten in scherzendem Tone ausrufen hörte: »Meister Nychol, welche Strafe haben diejenigen zu erwarten, die etwas Geheiligtes entweihen?«

»Das hängt von der Art der Entweihung ab«, erwiderte der Scharfrichter.

»Wenn man einen toten Körper entweiht?«

»Ehemals begrub man ihn lebendig mit dem Leichnam.«

»Und jetzt?«

»Jetzt ist man milder.«

»Man ist milder«, sagte Spiagudry, tief atmend.

»Ja, man brennt ihm erst mit einem glühenden Eisen den ersten Buchstaben des Wortes, das sein Verbrechen bezeichnet, auf die Wade ...«

»Und hernach?«, fragte Spiagudry gespannt.

»Hernach hängt man ihn bloß.«

»Barmherziger Gott! Hängen!«, rief Spiagudry aus.

»Was Teufels ist denn diesem Menschen? Er sieht mich ja an, als ob er den Strick um den Hals hätte.«

In diesem Augenblicke hörte man den klaren und deutlichen Schall eines Waldhorns. Das Gewitter hatte aufgehört.

»Nychol«, sagte das Weib, »man ist irgendeinem Verbrecher auf den Fersen, das ist das Horn der königlichen Häscher.«

»Das Horn der Häscher!«, riefen alle in verschiedenem Tone aus, Spiagudry in dem des höchsten Schreckens.

In demselben Moment folgten heftige Schläge an die Pforte des Turmes.

XIII.

Löwig ist ein großes Dorf, das auf dem nördlichen Ufer des Golfs von Drontheim liegt. Der Anblick des Dorfs mit seinen ärmlichen Hütten ist traurig.

Am Morgen des Tages, an welchem Ordener zu Drontheim angekommen war, war zu Löwig eine Person ans Land gestiegen, die das Inkognito beobachtete. Die vergoldete Sänfte dieser Person, obwohl ohne Wappen, und die vier wohlbewaffneten Heiducken, welche sie mit sich führte, waren das Gespräch aller Einwohner. Der Wirt zur goldenen Möwe, in welchem elenden Wirtshause diese hohe Person abgestiegen war, nahm ein geheimnisvolles Wesen an und gab sich die Miene, als ob er den fremden Herrn wohl kenne, aber nicht sagen dürfe, wer er sei. Die Heiducken waren stumm wie Fische.

Am zweiten Tage der Ankunft dieses Fremden trat der Wirt in sein Zimmer und meldete mit einer tiefen Verbeugung, dass der erwartete Abgesandte angekommen sei.

»Lasst ihn heraufkommen!«, sagte der Fremde.

Bald darauf trat der Abgesandte ein, schloss sorgfältig die Türe, machte dem Fremden eine tiefe Verbeugung und erwartete in ehrfurchtsvollem Schweigen seine Befehle.

»Ich habe Euch diesen Morgen erwartet«, sagte der Fremde, »was hat Euch denn aufgehalten?«

»Euer Gnaden Angelegenheiten, Herr Graf!«

»Was machen Elphege und Friedrich?«

»Beide wohl!«

»Gut! Habt Ihr mir nichts Wichtigeres mitzuteilen? Was Neues zu Drontheim?«

»Nichts, als dass Baron Thorwick gestern dort angekommen ist.«

»Ich weiß, dass er diesen alten Mecklenburger Levin über die projektierte Verbindung um Rat fragen will. Wisst Ihr, welches das Resultat seiner Unterredung mit dem Gouverneur war?«

»Heute um die Mittagsstunde, als ich abreiste, hatte er den General noch nicht gesprochen.«

»Wie! Und schon den Tag zuvor angekommen! Das wundert mich, Musdoemon! Und hat er die Gräfin gesehen?«

»Noch weniger, gnädiger Herr!«

»Also habt Ihr ihn gesehen?«

»Mit keinem Auge, und ich kenne ihn auch nicht.«

»Und woher, wenn niemand von Euch ihn gesehen hat, wisst Ihr, dass er zu Drontheim ist?«

»Von seinem Reitknecht, der mit den Pferden in des Gouverneurs Palast kam.«

»Und wo ist denn er selbst abgestiegen?«

»Im Spladgest, und von dort schiffte er sich, wie sein Bedienter sagte, sogleich nach Munckholm ein.«

Das Auge des Grafen flammte.

»Nach Munckholm! In Schuhmachers Gefängnis! Wisst Ihr das gewiss? Ich habe doch immer gedacht, dieser ehrliche Levin sei ein Verräter. Nach Munckholm! Was kann ihn dort hinziehen? Will er auch Schuhmacher um Rat fragen? Will er ...«

»Gnädiger Herr«, unterbrach ihn Musdoemon, »es ist nicht gewiss, dass er dahin gegangen ist.«

»Wie? Und was sagtet Ihr mir denn eben erst? Treibt Ihr Euern Scherz mit mir?«

»Verzeihung, gnädiger Herr! Ich erzählte Ihnen bloß, was sein Bedienter gesagt hat; aber Ihr Herr Sohn, der gestern die Wache hatte, hat den Baron nicht zu Munckholm gesehen.«

»Schöner Beweis! Mein Sohn kennt den Sohn des Vizekönigs nicht. Ordener konnte inkognito das Fort besuchen.«

»Allerdings, gnädiger Herr, aber Ihr Herr Sohn behauptet, gar niemand gesehen zu haben.«

»Das ist ein anderlei. Behauptet das mein Sohn wirklich?«

»Er hat es mir dreimal versichert, und der Vorteil Herrn Friedrichs trifft hier mit dem Eurer Gnaden zusammen.«

»Ich verstehe jetzt«, sagte der Graf. »Der Baron wird ein wenig am Golf spazieren gegangen sein, und sein Diener wird geglaubt haben, er sei nach Munckholm. Denkt nur, Musdoemon, ich habe aus dieser Fahrt nach Munckholm gleich einen Roman gemacht und mir Ordener in Ethel Schuhmacher verliebt gedacht. Gottlob, dieser junge Mensch ist weniger töricht, als ich alter Narr! Apropos, was ist diese junge Danaë unter den Händen meines Friedrichs geworden?«

»Er hat nichts ausgerichtet, aber es scheint, dass ein anderer bei ihr glücklicher war.«

»Ein anderer! Was für ein anderer?«

»Irgendein Leibeigener, ein Bauer ...«

»Sagt Ihr die Wahrheit?«, fragte der Graf mit strahlenden Blicken.

»Ihr Herr Sohn hat es mir und der gnädigen Gräfin versichert.«

Der Graf stand auf, ging im Zimmer auf und ab und rieb sich die Hände.

»Musdoemon, mein lieber Musdoemon, noch einen letzten Schlag, und wir sind am Ziele! Der Zweig des Baums ist vergiftet, wir haben nur noch den Stamm umzustürzen. Habt Ihr noch irgendeine gute Nachricht?«

»Dispolsen ist ermordet worden.«

Das Gesicht des Grafen hellte sich ganz auf.

»Ha! Ihr werdet sehen, dass wir von Triumph zu Triumph schreiten. Hat man seine Papiere? Hat man insbesondere jene eiserne Büchse?«

»Es ist mir leid, Euer Gnaden sagen zu müssen, dass der Mord nicht von unseren Leuten begangen worden ist. Er wurde am Strande von Urchtal ermordet und beraubt, und man schreibt die Tat Han dem Isländer zu.«

»Han dem Isländer, jenem berüchtigten Räuber, den wir an die Spitze unserer Aufrührer stellen wollen?«

»Dem Nämlichen. Nur fürchte ich nach allem, was ich von ihm erzählen hörte, dass es schwierig sein wird, ihn aufzufinden. Für alle Fälle habe ich mich eines Anführers versichert, der seinen Namen annehmen und an seine Stelle treten wird. Es ist ein wilder Bergbewohner, hoch und fest wie eine Eiche, kühn und unbändig wie ein Wolf der Wüste. Dieser furchtbare Riese wird Han des Isländers Rolle ganz gut spielen.«

»Dieser Han ist also von hoher Gestalt?«

»So heißt es allgemein im Volke.«

»Ich muss die Geschicklichkeit loben, mein lieber Musdoemon, womit Ihr Eure Pläne entwerft. Wann bricht der Aufruhr aus?«

»Unverweilt. Vielleicht in diesem Augenblicke schon, gnädiger Herr! Die königliche Vormundschaft erscheint schon lange den Bergleuten als eine unerträgliche Last; alle ergreifen mit Freude die Idee eines Aufstandes. Der Aufruhr wird in Guldbranstal beginnen und sich nach Sund Moer und Kongsberg ausbreiten. Zweitausend Bergleute können innerhalb drei Tagen auf den Beinen sein. Der Aufstand wird in Schuhmachers Namen geschehen; unsere Emissäre stellen sich als von ihm abgesendet dar. Dann brechen die Truppen im Süden und die Besatzungen von Drontheim und Skongen gegen die Rebellen auf; Sie sind gerade zu rechter Zeit da, um den Aufruhr zu unterdrücken, Sie haben dem König einen neuen ausgezeichneten Dienst geleistet; Schuhmacher ist ein Verbrecher, dessen man sich für immer entledigt.«

Der Kanzler wusste jetzt, was er wissen musste. Musdoemon, der Vertraute seiner Verbrechen, war ihm nun zur Last. Es blieb ihm nun nichts übrig, als ihn auf eine gute Art zu verabschieden.

»Musdoemon«, sagte er mit gnädigem Lächeln, »Ihr seid der treueste und eifrigste meiner Diener. Alles geht gut, und das danke ich Eurem Eifer. Ich ernenne Euch zum geheimen Sekretär des Großkanzlers.«

Musdoemon verbeugte sich tief.

»Das ist noch nicht alles, ich werde zum dritten Mal den Danebrogorden für Euch verlangen; aber ich fürchte immer, dass Eure Geburt, Eure unwürdige Verwandtschaft ...«

Musdoemon, bald rot, bald blass, suchte die Leidenschaften, die sich auf seinem Gesichte malten, durch eine tiefe Verbeugung zu verbergen.

»Geht nur«, fuhr der Kanzler fort und reichte ihm die Hand zum Kusse, »geht nur, Herr geheimer Sekretär, und setzt Eure Bittschrift auf. Vielleicht findet sie den König in einem Augenblick guter Laune.«

»Mag mir Se. Majestät den Orden bewilligen oder nicht, immerhin bin ich stolz auf Euer Exzellenz hohe Gnade und gerührt von so vielem Wohlwollen.«

»Eilt Euch, Lieber, denn ich will schnell abreisen. Ihr müsst Euch noch genaue Nachweisungen über diesen Han verschaffen.«

Musdoemon verabschiedete sich mit einer stummen Verbeugung.

XIV.

»Ja, Herr, wir sind in der Tat schuldig und verbunden, eine Wallfahrt nach der Grotte von Lynraß zu machen. Hätte man glauben sollen, dass dieser Eremit, den ich verwünschte wie einen höllischen Geist, unser Retter werden sollte, und dass die Lanze, die uns jeden Augenblick den Tod zu drohen schien, uns zur sicheren Brücke über den Abgrund dienen würde?«

Mit diesen Worten gab Benignus Spiagudry seine Freude und seine Dankbarkeit gegen den geheimnisvollen Einsiedler zu erkennen. Unsere Reisenden hatten den verfluchten Turm verlassen und Vygla lag bereits weit hinter ihnen. Sie klommen eben einen steilen Berg hinauf. Der Anbruch des Tages war nahe. Ordener schritt schweigend vorwärts.

»Herr«, fuhr der redselige Spiagudry fort, »fürchten Sie nichts. Die Häscher haben sich mit dem Eremiten rechts gewendet und wir sind jetzt weit genug von ihnen entfernt, um frei sprechen zu können. Bis jetzt war es allerdings der Klugheit gemäß, stille zu schweigen.«

»In der Tat«, erwiderte Ordener, »Ihr treibt die Klugheit ziemlich weit, denn es sind jetzt etwa drei Stunden, dass wir den Turm und die Häscher hinter uns haben.«

»Das ist wahr, Herr, aber Vorsicht kann nicht schaden. Wenn ich mich nun genannt hätte, als der Anführer dieser höllischen Rotte mit einer Stimme, gleich derjenigen, womit Saturn seinen neugeborenen Sohn forderte, um ihn zu fressen, den Namen Benignus Spiagudry aussprach, wenn ich nicht in diesem furchtbaren Augenblick meine Zuflucht zu einer klugen Schweigsamkeit genommen hätte, wo wäre ich jetzt, was wäre aus mir geworden, wie würde es mit mir enden?«

»Ich glaube in der Tat, alter Herr, dass man in jenem Augenblicke Euern Namen nicht anders von Euch hätte erlangen können, als wenn man ihn Euch mit Zangen aus dem Munde gerissen hätte.«

»Hatte ich unrecht, Herr, zu schweigen? Hätte ich gesprochen, so würde der Eremit, den St. Usbald der Einsiedler segnen möge, nicht Zeit gehabt haben, den Anführer der Häscher zu fragen, ob seine Leute Soldaten der Besatzung von Munckholm seien, eine unbedeutende Frage, einzig in der Absicht getan, Zeit zu gewinnen. Haben Sie nicht bemerkt, wie auf die bejahende Antwort dieses einfältigen Häschers der Eremit ihm mit einem seltsamen Lächeln erwiderte, dass er den Schlupfwinkel Spiagudrys kenne und ihn selbst dahin führen wolle?«

Hier hielt der alte Schwätzer etwas inne, um frischen Atem zu schöpfen, dann ergoss er sich in einen neuen Strom pedantischer Redseligkeit.

»Guter Priester! Würdiger und tugendhafter Anachoret, der du die Grundsätze der christlichen Menschenfreundlichkeit und der evangelischen Liebe befolgst! Und ich, ich entsetze mich über dein Äußeres, das allerdings ziemlich unglückverkündend war, aber eine umso schönere Seele verbarg! Auf Wiedersehen!, sprachst du zu mir, als du die Häscher wegführtest! Allerdings hatte der Akzent, mit welchem du diese Worte sprachst, etwas Zurückschreckendes, aber das ist nicht deine Schuld, du frommer und unvergleichlicher Eremit! Ohne Zweifel gibt die Einsamkeit der Stimme diesen seltsamen Ton. Ein Einsiedler anderer Art, jener furchtbare ... Doch schweigen ist klug, wo reden zu nichts führt ... Du hattest freilich Handschuhe an, wie ... aber es war in der Tat kalt genug, um Handschuhe zu tragen ... Auch über dein salziges Getränk wundere ich mich nicht mehr. Die katholischen Cönobiten haben oft seltsame Regeln. Ein Beispiel ähnlicher Art finden wir in folgendem Verse des berühmten Urensius, Mönchs auf dem Berge Kaukasus:

Rivos despiciens, maris undam potat amaram.

Wie ist mir doch in diesem verfluchten Turme von Vygla dieser Vers nicht eingefallen! Etwas mehr Gedächtnis hätte mir viel törichte Unruhe erspart. Es ist allerdings schwierig in einer solchen Mordhöhle, an dem Tische eines Scharfrichters, seine Gedanken ganz beisammen zu haben. Die nämliche Luft mit dem Henker atmen! Und der elendeste Bettler wirft die Lumpen weg, die seinen Leib gegen die Kälte des Winters schützen, wenn die unreine Hand des Henkers sie berührt hat! Und wenn der Kanzler den Bestallungsbrief des Scharfrichters ausgefertigt hat, wirft er ihn unter den Tisch zum Zeichen seines Ekels und Fluches! Und in Frankreich, wenn der Henker tot ist, bezahlen die Gerichtsdiener des Bezirks lieber eine Strafe von vierzig Livres, als dass sie seine Stelle annehmen! Und zu Pesth wollte der Verurteilte Corchill lieber sich hinrichten lassen, als den Platz eines Scharfrichters annehmen, den man ihm als Begnadigung anbot! Turmeryn, Bischof zu Maestricht, ließ eine Kirche neu einweihen, welche der Fuß des Henkers betreten hatte, und die Zarin Petrowna wusch sich jedes Mal das Gesicht, so oft sie von einer Hinrichtung zurückkam. Und gibt nicht, nach Melasius Iturham, Charon selbst dem Räuber Robin Hood beim Einsteigen in den höllischen Nachen den Vortritt vor dem Scharfrichter Philipcraß? Wenn ich jemals zur Macht gelange, was in Gottes Hand steht, so will ich Todesstrafe und Scharfrichter aufheben und die alten Gebräuche und Taxen wieder einführen. Für den Mord eines Prinzen bezahlt man alsdann, wie im Jahre 1450, die Summe von 1440 Doppeltalern; für den Mord eines Grafen 1440 einfache Taler; für den Mord eines Barons 1440 halbe Taler; der Mord eines einfachen Edelmanns kostet ...«

»Höre ich nicht hinter uns den Schritt eines Pferdes?«, sagte Ordener.

Sie sahen sich um und erblickten etwa hundert Schritte hinter sich einen schwarzgekleideten Mann, der ihnen mit der Hand winkte.

»Um Gottes willen, Herr! Lassen Sie uns eilen, dieser schwarze Mann gleicht auf ein Haar einem verkleideten Häscher«, sagte der furchtsame Spiagudry.

»Alter Herr, wir sind ja zu zweit und sollten vor einem Manne fliehen!«

»Zwanzig Sperber fliehen vor einer einzigen Nachteule. Ein Kampf mit einem solchen Nachtvogel ist nicht glorreich.«

»Seid ruhig, Alter, ich erkenne jetzt den Räuber. Bleibt stehen!«

Der Räuber kam zu ihnen. Es war Athanasius Munder. Er grüßte sie und sagte: »Meine lieben Freunde, um Euretwillen bin ich umgekehrt.«

»Herr Pfarrer«, sagte Ordener, »wir werden uns glücklich schätzen, Ihnen in irgendetwas dienlich zu sein.«

»Im Gegenteil, junger Mann, wünsche ich Ihnen zu dienen. Wollen Sie mir wohl sagen, welches der Zweck Ihrer Reise ist?«

»Das kann ich nicht, ehrwürdiger Herr!«

»Ich wünsche, mein Sohn, dass dies nicht aus Misstrauen gegen mich geschehe, denn sonst wehe mir, wehe jedem Menschen, dem man misstraut, wenn man ihn auch zum ersten Mal gesehen hat.«

Die salbungsvolle Demut des Geistlichen rührte Ordener.

»Alles, was ich Ihnen sagen kann, mein Vater, ist, dass wir in die nördlichen Gebirge gehen.«

»Das dachte ich mir, mein Sohn, und deswegen bin ich zurückgekommen. Es gibt in diesen Gebirgen Banden von Bergleuten und Jägern, die öfters den Reisenden gefährlich sind.«

»Nun?«, sagte Ordener.

»Nun! Ein edler junger Mann, der einer Gefahr entgegengeht, mag seinen Weg verfolgen, ohne dass man ihn davon abwendig macht; aber Sie haben mir Achtung eingeflößt, und es ist mir ein Mittel eingefallen, Ihnen nützlich zu sein. Der unglückliche Falschmünzer, dem ich gestern die letzten Tröstungen der Religion darbrachte, war ein Bergmann. Vor seinem Ende gab er mir dieses Blatt, auf welches sein Name geschrieben ist, und sagte mir, dass dieser Pass mich vor jeder Gefahr schützen würde, wenn ich je die Gebirge besuchte. Was kann aber dieses Papier einem armen Priester helfen, dessen Beruf ist, bei Gefangenen zu leben und zu sterben, und der übrigens *inter castra latronum* keine anderen Verteidigungsmittel suchen darf, als die er in Ergebung und Gebet findet, welches die einzigen Gott wohlgefälligen Schutzmittel sind! Ich habe diesen Pass angenommen, weil man das Herz dessen, der in kurzer Zeit auf dieser Welt nichts mehr zu geben und zu empfangen hat, nicht durch eine abschlägige Antwort betrüben soll. Der Herr hat mir wohl geraten, denn heute kann ich Ihnen dieses Papier einhändigen, um Ihnen auf Ihrem gefahrvollen Wege dienlich zu sein, und möge die Gabe des Sterbenden dem Lebenden zur Wohltat gereichen!«

Ordener empfing mit Rührung das Geschenk des ehrwürdigen Geistlichen.

»Herr Pfarrer«, sagte er, »möge der Himmel Ihren Wunsch erhören! Inzwischen«, fügte er mit jugendlichem Übermut hinzu, indem er an seinen Säbel schlug, »führte ich schon hier meinen Pass an der Seite.«

»Junger Mann«, erwiderte der Priester, »vielleicht wird dieses leichte Papier Sie besser schützen, als das Eisen an Ihrer Seite. Der Blick eines Büßenden ist mächtiger, als das feurige Schwert des Erzengels. Leben Sie wohl! Die da gefangen sind, harren meiner. Beten Sie bisweilen für sie und mich.«

»Ihre Gefangenen werden Gnade erhalten, das sage ich Ihnen nochmals.«

»Sprechen Sie nicht mit solcher Zuversicht, mein Sohn! Versuche den Herrn nicht, steht geschrieben. Ein Mensch kennt nicht die Gedanken eines anderen Menschen, und Sie wissen nicht, was der Sohn des Vizekönigs beschließen wird. Vielleicht wird er einen armen Diener des Herrn nicht einmal vor seine Augen lassen. Gehen Sie mit Gott, und möge der Himmel Ihre Reise segnen!«

XV.

In der Kanzlei des Gouverneurs von Drontheim saßen drei Sekretäre an einer langen Tafel, auf welcher viele Papiere lagen.

»Wissen Sie auch, Wapherney«, sagte einer derselben, »dass dieser arme Bibliothekar Fortipp von dem Bischof entlassen werden wird, dank dem Empfehlungsschreiben, durch welches Sie das Gesuch des Doktors Anglyvius unterstützt haben?«

»Was spielen Sie uns da auf, Richard?«, sagte der andere der beiden Sekretäre, an welchen die Frage nicht gerichtet war. »Wapherney konnte kein Empfehlungsschreiben zugunsten des Anglyvius ausfertigen, denn die Bittschrift dieses Menschen hat den General empört, als ich sie ihm vorlas.«

»Das haben Sie mir allerdings gesagt, allein ich fand auf der Bittschrift das Wort *tribuatur*, von des Gouverneurs eigener Hand geschrieben«, erwiderte Wapherney.

»Wirklich!«, rief der Erste verwundert aus.

»Ja, mein Freund! Und mehrere andere Beschlüsse Sr. Exzellenz, von welchen Sie mir sagten, sind in den Randglossen ebenfalls geändert. So hat der General unter die Bittschrift der Bergleute geschrieben *negetur* ...«

»Wie! Das ist mir unbegreiflich, da der General doch wegen des aufrührerischen Geistes dieser Bergleute in Besorgnis war.«

»Er wollte sie vielleicht durch Strenge schrecken. Ich glaubte dies darum, weil auf die Bittschrift des Almoseniers Munder in Betreff der Begnadigung der zwölf Verurteilten gleichfalls abschlägige Antwort gegeben ist.«

»Das kann ich nicht glauben. Der Gouverneur hat ja so viel Mitleid für diese Verurteilten an den Tag gelegt ...«

»So lesen Sie selbst, Arthur!«

Arthur nahm die Bittschrift und sah darunter die abschlägige Antwort.

»In der Tat«, sagte er, »ich kann kaum meinen eigenen Augen glauben. Ich will dieses Papier dem General noch einmal vorlegen. An welchem

Tage hat denn der Gouverneur die Beschlüsse auf diese Eingabe beigesetzt?«

»Vor drei Tagen, meine ich.«

»Das war also an dem Morgen, an welchem Baron Ordener so kurz erschien und so schnell wieder verschwand.«

»Sehen Sie einmal«, rief Wapherney aus, »steht nicht abermals ein *tribuatur* auf der nämlichen Bittschrift dieses Benignus Spiagudry?«

Richard wollte sich vor Lachen ausschütten.

»Ist das nicht dieser alte Aufseher im Spladgest, der erst auf eine so seltsame Weise verschwunden ist?«

»So ist es, man hat in seinem Totenzimmer einen verstümmelten Leichnam gefunden, und jetzt lässt ihn die Justiz verfolgen. Ein kleiner Lappe, sein Diener, der allein im Spladgest zurückgeblieben, ist, sowie das Publikum, der Meinung, dass ihn der Teufel geholt habe, weil er ein Hexenmeister sei.«

»Der hinterlässt eine gute Reputation!«, sagte Wapherney lachend.

In diesem Augenblicke trat ein vierter Sekretär ein.

»Sie kommen heute sehr spät, Gustav«, rief ihm Wapherney zu, »haben Sie etwa gestern Hochzeit gehalten?«

»Nicht doch«, fiel Arthur ein, »er wird einen Umweg gemacht haben, um vor dem Fenster der schönen Rosily seinen neuen Mantel zu zeigen.«

»Sie irren sich, die Ursache meines Ausbleibens ist nicht so angenehm, und ich zweifle, dass mein neuer Mantel einigen Eindruck auf die Person gemacht hat, welche ich eben besuchte.«

»Woher kommen Sie denn?«

»Vom Spladgest.«

»Was haben Sie denn dort so Besonderes gesehen?«

»Ich wurde durch die Menge, die sich um den Spladgest drängte, mit fortgerissen. Man hat die Leichname von drei Soldaten der Besatzung von Munckholm und von zwei Häschern hingebracht, welche man gestern, vier Stunden von hier, in der Schlucht von Cascadthymore gefunden hat. Sie waren ausgeschickt worden, den flüchtigen Spiagudry zu verfolgen. Es ist unbegreiflich, wie so viele bewaffnete Menschen ermordet werden konnten. Die Verstümmlung ihrer Körper beweist, dass sie vom Felsen herabgestürzt worden sind.«

»Sie haben die Leichname selbst gesehen?«

»Ich habe sie im Geiste noch vor Augen.«

»Und wen hält man für die Täter?«

»Einige schreiben den Mord einer Bande von Bergleuten zu; sie versichern, dass man gestern im Gebirge den Hörnerschall vernommen habe, wodurch sie sich das Zeichen zu geben pflegen.«

»Wirklich!«

»Ein alter Bauer hat dagegen die Bemerkung gemacht, dass auf dieser Seite weder Minen noch Bergleute seien.«

»Und wer sollte es sonst sein?«

»Man weiß es nicht. Wenn die Körper angefressen wären, so könnte man glauben, dass es wilde Tiere seien, denn sie haben lange und tiefe Ritze an sich, wie von Tierkrallen. Auf die nämliche Weise ist der Leichnam eines Greises mit weißem Bart entstellt, den man vorgestern morgens in den Spladgest gebracht hat.«

»Wer ist dieser Greis?«

»An seiner hohen Gestalt, seinem weißen Bart und dem Rosenkranz, den er noch in der Hand hatte, wollte man in ihm den Einsiedler von Lynraß erkennen. Augenscheinlich ist der arme Mann auch ermordet worden. Allein zu welchem Zwecke? Aus religiöser Unduldsamkeit geschieht jetzt kein Mord mehr, und der alte Eremit besaß auf der Welt nichts, als seine Kutte und das öffentliche Wohlwollen, das ihm Brot gab.«

»Und dieser Leichnam ist auch wie von den Krallen eines wilden Tieres zerrissen?«

»Und die nämlichen Spuren von Tierkrallen hat man an dem Leichnam eines Offiziers gefunden, der vor einigen Tagen in den Spladgest gebracht worden ist.«

»Das ist höchst sonderbar«, sagte Arthur.

»Entsetzlich ist es«, fügte Richard hinzu.

»Stille jetzt und Arbeit, denn ich glaube, der General ist im Anmarsch!«, fiel Wapherney ein.

XVI.

Im Jahr 1675, vierundzwanzig Jahre vor dem Zeitpunkt, in welchem unsere Geschichte beginnt, wurde in dem Weiler Thoctree die Hochzeit der schönen Lucie Pelnyrh mit dem starken Caroll Stadt gefeiert. Lucie war das schönste Mädchen, Caroll der wackerste Bursche im ganzen Kanton. Eltern und Verwandte hatten ihrer Vereinigung Schwierigkeiten in den Weg gelegt, bis eines Tages Caroll seine Lucie aus einer großen Gefahr rettete. Er hörte Geschrei im Wald und eilte herbei; ein vom ganzen Lande gefürchteter Räuber hatte Lucie ergriffen, um sie wegzutragen. Caroll griff dieses Untier mit menschlichem Angesicht, dem man den Namen Han beigelegt hatte, weil es brüllte, wie ein wildes Tier, herzhaft an. Niemand hätte dies gewagt, aber die Liebe verdoppelte seine Kräfte. Er befreite seine Geliebte und brachte sie ihrem Vater, der sie ihm nun zum Weibe gab.

Der Tag ihrer Vereinigung war ein Fest für das ganze Dorf. Lucie allein war düster. Am Abend ging das Brautpaar in seine neue Hütte.

Am anderen Morgen war Caroll Stadt verschwunden. Nach neun Monaten einsamer Trauer gebar Lucie einen Sohn, und am nämlichen Tage wurde das Dorf Golyn von dem über ihm hängenden Felsen zerschmettert.

Die Geburt dieses Sohnes verminderte in nichts die düstere Traurigkeit der Mutter. Gill Stadt glich in nichts dem verschwundenen Caroll. Seine wilde Kindheit schien ein noch wilderes Leben anzukünden. Bisweilen kam ein kleiner wilder Mensch, in welchem die Einwohner Han den Isländer erkannten, in die verlassene Hütte der Witwe Caroll, und dann hörten die Vorübergehenden darin tierisches Brüllen und klagende Töne eines Weibes. Monate lang führte der Wilde den jungen Gill mit sich fort, und wenn er in das Haus seiner Mutter zurückkehrte, war er jedes Mal wilder und unbändiger.

Die Witwe Stadt fühlte für dieses Kind eine Mischung von Abscheu und Zärtlichkeit. Manchmal schloss sie es in ihre Arme, als das einzige Gut, welches sie noch an das Leben fesselte. Ein andermal stieß sie es mit Abscheu von sich, indem sie schmerzlich den Namen Caroll ausrief. Niemand auf der Welt wusste, was in ihrem Herzen vorging.

Als Gill dreiundzwanzig Jahre alt war, sah er Gut Stersen und liebte sie mit glühender Leidenschaft. Gut Stersen war reich und er arm. Deshalb ging er in die Bergwerke von Roeraas, um dort als Bergmann etwas zu erwerben. Von da an hatte seine Mutter nichts mehr von ihm gehört.

In einer Nacht saß die Witwe Stadt bei halb erloschener Lampe an dem Spinnrad, das sie nährte. Man klopfte an die Türe.

»Wenn es mein Sohn wäre!«, rief sie und eilte zu öffnen. Ein kleiner Eremit mit schwarzem Bart trat herein.

»Heiliger Mann Gottes«, sagte die Witwe, »was verlangt Ihr? Ihr wisst nicht, über welche Schwelle Ihr eingegangen seid.«

»Doch, ich weiß es!«, erwiderte der Einsiedler mit einer rauen misstönenden Stimme, welche ihr nur allzu wohl bekannt war, riss den schwarzen Bart ab, schlug die Kapuze zurück und ließ sein wildes Gesicht, seinen roten struppigen Bart und seine mit furchtbaren Nägeln bewaffneten Hände sehen.

»O!«, rief die Witwe aus und bedeckte ihr Gesicht mit beiden Händen.

»Nun«, sagte der kleine Mann, »hast Du Dich in vierundzwanzig Jahren noch nicht daran gewöhnt, den Gatten zu sehen, der Dir für die ganze Ewigkeit beigesellt ist?«

»Ewigkeit!«, murmelte sie mit Entsetzen.

»Höre, Lucie Pelnyrh, ich bringe Dir Nachrichten von Deinem Sohne.«

»Von meinem Sohne! Wo ist er? Warum kommt er nicht?«

»Er kann nicht.«

»So sprecht doch! Ich will Euch danken, wenn Ihr mir einmal Glück bringt.«

»Es ist das wahre Glück, was ich Dir bringe, denn Du bist ein schwaches Weib, und ich wundere mich, dass Du einen solchen Sohn unter Deinem Herzen tragen konntest. So freue Dich denn! Du hast immer gefürchtet, dass Dein Sohn in meine Fußstapfen treten möchte. Fürchte es nicht mehr.«

»Wie!«, rief die Mutter entzückt aus, »mein Sohn hat sich also geändert?«

Der Eremit warf einen höhnisch traurigen Blick auf sie.

»Ganz geändert!«, sagte er.

»Und warum eilt er nicht in meine Arme? Wo habt Ihr ihn gesehen? Was machte er?«

»Er schlief.«

»Warum habt Ihr ihn nicht geweckt, dass er zu seiner Mutter komme?«

»Sein Schlaf war allzu tief.«

»Wann wird er endlich kommen? Wann soll ich ihn wiedersehen?«

Der Eremit zog eine Art Trinkschale unter seiner Kutte hervor.

»Trinke, Witwe«, sprach er, »trinke auf die nahe Rückkehr Deines Sohnes!«

Die Witwe stieß einen Schrei des Entsetzens aus. Es war ein menschlicher Hirnschädel.

»Weib, wende Deine Blicke nicht ab! Du willst Deinen Sohn sehen, das ist alles, was von ihm übrig ist.«

Er brachte beim rötlichen Lampenschein den Schädel des Sohnes an die bleichen Lippen der Mutter.

Das arme Weib hatte ihre Tage im Unglück verlebt, ein Unglück mehr konnte ihr Herz nicht brechen. Sie warf einen starren, stumpfsinnigen Blick auf das wilde Gesicht des Eremiten und seufzte: »Der Tod! Töte mich!«

»Stirb, wenn Du willst! Aber denke zurück an den Wald von Thoctree! Erinnere Dich des Tags, an welchem der Dämon, indem er sich mit Deinem Körper vermischte, Deine Seele der Hülle übergab! Ich bin der Dämon, und Du bist mein Weib in Ewigkeit! Jetzt stirb, wenn Du willst!«

In diesem abergläubischen Lande war der allgemeine Glaube, dass bisweilen höllische Geister unter den Menschen erschienen, um in ihrer Mitte ein Leben verbrecherischer und unglückseliger Taten zu durchleben. Han der Isländer stand in diesem Rufe. Man glaubte auch, dass das Weib, welches durch Verführung oder Gewalt die Beute eines dieser Dämonen in menschlicher Gestalt wurde, schon durch dieses Unglück unwiderruflich die Gefährtin seiner ewigen Verdammnis werde.

»Gott, mein Gott!«, rief, von diesen abergläubischen Gedanken ergriffen, das Weib in Verzweiflung aus, »so muss ich denn das Leben tragen! Und welches Verbrechen habe ich denn begangen! Kann ein schwaches Weib der Gewalt eines Dämons widerstehen!«

Han warf auf sie einen Blick höhnischen Triumphs.

»Ha!«, rief sie plötzlich aus, »es ist nur ein furchtbarer Traum, der mich schreckt, mein Sohn lebt, mein Sohn ist nicht tot!«

»Weib, Dein Sohn ist so gewiss tot, als Du lebst!«

»Gott, großer Gott!«, seufzte sie schmerzlich.

»Rufe den Namen Gottes nicht an, Du Tochter der Hölle!«

Die Unglückliche verstummte.

»Zweifle nicht«, fuhr er fort, »an dem Tod Deines Sohnes. Er ist gestraft worden, weil er sein Felsenherz von dem Blick eines Weibes erweichen ließ. Ich, ich habe Dich besessen, aber nie geliebt. Mein Sohn und der Deinige ist von seiner Braut, für die er starb, betrogen worden.«

Das Weib jammerte um ihren Sohn in kläglichen Tönen.

»Schwaches Weib, bezwinge Deinen Schmerz! Ich weihe meinem Sohne mehr als fruchtlose Tränen. Während Du weinst, habe ich schon begonnen, ihn zu rächen. Seine Braut hat ihn um eines Soldaten der Besatzung von Munckholm willen betrogen. Das ganze Regiment soll durch meine Hände umkommen.«

Er schlug die Ärmel seiner Kutte zurück. Seine missgestalteten Arme waren mit Blut bedeckt.

»Ja«, fuhr er mit einem Brüllen des Schmerzes fort, »ja, am Strande von Urchtal, in den Schluchten von Cascadthymore wird Gills Geist gerne verweilen. Weib, siehst Du dieses Blut? Tröste Dich also!«

Plötzlich, wie von einer Erinnerung ergriffen, unterbrach er sich.

»Weib, hat man Dir nicht eine eiserne Büchse von mir überbracht? Ich habe Dir Gold geschickt und bringe Dir Blut, und Du weinst noch! Welchem Geschlecht gehörst Du denn an? Bist Du nicht vom Geschlecht der Menschen, dass Dich Gold nicht glücklich macht?«

Das Weib, in dumpfer Verzweiflung, schwieg.

Er schüttelte sie am Arme: »Lucie Pelnyrh! Hat Dir nicht ein Bote eine versiegelte eiserne Büchse gebracht?«

Das Weib schüttelte den Kopf und versank wieder in ihren Schmerz.

»Ha! Elender! Ungetreuer Spiagudry!«, rief der Wilde aus. »Das sollst Du mir schwer büßen! Dieses Gold soll Dich teuer zu stehen kommen!«

Er warf seine Kutte von sich und stürzte aus der Hütte mit dem Brüllen einer Hyäne, die einen Leichnam sucht.

XVII.

Der Strand von Norwegen ist so reich an engen Buchten, Schlupfhafen, Felsenriffen, Lagunen und kleinen Vorgebirgen, dass durch ihre Zahl und Namen das Gedächtnis des Reisenden ermüdet und die Geduld des Topografen erschöpft wird. (Ehemals hatte, nach den Volkssagen, jede Landenge ihren bösen Geist, der da hauste, jede Bucht eine Fee zur Bewohnerin, jedes Vorgebirge seinen Heiligen, der es schützte, denn der Aberglaube mischt sich Gegenstände des Schreckens aus allen Religionen zusammen. Am Strande von Kelvel, einige Stunden nordwärts von der Grotte von Walderhog, war, nach dem Volksglauben, ein einziger Ort frei von der Gerichtsbarkeit der höllischen und himmlischen Geister. Es war eine lichte Stelle am Ufer, von einem Felsen beherrscht, auf dessen Gipfel man noch einige alte Ruinen von der Burg Ralfs des Riesen erblickte. Diese kleine wilde Matte, die nördlich vom Meer begrenzt und zwischen mit Buschwerk bewachsenen Felsen eingezwängt war, dankte ein solches Vorrecht dem bloßen Namen dieses alten norwegischen Ritters, ihres ersten Besitzers, denn kein höllischer oder himmlischer Geist hätte gewagt, sich zum Bewohner oder Beschützer des Orts zu machen, der vor alten Zeiten Ralf dem Riesen angehört hatte.

Allerdings reichte schon Ralfs furchtbarer Name allein hin, diesem an sich schon so wilden Ort einen Schrecken einflößenden Charakter aufzudrücken; aber die Rückerinnerung an einen Riesen ist doch nicht so erschreckend, als die Gegenwart eines Geistes, und niemals hatte ein Fischer, der hier Schutz vor dem Sturme suchte, höllische Geister und verdammte Seelen auf der Spitze der Felsen tanzen, noch die Fee in ihrem von leuchtenden Würmern gezogenen Wagen durch das Gebüsche fahren, noch den Heiligen nach verrichtetem Gebet wieder zum Himmel hinaufschweben sehen.

Wenn jedoch in der Nacht, welche auf jenen großen Sturm folgte, die Wellen des Meeres und die Gewalt des Windes irgendeinen Seemann in diese gastliche Bucht getragen hätten, so würde ihn der Anblick von drei Männern, die mitten in der Matte um ein Feuer saßen, mit abergläubischem Schrecken erfüllt haben. Zwei dieser Männer trugen die großen Filzhüte und die langen weiten Beinkleider der königlichen Bergleute. Ihre Arme waren nackt bis zur Schulter, ihre Füße steckten in ungegerbten Tierfellen; ihre krummen Säbel und ihre langen Pistolen trugen sie in einem roten Gürtel um den Leib. Beide hatten eine Trompete von Horn um den Hals hängen. Der eine war alt, der andere jung. Der dichte Bart des alten und die langen Haare des jungen Mannes machten ihre von Natur ernsten und düsteren Gesichter noch wilder.

In ihrem Gefährten erkannte man an seiner Mütze von Bärenfell, an seinem Wams von geöltem Leder, an seiner Büchse, die in einem Bandelier über seinem Rücken hing, an seinen kurzen und engen Beinkleidern, an seinen nackten Knien, an seinen Sandalen von Baumrinde, an der glänzenden Axt in seiner Hand, mit leichter Mühe einen Bergbewohner aus den nördlichen Teilen Norwegens.

Diese drei Männer drehten öfters den Kopf nach dem Fußpfad um, der von der Höhe zu Ralfs Matte führte, und nach ihren Reden zu urteilen, erwarteten sie eine vierte Person.

»Wisst Ihr auch, Kennybol«, sagte der eine der Männer, »dass wir in der Matte des Räubers Tulbytilbet da üben zu dieser Stunde den Abgesandten des Grafen Greiffenfeld nicht so ungestört erwarten würden, ebenso wenig, als da unten in St. Cuthberts Bucht? ...«

»Schweigt, Jonas, redet nicht so laut«, erwiderte der Bergbewohner dem alten Bergknappen, »gepriesen sei Ralf der Riese, der uns schützt! Möge mich der Himmel bewahren, dass ich je wieder den Fuß in Tulbytilbets Matte setze! Letzthin glaubte ich dort Weißdorn zu brechen, und ich pflückte Hexenkraut, das mich sengte und brennte, dass ich fast närrisch wurde.«

Der junge Bergmann lachte.

»In der Tat, Kennybol«, sagte er, »ich glaube, dass das Hexenkraut seine Wirkung auf Euren armen Hirnkasten nicht verfehlt hat.«

»Selbst armer Hirnkasten!«, erwiderte der beleidigte Bergbewohner. »Seht doch, Jonas, er lacht über das Hexenkraut! Das ist das Lachen eines Wahnsinnigen, der mit einem Totenkopf spielt.«

»Hm!«, versetzte Jonas, »so mag er in die Grotte von Walderhog gehen, wo die Köpfe der von Han dem isländischen Dämon Erschlagenen jede Nacht um sein Lager von trockenen Kräutern tanzen und mit den Zähnen klappern, um ihn einzuschläfern.«

»Das ist ganz wahr«, sagte der Bergbewohner.

»Aber«, fiel der junge Bergmann ein, »der Herr Hacket, den wir hier erwarten, hat uns ja versprochen, dass Han der Isländer sich an die Spitze unseres Aufstandes stellen werde.«

»Er hat es versprochen«, antwortete Kennybol, »und mithilfe dieses Dämons werden wir unfehlbar alle grünen Röcke von Drontheim und Kopenhagen überwinden.«

»Desto besser!«, rief Jonas aus, »nur will ich nicht in der Nacht Schildwache bei ihm stehen.«

Es krachte im Gebüsch, sie wandten die Köpfe um, und erkannten beim Scheine des Feuers den neuen Ankömmling.

»Er ist es! Es ist Herr Hacket! Ihr habt lange auf Euch warten lassen, Herr Hacket!«

Dieser Herr Hacket war ein kleiner, dicker, schwarzgekleideter Mann, dessen Gesicht, trotz seiner Jovialität, einen düsteren Ausdruck hatte.

»Meine Unkenntnis des Wegs und die Vorsichtsmaßregeln, die ich treffen musste«, sagte er, »haben meine Ankunft verzögert. Ich habe diesen Morgen den Grafen Schuhmacher verlassen. Hier sind drei Geldbörsen, die ich Euch von ihm überreichen soll.«

Die beiden Alten griffen mit jener Habgier zu, welche allen Landleuten dieses armen Norwegens eigen ist. Der junge Bergmann wies die Börse zurück, welche ihm Hacket darreichte.

»Behaltet Euer Gold, Herr!«, sagte er. »Ich würde lügen, wenn ich sagte, dass ich mich um Eures Grafen Schuhmacher willen empöre. Ich stehe auf, um die Bergmänner von der königlichen Vormundschaft zu befreien; ich empöre mich, damit das Bett meiner Mutter eine warme Decke habe.«

Herr Hacket erwiderte ruhig: »Also, mein lieber Norbith, will ich dieses Gold Eurer armen Mutter schicken, und sie soll sich zwei neue Decken anschaffen, welche sie gegen die Stürme des Winters schützen.«

Norbith nickte bejahend mit dem Kopfe.

Hacket fuhr fort: »Aber hütet Euch, unbedachtsam zu sagen, dass Ihr nicht für Schuhmacher, Grafen von Greiffenfeld, die Waffen ergreift.«

»Gleichwohl ... gleichwohl ...«, murmelten die beiden Alten, »wissen wir, dass man die Bergleute unterdrückt, aber diesen Grafen, diesen Staatsgefangenen kennen wir nicht ...«

»Wie!«, rief der Abgesandte aus. »Könnt Ihr so sehr undankbar sein! Ihr seufzet unter der Erde, des Lichtes und der Luft beraubt, um Euer Eigentum betrogen, Sklaven der unerträglichsten Vormundschaft! Wer ist Euch zu Hilfe gekommen? Wer hat Euern Mut entflammt? Wer hat Euch Gold und Waffen gegeben? War es nicht mein erlauchter Gebieter, der edle Graf von Greiffenfeld, der noch unglücklicher ist, als Ihr selbst?

Und jetzt, von ihm mit Wohltaten überhäuft, wollet Ihr zaudern, seine Freiheit mit der Eurigen zu erfechten?«

»Ihr habt recht--«, unterbrach ihn Norbith, »das wäre übel getan.«

»Ja, Herr Hacket«, sagten die beiden Alten, »wir wollen für den Grafen Schuhmacher kämpfen.«

»Recht so, meine Freunde! Mut gefasst, erhebt Euch in seinem Namen, tragt den Namen Eures Wohltäters von einem Ende Norwegens zum anderen! Alles begünstigt Eure gerechte Sache. Ihr werdet von einem furchtbaren Feinde, dem General Levin von Knud, Gouverneur der Provinz, befreit werden. Die geheime Macht meines edlen Herrn, des Grafen von Greiffenfeld, wird ihn für eine Zeit nach Bergen berufen lassen. Sagt mir nun, Kennybol, Jonas, und Ihr, mein lieber Norbith, sind alle Eure Kameraden bereit?«

»Meine Brüder zu Guldbranstal«, antwortete Norbith, »warten nur, dass ich ihnen das Zeichen gebe. Morgen, wenn Ihr wollt ...«

»Morgen! Sei es! Die jungen Bergmänner, an deren Spitze Ihr steht, müssen den Aufstand beginnen. Und Ihr, wackerer Jonas?«

»Sechshundert Eisenarme der Inseln Faroer, die seit drei Tagen in dem Walde von Bennaltag von Bärenfett und Gämsenfleisch leben, harren nur auf den Hörnerschall ihres alten Hauptmanns Jonas aus dem Flecken Loewig.«

»Ganz gut! Und Ihr, Kennybol?«

»Alle, die in den Schluchten von Kole eine Axt führen, und ohne Knieleder die Felsen erklettern, sind bereit, sich an ihre Brüder, die Bergleute, anzuschließen, sobald ihr Horn erschallt.«

»So ist es in der Ordnung. Jetzt kündigt Euern Kameraden, damit sie des Sieges gewiss seien, an, dass Han der Isländer sich an ihre Spitze stellen wird.«

»Ist das sicher?«, fragten alle drei zumal mit einer Stimme, in welcher sich Hoffnung mit Schrecken gemischt kundgab.

»Innerhalb vier Tagen, zu der nämlichen Stunde«, sagte der Abgesandte feierlich, »erwarte ich Euch mit Euern vereinigten Haufen in der Mine von Apsyl-Corh, bei dem See Smiassen, unter der Ebene des blauen Sternes. Dort werde ich mit Han dem Isländer eintreffen.«

»Wir werden uns einfinden«, erwiderten die drei Anführer, »und möge Gott diejenigen nicht verlassen, denen der Teufel hilft!«

»Fürchtet nichts von Seite Gottes«, sagte Hacket höhnisch. »Ihr werdet in den alten Ruinen von Crag Fahnen für Eure Truppen finden. Vergesst nicht den Ruf: Es lebe Schuhmacher! Lasst uns Schuhmacher befreien! Jetzt müssen wir uns trennen, es will Tag werden. Zuvor aber schwört mir das unverbrüchlichste Stillschweigen über alles, was zwischen uns vorgeht.«

Alsbald öffneten sich die drei Anführer mit ihren Säbeln eine Ader am linken Arme, ergriffen sofort Hackets Hand und ließen jeder einige Tropfen seines Blutes darauf fließen.

»Ihr habt unser Blut!«, sagten sie.

Norbith fügte feierlich hinzu: »Möge all' mein Blut aus meinen Adern strömen, wie dieses, möge ein böser Geist alle meine Pläne zunichtemachen, wie der Wind einen Strohhalm vor sich her bläst, möge mein Arm von Blei sein, wenn ich eine Schmach rächen will, mögen Fledermäuse auf meinem Grabe laufen, mögen mich im Leben die Toten umgaukeln, und im Tode die Lebenden entweihen, mögen meine Augen Tränen weinen, wie die eines alten Weibes, wenn ich je den Mund auftue, von dem zu sprechen, was zu dieser Stunde auf der Matte Ralfs des Riesen geschehen ist! So mögen mir alle Engel im Himmel beistehen, dass ich meinen Schwur halte! Amen!«

»Amen!«, wiederholten die beiden Alten.

XVIII.

Benignus Spiagudry konnte nicht begreifen, was einen gesunden jungen Mann, der noch viele Lebensjahre vor sich hatte, bewegen mochte, aus freien Stücken einen Kampf mit Han dem Isländer zu suchen. Oft hatte er unterwegs auf diesen Gegenstand angespielt, aber der junge Abenteurer beobachtete über die Ursache seiner Reise das tiefste Schweigen. Auch in anderen Beziehungen, welche seinen Reisegefährten betrafen, war der vorwitzige Pedant nicht glücklicher gewesen. Einmal hatte er eine Frage nach der Familie und dem Namen seines jungen Herrn, wie er ihn nannte, gewagt. »Nennt mich Ordener!« war die kurze Antwort, und zwar in einem Ton, der sich jede weitere Frage verbat.

Sie waren schon vier Tage unterwegs, ohne viel Weg zurückgelegt zu haben, teils wegen der durch das Ungewitter zerrissenen Straßen, teils wegen der vielen Um- und Querwege, welche der flüchtige Spiagudry machen zu müssen glaubte, um bewohnte Orte zu vermeiden. Nachdem sie Skongen rechts liegen gelassen, erreichten sie am Abend des vierten Tags das Ufer des Svarbosees.

Ordener hielt an und verlor sich in den Anblick dieser alten druidischen Wälder, welche die felsigen Ufer des Sees bedecken.

»Ganz recht, junger gnädiger Herr!«, rief ihm Spiagudry zu. »Vor demjenigen der Seen Norwegens, welcher am meisten Plattfische enthält, muss sich der Geist in Nachdenken verlieren.«

Ordener, in Betrachtung verloren, gab keine Antwort.

Der gelehrte Schwätzer fuhr fort: »So gerecht auch Ihre gelehrte Kontemplation ist, so muss ich Sie dennoch derselben entreißen, um Ihnen in Erinnerung zu bringen, dass sich der Tag neigt, und dass wir uns beeilen müssen, wenn wir den Weiler Oelmö vor Einbruch der Nacht noch erreichen wollen.«

Ordener setzte sich wieder in Marsch. Spiagudry folgte ihm, indem er gelehrte Betrachtungen über den Sparbosee anstellte; »Herr Ordener«, sprach er, »wenn Sie den wohlgemeinten Rat Ihres untertänigst ergebenen Führers und Wegweisers annehmen wollten, so würden Sie Ihr unseliges Unternehmen aufgeben. Ja, gnädiger Herr, und dann würden wir unseren Aufenthalt an den Ufern dieses höchst merkwürdigen Sees nehmen und uns gemeinschaftlich einer Menge gelehrter Untersuchungen hingeben, als z. B. der über die *stella canora palustris*, welche sonderbare Pflanze, die viele Gelehrte für fabelhaft halten, der Bischof Arngrim an den Ufern des Sparbo gesehen und gehört zu haben versichert. Dazu kommt noch, dass wir das Vergnügen hätten, denjenigen Fleck Europas zu bewohnen, der am meisten Gips enthält, und wohin die Spürhunde der Themis von Drontheim nicht leicht kommen. Spricht Sie dieser Gedanke nicht an, mein junger gnädiger Herr? Fassen Sie demnach den Entschluss, Ihrer ohne Nutzen gefährlichen Reise, einem *periculum sine pecunia*, d. h. einem törichten, in einem unseligen Augenblicke gefassten Unternehmen, zu entsagen.«

Ordener gab auf alles Geschwätz seines Reisegefährten nur einsilbige, abgerissene und zerstreute Antworten. So kamen sie in den Weiler Oelmö, in welchem eine ungewöhnliche Bewegung stattfand.

Die Einwohner strömten aus ihren Hütten einem kreisförmigen Hügel zu, auf welchem einige Leute standen, deren einer in das Horn stieß, während er eine kleine schwarz-weiße Fahne über seinem Haupte schwang.

»Das ist ohne Zweifel irgendein Marktschreier«, sagte Spiagudry, »*ambubaiarum collegia, pharmacopolae*, irgendein Quacksalber, der Gold in Blei und Wunden in Geschwüre verwandelt. Lasst uns sehen, welche Erfindung der Hölle er an diese einfältigen Bauern verkaufen wird! Wenn diese Beutelschneider sich noch auf Könige und Fürsten beschränkten, wie der Däne Borichius und der Mailänder Borri, diese Alchimisten, die unseren guten Friedrich den Dritten so vollständig zum Narren hielten; allein diese Menschen haschen nach dem Pfennig des Landmanns, wie nach der Million des Fürsten.«

Spiagudry irrte sich. Als sie näher kamen, erkannten sie an seiner schwarzen Kleidung und runden spitzigen Mütze einen Gerichtsboten, den etliche Häscher umgaben.

Der flüchtige Spiagudry geriet in Verwirrung und murmelte vor sich hin: »In der Tat, in diesem einsamen Weiler glaubte ich nicht auf einen Gerichtsboten zu stoßen. Hilf Himmel! Was wird er wohl ausrufen?«

In diesem Augenblicke erhob der Gerichtsbote seine Stimme:

Im Namen Sr. Majestät des Königs und auf Befehl Sr. Exzellenz des Generals Levin von Knud, Gouverneurs, lässt der Oberrichter des Drontheimhus allen Einwohnern der Städte, Flecken, Dörfer, Weiler und Höfe der Provinz kund und zu wissen tun:

1) Auf den Kopf Han's, gebürtig von Klipstadur in Island, Mörders und Mordbrenners, ist ein Preis von tausend Talern gesetzt.

2) Auf den Kopf des Benignus Spiagudry, Schwarzkünstlers und Heiligtumsschänders, gewesenen Aufsehers im Spladgest zu Drontheim, ist ein Preis von vier Talern gesetzt.

3) Dieses Edikt soll in der ganzen Provinz in allen Städten, Flecken und Dörfern, Weilern und Höfen verkündigt werden. Diese Menschen sind vogelfrei, und ein jeglicher mag ihr Leben nehmen.

Der arme Spiagudry verstummte vor Schrecken, und leicht hätten die Umstehenden seine Verwirrung wahrnehmen können, wenn nicht ihre ganze Aufmerksamkeit auf den Gerichtsboten geheftet gewesen wäre.

»Einen Preis auf Hans Kopf!«, rief ein alter Fischer aus. »Ebenso gut könnten sie einen Preis auf den Kopf Beelzebubs, des Obersten der Teufel setzen.«

»Ich möchte Hans Kopf sehen«, sagte ein altes Weib, »um mich selbst zu überzeugen, ob seine Augen ein paar brennende Kohlen sind, wie es heißt.«

»Allerdings, daran ist nicht zu zweifeln«, versicherte eine andere Alte, »denn womit anders, als mit den Augen hat er die Kirche zu Drontheim angezündet? Ich möchte dieses Untier lebendig sehen, mit seinem Drachenschwanz, seinen Bocksfüßen und Fledermausflügeln.«

»Wer hat Euch diese Märchen erzählt, gute Mutter?«, fiel ein Jäger ein, »Ich habe diesen Han den Isländer in den Schluchten von Medsybath mit eigenen Augen gesehen; er ist ein Mensch wie ein anderer, nur ist er so groß, wie ein vierzigjähriger Pappelbaum.«

»Wirklich«, sagte eine Stimme aus der Menge, deren Ton Spiagudry erbeben machte. Sie gehörte einem kleinen Manne an, dessen Gesicht unter einem breitrandigen Bergmannshut versteckt, und dessen Körper mit Seehundsfellen bedeckt war.

»Mag man«, rief ein rußiger Schmied aus, »tausend oder zehntausend Taler auf seinen Kopf setzen, mag er vier oder vierzig Fuß groß sein, ich einmal will dieses Geld nicht verdienen!«

»Ich auch nicht«, fügte der Fischer hinzu.

»Ich auch nicht! Ich auch nicht!«, wiederholten alle Anwesenden.

»Wer Lust dazu hat«, sagte der kleine Mann, »kann Han den Isländer morgen in den Ruinen von Urbar, bei Smiassen, übermorgen in der Grotte von Walderhog finden.«

»Wisst Ihr das gewiss, mein lieber Mann?«

So fragte Ordener und zugleich mit ihm ein kleiner schwarz gekleideter Mann, der bei dem ersten Tone des Horns aus der Türe des nahen Wirtshauses getreten war.

Der kleine Mann sah sie einen Augenblick an und sagte dann in dumpfem Tone: »Ja!«

»Und woher wisst Ihr das so gewiss?«, fragte Ordener.

»Ich weiß so gut, wo Han der Isländer ist, als wo sich Benignus Spiagudry befindet. Weder der eine noch der andere sind in diesem Augenblicke weit von hier.«

Spiagudry zitterte an allen Gliedern, zupfte Ordener am Mantel, flüsterte ihm zu: »Herr, gnädiger Herr, im Namen des Himmels, in Gottes und Jesu Namen, aus Mitleid, aus Barmherzigkeit, lassen Sie uns gehen! Herr, hilf uns aus diesem verfluchten Weiler!«

Der kleine Mann kehrte ihnen den Rücken zu und schien sein Gesicht verbergen zu wollen.

»Diesen Benignus Spiagudry«, rief der Fischer, »habe ich im Spladgest zu Drontheim gesehen. Er ist ein langer Mann. Vier Taler hat man auf seinen Kopf gesetzt?«

»Vier Taler!«, wiederholte der Jäger lachend. »Auf den mache ich keine Jagd. Da gilt ein blauer Fuchsbalg mehr.«

Diese Vergleichung, die ihn zu jeder anderen Zeit beleidigt hätte, gereichte diesmal unserem guten Spiagudry zur Beruhigung. Um vier Taler zu gewinnen, dachte er, werden sich die Leute nicht viel Mühe geben. Gleichwohl bat er Ordener aufs Neue, mit ihm den Ort zu verlassen. Ordener willfahrte ihm in der Hoffnung, den Räuber umso bälder aufzufinden.

»Alter Herr«, fragte er im Gehen, »welches ist denn diese Ruine, in der man morgen, nach der Versicherung des kleinen Mannes, Han den Isländer finden wird?«

»Ich weiß es nicht, ich habe es nicht recht gehört«, erwiderte Spiagudry, der diesmal wirklich die Wahrheit sagte.

»Man muss ihn also erst übermorgen in der Grotte von Walderhog aufsuchen«, fuhr Ordener fort.

»Die Grotte von Walderhog, gnädiger Herr, das ist in der Tat der Lieblingsaufenthalt Hans des Isländers.«

»So wollen wir unseren Weg dahin nehmen.«

»Dann müssen wir uns links ziehen, hinter den Felsen von Delmö; in weniger als zwei Tagen können wir die Grotte von Walderhog erreichen.«

»Kennt Ihr diesen sonderbaren Mann, der Euch so gut zu kennen scheint?«

»Nein, gnädiger Herr!«, erwiderte Spiagudry mit zitternder Stimme. »Nur kommt mir der Ton seiner Stimme so seltsam vor.«

Ordener suchte ihn zu beruhigen: »Fürchtet nichts. Dient mir wohl, ich nehme Euch unter meinen Schutz. Wenn ich Han den Isländer überwinde, so verspreche ich Euch nicht nur Eure Begnadigung, sondern Ihr sollt auch die tausend Taler haben, welche auf seinen Kopf gesetzt sind.«

So sehr Benignus am Leben hing, so sehr liebte er auch das Geld. Ordeners Versprechen hatte eine magische Wirkung auf ihn. Alle Schrecken wichen auf einmal aus seiner Seele, und in der Freude seines Herzens entwickelte er in vollem Maße jene Geschwätzigkeit, die sich in einem Strome pedantischer Redensarten und gelehrter Zitate ergoss.

»Gnädiger Herr Ordener«, sprach er, »sollte ich auch über diesen Gegenstand eine Kontroverse mit Ower-Bilseuth, sonst auch der Schwätzer genannt, bestehen müssen, so sollte mich dennoch solches nicht abhalten, zu behaupten, dass Sie ein ehrenfester und weiser junger Mann sind; denn was ist in Wahrheit ehrenwerter und ruhmwürdiger, *quid cithara, tuba, vel campana dignius*, als kühn sein Leben einzusetzen, um sein Vaterland von einem Ungeheuer, von einem Räuber, von einem Dämon zu befreien, in welchem alle Dämonen, alle Räuber und Ungeheuer vereinigt erscheinen? Und nicht durch schmutzigen Eigennutz sind Sie getrieben! Der edelmütige Ordener überlässt den Lohn seiner Tat seinem Reisegefährten, dem Greis, der ihn bis zur Entfernung einer Meile zur Grotte von Walderhog geleitet hat, denn Sie werden mir erlauben, junger gnädiger Herr, und es ziemt sich für mein Alter, den Ausgang Ihres berühmten Unternehmens in dem Weiler Surb, als welcher eine Meile weit vom Ufer von Walderhog im Walde liegt, abzuwarten! Und nachdem, o Herr, Ihr glänzender Sieg zur Kunde der Menschen gekommen sein wird, so wird durch ganz Norwegen ein Jubel herrschen, demjenigen ähnlich, als Pharamund, der Geächtete, von dem nämlichen Felsen von Oelmö aus, welchen wir jetzt erglimmen, das große Feuer erblickte, das sein Bruder Halfdan auf den Mauern von Munckholm zum Zeichen der Befreiung hatte anzünden lassen ...«

Bei dem Namen Munckholm unterbrach ihn Ordener lebhaft: »Wie! Vom Gipfel dieses Felsen erblickt man also die Mauern von Munckholm?«

»Ja, gnädiger Herr, zwölf Meilen südlich zwischen den Bergen, welche unsere Väter Friggas Schemel benamsten. Zu dieser Stunde muss man den Leuchtturm ganz gut erblicken können.«

»Wirklich!«, rief Ordener aus. »Es gibt ohne Zweifel einen Fußweg, der auf den Gipfel dieses Felsen führt?«

»Allerdings beginnt in diesem Walde ein Fußweg, der ziemlich verloren bis auf den kahlen Gipfel des Felsen führt.«

»Zeigt mir diesen Fußweg, alter Herr! Wir wollen oben auf dem Felsen die Nacht zubringen.«

»Was fällt Ihnen da ein, mein gnädiger Herr? Die Ermattung dieses Tages ...«

»Ich fühle mich kräftig genug, Euch zu unterstützen, wenn Ihr ermattet.«

»Gnädiger Herr, die Baumwurzeln in diesem unbetretenen Pfade, sodann die losen Steine, sofort die Finsternis; der Nacht ...«

»Ich will vorangehen.«

»Ferner die wilden Tiere, kriechendes Gewürm, irgendein entsetzliches Ungeheuer ...«

»Ich fürchte die Ungeheuer nicht, sonst hätte ich diese Reise nicht unternommen.«

»Mein teuerster junger Herr, glauben Sie einem alten, erfahrenen, getreuen Diener und Wegweiser, welcher eine Ahnung hat, dass die Ausführung dieses Plans uns Unglück bringen wird ...«

»Vorwärts, alter Schwätzer, und bedenke, dass Du mir versprochen hast, mir dienstlich zu sein!«, rief Ordener ungeduldig aus. »Zeige mir diesen Fußweg, wo ist er?«

»Wir werden sogleich dahin einlenken«, sagte der furchtsame Spiagudry, sich in das unvermeidliche Schicksal ergebend.

Bald kamen sie an den bezeichneten Fußpfad, und Spiagudry bemerkte mit Staunen und Entsetzen, dass das hohe Gras frisch zusammengetreten war, und dass irgendjemand den alten Fußsteig Pharamunds des Geächteten erst kürzlich passiert haben musste.

XIX.

Der General Levin von Knud sah nachdenklich vor seinem mit Papieren überlegten Schreibtisch. Ein vor ihm stehender Sekretär wartete auf seine Befehle.

»Zum Teufel auch«, rief er nach einer langen Pause, »wer hätte je gedacht, dass diese verdammten Bergleute es so weit treiben würden? Sie sind sicherlich durch geheime Umtriebe zu diesem Aufstand angereizt worden. Aber die Sache ist ernsthaft. Ihr müht wissen, Wapherney, dass fünf- bis sechshundert Schufte aus den Inseln Faroer bereits ihre Minen verlassen und unter einem alten Banditen namens Jonas zu den Waffen gegriffen haben, dass ein junger Brausekopf, Norbith genannt, sich an die Spitze der Missvergnügten von Gulbranstal gestellt hat, dass zu Sund-Moer, zu Hubfallo, zu Kongsberg, die Unzufriedenen, die nur auf das Signal warteten, vielleicht schon im Aufstand begriffen sind, dass die Bergbewohner unter der Anführung des alten tapferen Kennybol sich an die Empörer angeschlossen haben, und dass der gefürchtete Räuber Han an der Spitze der ganzen Insurrektion steht. Was sagt Ihr zu allem dem, Freund Wapherney? Hm!«

»Euer Exzellenz werden wissen, welche Maßregeln ...«

»Es ist bei dieser ganzen Geschichte noch ein Umstand, den ich mir nicht entziffern kann, nämlich, dass unser Staatsgefangener Schuhmacher Urheber des Aufstands sein soll. Niemand wundert sich darüber, und mich wundert das am meisten. Ein Mensch, bei welchem sich unser ehrlicher Ordener gefiel, kann kein Staatsverräter sein. Inzwischen sind die Empörer, wie man versichert, in seinem Namen aufgestanden: Sein Name ist ihr Losungswort; sie legen ihm die Titel bei, deren ihn der König entsetzt hat ... Das alles scheint gewiss ... Aber woher kommt es, dass die Gräfin Ahlfeldt schon vor sechs Tagen alle diese Sachen wusste, wo doch kaum in den Minen die Empörung sich kundgegeben hatte? Gleichviel, man muss der Sache abhelfen. Gebt mir mein Siegel, Wapherney!«

Der General schrieb drei Briefe, siegelte sie und übergab sie dem Sekretär.

»Dieses Schreiben«, sagte er, »an den Baron Voethaün, Oberst der Arkebusirer zu Munckholm, dass sein Regiment sogleich gegen die Empörer aufbreche. Hier an den Festungskommandanten zu Munckholm, der Staatsgefangene Schuhmacher soll sorgfältiger als je bewacht werden: Ich werde ihn selbst verhören. Diesen Brief nach Skongen an den Major Wolhm, dass er einen Teil seiner Truppen gegen die Rebellen abschicke. Schnell Wapherney!«

Der Sekretär ging und ließ den Gouverneur in seinen Gedanken verloren zurück. Alles das, dachte er, ist sehr beunruhigend. Diese Empörer da, diese ränkevolle Kanzlerin hier, dieser Narr von Ordener, man weiß nicht wo! Vielleicht mitten unter den Rebellen, während er mir seinen Schuhmacher auf dem Halse lässt, der sich gegen den Staat verschwört, und seine Tochter, um deren Unschuld willen ich die Kompanie, in welcher Friedrich von Ahlfeldt dient, habe detachieren lassen ... Nun, die ist vielleicht gerade am rechten Orte, die ersten Bewegungen der Rebellen aufzuhalten ... Wahlstrom, wo sie in Besatzung ist, liegt nahe am See Smiassen und an den Ruinen von Arbar. Diesen Punkt muss der Aufstand bald erreichen ...«

In diesem Augenblick öffnete sich die Türe.

»Was wollt Ihr, Gustav?«, fragte der General.

»Ein Bote, mein Herr General!«

»Was gibt es da wieder Neues? Lasst ihn herein!«

Der Bote überreichte dem Gouverneur ein Schreiben: »Exzellenz, vonseiten Sr. Erlaucht des Vizekönigs!«, sagte er.

»Bei Sankt Georg!«, rief der General aus, nachdem er gelesen hatte, »ich glaube, sie sind alle närrisch geworden! Beordert man mich gar nach Bergen! Auf Befehl des Königs in dringenden Angelegenheiten ... Dazu ist die Zeit gut gewählt ... Der Großkanzler, der gegenwärtig die Provinz bereist, wird Sie einstweilen ersetzen ... Ein sauberer Ersatzmann ... Der Bischof wird ihn unterstützen ... Zwei herrliche Befehlshaber in einem empörten Lande, ein Kanzler und ein Bischof! ... Aber was ist zu machen! ... Unmittelbarer Befehl des Königs ... Man muss ... Ich will doch vor meiner Abreise Schuhmacher noch verhören. Ich sehe wohl, dass man mich in ein Chaos von Intrigen begraben will, aber ich habe einen Kompass, der nie irreleitet: ein gutes Gewissen.«

XX.

»Ja, Herr Graf, heute treffen wir ihn in den Ruinen von Arbar, ich habe es durch Zufall erfahren, aber viele Umstände machen mir es wahrscheinlich.«

»Sind wir weit von diesen Ruinen?«

»Sie liegen in der Nähe des Sees Smiassen. Der Führer versichert, dass wir sie vor Mittag erreichen können.«

So besprachen sich zwei Personen zu Pferd, die in braune Mäntel gehüllt waren. Es war noch früh morgens und sie befanden sich auf einem jener engen Wege, welche den Wald, der zwischen den Seen von Smiassen und Sparbo liegt, in allen Richtungen durchschneiden. Ein Bergmann, der sein Horn umhängen hatte und mit seiner Axt bewaffnet war, ritt auf einem kleinen grauen Pferde voran; und hinter ihnen kamen vier andere wohlbewaffnete Reiter, gegen welche sie von Zeit zu Zeit die Köpfe zurückwendeten, als ob sie fürchteten, von ihnen gehört zu werden.

Die beiden Reiter waren der Graf von Ahlfeldt und sein Sekretär Musdoemon. »Wenn dieser isländische Räuber sich wirklich in den Ruinen von Urbar befindet«, sagte der Letztere, »so haben wir viel gewonnen, denn das Schwierigste an der Sache war, dieses ungreifbare Wesen aufzufinden.«

»Glaubt Ihr, Musdoemon? Und wenn er nun unsere Anerbietungen verwirft?«

»Unmöglich, gnädiger Herr Graf! Gold und Straflosigkeit! Welcher Räuber würde da widerstehen?«

»Ihr wisst aber, dass dieser Räuber kein Bösewicht gewöhnlichen Schlags ist. Legt also nicht Euern Maßstab an ihn an. Wenn er nun unseren Antrag nicht annimmt, wie wollt Ihr Euer Versprechen gegen die drei Anführer des Aufstandes erfüllen?«

»Euer Gnaden scheinen vergessen zu haben, dass uns ein falscher Han der Isländer zu Gebot steht.«

»Ihr habt recht und immer Recht, mein lieber Musdoemon!«, sagte der Graf, und beide überließen sich nun ihren eigenen Gedanken.

Musdoemon, dessen Vorteil erforderte, seinen Gebieter bei guter Laune zu erhalten, machte, um ihn zu zerstreuen, eine Frage an den Wegweiser.

»Guter Mann«, sagte er, »was ist das für ein steinernes Kreuz dort hinter jenen Eichen?«

»Das ist kein Kreuz, Herr«, antwortete der Bergbewohner, »sondern der älteste Galgen in Norwegen. Der König Olaus hat ihn für einen Richter aufschlagen lassen, der mit einem Räuber ein Bündnis abgeschlossen hatte.«

Musdoemon sah den Ärger auf dem Gesichte seines Patrons, als er diese Worte hörte.

»Das ist eine ganz besondere Geschichte«, fuhr der treuherzige Wegweiser fort, »der Räuber musste den Richter hängen ...«

Musdoemon rief ihm zu: »Schon gut, schon gut, lieber Freund! Wir wissen diese Geschichte.«

»Er weiß diese Geschichte, der Flegel!«, murmelte der Graf für sich. »Warte, Musdoemon, Du sollst mir Deine Unverschämtheit teuer bezahlen!«

»Was befehlen Ew. Gnaden?«, fragte Musdoemon mit unterwürfigem Wesen.

»Ich dachte eben auf Mittel, mein Lieber, den Danebrogorden für Euch zu erhalten. Die Vermählung meiner Tochter Ulrike mit Baron Ordener wird dazu eine gute Gelegenheit sein.«

Musdoemon zerfloss in Danksagungen und Beteuerungen seiner Anhänglichkeit.

»Um wieder auf unsere Angelegenheiten zu kommen, glaubt Ihr, dass der Mecklenburger den Befehl, der ihn nach Bergen beruft, jetzt in Händen habe?«

»Ohne Zweifel, gnädiger Herr Graf, wird jetzt der Bote zu Drontheim sein, und der General Levin muss sich mithin zur Abreise anschicken.«

»Diese Abberufung ist ein Meisterstreich von Euch, Musdoemon. Er gehört zu Euren bestausgesonnenen und bestausgeführten Intrigen.«

»Die Ehre davon gehört Euer Gnaden ebenso gut als mir«, erwiderte Musdoemon, der sich zur Maxime gemacht hatte, den Grafen bei allen seinen Umtrieben zu beteiligen.

Der Graf, der seine geheimen Gedanken ganz gut kannte, versetzte gleichwohl lächelnd: »Mein lieber geheimer Sekretär, Ihr seid immer allzu bescheiden, aber ich werde dennoch Eurer ausgezeichneten Dienste stets eingedenk sein. Elphegens Anwesenheit und des Mecklenburgers Abwesenheit sichern meinen Triumph zu Drontheim. Ich bin Oberhaupt der Provinz, und wenn Han das Kommando der Rebellen annimmt, das ich ihm selbst anbieten werde, so werde ich den Ruhm ernten, diese Empörung gedämpft und den furchtbaren Räuber gefangen zu haben.«

In diesem Augenblicke drehte sich der Wegweiser um und rief: »Seht da, gnädige Herren, zu unserer Linken den Hügel, auf welchem Biord der Gerechte im Angesicht seiner Armee den doppelzüngigen Verräter Wellon enthaupten ließ, der die ächten Verteidiger des Königs entfernt und den Feind in das Lager gerufen hatte, damit es scheine, als habe er allein Biords Leben gerettet ...«

Musdoemon unterbrach ihn barsch: »Lasst das, guter Mann, schweigt und setzt Euern Weg fort, ohne Euch umzuwenden! Was liegt uns an Euern alten Geschichten! Ihr stört meinen Herrn durch Euere alten Weiberhistorien!«

XXI.

Wir haben Ordener und Spiagudry verlassen, als sie eben bei aufgehendem Monde den Gipfel des Felsen von Oelmö ziemlich mühsam erstiegen. Je höher die Reisenden kamen, umso kahler wurde allmählich der Felsen; der Wald verwandelte sich in Gesträuch; bald verschwand auch dieses.

»Gnädiger Herr Ordener«, sagte der stets redselige Spiagudry, »dieser steile Pfad ist sehr ermüdend, und um ihn mit Ihnen zu erklimmen, bedurfte es der ganzen Ergebenheit ... Aber es scheint mir, dass ich da rechts einen prächtigen *convolvulus* sehe; den möchte ich gerne näher untersuchen. Schade, dass es nicht Tag ist! ... Doch um auf etwas anderes zu kommen, müssen Sie nicht selbst gestehen, dass es höchst unverschämt ist, einen Gelehrten, wie ich einer bin, nur um vier lumpige Taler anzuschlagen? Es ist allerdings wahr, dass der berühmte Phädrus ein Sklave war, und dass Äsop, wenn wir dem gelehrten Planudius glauben wollen, auf dem öffentlichen Markt wie ein Tier oder eine Sache verkauft worden ist, und wer sollte nicht stolz darauf sein, ein mit dem großen Äsop in einiger Beziehung ähnliches Schicksal zu haben? ...«

»Und mit dem berühmten Han?«, fügte Ordener lachend hinzu.

Sprechen Sie doch diesen Namen nicht in solcher Beziehung aus, mein gnädiger Herr! Ich schwöre Ihnen bei Jupiters Thron, dass ich diese Vergleichung gerne entbehre. Das jedoch wäre ein sonderbarer Fall, wenn der Preis, welcher auf sein Haupt gesetzt ist, Benignus Spiagudry, der sich in gleichem Unglück befindet, zukäme. Gnädiger Herr Ordener, Sie sind edelmütiger als Jason, denn dieser gab das goldene Vlies seinem Piloten von Argos nicht, und doch ist Ihr Unternehmen, dessen Zweck mir ein Rätsel bleibt, nicht minder gefährlich, als das Jason'sche war ...«

»Nun«, unterbrach ihn Ordener, »da Ihr diesen Han den Isländer kennt, so macht mich doch näher mit seinen persönlichen Verhältnissen bekannt. Ihr habt mir bereits gesagt, dass er kein Riese sei, wie man insgemein glaubt.«

»Halten Sie, Herr!«, rief Spiagudry ängstlich aus. »Es dünkt mich, dass ich das Geräusch von Schritten hinter uns höre.«

»Richtig«, antwortete Ordener ruhig, »Ihr habt recht. Seid ruhig, es wird irgendein wildes Tier sein, das wir aufgeschreckt haben.«

»Sie mögen recht haben, mein junger Cäsar, denn seit langer Zeit hat diese Gehölze kein menschlicher Fuß betreten. Aus dem gewichtigen Tritte zu schließen, muss dieses Tier groß sein. Etwa ein Elentier oder ein Rentier. Es gibt deren viele in diesem Teile Norwegens. Man findet auch Pantherkatzen; ich habe deren selbst eine zu Kopenhagen gesehen; sie war ungeheuer groß. Ich will Ihnen doch eine Beschreibung von diesem wilden Tiere machen ...«

»Mein lieber Freund, macht mir lieber die Beschreibung von einem andern nicht minder wilden Tiere, jenem furchtbaren Han ...«

»Leise doch, gnädiger Herr! Wie Sie einen solchen Namen so ruhig aussprechen! Sie wissen nicht ... Hören Sie doch um Gottes willen, Herr!«

Spiagudry drängte sich dicht an Ordener, welcher sehr deutlich eine Art Geheul vernahm, das demjenigen glich, welches in jener stürmischen Nacht den armen Spiagudry so sehr in Schrecken gesetzt hatte.

»Haben Sie es gehört?«, murmelte dieser vor Furcht zitternd.

»Allerdings, und ich weiß nicht, warum Ihr zittert. Das ist das Heulen eines wilden Tieres, vielleicht gar jener Pantherkatze, von der Ihr eben gesprochen habt. Glaubtet Ihr denn um diese Stunde einen solchen Ort passieren zu können, ohne etwas von wilden Tieren zu vernehmen? Aber seid ruhig, sie sind gewiss selbst mehr erschreckt, als Ihr.«

Spiagudry fasste ein wenig Mut, als er die Ruhe seines Reisegefährten sah.

»Es könnte wohl sein, Herr, dass Sie abermals recht hätten, allein dieses Tiergeschrei gleicht einer gewissen entsetzlichen Stimme ... Es war eine böse Inspiration, welche Sie auf den Gedanken brachte, diesen Felsen, auf welchem die Ruinen von Pharamunds Burg liegen, ersteigen zu wollen. Ich fürchte fast, dass uns ein Unglück begegnen möge.«

»Fürchtet nichts, solange ich bei Euch bin.«

»Ach! Sie fürchten sich doch vor gar nichts. Allein, Herr, nur der heilige Paulus kann Schlangen in die Hand nehmen, ohne dass sie ihn beißen. Sie haben aber nicht wahrgenommen, dass das Gras in diesem verfluchten Fußsteig, als wir in ihn einlenkten, frisch zerdrückt und zu Boden getreten war, was beweist, dass vor Kurzem erst jemand den Weg passiert hatte.«

»Was liegt daran! Es macht mir keine Unruhe, wenn ein Grashalm zertreten ist. Jetzt sind wir aus dem Gebüsche und hören weder Schritte noch Tiergeheul mehr. Wir müssen nun unsere Kräfte zusammennehmen, denn der in den Felsen gehauene Fußsteig wird schwierig zu ersteigen sein.«

»Nicht darum, Herr, weil er steiler ist, sondern der gelehrte Reisende Suckson erzählt, dass er oft durch Felsstücke oder schwere Steine gesperrt ist, die zu schwer sind, um sie aus dem Wege räumen zu können, und über die man nicht leicht wegkommt. Es liegt unter andern etwas jenseits des Ausfalltors des Malaerturms, dem wir uns jetzt nähern, ein ungeheurer dreieckiger Granitblock, den ich längst gerne gesehen hätte. Schönning versichert, auf demselben die drei ursprünglichen runischen Buchstaben wieder aufgefunden zu haben ...«

Die Reisenden kletterten schon eine Zeit lang den nackten Felsen hinauf; sie erreichten einen kleinen verfallenen Turm, durch den sie passieren mussten.

»Dies ist das Ausfalltor des Malaerturms«, sagte Spiagudry. »Dieser bedeckte Weg enthält mehrere sehenswürdige Bauten, die uns zeigen, welches die alten Fortifikationen unserer norwegischen Burgen waren. Dieses Ausfalltor, das immer vier Bewaffnete bewachten, war das erste Vorwerk der Burg Pharamunds. Bei Gelegenheit des Wortes Tor macht der Mönch Uresius eine sonderbare Bemerkung. Das Wort Janua, welches von Janus kommt, dessen Tempel so berühmte Tore hatte, soll das Wort Janitschar, Hüter der Tore des Sultans, erzeugt haben. Es wäre sonderbar, wenn der Name des friedlichen Janus auf die wilden und blutdürstigen Janitscharen übergegangen wäre.«

Während Spiagudry diesen gelehrten Galimathias auskramte, dachte Ordener nur an das Vergnügen, von hier aus den Leuchtturm von Munckholm zu erblicken.

»Ah! Ich sehe ihn«, rief Spiagudry plötzlich aus. »Dieser Anblick entschädigt mich für alle meine Mühe. Ich sehe ihn, Herr, ich sehe ihn!«

»Was denn?«, fragte Ordener, der an den Leuchtturm von Munckholm und seine Ethel dachte.

»Was anderes«, erwiderte Spiagudry mit beseligter Stimme, »als den dreieckigen Felsblock, von welchem Schönning spricht! Ich werde nunmehr, neben dem Professor Schönning und dem Bischof Isleif, der dritte Gelehrte sein, welcher das Glück gehabt hat, diesen Stein näher zu untersuchen. Nur ist es sehr zu bedauern, dass solches nur bei Mondschein geschehen kann.«

Als Spiagudry sich dem berühmten Felsblock näherte, stieß er einen Schrei schmerzlichen Staunens aus. Ordener fragte ihn um dessen Ursache, aber der arme Mann konnte lange Zeit die Zunge zur Antwort nicht bewegen.

»Ihr wart der Meinung«, sagte Ordener, »dass dieser Felsblock den Weg sperre. Ihr müsst nun im Gegenteil mit Vergnügen erkennen, dass er ihn vollkommen frei lässt.«

»Eben das setzt mich ja in Verzweiflung!«, sagte Benignus mit kläglicher Stimme.

»Wieso denn?«

»Wieso, Herr! Sehen Sie nicht, dass dieser Block von der Stelle gerückt worden ist, dass dessen Basis, die auf dem Fußpfad ruhte, nun mehr der Luft ausgesetzt ist, während der Stein gerade mit der Seite, an welcher Schönning die ursprünglichen runischen Schriften entdeckt hatte, auf dem Boden ruht? ... Das macht mich sehr unglücklich!«

»Das ist freilich ein harter Schlag!«, sagte Ordener spottend.

»Dazu kommt noch«, fügte Spiagudry lebhaft hinzu, »dass die Wegrückung dieser Masse die Gegenwart irgendeines übernatürlichen Wesens beweist. Wenn es nicht der Teufel selbst ist, so gibt es in Norwegen nur einen einzigen Menschen, dessen Arm im Stande wäre ...«

»Euer panischer Schrecken ergreift Euch wieder, alter Herr! Wer weiß, ob dieser Stein nicht seit einem Jahrhundert so liegt?«

»Allerdings«, sagte Spiagudry beruhigter, »sind es allbereits hundertundfünfzig Jahre, dass der letzte gelehrte Beobachter denselben studiert hat. Es scheint mir jedoch, dass er frisch weggeräumt sei; der Platz, den er einnahm, ist noch feucht. Sehen Sie, Herr ...«

Ordener, voll Ungeduld, die Ruinen zu erreichen, riss den gelehrten Forscher von der Pyramide weg.

»Hört, Alter«, sagte er, »wenn Ihr erst die tausend Taler, welche Euch Han's Kopf eintragen wird, in der Tasche habt, könnt Ihr Euch an den Ufern dieses Sees niederlassen und die Altertümer der Gegend mit aller Gemächlichkeit studieren.«

»Sie haben recht, edler Herr, allein reden Sie nicht so leichthin von einem noch sehr zweifelhaften Siege. Ich will Ihnen einen Rat erteilen, mittelst dessen Sie sich des Ungeheuers leicht bemeistern können ...«

»Und welchen?«, fragte Ordener schnell.

»Der Räuber«, sagte Spiagudry leise und warf unruhige Blicke um sich, »trägt an seinem Gürtel einen Hirnschädel, aus welchem er zu trinken pflegt. Dieser Hirnschädel ist der seines Sohnes, des nämlichen Leichnams, wegen dessen Profanation ich verfolgt werde ...«

»Etwas lauter, und fürchtet nichts; ich höre Euch kaum. Nun, dieser Hirnschädel?«

»Dieses Hirnschädels müssen Sie sich zu bemächtigen suchen. Das Ungeheuer knüpft daran gewisse abergläubische Ideen. Haben Sie einmal den Hirnschädel seines Sohnes in Ihrer Gewalt, so können Sie mit dem Räuber machen, was Sie wollen.«

»Ganz gut, aber wie in dessen Besitz gelangen?«

»Mit List, Herr! Während das Untier schläft. Vielleicht ...«

»Genug, Euer guter Rat kann mir nichts helfen. Ich überfalle keinen Feind im Schlaf. Ich weiß ihn nur mit meinem guten Schwerte zu bekämpfen.«

»Herr, es ist nicht bewiesen, dass der Erzengel Michael keine List gebraucht hatte, Satan zu bekämpfen und in den Abgrund zu stürzen ...«

Hier hielt Spiagudry plötzlich inne, streckte beide Hände vor sich aus und rief mit fast erloschener Stimme: »Himmel! Himmel! Was sehe ich da? Seht, Herr, geht da nicht vor uns in dem nämlichen Fußwege ein kleiner Mann? ...«

»Ich sehe nichts«, sagte Ordener aufblickend.

»Nichts, Herr? Allerdings, der Weg biegt sich, und er ist hinter jenem Felsen verschwunden. Lassen Sie uns nicht weiter gehen, ich beschwöre Sie darum, Herr!«

»Wenn dieser kleine Mann so schnell verschwunden ist, so ist das ein Beweis, dass er uns nicht erwarten will, und wenn er flieht, so ist das kein Grund für uns, auch zu fliehen.«

»So möge der Himmel über uns wachen«, seufzte Spiagudry.

»Ihr werdet den Schatten einer aufgeschreckten Nachteule für einen Menschen gehalten haben.«

»Ich glaubte gleichwohl einen kleinen Mann deutlich zu erblicken. Es ist freilich wahr, dass der Mondschein bisweilen seltsame Täuschungen hervorbringt. Beim Mondschein hielt Baldan, Herr zu Merneugh, den weißen Vorhang seines Bettes für den Schatten seiner Mutter, weshalb er am anderen Morgen vor den Richtern zu Christiernia sich als Muttermörder selbst angab, während die Richter eben im Begriffe waren, den unschuldig angeklagten Pagen der Verstorbenen zu verurteilen. Es kann demnach mit Recht behauptet werden, dass der Mondschein diesem Pagen das Leben gerettet habe.«

Kein Mensch auf der Welt vergaß so leicht, als Spiagudry, die Gegenwart über die Vergangenheit. Eine Rückerinnerung seines immensen Gedächtnisses war hinreichend, alle Eindrücke des Augenblicks aus seiner Seele zu verbannen. Baldans Geschichte verscheuchte alsbald alle seine Besorgnisse, und er fügte seiner Erzählung ganz ruhig hinzu: »Es ist möglich, dass mich der Mondschein auf gleiche Weise getäuscht hat.«

Die Wanderer kamen an den Ruinen an. Von den fünf Türmen, die ehedem Pharamunds, des Geächteten, Burg geziert und beschützt hatten, stand nur noch ein einziger in seiner ganzen Höhe aufrecht. Dieser Turm stand am äußersten Rande des Felsen. Von seiner Zinne konnte man, wie Spiagudry versicherte, den Leuchtturm von Munckholm erblicken. Sie nahmen ihre Richtung nach ihm hin, obgleich es in diesem Augenblick ganz dunkel geworden war, denn der Mond hatte sich hinter einem schwarzen Gewölke versteckt. Als sie über eine Mauer kletterten, fasste plötzlich Benignus mit zitternder Hand Ordeners Arm.

»Was gibt es?«, fragte dieser verwundert.

Statt aller Antwort drückte der Alte seinen Arm noch heftiger, als ob er ihm Stillschweigen auflegen wollte.

»Nun denn?«

Ein neues Drücken erfolgte, begleitet von einem tiefen Seufzer. Ordener entschloss sich, geduldig zu warten, bis der erste Schrecken vorüber sein würde.

Endlich sagte Spiagudry mit zurückgehaltenem Atem: »Nun, Herr, was sagen Sie dazu?«

»Wozu?«

»Nicht wahr, Sie bereuen es jetzt selbst, dass wir da heraufgestiegen sind?«

»Nein, wahrlich nicht, und ich will noch höher steigen. Warum soll ich es denn bereuen?«

»Wie, Herr, Sie haben also nicht gesehen? ...«

»Gesehen! Was?«

»Sie haben nicht gesehen?«

»In der Tat nichts, gar nichts! Ich habe bloß Euer Zähneklappern gehört.«

»Wie! Hinter dieser Mauer da, in der Dunkelheit ... diese zwei feurigen Augen, wie Kometen leuchtend ... flammend auf uns gerichtet! ... Die haben Sie nicht gesehen?«

»Gewiss nicht!«

»Sie haben sie nicht gesehen, wie sie auf- und niederblitzten, hin- und her leuchten und zuletzt in den Ruinen verschwanden!«

»Ich weiß nicht, was Ihr damit wollt. Was liegt auch daran?«

»Was daran liegt? Wissen Sie nicht, dass es in Norwegen nur einen einzigen Menschen gibt, dessen Augen so in der Dunkelheit leuchten?«

»Und wer ist denn dieser Mensch mit den Katzenaugen? Etwa Han der Isländer? Desto besser, wenn er hier ist! Das erspart uns die Reise nach Walderhog.«

»Ah! Herr, Sie haben mir versprochen, mich im Dorfe Surb, eine Meile vom Kampfplatz, zurückzulassen ...«

»Ihr habt recht, es wäre unbillig, Euch in meine Gefahren zu verwickeln. Fürchtet also nichts. Dieser Han schwebt Euch überall vor Augen. Kann nicht in diesen Ruinen irgendeine wilde Katze sein, deren Augen ebenso leuchten, wie die jenes Menschen?«

Diese Erklärung beruhigte Spiagudry.

»Ach, Herr!«, sagte er tief atmend, »ohne Sie wäre ich schon zehnmal vor Furcht gestorben, seit wir diesen Felsen erklimmen. Freilich hätte ich ohne Sie niemals diesen Versuch gewagt.«

Das Licht des wieder erscheinenden Mondes zeigte ihnen den Eingang in den Turm, an dessen Fuße sie jetzt angelangt waren. Ordener sammelte Reisach und dürre Kräuter, womit sie ein Feuer anzündeten. So wie die Flamme aufschlug, erhob sich ein ganzer Schwarm Eulen und Fledermäuse aus dem alten Gemäuer.

»Da sind wir keine willkommenen Gäste«, sagte Ordener scherzend, »fürchtet Euch nur nicht wieder, alter Herr!«

Spiagudry setzte sich gemütlich an das Feuer und erwiderte: »Ich, Eulen und Fledermäuse fürchten! Ich habe unter Leichen gelebt, ohne einen Vampir zu fürchten. Ich fürchte niemand, als die Lebenden! Tapfer bin ich zwar nicht, doch auch nicht abergläubisch. Nunmehr aber wollen wir an unser Nachtessen denken. Ich habe hier etwas schwarzes Brot und Käse. Das wird bald aufgezehrt sein, wenn Sie ebenso großen Hunger haben, als ich. Ich sehe, dass wir noch lange nicht die Grenzen jenes Gesetzes Philipps des Schönen von Frankreich zu überschreiten im Begriffe sind: *Nemo audeat comedere praeter duo fercula cum potagio.* Auf diesem Turme müssen sich ohne Zweifel Nester von Möwen oder Fasanen befinden! Aber wie soll man auf einer schwankenden, zerfallenen Treppe, welche höchstens Sylphen zu tragen im Stande wäre, auf dessen Spitze gelangen?«

»Gleichwohl muss diese Treppe mich tragen, denn ich will auf die Zinne dieses Turmes steigen.«

»Wie, Herr! Wegen dieser Möwennester? Begehen Sie solche Unklugheit nicht. Man muss sein Leben nicht um ein gutes Nachtessen wagen. Im Übrigen könnten Sie sich auch irren und statt der Möwennester Eulennester bekommen.«

»Was liegt mir an Euren Nestern! Habt Ihr mir nicht gesagt, dass man von der Spitze dieses Turms den Leuchtturm von Munckholm erblickt?«

»Allerdings, edler Herr, gegen Süden! Ich sehe nun wohl, dass Ihr Wunsch, diesen wichtigen Punkt für die Wissenschaft der Geografie zu fixieren, der Beweggrund dieser ermüdenden Reise nach Pharamunds, des Geächteten, Burg gewesen ist, allein geruhen Sie zu erwägen, gnädiger Herr, dass zwar die Pflicht eines eifrigen Gelehrten bisweilen erfordern mag, der Ermüdung zu trotzen, niemals aber der Gefahr, weshalb ich mit Grund die Bitte an Sie stelle, Ihr Leben aus dieser verfallenen Treppe, deren Stufen kaum einen Raben tragen würden, nicht unbesonnenerweise zu wagen.«

Benignus fürchtete sich, allein unten am Turme zu bleiben; er erhob sich, um Ordener zurückzuhalten, aber zum Unglück fiel sein Schnappsack, der auf seinen Knien lag, auf die Steine und gab einen hellen Ton von sich.

»Was klingt denn so in diesem Schnappsack?«, fragte Ordener.

Diese Frage, die einen so kitzligen Punkt betraf, benahm dem alten Herrn die Lust, seinen Reisegefährten länger zurückzuhalten. Statt daher auf die Frage zu antworten, sagte er bloß: »Nun denn, in Gottes Namen! Wenn Sie trotz meiner Bitten auf Ihrem Vorhaben bestehen, diesen Turm zu besteigen, so vermeiden Sie wenigstens die Stellen des Gemäuers, welche verfallen sind und keinen festen Anhaltspunkt darbieten.«

»Aber«, fuhr Ordener fort, »was ist denn in Eurem Schnappsack, dass er einen so metallischen Klang von sich gibt?«

»Edler Herr«, antwortete Spiagudry, »wie können Sie sich um ein altes, garstiges eisernes Rasierbecken kümmern, das auf einem Kieselstein aufschlägt? Weil ich Sie denn nicht zurückhalten kann, so kommen Sie wenigstens bald wieder herab. Der Leuchtturm von Munckholm liegt südlich zwischen den beiden Schemeln der Frigga.«

Ordener, von der Erinnerung an Munckholm ergriffen, eilte in den Turm. Spiagudry hob seinen Schnappsack auf und setzte sich gemächlich ans Feuer.

»Mein lieber Benignus Spiagudry«, sprach er für sich, »während du allein bist und vor den Augen dieses jungen Luchses verborgen, öffne geschwind diese Büchse, um *oculis et manu* von dem Schatze Besitz zu nehmen, welchen sie ohne Zweifel verschließt. Wenn derselbige aus diesem Gefängnis erlöst ist, so wird er weniger schwer zu tragen und leichter zu verstecken sein.«

Mit diesen Worten fasste er einen großen Stein, um das Schloss abzuschlagen, als ein Strahl der Flamme, der auf das Wappen fiel, ihn plötzlich lähmte.

»Bei Sankt Willebrod dem Numismatiker«, rief er aus, »ich irre mich nicht, das ist das Wappen von Greiffenfeld. Ich war im Begriff eine große Torheit zu begehen, indem ich solches zerschlagen wollte. Dies ist vielleicht noch das einzige Modell, das von diesem berühmten Wappen übrig blieb, welches im Jahr 1676 durch die Hand des Henkers zertrümmert worden ist. Behüte mich Gott, dass ich meine Hand daran legen sollte! Was auch der Wert der Gegenstände sein mag, die in dieser Büchse verborgen sind, es wären denn, gegen alle Wahrscheinlichkeit, Münzen aus Palmyra oder Karthago, so ist doch dieses Wappen ein noch kostbarerer Schatz. Ich bin nunmehr derjenige, welcher allein noch das abgeschaffte Wappen von Greiffenfeld besitzt. Lasst uns diesen Schatz sorgfältig verbergen! Vielleicht werde ich irgendein Mittel finden, die Büchse zu öffnen, ohne dass ich einen Vandalismus begehe. Das Wappen von Greiffenfeld! Welches Glück! Mit einem auflösenden Mittel werde ich das Schloss öffnen, ohne das Wappen zu verletzen. Diese Büchse enthält ohne Zweifel die Schätze des Exkanzlers. Wenn nun jemand durch den Preis der vier Taler gelockt, die auf meinen Kopf gesetzt sind, mich erkennen und anhalten sollte, so wird es mir nicht schwer werden, mich loszukaufen. Mithin wird diese glückselige Büchse mich gerettet haben ...«

Während er so sprach, blickte er mechanisch in die Höhe, und plötzlich erstarrte sein Gesicht vor Schrecken. Alle seine Glieder zitterten krampfhaft. Seine Augen starrten, sein Mund bebte, die Stimme blieb ihm in der Kehle stecken.

Ihm gegenüber, auf der andern Seite des Feuers, stand ein kleiner Mann mit gekreuzten Armen. An seiner Kleidung von noch blutigen Fellen, an seiner steinernen Axt, an seinem roten Bart und den flammenden starr auf ihn gehefteten Augen hatte der unglückliche Spiagudry alsbald Han den Isländer erkannt.

»Ich bin es«, sagte der kleine Mann mit einem furchtbaren Ausdruck. »Also diese glückselige Büchse wird Dich gerettet haben«, fügte er mit einem furchtbar höhnischen Lächeln hinzu. »Spiagudry! Ist das der Weg nach Thoctree?«

Der Unglückliche versuchte einige Worte zu stammeln: »Thoctree! .... Gnädiger Herr! ...... mein Herr und Meister! ... Ich war eben auf dem Wege ...«

»Nach Walderhog«, ergänzte Han mit donnernder Stimme.

Spiagudry raffte alle seine Kräfte zusammen, um mit dem Kopf ein verneinendes Zeichen zu machen.

»Du führtest mir einen Feind zu. Habe Dank! Das ist ein Lebender weniger. Fürchte nichts, getreuer Wegweiser, er wird Dir nachfolgen.«

Der Unglückliche wollte ein Geschrei ausstoßen und brachte kaum einen unbestimmten Laut hervor.

»Warum erschreckt Dich meine Gegenwart? Du suchtest mich ja. Keinen Laut, sonst bist Du ein Kind des Todes!«

Der Isländer schwang seine steinerne Axt über Spiagudrys Haupt. Dann fuhr er mit einer Stimme fort, die, wie ein Waldstrom aus einer Höhle, aus der Tiefe der Brust drang: »Du hast mich verraten!«

»Nein, Ihr Gnaden! ... Nein, Exzellenz! ...«, stöhnte Benignus.

Der Wilde gab ein dumpfes Brüllen von sich.

»Glaubst Du mich noch einmal täuschen zu können? Hoffe das nicht! Höre, ich war auf dem Dache des Spladgest, als Du Deinen Vertrag mit diesem jungen Thoren geschlossen hast; damals hast Du zweimal meine Stimme gehört. Meine Stimme hörtest Du während des Sturms auf dem Wege; ich war es, den Du im Turme von Vygla als Eremit gesehen hast. Ich sagte Dir damals: Auf Wiedersehen!«

Der Unglückliche in seinem Entsetzen warf einen verwirrten Blick um sich her, als ob er um Hilfe rufen wollte.

Der Wilde fuhr fort: »Ich wollte diese Soldaten, welche Dich verfolgten, nicht entwischen lassen. Sie waren von dem Regiment von Munckholm. Du warst mir immer gewiss. – Spiagudry, ich war es, den Du im Weiler

Oelmö unter dem Filzhut des Bergmanns wiedersahst; ich war es, dessen Schritte und Stimme Du hinter Dir hörtest, dessen Augen Du in diesen Ruinen in der Dunkelheit leuchten sahst. Ich bin jetzt da!«

Spiagudry krümmte sich zu den Füßen des furchtbaren Wesens und konnte nur mühsam das einzige Wort: »Gnade!« hervorbringen.

Immer noch stand jener mit verschränkten Armen und heftete einen Blick der Blutgier auf ihn.

»Erflehe Dein Leben von dieser Büchse, von der Du es erwartet hast!«

»Gnade! ... Herr! ... Gnade! ...«, stammelte der schon sterbende Mann.

»Warst Du treu und stumm? Du wirst für immer stumm werden!«

Der Gemarterte stieß einen tiefen Seufzer aus.

»Fürchte nichts, Du sollst vereint bleiben mit Deinen Schätzen!«

Der Barbar nahm seinen ledernen Gürtel ab, zog ihn durch den Ring der eisernen Büchse und schlang ihn so um Spiagudrys Hals.

»Nun, sprich, welchem Teufel willst Du Deine Seele verschreiben? Rufe ihn flugs an, damit nicht ein anderer Dämon ihm zuvorkomme, den Du nicht gerufen hast!«

Der alte Mann, in stummer Verzweiflung, sank zu den Füßen des Ungeheuers nieder, mit krampfhaft wiederholten Zeichen des Schreckens und Flehens.

»Nein! Nein! Du getreuer Wegweiser, sei ruhig, Dein Reisegefährte wird ohne Dich den Weg finden. Ich will ihn ihm zeigen, er wird Dir bald nachfolgen. Komm und zeige ihm den Weg!«

Mit diesen Worten nahm er ihn in seine Eisenarme und trug ihn fort, wie ein Wolf ein wehrloses Lamm. Bald darauf hörte man in den Ruinen einen durchdringenden Angstschrei und ein grässliches Lachen.

Inzwischen hatte Ordener von der Höhe des Turms den Leuchtturm von Munckholm erblickt. »Dort ist sie«, sagte er, »sie denkt an mich, sie träumt vielleicht von mir!«

Jetzt hörte er den durchdringenden Angstschrei und das grässliche Lachen. Besorgt um seinen Reisegefährten, stieg er schnell hinab. Kaum war er einige Stufen der Treppe hinabgekommen, so hörte er ein dumpfes Geräusch, wie das eines schweren Körpers, der in tiefes Wasser fällt.

XXII.

Die Sonne warf ihre letzten Strahlen auf das vergitterte Fenster, an welchem Schuhmacher und seine Tochter Ethel saßen.

»Mein Vater«, sagte Ethel, »ich habe diese Nacht von einer glücklichen Zukunft geträumt ... Blicken Sie auf, mein Vater, und betrachten Sie diesen schönen Himmel!«

»Ich sehe ihn durch die Eisengitter meines Kerkers«, erwiderte der Gefangene und ließ sein Haupt, das er einen Augenblick erhoben hatte, wieder in seine beiden Hände sinken.

»Glauben Sie nicht, dass Ordener bald zurückkommen werde? Er ist schon vier Tage fort.«

Der Greis schüttelte traurig das Haupt: »Wenn er vier Jahre abwesend sein wird, werden wir seiner Rückkehr ebenso nahe sein, als heute.«

Ethel erblasste: »Mein Gott! Glauben Sie denn, dass er nicht zurückkommen wird?«

»Hat er denn versprochen, zurückzukommen?«

»Gewiss, das hat er!«

»Also kommt er nicht wieder, denn er ist ein Mensch. Der Geier mag zurückkehren zu dem verlassenen Leichnam, der Frühling kehrt nicht zurück, wenn der Winter naht.«

»Er wird zurückkommen, er ist kein Mensch wie andere.«

»Was weißt Du davon, Mädchen?«

»Was Sie selbst davon wissen.«

»Ich, ich weiß nichts. Ich habe die Worte eines Menschen gehört, sie verkündeten mir Taten eines Gottes. Ich habe darüber nachgedacht und gefunden, dass das zu schön ist, um daran glauben zu können.«

»Und ich glaube daran, weil es schön ist.«

»Gut, mein Kind, dass Du nicht bist, was Du sein sollst, Gräfin von Tongsberg und Prinzessin von Wollin, umgeben von einem Hofe schöner Verräter und selbstsüchtiger Anbeter, dann würde diese Leichtgläubigkeit Dir und anderen verderblich werden.«

»Es ist nicht Leichtgläubigkeit, sondern Vertrauen.«

»Man sieht, dass französisches Blut in Deinen Adern wallt, denn diejenigen, die Deinen Vater tiefer gestürzt haben, als er je erhöht war, können doch nicht hindern, dass Du nicht die Tochter der Prinzessin Charlotte von Tarent bist, und dass eine Deiner Ahnfrauen Adele Gräfin von Flandern war, deren Namen Du trägst.«

»Mein Vater, Sie beurteilen den edlen Ordener falsch.«

»Edel, meine Tochter! Welchen Sinn verbindest Du mit diesem Wort? Ich habe Edle geschaffen, die sehr elende Menschen waren.«

»Ich meine nicht edel durch den Adel, den man einem schenkt.«

»Stammt er denn von einem Jarl oder Hersa ab?«

»Ich weiß es nicht, mein Vater. Mag er der Sohn eines Leibeigenen sein! Man malt Krone und Leier auf den Samt eines Fußteppichs. Er ist edel durch den Adel des Herzens.«

»Edel durch den Adel des Herzens!«, wiederholte der Greis. »Dieser Adel steht höher, als der, den die Könige geben, er ist von Gott. Gott verschwendet ihn nicht, wie die Fürsten ...« Der Gefangene hob das Auge auf sein zertrümmertes Wappen und fügte hinzu: »Und er nimmt ihn nie zurück.«

»Wer den Adel von Gott hat, mein Vater, tröstet sich leicht, den der Fürsten verloren zu haben.«

»Du hast recht, meine Tochter, aber Du weißt nicht, dass die Ungnade, welche ungerecht erscheint in den Augen der Welt, bisweilen in unserem innersten Gewissen ihre Rechtfertigung findet. So ist unsere elende menschliche Natur. Einmal im Unglück, erheben sich in uns selbst hundert Stimmen, welche im Glück geschwiegen haben, um uns unsere Irrtümer und Fehler vorzuwerfen.«

»Sprechen Sie nicht so, mein edler Vater«, sagte Ethel tief bewegt, denn die Rührung seiner Stimme hatte ihr gezeigt, dass ihm ein schmerzliches Geheimnis entwischt war. «Sie urteilen sehr streng über zwei edle Menschen, Ordener und Sie, mein ehrwürdiger Vater.«

»Du urteilst leichthin, Ethel! Man sollte glauben, dass Du nicht wissest, welch eine ernste Sache das menschliche Leben ist.«

»Habe ich denn übel getan, dem edelmütigen Ordener Gerechtigkeit widerfahren zu lassen?«

Der Vater runzelte die Stirne: »Ich kann nicht billigen, meine Tochter, dass Du auf solche Weise Deine Bewunderung einem Unbekannten schenkst, den Du ohne Zweifel niemals wieder sehen wirst.«

»Glauben Sie das nicht, mein Vater! Wir werden ihn wieder sehen. Hat er nicht für Sie diese Reise unternommen? Besteht er nicht für Sie diese Gefahren?«

»Ich habe mich, wie Du, anfangs durch diese Versprechungen täuschen lassen, aber er wird nicht gehen, und auch nicht wieder kommen.«

»Er geht gewiss, mein Vater!«

»Nun, wenn er auch geht und diesen Räuber bekämpft, so ist es das Gleiche: Er kommt nicht zurück.«

Ethel erblasste und Tränen traten in ihre Augen: »O mein Vater«, sagte sie, »in dem Augenblicke, wo Sie so reden, stirbt vielleicht dieser Unglückliche für uns.«

Der Greis schüttelte das Haupt zum Zeichen des Zweifels.

»Ich glaube es ebenso wenig«, sagte er, »als ich es wünsche, und welches Verbrechen hätte ich denn auch begangen? Ich wäre undankbar gegen diesen jungen Mann gewesen, wie so viele es gegen mich waren.«

Ein tiefer Seufzer war die einzige Antwort seiner Tochter, ihr Vater drehte sich seinem Schreibtisch zu und riss einige Blätter aus Plutarchs Leben berühmter Männer, wovon ein Band vor ihm lag, der schon an zwanzig Stellen verstümmelt und mit Noten überladen war.

Jetzt öffnete sich die Türe. Als Schuhmacher das Geräusch hörte, rief er, ohne sich umzuwenden, sein übliches Verbot: »Draußen geblieben! Lasst mich! Ich will niemand sehen!«

»Es ist Se. Exzellenz der Gouverneur«, antwortete die Stimme des Schließers.

Ein bejahrter Mann in Generalsuniform, mit mehreren Orden geschmückt, trat herein. Schuhmacher erhob sich halb von seinem Sitze, indem er zwischen den Zähnen murmelte: »Der Gouverneur!«

Der Gouverneur war in der Absicht gekommen, ein strenges Verhör mit dem Staatsgefangenen anzustellen, um möglichstes Licht über den Aufstand zu erhalten, bei welchem Schuhmachers Name zum Losungswort diente. Er hielt es für seine Pflicht, hier als unerbittlicher Richter sich zu zeigen; aber kaum war er in das Zimmer des Gefangenen getreten, so fühlte er sich angezogen durch das ehrwürdige, obgleich mürrische Gesicht des Greises, erweicht durch die sanften, obwohl stolzen Züge seiner Tochter, und schon der erste Anblick des Gefangenen milderte seine Strenge zur Hälfte. Er trat auf den gestürzten Minister zu, reichte ihm, gleichsam unwillkürlich, die Hand und sagte: »Ich grüße Sie, Herr Graf von Greiffenf... Herr Schuhmacher!«

»Sie sind der Gouverneur von Drontheim?«, sagte der Gefangene nach einer Pause.

Der General, etwas verwundert, von demjenigen gleichsam verhört zu werden, den er verhören wollte, machte ein bejahendes Zeichen.

»In diesem Fall«, fuhr der Gefangene fort, »habe ich eine Klage bei Ihnen vorzubringen.«

»Eine Klage! Worüber haben Sie sich zu beklagen?«

»Nach einem Befehl des Vizekönigs soll man mich hier in diesem Kerker ungestört und in Ruhe lassen.«

»Ich kenne diesen Befehl.«

»Gleichwohl, Herr Gouverneur, erlaubt man sich, mir hier in meinem Gefängnis beschwerlich zu fallen.«

»Wie! Wer wagt dies?«

»Sie selbst, Herr Gouverneur!«

Diese in hohem Ton ausgesprochenen Worte beleidigten den General und er erwiderte mit einer fast zornigen Stimme: »Sie vergessen, dass meine Gewalt, wo es sich um den Dienst des Königs handelt, keine Grenze kennt.«

»Die Grenzen der Achtung, welche man dem Unglück schuldig ist, sollten Sie kennen! Aber freilich wissen das die Menschen nicht.«

»Ich hatte unrecht, Herr Graf von Greiffenf... Herr Schuhmacher! Ich konnte Ihnen den Zorn lassen, weil ich die Macht habe.«

Der Gefangene schwieg einige Augenblicke, dann fuhr er nachdenklich fort: »In Ihrem Gesicht und in Ihrer Stimme, Herr Gouverneur, ist etwas von einem Manne, den ich ehedem gekannt habe. Es ist schon lange her; niemand als ich erinnert sich dieser Zeit: Es war zur Zeit meines Glückes. Dieser Mann war ein gewisser Levin von Knud aus Mecklenburg. Haben Sie diesen Narren gekannt?«

»Ich habe ihn gekannt«, erwiderte der General mit Ruhe.

»So, Sie erinnern sich seiner? Ich glaubte, man erinnere sich der Leute bloß, wenn man im Unglück ist.«

»War er nicht Hauptmann in der königlichen Miliz?«, fuhr der Gouverneur fort.

»Ja, nur Hauptmann, obgleich er bei dem König sehr beliebt war; aber er dachte nur an das Vergnügen und zeigte keinen Ehrgeiz. Es war ein überspannter Kopf. Lässt sich eine solche Mäßigung von einem Günstling begreifen?«

»Warum denn nicht?«

»Ich liebte ihn ziemlich, diesen Levin Knud, weil er mich nicht beunruhigte. Er war ein Freund des Königs, wie wenn dieser König ein gewöhnlicher Mensch gewesen wäre. Man hätte glauben sollen, dass er ihn bloß aus Zuneigung liebe, nicht um seines Glücks willen. Da Sie ihn gekannt haben, Herr Gouverneur, so werden Sie vermutlich wissen, dass er einen Sohn hatte, der noch jung gestorben ist. Erinnern Sie sich noch, was bei der Geburt dieses Sohnes vorging?«

»Ich erinnere mich noch besser, was bei seinem Tode geschah«, sagte der General mit bewegter Stimme und hielt die Hand vor seine Augen.

»Es ist«, fuhr Schuhmacher gleichgültig fort, »eine wenig bekannte Tatsache, welche diesen Levin in seiner ganzen Sonderbarkeit darstellt. Der König wollte Pate des Kindes werden. Glauben Sie wohl, dass Levin es ihm abschlug und dagegen einen alten Bettler, der sich an den Toren des Palastes herumschleppte, zum Taufpaten annahm? Ich habe den Grund dieser tollen Handlung nie begreifen können!«

»Ich will Ihnen den Grund sagen. Als der Hauptmann Levin einen Fürbitter für die Seele seines Kindes wählte, dachte er ohne Zweifel, dass das Gebet eines Armen vor Gott wirksamer sei, als das eines Königs.«

»Sie können recht haben«, sagte der Gefangene. »Ja«, fuhr er fort, »dieser Knud war ein sonderbarer Mensch. Er ist der einzige von denen, die ich in den Zeiten meiner Größe sah, dessen Andenken mir nicht Ekel und Abscheu einflößt. Wenn er auch die Sonderbarkeit bis zur Narrheit trieb, so war er doch vermöge seiner edlen Eigenschaften ein Mann, wie es wenige gibt.«

»Ich bin nicht Ihrer Meinung. Dieser Levin war nichts weiter als die anderen Menschen auch. Es gibt sogar viele, die mehr Wert haben als er.«

Schuhmacher kreuzte die Arme und hob die Augen zum Himmel: »So sind sie doch alle, diese Menschen! Kaum lobt man vor ihren Ohren einen Mann, der Lob verdient, so beschmutzen sie ihn mit ihrem Geifer. Selbst gerechtes Lob vergiften sie, und doch kann man so selten loben!«

»Wenn Sie mich kennten, so würden Sie mich nicht der Anschwärzung des Gen..... des Hauptmanns Levin beschuldigen ...«

»Lassen Sie mich! Lassen Sie mich! Kurz, ich sage Ihnen, was Rechtlichkeit und Edelmut betrifft, so hat es nicht einen zweiten Menschen gegeben, wie dieser Levin Knud war, und wer das Gegenteil sagt, verleumdet ihn zu Gunsten dieses verfluchten Menschengeschlechts.«

»Ich versichere Sie, dass ich keine böse Gesinnung gegen diesen Levin hege ...«

»Sagen Sie das nicht. Obwohl er ein Narr war, habe ich doch seinesgleichen unter den Menschen nicht gekannt. Die Menschen sind heimtückisch, undankbar, neidisch, verleumderisch. Wissen Sie, dass Levin Knud mehr als die Hälfte seines Einkommens dem Spital in Kopenhagen schenkte?«

»Ich wusste nicht, dass Ihnen dies auch bekannt war.«

»Recht so! Recht so!«, rief der Gefangene triumphierend aus. »Er glaubte ihn mit Sicherheit schmähen zu können, weil er wähnte, dass ich die guten Handlungen dieses armen Levin nicht kenne!«

»Nicht doch ...«

»Wissen Sie auch nicht, dass er das vom König ihm bestimmte Regiment einem Offizier, der ihn im Duell verwundet hatte, abtrat, weil er im Dienste älter war als er?«

»Ich glaube, dass diese Handlung niemand bekannt ...«

»Und wenn sie niemand bekannt wäre, ist sie darum weniger schön, Herr Gouverneur von Drontheim? Weil Levin seine Tugenden verbarg, soll man sie darum in Abrede ziehen? Wissen Sie auch nicht, dass er der Witwe eines Soldaten, der ihn ermorden wollte und welchen er der Strenge der Kriegsgesetze nicht zu entziehen vermochte, eine Pension gab?«

»Wer hätte nicht das Gleiche getan?«

Schuhmacher lachte laut auf: »Wer? Sie! Ich! Jedermann! Halten Sie sich denn für einen Mann von Verdienst, weil Sie die Generalsuniform tragen und mit Orden behängt sind? Sie sind General, und der arme Levin ist vielleicht als Hauptmann gestorben. Er war freilich ein Thor, der nicht an seine Beförderung dachte.«

»Wenn er nicht selbst daran dachte, so hat die Gnade des Königs daran gedacht.«

»Die Gnade! Sagen Sie die Gerechtigkeit! Wenn es anders gerechte Könige gibt! Nun, welche ausgezeichnete Gnade ist ihm denn geworden?«

»Mehr als er verdiente.«

»Das wäre! Vielleicht hat man ihn zum Major befördert, nachdem er dreißig Jahre Hauptmann war?«

»So hören Sie mich doch ...«

»Sie hören! Um aus Ihrem Munde zu vernehmen, dass Levin von Knud irgendeiner elenden Beförderung unwürdig gewesen sei ...«

»Ich schwöre Ihnen, dass das nicht ...«

»Nächstens werde ich von Ihnen erfahren, dass er, wie Ihr alle, ein Verräter war, ein Betrüger, ein Bösewicht ...«

»Gewiss nicht ...«

»Was weiß ich alles? Vielleicht hat er einen Freund verraten, einen Wohltäter verfolgt, wie Ihr alle? Oder Vater und Mutter vergiftet? ...«

»Sie irren sich, ich bin weit entfernt ...«

»Wissen Sie, dass dieser Levin es war, der vier meiner Richter vermochte, nicht für den Tod zu stimmen? Und ich soll ihn kaltblütig verleumden hören! So hat er gegen mich gehandelt, und ich habe ihm nie einen Dienst erwiesen, eher Schaden zugefügt, denn ich bin ein Mensch, wie Ihr alle, schlecht und bösartig!«

Der gereizte Greis hielt noch eine lange heftige Standrede gegen die Undankbarkeit des menschlichen Geschlechts, bis er endlich erschöpft in den Lehnsessel zurückfiel.

Der General hatte noch nicht den wichtigen Gegenstand berühren können, der ihn nach Munckholm geführt hatte. Die Aufregung, in welcher sich Schuhmacher befand, gab keine Hoffnung, dass er auf amtliche Fragen befriedigende Antwort erteilen könnte, und im Übrigen schien ihm dieser Mann nach seinem Äußeren und ganzen Benehmen kein Verschwörer und Staatsverräter zu sein. Gleichwohl trieb den Gouverneur seine Pflicht zu einem nochmaligen Versuch, sich in dieser wichtigen Sache Licht zu verschaffen.

»Beruhigen Sie sich doch, Herr Schuhmacher«, sagte er, »es ist für mich eine unangenehme Pflicht, dass ich hierher kommen muss ...«

»Vor allen Dingen«, unterbrach ihn der Gefangene, »erlauben Sie mir zu fragen, auf welche Weise man Levin Knud für seine Dienste belohnt hat?«

»Der König hat ihn schon vor zwanzig Jahren zum General ernannt, und er lebt noch glücklich und geehrt.«

»So geht es in der Welt«, sagte der Gefangene bitter, »dieser Narr Levin, dem es gleichgültig war, als Hauptmann alt zu werden, stirbt als General, und dieser weise Schuhmacher, der als Großkanzler sterben wollte, stirbt als Staatsgefangener.«

»Sehen Sie doch, mein Vater«, sagte Ethel in der Absicht, ihn zu zerstreuen, »dort nördlich jene Flamme, die ich noch nie in dieser Richtung bemerkt habe.«

Wirklich erblickte man, durch das Dunkel der Nacht, am fernen Horizont ein schwaches Licht, das von einem auf dem Gipfel eines weit entfernten Berges brennenden Feuer zu kommen schien. Der General wurde aufmerksam. »Das ist vielleicht ein Feuer, dachte er, welches die Rebellen angezündet haben.«

Dieser Gedanke brachte ihm eindringlich den Zweck seiner Anwesenheit zu Munckholm in Erinnerung. »Graf Greiffenfeld«, sagte er, »es ist nur leid, Ihnen lästig sein zu müssen, aber es ist durchaus nötig, dass Sie ein Verhör ...«

»Ich verstehe, Herr Gouverneur! Es ist nicht genug, dass ich meine Tage in einem Kerker verlebe, dass ich gebrandmarkt und verlassen bin, dass mir nichts übrig geblieben ist, als das bittere Andenken an meine vergangene Größe, man stört mich noch in meiner Einsamkeit, um meinen Schmerz auszubeuten und sich an meinem Unglück zu weiden. Wäre doch dieser Levin Knud hier an Ihrer Stelle kommandierender General, er wäre gewiss nicht hierhergekommen, einen Unglücklichen in seinem Kerker zu quälen!«

Der General, der mehrmals im Begriff gewesen war, sich zu erkennen zu geben, um diesem seltsamen Gespräch ein Ende zu machen, wurde durch diesen indirekten Vorwurf davon abgehalten.

»Aber«, sagte er ziemlich verlegen, »wenn seine Pflicht ihn dazu gezwungen hätte, zweifeln Sie nicht, dass alsdann Levin Knud ...«

»Ja, ich zweifle«, rief der Gefangene mit Bitterkeit aus. »Und Sie, zweifeln Sie nicht daran, dass er mit dem ganzen Edelmut seines Herzens das Geschäft, die Qualen eines armen Gefangenen zu mehren und zu häufen, von sich gewiesen haben würde. Ich kenne ihn besser als Sie, er würde nie die Funktionen eines Henkers über sich genommen haben. Jetzt, Herr Gouverneur, bin ich bereit. Tun Sie, was Sie Ihre Pflicht nennen. Was befehlen Euer Exzellenz?«

Bei diesen Worten maß der alte Minister den Gouverneur mit stolzem Blick. Es war um den Entschluss des Generals geschehen, sein erster Widerwille gegen diese Amtsverrichtung war unwiderstehlich wieder erwacht.

Er hat recht, dachte er bei sich. Einen Unglücklichen auf bloßen Verdacht hin peinigen! Damit mag sich ein anderer befassen als ich!

Die Wirkung dieser Betrachtung war schnell. Der Gouverneur trat zu dem erstaunten Gefangenen, drückte ihm die Hand und wendete sich der Türe zu mit den Worten: »Graf Schuhmacher, bewahren Sie immer die gleiche Achtung vor Levin von Knud.«

II. Band

XXIII.

Der Reisende, welcher heutzutage die mit Schnee bedeckten Berge bereist, die, gleich einem weißen Gürtel den See Smiassen umgeben, findet keine Spur mehr von dem, was die Norweger des siebenzehnten Jahrhunderts die *Ruine von Urbar* genannt haben. Man hat nie ergründen können, welcher menschlichen Bauart, welcher Gattung von Gebäuden die Ruine angehörte, wenn man ihr anders diesen Namen geben kann. Wenn man aus dem Walde heraustritt, der die südliche Seite des Sees bedeckt, sofort einen Abhang heraufsteigt, der da und dort mit verfallenen Mauern und Türmen besät ist, gelangt man an eine gewölbte Öffnung, welche in die Seite des Berges gebrochen ist. Diese Öffnung, welche jetzt ganz durch Erdfälle verschüttet ist, war der Eingang einer in den Felsen gehauenen Art Galerie, die den Berg von einem Ende zum andern durchschnitt. Diese Galerie, welche durch kegelförmige, von Distanz zu Distanz in der Wölbung angebrachte Luftlöcher spärlich erleuchtet war, führte zu einer Art von länglich rundem Saale, der halb in den Felsen gegraben und durch eine Art zyklopischen Mauerwerks geschlossen war. Rundum in diesem Saale standen in tiefen Nischen plump gearbeitete Figuren von Granit. Einige dieser mystischen Götzenbilder, die von ihren Gestellen gefallen war, lagen, mit anderen unförmigen Trümmern vermischt, auf dem steinernen Boden, überwachsen mit Moos und Kräutern, in welchen Eidechsen, Spinnen und anderes Gewürm ihr Lager aufgeschlagen hatten.

Dieser unheimliche Ort erhielt sein schwaches Tageslicht durch eine dem Eingang aus der Galerie gegenüberliegende, bogenförmige Pforte. Man hätte diese Türe, obwohl sie mit dem Boden gleichlaufend war, ein Fenster nennen können, denn sie öffnete sich auf einen tiefen Abgrund, und man konnte nicht begreifen, wohin die drei oder vier Stufen führen sollten, die außerhalb dieses seltsamen Ausgangs und unter demselben über dem Abgrund gleichsam in der Luft schwebten.

Dieser Saal war das Innere einer Art gigantischen Turms, der in der Ferne, von der Seite des Abgrundes betrachtet, eine der Spitzen des Berges schien. Dieser Turm stand einzeln, und niemand wusste, zu welchem Gebäude er je gehört hatte. Man sah bloß oberhalb des Turmes auf einem Plateau, das selbst dem kühnsten Jäger unzugänglich war, eine Masse, die man der Entfernung wegen nicht genau unterscheiden, und entweder für ein abgeplattetes Felsstück, oder für die Trümmer eines kolossalen Bogenganges halten konnte. Diesen Turm und dieses Bogengewölbe nannte man im Lande die Ruine von Arbar. Man kannte ebenso wenig den Ursprung des Namens als des Gebäudes selbst.

Auf einem Stein, der in der Mitte dieses länglich runden Saales lag, saß, in seine blutigen Tierfelle gehüllt, Han der Isländer. Er wandte der Öffnung, durch welche ein schwacher Schimmer des Tageslichts hereinfiel, den Rücken zu. Der Wilde beugte sich zu einem Gegenstand hinab, dessen Beschaffenheit man bei dem spärlichen Lichte, das in den Saal fiel, nicht unterscheiden konnte. Nur hörte man von Zeit zu Zeit ein dumpfes Stöhnen, das von diesem Gegenstande auszugehen schien, und schwache Bewegungen deuteten an, dass es ein belebter Körper sei. Bisweilen richtete sich der Wilde in die Höhe und brachte einen Menschenschädel an die Lippen, in welchem eine rauchende Flüssigkeit war, deren Farbe man nicht unterscheiden konnte, und die er in langen Zügen einschlürfte. Plötzlich erhob er sich rasch: »Ich höre etwas in der Galerie«, sagte er. »Ist es wohl schon der Kanzler der beiden Königreiche?«

Ein furchtbares Lachen, dem ein tierisches Geheul folgte, begleitete diese Worte. Plötzlich antwortete aus der Galerie ein Tiergeheul dem Heulen des wilden Menschen.

»Ho, Ho!«, sagte der Bewohner der Ruine von Arbar, »das ist kein Mensch, aber doch ein Feind; es ist ein Wolf.«

Wirklich sprang auch ein großer Wolf aus der Wölbung der Galerie, blieb einen Augenblick stehen und näherte sich dann in schiefen Wendungen dem Menschen, den Bauch auf dem Boden und glühende, im Dunkel stammende Blicke auf seine Beute werfend.

»Ah!«, sagte der Wilde, »das ist der alte Wolf mit grauen Haaren, der älteste Wolf der Wälder von Smiassen. Gegrüßet seist du, Wolf! Deine Augen funkeln. Nagender Hunger und der Leichengeruch führen dich hierher. Bald wird dein eigenes Fleisch hungrige Wölfe herbeilocken. Willkommen, alter Wolf von Smiassen! Längst habe ich gewünscht, dir zu begegnen. Du bist so alt, dass es heißt, du könnest nicht sterben. Morgen wird es nicht mehr so heißen.«

Das Tier antwortete durch ein furchtbares Heulen, krümmte sich rückwärts und stürzte mit einem Satze auf den wilden Menschen.

Der Wilde blieb festen Fußes stehen. Schnell wie der Blitz fasste er das Tier mit der linken Hand an der Gurgel, während die langen Nägel seiner rechten Hand in dem Bauch des Wolfes wühlten und seine Haut blutig färbten. Das Tier stand aufrecht, die beiden Vorderpfoten auf den Schultern seines Feindes, mit aufgesperrtem Rachen und geifernder Zunge, aber die eiserne Faust des Wilden schnürte ihm den Rachen so fest zu, dass es kaum einen Laut des Schmerzes von sich zu geben vermochte.

»Wolf von Smiassen«, sagte der sieghafte Wilde triumphierend, »deine Krallen zerreißen mein Kleid, aber deine Haut wird mir ein anderes geben«,

Der Wolf machte eine letzte krampfhafte Anstrengung, den Menschen niederzuwerfen; dieser fiel über einen der zerstreut umherliegenden Steine. Mensch und Tier lagen am Boden, und beider Geheul mischte sich miteinander.

Im Fallen hatte der Wilde die Gurgel des Tieres losgelassen, und schon fühlte er dessen schneidende Zähne in seiner Schulter. Beide rollten sich auf dem Boden und stießen an eine ungeheure weiße Masse, die im dunkelsten Winkel des Saales zusammengerollt lag und schlief.

Es war ein großer weißer Bär, der brummend aus dem Schlafe auffuhr. Kaum hatten sich seine trägen Augen so weit geöffnet, dass er den Kampf sehen konnte, so stürzte er sich mit Wut, nicht auf den Menschen, sondern auf den Wolf, der in diesem Augenblicke siegreich war, fasste ihn in der Mitte des Körpers mit seinem ungeheuren Rachen, und befreite auf diese Art den Wilden von seinem Feinde.

Der Wilde, von Blut triefend, erhob sich, und weit entfernt, für diesen Dienst dankbar zu sein, stürzte er auf den Bären los und gab ihm einen tüchtigen Fußtritt auf den Bauch, wie ein Herr seinem Hunde, wenn er einen Fehler begangen hat.

»Freund!«, sagte er, »Wer hat dir gerufen? Worein willst du dich mischen?« Diese Worte wurden unter Grinsen und Zähneknirschen hervorgebracht. »Fort mit dir!«, fügte der Wilde heulend hinzu.

Der Bär, der von dem Menschen einen Fußtritt und von dem Wolf einen Biss erhalten hatte, stieß eine Art kläglichen Brummens aus, senkte seinen schwerfälligen Kopf, und ließ den Wolf los, der sich sogleich mit neuer Wut auf den Menschen stürzte.

Während der Kampf fortdauerte, kehrte der Bär in seine Ecke zurück, setzte sich auf seine Hinterbeine und sah ihm ruhig zu.

Als der Wolf sich wieder auf den Wilden stürzte, fasste dieser den blutigen Rachen des Tieres in seine nervige Faust, und drückte ihn fest und immer fester zusammen. Der Wolf krümmte und bäumte sich vor Wut und Schmerz in der eisernen Faust seines Feindes, die ihn wie eine Zange festhielt. Ein schwarzblauer Schaum floss aus seinem zusammengepressten Rachen, und seine Augen, von Wut und Schmerz angeschwollen, schienen aus ihren Höhlen treten zu wollen. Derjenige der beiden Kämpfer, dessen Beine von scharfen Zähnen zermalmt, dessen Fleisch von heißen Krallen zerfleischt wurde, war hier nicht der Mensch, sondern das Tier des Waldes; das Brüllen, dessen Ton am wildesten, dessen Ausdruck am grimmigsten war, kam nicht aus der Brust des wilden Tieres, sondern des Menschen.

Endlich nahm der Wilde seine ganze Kraft, die durch den langen Widerstand des alten Wolfs beinahe erschöpft war, zusammen, und drückte mit seinen beiden Händen auf den Rachen des Tieres mit solcher Kraft, dass ihm das Blut aus der Kehle und den Nasenlöchern sprang; die Flamme der Augen erlosch, und sie fielen halb zu; das Tier schwankte und fiel leblos zu den Füßen seines Siegers nieder.

»Da liegst du, Werwolf!«, sagte der Wilde und stieß ihn verächtlich mit dem Fuße von sich. »Glaubtest du denn noch älter werden zu können, nachdem du mein Angesicht gesehen hattest? Jetzt wirst du nicht mehr mit unhörbarem Schritt über das Schneefeld laufen, der Spur deiner Beute folgend; du bist jetzt selbst ein Raub der Wölfe und Geier. In deinem langen Leben voll Mord und Blutbad hast du viele verirrte Wanderer am Strande des Smiassen erwürgt. Jetzt bist du selbst tot und wirst keine Menschen mehr fressen. Das ist schade!«

Der Wilde nahm einen schneidenden Stein, kniete vor dem noch rauchenden Leichnam des Tieres nieder, und in einem Nu hatte er ihm die Haut abgezogen.

»Man muss wohl«, murmelte er zwischen den Zähnen, indem er die blutige Haut um seine Schultern warf, »sich in Tierfelle kleiden, denn die Haut des Menschen ist zu dünn, um gegen die Kälte zu schützen.«

Inzwischen hatte sich der Bär zu dem Gegenstand, dessen oben erwähnt worden ist, und dessen Wesen man in der Dunkelheit nicht erkennen konnte, hingeschlichen, und bald hörte man in dem finsteren Teil des Saales ein Knacken der Zähne, untermischt mit schwachen und schmerzhaften Seufzern eines im Todeskampf liegenden Geschöpfes.

»Freund!«, schrie der Wilde mit drohender Stimme. »Warte, Bursche! Daher!«

Mit diesen Worten raffte er einen schweren Stein auf und warf ihn dem Ungeheuer auf den Kopf, das, ganz betäubt von dem Wurf, langsam seine Beute fahren ließ, seine blutigen Lippen leckte, wedelnd zu den

Füßen des Wilden kroch, den Rücken krümmte und seinen dicken Kopf zu ihm erhob, als wollte es um Verzeihung bitten.

Jetzt fand zwischen den beiden Ungeheuern ein Austausch bedeutungsvollen Brüllens statt. Das Brüllen des menschlichen Untiers drückte Herrschergewalt und Zorn aus, das des Bären Bitte und Unterwürfigkeit.

»Hier«, sagte endlich der Wilde, indem er auf den Leichnam des Wolfs deutete, »hier ist deine Beute, lass mir die meinige!«

Der Bär beroch den Leichnam des Wolfs, schüttelte missvergnügt den Kopf und hob sein Auge zu dem Wilden, der sein Herr war.

»Ich verstehe dich, das ist schon zu tot für dich, während das andere noch zuckt. Du bist ein feiner Züngler, dein Fleisch soll noch Leben haben, wenn du es zerreißest, und soll unter deinem Zahne vollends sterben: Du hast nur Freude an dem, was leidet! Wir gleichen uns, denn ich bin auch kein Mensch, ich stehe über diesem elenden Geschlecht, ich bin ein wildes Tier, wie du. Recht so, brumme zu meinen Füßen, brülle durch den Wald, dass Mensch und Tier erschrocken fliehen! Den Kopf in die Höhe, Freund, lecke mich mit dieser Zunge, die so oft Menschenblut getrunken hat!«

Während der Wilde so sprach, lauerte der Bär vor ihm, leckte seine Hände, wälzte sich auf dem Rücken und gab seine Freude zu erkennen, wie ein wohl dressierter Hund.

»Die Menschen sagen, ich fliehe sie«, fuhr der Wilde fort, »aber sie fliehen mich; sie tun aus Furcht, was ich aus Hass tue ... Du weißt ja, Freund, dass ich gerne einem Menschen begegne, wenn ich Hunger oder Durst habe.«

Plötzlich erschien in der Galerie ein rötliches Licht, das sich allmählich näherte und einen schwachen Schein auf die alten feuchten Mauern warf.

»Da kommt gerade ein Mensch«, sagte der Wilde. »Man darf nur von der Hölle reden, so zeigt der Teufel seine Hörner. Holla! Freund! Auf!«

Der Bär richtete sich in die Höhe.

»Ich muss wohl deinen Appetit befriedigen, um deinen Gehorsam zu belohnen«, sagte der Wilde und bückte sich auf den Gegenstand am Boden nieder.

Jetzt hörte man ein Krachen, wie von Gebeinen, die mit der Axt zerhauen werden; es mischte sich aber kein Ton eines lebendigen Wesens mehr darein. »Hier, Freund, vollende dein begonnenes Mahl«, fuhr der Wilde fort und warf etwas, das er von dem zu seinen Füßen ausgestreckten Gegenstand abgelöst hatte, dem Tore über dem Abgrund zu. Der Bär stürzte sich so gierig auf diese Beute, dass man kaum durch einen schnellen Blick unterscheiden konnte, dass dieser Fetzen die Form eines menschlichen Armes hatte und mit einem Stück grünen Stoffes bekleidet war, wie die Soldaten der Besatzung von Munckholm trugen.

»Es kommt näher«, sagte der Wilde, die Augen auf das Licht heftend, das immer größer erschien. »Bruder, Freund! Lass mich allein! Fort mit dir!«

Der Bär nahm mit zufriedenem Brummen den Raub in seinen Rachen, stürzte der Pforte zu, stieg die äußeren Stufen hinter sich hinab, und verschwand im Abgrund.

Gleich darauf erschien unter dem Ausgang der Galerie ein Mann, der in einen braunen Mantel gewickelt war und eine Blendlaterne in der Hand trug, mit welcher er dem Wilden ins Gesicht leuchtete.

Der Wilde, der mit gekreuzten Armen auf dem Steine saß, rief ihm zu: »Sei nicht willkommen hier, Du, den ein Gedanke herführt, nicht ein Instinkt!«

Der Fremde antwortete nicht, sondern betrachtete aufmerksam den Wilden.

»Sieh mich nur an«, sagte dieser und hob den Kopf in die Höhe, »in einer Stunde vielleicht hast Du nicht mehr so viel Hauch der Stimme, Dich rühmen zu können, dass Du mich gesehen habest.«

Der Fremde beleuchtete den Wilden von allen Seiten und schien mehr verwundert als erschrocken.

»Worüber wunderst Du Dich denn? Ich habe Arme und Beine, wie Du, nur werden meine Glieder nicht, wie die Deinigen, der Fraß der Pantherkatzen und Raben werden.«

Endlich tat der Fremde den Mund auf und sagte mit leiser, aber ruhiger Stimme, als ob er nichts weiter fürchtete, als von außen gehört zu werden: »Hört, ich komme nicht als Feind, sondern als Freund ...«

»Wenn Du als Freund kommst, hättest Du Deine menschliche Gestalt ablegen sollen.«

»Wenn Ihr der seid, den ich suche, komme ich in der Absicht, Euch einen Dienst zu erweisen ...«

»Das heißt, Dir von mir einen Dienst erweisen zu lassen. Mensch, jeder Deiner Schritte zu mir ist verloren. Ich kann nur denen Dienste leisten, die des Lebens müde sind.«

»An Euern Worten sehe ich wohl, dass Ihr der Mann seid, wie ich ihn brauche, aber Eure Gestalt ... Han der Isländer ist ein Riese ... Ihr könnt nicht dieser Han sein ...«

»Das ist zum ersten Mal, dass man in meiner Gegenwart daran zweifelt.«

»Wie! Ihr seid Han der Isländer? Es heißt ja, Han sei ein Riese ...«

»Füge meinen Ruf meiner Größe bei, und Du wirst mich höher sehen, als der Hella ist.«

»Wirklich! Ihr seid also Han, gebürtig von Klivstadur in Island?«

»Auf diese Frage antworte ich nicht mit Worten«, erwiderte der Wilde, indem er aufstand und dem unklugen Fremden einen Blick zuwarf, vor welchem dieser drei Schritte zurückwich.

»Dieser Blick überzeugt mich hinreichend«, sagte der Fremde mit einer fast flehenden Stimme, und warf auf den Eingang des Saals einen Blick, in welchem sich das Bedauern aussprach, dessen Schwelle überschritten zu haben. »Nur Euer eigener Vorteil hat mich hierher geführt ...« Als der Fremde in den Saal trat, konnte er sein kaltes Blut behalten, da er den Bewohner der Ruine von Urbar nur unvollständig sah; als aber jetzt der Wilde aufrecht vor ihm stand, mit seinem Tigergesicht, seinem gedrängten Gliederbau, seinen blutigen Schultern, die kaum mit einem noch frischen Felle bedeckt waren, mit seinen großen Händen, seinen Tigerkrallen, seinen stechenden Augen, da schauderte der Fremde, wie ein unwissender Reisender, der einen Aal anzurühren glaubt, und den eine Schlange sticht.

»Mein Vorteil«, wiederholte das Untier. »Willst Du mir etwa Nachricht geben, wo irgendeine Quelle zu vergiften, irgendein Dach anzuzünden, irgendein Soldat von Munckholm zu erwürgen ist?«

»Vielleicht. Hört einmal! Die norwegischen Bergleute empören sich. Ihr wisst, wie vieles Unglück jede Empörung nach sich zieht.«

»Ja, Raub, Mord und Brand.«

»Ich biete Euch alles dies an.«

Der Wilde lachte laut auf: »Ich brauche nicht zu warten, bis Du mir dieses anbietest, ich kann es selbst nehmen.«

»Ich trage Euch im Namen der Bergleute den Oberbefehl über die Rebellen an.«

»Ist das wahr, dass Du mir diesen Oberbefehl in ihrem Namen anträgst?« Diese Frage schien den Fremden in Verlegenheit zu setzen; da er aber hier sich gänzlich unbekannt wusste, so fasste er sich gleich wieder.

»Weshalb empören sich die Bergleute?«, fragte der Wilde.

»Um sich von den Lasten der königlichen Vormundschaft zu befreien.«

»Bloß deswegen?«, fragte der Isländer höhnisch.

»Sie wollen auch den Staatsgefangenen in Munckholm befreien.«

»Ist das der einzige Zweck dieses Aufstandes?«

»Ich kenne keinen anderen.«

»So! Du kennst keinen anderen?« Diese Worte waren, wie die vorgehenden, in ironischem Tone ausgesprochen. Um der Verlegenheit ein Ende zu machen, worein ihn Ton und Inhalt versetzten, zog der Fremde eine schwere Geldbörse unter seinem Mantel hervor und warf sie dem Räuber hin. »Hier«, sagte er, »ist Euer Gehalt als oberster Anführer.«

»Behalte es! Meinst Du denn, wenn ich Lust hätte zu Deinem Gold oder nach Deinem Blut, so würde ich erst auf Deine Erlaubnis warten, beides zu nehmen?«

Der Fremde machte eine Gebärde des Staunens und Schreckens. »Es ist ein Geschenk, das mir die Bergleute für Euch übergeben ...«

»Ich will es nicht«, sage ich Dir. »Gold brauche ich nicht. Die Menschen verkaufen wohl ihre Seele, aber nicht ihr Leben. Man muss es ihnen nehmen.«

»Ich werde also den Bergleuten ankündigen, dass der gefürchtete Han der Isländer nur den Befehl über sie, aber nicht ihr Gold annimmt ...«

»Ich nehme ihn nicht an.« Diese kurz und bestimmt ausgesprochenen Worte schienen unangenehm in die Ohren des angeblichen Emissärs der Bergleute zu klingen. »Wie!«, sagte er. »Nein!«, erwiderte jener.

»Ihr wollt an einer Unternehmung nicht teilnehmen, die Euch so viele Vorteile verspricht?«

»Vorteile! Ich kann die Meierhöfe allein plündern, und wenn ich Dörfer verwüsten, Bauern und Soldaten umbringen will, brauche ich niemands Hilfe dazu.«

»Aber bedenkt, dass Euch die Straflosigkeit gesichert ist, wenn Ihr den Befehl über die Bergleute annehmt.«

»Ist es abermals im Namen der Bergleute, dass Du mir Straflosigkeit zusicherst?«, fragte der Räuber lachend.

»Ich will Euch nicht verhehlen«, antwortete der Fremde mit geheimnisvollem Wesen, »dass dies im Namen eines mächtigen Mannes geschieht, der bei diesem Aufstand die Hand im Spiele hat.«

»Und ist dieser mächtige Mann sicher, dass er nicht selbst gehängt wird?«

»Wenn Ihr ihn kenntet, so würdet Ihr nicht den Kopf schütteln.«

»Nun, wer ist er denn?«

»Das kann ich Euch nicht sagen.«

Der Räuber trat vorwärts, klopfte dem Fremden auf die Schulter und sagte, stets mit demselben satanischen Lachen: »Soll ich es Dir sagen?«

Der Fremde machte eine Bewegung des Schreckens und beleidigten Stolzes. Er war ebenso wenig auf die barsche Unterbrechung als auf die wilde Vertraulichkeit des Räubers gefasst. »Ich treibe mein Spiel mit Dir«, fuhr dieser fort, »denn Du weißt nicht, dass ich alles weiß. Diese mächtige Person ist der Großkanzler von Dänemark und Norwegen, und der Großkanzler von Dänemark und Norwegen, das bist Du!«

Es war in der Tat der Großkanzler selbst. Er wollte niemand anders die Unterhandlung mit dem gefürchteten Räuber anvertrauen. Eine der ersten Eigenschaften des Grafen Ahlfeldt war Geistesgegenwart. Als der Räuber seinen Namen so barsch aussprach, konnte er einen Schrei des Staunens nicht unterdrücken, aber in einem Nu nahm sein bleiches Gesicht wieder den Ausdruck ruhiger Überlegenheit an. »Nun denn«, sagte er, »ich will ganz offen gegen Euch sein. Ja, ich bin der Großkanzler. Seid nun aber auch offen gegen mich ...«

Der Räuber lachte laut: »Habe ich mich denn bitten lassen, Dir meinen Namen und den Deinigen zu sagen?«

»Sagt mir ebenso offen, woher Ihr erfahren habt, wer ich bin?«

»Hat man Dir noch nicht gesagt, dass Han der Isländer quer durch die Berge sieht?«

Der Graf suchte auf seiner Frage zu bestehen: »Ihr seht in mir einen Freund vor Euch ...«

»Deine Hand, Graf Ahlfeldt!«, sagte der Räuber barsch, blickte ihm starr ins Gesicht und rief: »Wenn in diesem Augenblicke unsere beiden Seelen den Körper verließen, so würde Satan nicht wissen, welche von beiden die des Ungeheuers ist.«

Der hochmütige Edelmann biss sich in die Lippen; aber die Furcht vor dem Räuber und die Notwendigkeit, ihn als Werkzeug zu gewinnen, ließen ihn sein Missvergnügen verschlucken. »Denkt besser auf Euern Vorteil«, sagte er, »nehmt den Befehl über die Rebellen an und seid meiner Dankbarkeit versichert.«

»Kanzler von Norwegen, Du rechnest auf den Erfolg Deiner Unternehmungen, wie ein altes Weib, das an den Rock denkt, den es mit gestohlenem Hanfe zu spinnen beabsichtigt, während die Pfote der Katze ihren Spinnrocken verwirrt.«

»Noch einmal, besinnt Euch, ehe Ihr mein Anerbieten zurückweist.«

»Noch einmal, ich, der Räuber, sage Dir, dem Großkanzler beider Königreiche: Nein!«

»Ich erwartete eine andere Antwort von Euch nach dem ausgezeichneten Dienste, den Ihr mir bereits geleistet habt.«

»Welchen Dienst hätte ich Dir denn geleistet?«

»Ist nicht von Euch der Hauptmann Dispolsen ermordet worden?«

»Das kann sein, Graf Ahlfeldt! Ich kenne diesen Menschen nicht. Wer ist er denn?«

»Wie! Ist nicht etwa zufällig eine eiserne Büchse, welche er mit sich führte, in Eure Hände gefallen?«

Diese Frage kam der Erinnerung des Räubers zu Hilfe. »Richtig«, sagte er, »ich erinnere mich in der Tat dieses Menschen und seiner eisernen Büchse. Es war am Strande von Urchtal.«

»Wenn Ihr mir wenigstens diese Büchse zustellen könntet, so würde meine Dankbarkeit grenzenlos sein. Sagt mir, was aus dieser Büchse geworden ist, denn sie kam in Euren Besitz.«

Der Kanzler zeigte einen solchen Eifer für diesen Gegenstand, dass der Räuber dadurch aufmerksam gemacht und befremdet wurde. »Diese Büchse ist also von großer Wichtigkeit für Dich, Kanzler von Norwegen?«

»Allerdings!«

»Welche Belohnung willst Du mir geben, wenn ich Dir sage, wo Du sie finden kannst?«

»Alles, was Ihr verlangt, mein lieber Han von Island!«

»Nun, so sage ich Dir es nicht.«

»Das wäre Spaß! Bedenkt, welchen Dienst Ihr mir dadurch leistet.«

»Das eben bedenke ich.«

»Ich würde Euch mit Reichtum überhäufen und Eure Begnadigung von dem König auswirken.«

»Wirke lieber Deine Begnadigung von mir aus. Höre mich, Großkanzler von Dänemark und Norwegen, die Tiger zerreißen die Hyänen nicht. Ich entlasse Dich lebend von meinem Angesicht, weil Du ein Bösewicht bist, und weil jeder Augenblick Deines Lebens, jeder Gedanke Deiner Seele ein Unglück für die Menschen und ein Verbrechen für Dich zur Welt bringt. Aber kehre nicht wieder, denn mein Hass verschont niemand, selbst die Bösewichter nicht. Schmeichle Dir nicht, dass ich diesen Hauptmann um deinetwillen umgebracht habe. Seine Uniform hat ihn zum Tode verurteilt, so wie jenen andern Elenden, den ich ebenfalls nicht deshalb ermordet habe, weil ich Dir einen Dienst leisten wollte.«

Mit diesen Worten fasste er den Kanzler am Arm und zog ihn zu dem Gegenstande hin, der im Schatten lag. Das Licht der Blendlaterne fiel darauf. Es war ein verstümmelter, mit einer Offiziersuniform des Regiments Munckholm bekleideter Leichnam. Der Kanzler warf einen Blick des Abscheus auf ihn. Plötzlich starrte er das eingefallene, blutige Gesicht des Toten an. Er erkannte ihn trotz des blauen, halb geöffneten Mundes, der sich in die Höhe sträubenden Haare, der schwarzblauen Wangen, der erloschenen Augen. »Himmel! Mein Sohn Friedrich!«, rief er mit einem Schrei des Entsetzens aus. Der Mörder stieß ein tolles Gelächter aus. Es war furchtbar anzuhören, wie die Seufzer, welche der unglückliche Vater vor dem entseelten Körper seines ermordeten Sohnes ausstieß, sich mit dem furchtbaren Lachen des Untiers mischten, das ihn gemordet hatte. »Heule, heule um Deinen Sohn!«, rief das Ungeheuer aus. »Mein Ahnherr Ingulf der Vertilger hat mich gelehrt, den meinigen zu rächen!«

Ein Geräusch schneller Schritte ließ sich in der Galerie hören. Vier große Männer, mit bloßen Schwertern in den Händen stürzten in den Saal herein; ein fünfter, der klein und dick war, folgte ihnen, mit einer Fackel in der einen, einem Säbel in der andern Hand. »Gnädiger Herr!«, rief dieser letztere, »wir haben Ihre Stimme gehört und eilen Ihnen zu Hilfe!« Es war Musdoemon mit den vier bewaffneten Dienern, welche das Gefolge des Kanzlers bildeten. Als die Fackel mit ihrem hellen Licht diesen Schauplatz beleuchtete, erstarrten die andern Ankömmlinge vor Schrecken. Hier das noch blutige Aas des Wolfs, dort der entseelte Leichnam des jungen Offiziers; hier der entsetzte Vater mit verstörten Blicken und herzzerreißendem Jammergeschrei, dort das Ungeheuer in menschlicher Gestalt, den Ankommenden sein scheußliches Gesicht zukehrend, auf dem sich ein furchtloses Staunen malte. Als der Kanzler diese unerwartete Hilfe ankommen sah, bemächtigte sich seiner der Gedanke der Rache, und seine Verzweiflung verwandelte sich in Wut. »Nieder mit diesem Mörder!«, schrie er, indem er seinen Degen zog. »Er hat meinen Sohn erschlagen! Nieder, nieder mit ihm!«

»Er hat Herrn Friedrich ermordet?«, sagte Musdoemon, und die Fackel, die er trug, zeigte nicht die mindeste Rührung in den Zügen seines Gesichts.

»Nieder, nieder mit ihm!«, wiederholte der wütende Vater, und alle sechs stürzten sich auf das Ungeheuer. Der Wilde, über diesen raschen Angriff erstaunt, stieß ein entsetzliches Geheul aus und zog sich gegen die Pforte zurück, die über dem Abgrund schwebte. Sechs Schwerter waren gegen seine Brust gezückt, sein Blick aber war flammender und sein Gesicht drohender, als das irgendeines seiner Angreifer. Durch die Zahl seiner Feinde zur Verteidigung gezwungen, schwang er seine Axt mit so reißender Schnelligkeit um sein Haupt, dass der Zirkel des Umschwungs ihn gleich einem Schilde deckte. Wenn die steinerne Axt den Spitzen der Schwerter begegnete, sprühten Funken aus ihnen, aber keine Klinge drang bis zu seinem Körper durch. Gleichwohl verlor er, durch seinen früheren Kampf mit dem Wolf ermüdet, allmählich Boden, und bald sah er sich bis zu der Pforte gedrängt, die sich über dem Abgrund öffnete.

»Mut, meine Freunde!«, rief der ingrimmige Vater des Schlachtopfers aus. »Lasst uns das Untier in den Abgrund stürzen!«

»Eher werden die Gestirne des Himmels hinabfallen!«, erwiderte der Wilde.

Inzwischen verdoppelten die Angreifenden ihren Eifer, und schon stand der Räuber auf der obersten Stufe der Treppe, die über dem Abgrund hing. »Drauf, drauf!«, rief der Vater aus. »Er muss hinab! Hinunter mit ihm! Elender, das war Deine letzte Gräueltat!«

Mit gleicher Kraft und Schnelligkeit schwang der Wilde seine Axt in der rechten Hand, während die linke ein hölzernes Horn ergriff, das an seinem Gürtel hing; er brachte es an seine Lippen und entlockte ihm einen rauen, langen, nachhaltenden Ton, dem plötzlich aus der Tiefe des Abgrunds ein furchtbares Brüllen antwortete. Jetzt war er auf die zweite Stufe hinabgedrängt, da erschien plötzlich neben ihm der dicke Kopf eines weißen Bären. Von Staunen und Schrecken ergriffen, wichen die Angreifenden zurück. Der Bär stieg vollends die Treppe herauf und öffnete gegen sie seinen blutigen Rachen mit dem furchtbaren Gebiss.

»Habe Dank, Freund!«, rief der Wilde und schwang sich, die Überraschung seiner Gegner benützend, auf den Rücken des Bären, der rückwärts hinabstieg, mit drohend geöffnetem Rachen gegen die Feinde seines Herrn. Als sie sich von ihrer ersten Bestürzung erholt hatten, sahen sie, wie der Bär seinen Herrn den Abgrund hinabtrug, indem er sich mit seinen Klauen an allen Baumstämmen und vorspringenden Felsstücken festhielt. Sie wollten ihm einen der umherliegenden schweren Steine nachwerfen, aber bevor sie ihn vom Boden aufgehoben hatten, war das Tier mit dem Wilden in einer Höhle des Berges verschwunden.

XXIV.

Oft entwickelt sich eine tiefe Vernunft in dem, was die Menschen Zufall nennen. Es waltet in den Ereignissen des Menschenlebens eine geheimnisvolle Hand, die ihnen Mittel und Zweck bezeichnet. Man schilt die Launen des Glücks, die Seltsamkeiten in dem Lose des Menschen, und plötzlich fahren aus diesem Chaos schauderhafte Blitze, wunderbare Strahlen, damit menschlicher Dünkel sich vor der Weisheit des Himmels demütige.

Als Friedrich von Ahlfeldt in den Prunksälen Kopenhagens seine prachtvollen Kleider, den Dünkel seines Ranges und die Selbstbewunderung seiner faden Redensarten zur Schau trug, wenn ihm damals ein Mann, mit dem Blicke des Sehers in die Zukunft, entgegengetreten wäre und die ernsten Prophetenworte zugerufen hätte: »Diese glänzende Uniform, die heute Dein Stolz ist, wird eines Tages Dein Verderben sein; ein Untier in Menschengestalt wird mit ebenso vielem Behagen Dein Blut trinken, wie Du sorgenloser Wollüstling die Weine des Südlandes eingeschlürft hast; Deine Haare, die jetzt von Wohlgerüchen duften, werden den Staub einer schmutzigen Höhle fegen, worin wilde Tiere hausen; dieser Arm, der heute die reizende Tänzerin umschlingt, wird der Fraß eines wilden Bären werden; der sorgenlose Jüngling hätte auf diese Prophezeiungen durch ein schallendes Gelächter geantwortet, die ganze vornehme Welt hätte mit eingestimmt; selbst die menschliche Vernunft hätte den Propheten einen Wahnwitzigen gescholten. Und doch fielen nur seine und der Seinigen Verbrechen auf sein und der Seinigen Haupt zurück.

Die Familie Ahlfeldt spinnt ein höllisches Komplott gegen die Tochter eines armen Gefangenen; die Unglückliche findet einen Beschützer, der denjenigen entfernt, der sie verführen will. Kaum in seinem neuen Aufenthalt angekommen, lässt das rächende Schicksal ihn den Tod in den Klauen eines Halbtiers finden. Sie wollten ein unschuldiges Mädchen in Schande und Unglück stürzen, und haben ihren eigenen Sohn in den Tod gejagt. Ihr eigenes Verbrechen ist auf ihre eigenen Häupter zurückgefallen.

XXV.

Am Morgen nach seinem Besuche zu Munckholm ließ der Gouverneur frühe seinen Wagen einspannen, in der Hoffnung, schon abgereist zu sein, wenn die Gräfin aufwachen würde; aber das Verbrechen hat keinen ruhigen Schlaf.

Der General unterzeichnete die letzten Verhaltungsregeln für den Bischof, der in seiner Abwesenheit das Gouvernement führen sollte. Eben hatte er seinen Pelzrock angezogen und wollte das Zimmer verlassen, als der Türsteher die Gräfin meldete.

Der alte ehrliche Soldat, der lieber der Mündung einer Kanone gegenübergestanden wäre, als diesem verschmitzten Weibe, suchte sich schnell von ihr loszumachen. Nachdem er ihr die üblichen Höflichkeitsbezeugungen erwiesen hatte und dann zum förmlichen Abschied schreiten wollte, beugte sie sich zu seinem Ohre nieder und fragte in vertraulichem Tone: »Nun, General, was haben Sie aus ihm herausgebracht? Was hat er Ihnen gesagt?«

»Wer? Paul? Er hat mir gesagt, dass angespannt sei.«

»Ich rede von dem Staatsgefangenen zu Munckholm, General.«

»So! So!«

»Hat er auf Ihr Verhör befriedigende Antworten erteilt?«

»Hm! ... Wahrlich! ...«, brummte der General in der Verlegenheit seines Herzens.

»Haben Sie Beweise erlangt, dass er bei dem Aufstand der Bergleute im Spiel ist?«

»Frau Gräfin, er ist unschuldig«, antwortete er kurz, indem er eine Überzeugung seines Herzens, nicht seines Geistes aussprach.

»Unschuldig!«, wiederholte die Gräfin bestürzt, obwohl in ungläubigem Tone, denn sie zitterte bei dem Gedanken, dass es dem Gefangenen gelungen sein möchte, seine Unschuld dem General zu beweisen.

Der General hatte inzwischen Zeit zum Nachdenken gefunden; er antwortete der Gräfin in einem Tone, der sie beruhigte, weil er Verlegenheit und Zweifel ausdrückte.

»Unschuldig! ... Ja! ... Wenn Sie so wollen ...«

»Ob ich will, Herr General!«, rief das böse Weib mit lautem Lachen aus.

Dieses Lachen verletzte des Gouverneurs Zartgefühl.

»Erlauben Sie, gnädige Gräfin«, sagte er, »dass ich bloß den Vizekönig von dem in Kenntnis setze, was zwischen mir und dem vormaligen Großkanzler vorgefallen ist.«

Mit diesen Worten machte er eine tiefe Verbeugung und verließ das Zimmer.

Die Gräfin begab sich in das ihrige. »Reise immerhin, du alter fahrender Ritter«, sagte sie dort; »deine Abwesenheit raubt unseren Feinden einen Beschützer; sie ist das Signal der Rückkehr meines Friedrich. Dieser Barbar da! Den schönsten Kavalier von Kopenhagen in diese schrecklichen Gebirge zu schicken!«

»Meine liebe Lisbeth«, sagte die Gräfin zu ihrer begünstigten Kammerfrau, »lasst doch zwei Dutzend kleine Haarkämme, wie jetzt unsere Elegants sie tragen, von Bergen kommen; erkundigt Euch, was für ein neuer Roman von der berühmten Scudery erschienen ist, und sorgt dafür, dass das Leibäffchen meines Friedrich jeden Morgen mit Rosenwasser gewaschen werde.«

»Wie, meine gnädige Gräfin, kommt denn unser gnädiger Herr Friedrich zurück?«

»Allerdings, und damit er eine Freude hat, wenn er mich wiedersieht, muss alles geschehen, was ihm Vergnügen macht. Ich will ihm bei seiner Zurückkunft eine Überraschung bereiten.«

Arme Mutter!

XXVI.

Nachdem Ordener von dem Turme herabgestiegen war, auf welchem er den Leuchtturm von Munckholm erblickt hatte, mattete er sich lange ab, seinen armen Benignus Spiagudry um und um zu suchen. Er rief ihn mit Namen, aber nur das Echo der Ruinen antwortete ihm. Er war über diese Abwesenheit erstaunt, und schrieb sie irgendeinem panischen Schrecken zu, der den furchtsamen alten Herrn ergriffen hätte. Um ihm Zeit zur Wiederkehr zu geben, beschloss er, die Nacht auf dem Felsen von Oelmö zuzubringen. Er nahm etwas Nahrung zu sich, wickelte sich in seinen Mantel und legte sich bei dem Feuer nieder.

Ordener war mit der Sonne auf, aber er fand seinen Spiagudry nicht, sondern nur dessen Schnappsack und Mantel, was auf eine sehr eilige Flucht schließen ließ. Er entschloss sich daher, allein abzureisen, weil er am anderen Tage Walderhog erreichen musste.

Der junge Mann war von Jugend auf an Beschwerden gewöhnt, und hatte die Gebirge schon mehrmals bereist. Da er nun wusste, dass der Räuber zu Walderhog zu treffen sein würde, bedurfte er keines Führers mehr und setzte allein seinen Weg in nordwestlicher Richtung fort.

Es war nicht sehr bequem, in diesem Lande zu reisen. Bald war der Weg bloß das steinige Bett eines ausgetrockneten Waldbaches, bald musste man auf schwankenden Brücken, die bloß aus Baumstämmen bestanden, über Abgründe gehen. Stunden weit konnte man in diesen unbewohnten Gegenden reisen, ohne das Dasein von Menschen an etwas anderem gewahr zu werden, als an einer Windmühle, die sich auf dem Gipfel eines fernen Hügels drehte, oder an dem Rauch, der aus einem entfernten Eisenwerke stieg. Bisweilen begegnete er einem Bauer auf seinem kleinen grauen Pferde oder einem Pelzhändler.

Wenn er den Handelsmann um den Weg nach der Grotte von Walderhog fragte, antwortete der nomadische Krämer, der bloß die Namen und Lage der Orte kannte, wohin ihn sein Gewerbe führte: »Geht immer nach Nordwest, dann kommt Ihr in das Torf Hervalyn, dann geht Ihr durch die Schluchten von Dodlysax, und diesen Abend könnt Ihr Surb noch erreichen, das nur zwei Stunden von Walderhog liegt.«

Wenn Ordener die nämliche Frage an einen Landmann richtete, schüttelte dieser, ganz erfüllt von den Traditionen seines Landes, den Kopf, hielt seinen Grauschimmel an und erwiderte: »Walderhog! Die Grotte von Walderhog! Dort singen die Steine, die Beine tanzen, und der Dämon von Island bewohnt sie! In die Grotte von Walderhog werdet Ihr ohne Zweifel nicht gehen wollen?«

»Doch, ich will dahin!«

»Ihr habt also Eure Mutter verloren, oder Euer Haus ist verbrannt, oder ein Nachbar hat Euch Euer fettes Schwein gestohlen?«

»Alles das nicht!«

»So hat Euch irgendeine Hexe ein Leid angetan?«

»Mein lieber Freund, ich will von Euch nichts wissen, als den Weg, der nach Walderhog führt.«

»Wenn Ihr es denn durchaus wollt: immer nördlich! Ich weiß wohl, wie Ihr hinkommen werdet, aber wie Ihr zurückkommt, das weiß ich nicht. So lebt denn wohl!«

Es war bereits sinkende Nacht, als Ordener in dem Weiler Surb ankam. Der Harzgeruch und der Steinkohlenrauch belehrten Ordener, dass hier ein Volk von Fischern wohne. Er ging auf die erste Hütte zu, die sich ihm im Schatten der Nacht zeigte. Ihr niederer und enger Eingang war, nach norwegischem Gebrauch, durch eine große durchsichtige Fischhaut geschlossen, welche in diesem Augenblick durch das rötliche zitternde Licht eines angezündeten Feuers koloriert war. Ordener schlug an die hölzerne Einfassung der Türe und rief: »Es ist ein Reisender da!«

»Nur herein!«, rief eine Stimme von innen, während eine dienstfertige Hand die Fischhaut aufhob, und Ordener trat in die länglich runde Hütte eines norwegischen Küstenfischers. Es war eine Art runden Zeltes von Holz und Erde, in dessen Mitte ein Feuer brannte. Vor diesem Feuer saßen der Fischer, sein Weib und zwei zerlumpte Kinder an einem Tisch, auf dem hölzerne Teller und irdene Geschirre standen. Auf der entgegengesetzten Seite, zwischen Netzen und Rudern, lagen zwei schlafende Rentiere auf einem Lager von Blättern und Häuten, dessen Länge bestimmt schien, auch die Bewohner der Hütte und die Gäste aufzunehmen, welche ihnen der Himmel zuführen würde. Man konnte alle diese Gegenstände nur nach und nach wahrnehmen, denn ein dicker Rauch, der durch eine Öffnung im Dach nur sparsam entschlüpfte, erfüllte die ganze Hütte.

Der Fischer und sein Weib grüßten den Reisenden mit aufrichtigem Wohlwollen. Die Landleute in Norwegen nehmen Reisende gerne auf, teils aus einem ihnen eigenen Hang zur Gastfreundschaft, teils aus Neugierde, die in ihrer Einsamkeit selten befriedigt wird.

»Herr«, sagte der Fischer, »Ihr werdet hungrig und durstig sein. Hier ist gutes Rindenbrot, womit Ihr Euern Hunger stillen könnt. Dann mögt Ihr uns sagen, wer Ihr seid, woher Ihr kommt, wohin Ihr geht, und welche Geschichten die alten Weiber bei Euch erzählen.«

»Ja, Herr«, fügte das Weib hinzu, »Ihr könnt zu Eurem Brot köstlich gesalzenen Stockfisch mit Walfischtran essen. Setzt Euch nur.«

»Und wenn Ihr«, fuhr der Mann fort, »kein Freund von Fischen seid, so sollt Ihr, wenn Ihr ein wenig Geduld habt, einen trefflichen Rehschlegel oder wenigstens einen Fasanenflügel bekommen. Wir erwarten jeden Augenblick die Rückkunft des besten Schützen in den drei Provinzen. Nicht wahr, meine gute Maase?«

Die Möwe heißt auf Norwegisch Maase. Das Weib nahm diese Benennung freundlich auf, sei es, dass dies ihr wirklicher Name war, oder dass ihr Mann ihr aus Zärtlichkeit diesen Beinamen gegeben hatte.

»Der beste Schütze! Das will ich meinen«, erwiderte sie. »Es ist mein Bruder, der berühmte Kennybol. Gott segne seinen Eingang und Ausgang! Er hat uns auf einige Tage besucht, und Ihr, fremder Herr, könnt aus dem nämlichen Becher mit ihm einige Schlucke gutes Bier trinken. Er ist ein Reisender, wie Ihr.«

»Ich danke Euch, meine wackere Wirtin«, erwiderte Ordener; »aber ich begnüge mich mit Eurem guten Rindenbrot und trefflichen Stockfisch, denn ich habe nicht Zeit, Euern Bruder, den berühmten Schützen, zu erwarten. Ich muss sogleich weiter.«

Die gute Maase, ärgerlich über die schnelle Abreise des Fremden und zugleich geschmeichelt durch das Lob, das er ihrem Stockfisch und ihrem Bruder erteilte, rief: »Ihr seid sehr gütig, Herr... aber wie! Ihr wollt uns so bald wieder verlassen?«

»Ich muss.«

»Ihr wollt Euch zu dieser Stunde und bei solchem Wetter in die Gebirge wagen?«

»Es geschieht um einer wichtigen Angelegenheit willen.«

Diese Antworten des jungen Reisenden reizten die angeborene Neugierde der Hüttenbewohner ebenso sehr, als sie ihre Verwunderung erregten.

Der Fischer erhob sich und sprach: »Ihr seid bei Christoph Buldus Braall, Fischer im Weiler Surb.«

Das Weib fügte hinzu: »Maase Kennybol ist sein Weib und seine Magd.«

Wenn die norwegischen Landleute einen Fremden auf eine höfliche Weise um seinen Namen fragen wollen, pflegen sie ihm den ihrigen zu sagen.

Ordener erwiderte: »Und ich, ich bin ein Reisender, der weder des Namens, den er trägt, noch des Wegs, den er geht, gewiss ist.«

Diese seltsame Antwort schien den Fischer Braall nicht zu befriedigen.

»Bei der Krone Gormons des Alten«, sagte er, »ich glaubte, dass es in diesem Augenblicke in Norwegen nur einen einzigen Menschen gäbe, der seines Namens nicht gewiss sei. Das ist der edle Baron von Thorwick, der jetzt, wie es heißt, wegen seiner glorreichen Vermählung mit der Tochter des Kanzlers, den Namen »Graf von Danestiold« annehmen wird. Dies ist wenigstens die neueste Nachricht, welche ich von Drontheim mitgebracht habe. Ich wünsche Euch Glück, fremder Herr, zu dieser Ähnlichkeit mit dem Sohn des Vizekönigs, dem hohen Grafen Guldenlew.«

»Wenn Ihr uns nichts über Eure Person sagen könnt«, fiel das Weib ein, »so bringt Ihr uns doch vielleicht etwas Neues mit, was in der Welt vorgeht?«

»Das Neueste ist«, unterbrach sie der Fischer, »dass, ehe ein Monat vergeht, der Sohn des Vizekönigs die Tochter des Großkanzlers heiraten wird.«

»Daran zweifle ich«, sagte Ordener.

»Ihr zweifelt daran, Herr! Ich kann Euch versichern, dass dem so ist. Ich habe diese Nachricht aus guter Quelle. Derjenige, der sie mir mitgeteilt, hat sie aus dem Munde des Herrn Paul, des Lieblingsdieners des edlen Barons von Thorwick, d. h. des hohen Grafen von Daneskiold. Hätte etwa seit sechs Tagen ein Sturm das Wasser getrübt? Ist dieses große Band zerrissen?«

»Ich glaube es«, antwortete der junge Mann lächelnd.

»Wenn dem so ist, Herr, so hatte ich unrecht. Man muss nicht das Feuer anzünden, um den Fisch zu backen, bevor sich das Netz über ihm zusammengezogen hat. Ist dieses Band aber auch gewiss zerrissen? Von wem habt Ihr die Nachricht?«

»Von niemand. Ich mache das so in meinem Kopf aus.«

Der Fischer konnte sich nicht enthalten, ihm unter die Nase zu lachen: »Verzeiht mir, Herr, aber man sieht leicht, dass Ihr wirklich ein Reisender und, ohne Zweifel ein Ausländer seid. Bildet Ihr Euch denn ein, dass die Ereignisse sich nach Euern Launen richten werden, und dass der Himmel sich verfinstern oder aufklären wird, je nachdem es Euch beliebt?«

Hier erklärte der Fischer, der, wie alle norwegischen Landleute, sich um die Angelegenheiten der Nation annahm und darin bewandert war, aus welchen Gründen diese Heirat unfehlbar stattfinden müsse. Ordener, der wenig Lust verspürte, mit diesem ländlichen Staatsmann eine politische Unterhaltung zu führen, wurde durch die Ankunft eines Dritten aus seiner Verlegenheit gerissen.

»Das ist er! Das ist mein Bruder!«, rief das Weib. Der Hauswirt reichte dem Ankömmling feierlich die Hand: »Sei willkommen, Bruder!«

Hierauf wandte er sich zu Ordener und sprach: »Herr, das ist unser Bruder, der berühmte Schütze Kennybol aus den Bergen von Kole.«

»Ich grüße Euch alle herzlich«, erwiderte der Bergbewohner, indem er seine Mütze von Bärenfell abnahm. »Bruder, ich mache schlechte Jagd an euren Küsten, wie Du schlechten Fischfang machen würdest in unseren Bergen. Eher noch würde ich meine Waidtasche füllen, wenn ich in den Nebelwäldern der Königin Mab Kobolde und Irrwische jagte. Schwester Maase, Du bist die erste Möwe, der ich heute nahe genug kam, um ihr guten Tag zu sagen. Seht einmal, Freunde, um einen solchen elenden Auerhahn hat der erste Schütze von Drontheimhus bis zu dieser Stunde und in diesem schlechten Wetter die Lichtungen aus und ein laufen müssen.«

Mit diesen Worten zog er einen Auerhahn aus der Tasche und legte ihn auf den Tisch, mit der Versicherung, dass dieses magere Tier keinen Schuss Pulver wert sei.

»Aber«, murmelte er zwischen den Zähnen, »nur getrost, du treue Büchse Kennybols, bald wirst du größeres Wild jagen, mehr als Gämsen und Elentiere, grüne Röcke und rote Jacken.« Diese halblaut gesprochenen Worte erregten die Neugier des Weibes.

»Hm!«, sagte sie, »was sagst Du da, Bruder?«

»Ich sage, dass immer ein Kobold unter der Weiberzunge tanzt.«

»Du hast Recht, Bruder Kennybol«, rief der Fischer aus. »Diese Töchter Evas sind alle ebenso neugierig als ihre Mutter. Hast Du nicht von Grünröcken gesprochen?«

»Bruder Braall, ich vertraue meine Geheimnisse nur meiner Büchse an, denn da bin ich gewiss, dass niemand sie erfährt.«

»Man spricht«, fuhr der Fischer fort, »im Dorfe von einem Aufstand der Bergleute. Weißt Du etwas davon, Bruder?«

Der Bergbewohner nahm seine Mütze wieder, drückte sie tief in die Stirne, warf einen Seitenblick auf den Fremden, neigte sich dann zum Ohre des Fischers und sagte leise: »Still!«

Der Fischer schüttelte wiederholt den Kopf: »Bruder Kennybol, so stumm der Fisch auch ist, fällt er doch in die ausgespannten Netze.«

Es trat eine augenblickliche Stille ein. Die beiden Schwäger sahen sich mit ausdrucksvollen Blicken an, die Kinder rupften den Auerhahn, der auf dem Tische lag, aus dem Gesicht des Weibes sprach Neugierde, Ordener machte den stillen Beobachter.

Der Jäger suchte dem Gespräch eine andere Wendung zu geben: »Wenn Ihr heute einen magern Auerhahn esst, so wird dem morgen nicht so sein, Bruder Braall, Du kannst den König der Fische fischen, ich verspreche Dir zum Schmelzen ein herrliches Bärenfett.«

»Bärenfett!«, rief Maase aus. »Hat sich ein Bär in der Gegend gezeigt? Patrick, Regner, meine Kinder, Ihr dürft mir nicht mehr aus dem Hause, ich verbiete es. Ein Bär!«

»Sei ruhig, Schwester, morgen wirst Du ihn nicht mehr zu fürchten haben. Ja, etwa zwei Stunden von hier habe ich einen Bären gesehen, und zwar einen weißen Bären. Er schien einen Menschen, oder vielmehr ein Tier auf dem Rücken zu tragen. Es war vielleicht ein Ziegenhirte, den er wegtrug, denn die Ziegenhirten kleiden sich in Tierfelle. Ich konnte wegen der Entfernung nicht genau unterscheiden. Wundern musste ich mich jedoch, dass er seine Beute auf dem Rücken trug, und nicht zwischen den Zähnen.«

»Wirklich, Bruder?«

»Ja, und das Tier musste tot sein, denn es machte keine Bewegung, sich zu verteidigen.«

»Aber«, fragte der verständige Fischer, »wenn es tot war, wie konnte es sich auf dem Rücken des Bären halten?«

»Das konnte ich auch nicht begreifen. Gleichviel, dieser Bär hat seinen letzten Fraß gehalten. Als ich in das Dorf zurückkam, habe ich gleich sechs tüchtige Bursche bestellt, und morgen, Schwester Maase, werde ich Dir das schönste weiße Fell, das je auf den Schneefeldern der Berge gelaufen ist, mitbringen.«

»Nimm Dich in Acht, Bruder, Du hast da sonderbare Sachen gesehen. Dieser Bär ist vielleicht der Teufel ...«

»Bist Du närrisch?«, unterbrach sie lachend der Bergbewohner. »Was wird sich der Teufel in einen Bären verwandeln! Ja, in eine Katze, in einen Affen, so etwas hat man erlebt, aber in einen Bären! Das ist ja ein Aberglaube, über den ein Kind und ein altes Weib lachen müssten!«

Das arme Weib schwieg beschämt.

»Bruder«, sagte sie nach einer Pause, »Du warst mein Herr und Meister, bevor mein Mann und Herr seine Augen auf mich warf; handle, wie es Dein Schutzengel Dir eingibt.«

»Wo«, fragte der Fischer, »hast Du denn diesen Bären gesehen?«

»Auf dem Wege von Smiassen nach Walderhog.«

»Walderhog!«, wiederholte die Frau und machte ein Kreuz.

»Walderhog!«, fiel Ordener ein.

»Bruder«, fuhr der Fischer fort, »ich hoffe nicht, dass Du auf dem Wege nach dieser Grotte von Walderhog warst?«

»Ich? Gott behüte mich in Gnaden! Es war der Bär, der seine Richtung dahin nahm.«

»Willst Du ihn morgen dort aufsuchen?«, unterbrach ihn Maase mit Entsetzen.

»Gewiss nicht, denn selbst ein Bär wird seinen Aufenthalt in einer Höhle nicht nehmen, wo ...«

Er hielt inne, und alle drei machten ein Kreuz.

»Du hast recht--«, erwiderte der Fischer, »der Instinkt bewahrt die Tiere vor solchen Dingen.«

»Meine guten Leute«, sagte Ordener, »was gibt es denn so Entsetzliches in dieser Grotte von Walderhog?«

Alle drei sahen sich mit einem dumpfen Staunen an, als ob sie eine solche Frage gar nicht begreifen könnten.

»Dort ist das Grab des Königs Walder«, fügte Ordener hinzu.

»Ja«, sagte die Frau, »ein steinernes Grab, das singt.«

»Und das ist noch nicht alles«, sprach der Fischer.

»Nein«, fuhr das Weib fort, »bei Nacht sieht man dort die Gebeine der Toten tanzen.«

»Und das ist noch nicht alles«, sagte der Bergbewohner.

Alle schwiegen, als ob sie nicht fortzufahren wagten.

»Nun«, fragte Ordener, »was ist denn sonst noch Übernatürliches da?«

»Junger Mann«, erwiderte ernst der Bergbewohner, »Ihr müsst nicht so leichtsinnig reden, wenn Ihr einen alten grauen Wolf, wie ich einer bin, schaudern seht.«

Ordener versetzte lächelnd: »Ich hätte gleichwohl alles zu erfahren gewünscht, was Wunderbares in dieser Höhle von Walderhog geschieht, eben weil mein Weg mich dahin führt.«

Bei diesen Worten waren die drei Zuhörer vor Schrecken wie versteinert.

»Nach Walderhog! Himmel! Ihr geht nach Walderhog?«, rief der Fischer aus. »Und Ihr sagt das in einem Tone, wie man sagen würde: Ich gehe nach Löwig, meinen Stockfisch zu verkaufen! Oder in Ralfs Bucht, Heringe zu fischen! Nach Walderhog! Großer Gott!«

»Unglücklicher junger Mann!«, sagte das Weib. »Habt Ihr denn keinen Schutzengel? Ist kein Heiliger im Himmel Euer Beschützer? Das kann freilich wohl sein, denn Ihr wisst ja nicht einmal Euern Namen!«

»Und welche Ursache kann Euch denn an diesen entsetzlichen Ort führen?«, fragte der Bergbewohner.

»Ich habe irgendeinen um etwas zu fragen«, erwiderte Ordener.

Das Staunen der drei Zuhörer stieg mit ihrer Neugier.

»Hört, fremder Herr«, sagte der Bergbewohner, »Ihr scheint dieses Land nicht recht zu kennen. Ihr irrt Euch ohne Zweifel in dem Namen. Nach Walderhog könnt Ihr nicht wollen! Und wenn Ihr dort mit einem menschlichen Wesen sprechen wolltet, so würdet Ihr niemand finden ...«

»Als den Dämon«, ergänzte das Weib.

»Den Dämon! Welchen Dämon?«

»Den«, fuhr sie fort, »für den das Grab singt und die Toten tanzen.«

»Ihr wisst also nicht, Herr«, sagte der Fischer mit gedämpfter Stimme, dass die Grotte von Walderhog der gewöhnliche Aufenthalt des ...«

Das Weib ließ ihn nicht ausreden.

»Mein Ehemann und Gebieter«, sagte sie, »sprich diesen Namen nicht aus, er bringt Unglück.«

»Wessen Aufenthalt?«, fragte Ordener.

»Eines eingefleischten Teufels«, antwortete Kennybol.

»Ich weiß in der Tat nicht, was Ihr mir da sagen wollt. Das habe ich wohl gehört, dass Walderhog von Han dem Isländer bewohnt wird ...«

Ein dreifacher Schrei des Entsetzens stieg in der Hütte auf: »Wie! – Ihr wusstet es! – Das eben ist dieser Dämon!«

Das Weib rief alle Heiligen im Himmel an, ihr zu bezeugen, dass nicht sie diesen Namen ausgesprochen habe. Nachdem der Fischer in etwas von seiner Bestürzung zurückgekommen war, starrte er Ordener an, wie einen Menschen, dessen Tun ihm unbegreiflich war.

»Herr«, sagte er, »wenn ich so lange leben sollte, als mein Vater, der einhundertzwanzig Jahre alt geworden ist, so hätte ich doch nie geglaubt, dass mich ein menschliches Wesen, das mit Vernunft begabt ist und an Gott glaubt, um den Weg nach Walderhog fragen würde.«

»Gewiss«, rief das Weib aus, »werdet Ihr nicht in diese Grotte gehen, denn wer den Fuß hineinsetzt, will einen Bund mit dem Teufel machen.«

»Ich gehe hin, Ihr guten Leute, und wer mir den kürzesten Weg dahin zeigen will, wird mir einen großen Dienst erweisen.«

»Der kürzeste Weg, dahin zu kommen, wohin Ihr gehen wollt, ist der, Euch vom nächsten Felsen in die nächste Schlucht herabzustürzen.«

»Heißt denn das den nämlichen Zweck erreichen«, fragte Ordener ruhig, »wenn man einen nutzlosen Tod einer nützlichen Gefahr vorzieht?«

Braall schüttelte den Kopf, während sein Schwager einen forschenden Blick auf den jungen Abenteurer warf.

»Ich verstehe jetzt«, rief plötzlich der Fischer aus, »Ihr wollt die tausend Taler gewinnen, die auf des isländischen Dämons Kopf gesetzt sind.«

Ordener lächelte.

»Junger Herr«, fuhr der Fischer mit Rührung fort, »lasst diesen Plan fahren. Ich bin arm und alt, aber ich würde, was ich noch zu leben habe, wäre es auch nur ein einziger Tag, für Eure tausend Taler nicht hingeben.«

»Nicht um dieser tausend Taler, sondern um einer größeren Sache willen, suche ich diesen Räuber auf, den Ihr einen Dämon nennt. Ich tue es nicht für mich, sondern für andere ...«

Der Bergbewohner, der Ordener stets mit forschenden Augen betrachtet hatte, unterbrach ihn nun: »Ich verstehe Euch jetzt, ich weiß, warum Ihr diesen isländischen Dämon sucht.«

»Ich will ihn zwingen zu kämpfen«, sagte Ordener.

»Recht so«, fuhr Kennybol fort, »Ihr seid mit wichtigen Dingen beauftragt, es liegt viel an Eurer Sendung, nicht wahr?«

»Ich habe es bereits gesagt.«

Der Bergbewohner näherte sich jetzt dem jungen Manne mit einer Miene des Einverständnisses und sagte ihm zu seiner großen Verwunderung halblaut ins Ohr: »Es ist im Namen des Grafen Schuhmacher von Greiffenfeld, nicht wahr?«

»Wackerer Mann«, rief Ordener, »wie wisst Ihr ...«

Er war wirklich erstaunt, dass ein norwegischer Bergbewohner ein Geheimnis wissen sollte, das er niemand, nicht einmal dem General Levin, anvertraut hatte.

Kennybol neigte sich zu seinem Ohr: »Ich wünsche Euch guten Erfolg«, fuhr er in demselben geheimnisvollen Tone fort, »es ist edelmütig von Euch, junger Mann, dass Ihr auf solche Weise den Unterdrückten beisteht.«

Ordeners Erstaunen war so groß, dass er kaum Worte finden konnte, den Bergbewohner zu fragen, auf welche Art er denn Kenntnis von dem Zweck seiner Reise erlangt habe.

»Stille«, sagte Kennybol, indem er den Finger auf den Mund legte, »ich hoffe, dass Ihr von dem Bewohner der Grotte von Walderhog das erlangen werdet, was Ihr wünscht. Mein Arm ist, gleich dem Eurigen, dem Gefangenen von Munckholm geweiht.«

Hierauf erhob er seine Stimme, ehe Ordener antworten konnte: »Bruder, Schwester Maase, nehmt diesen würdigen jungen Mann als einen zweiten Bruder auf. Jetzt zum Nachtessen, es wird fertig sein!«

»Wie!«, unterbrach ihn das Weib, »Du hast ohne Zweifel den Herrn vermocht, von seinem Besuche bei dem Dämon abzustehen?«

»Schwester, bete, dass ihm kein Unfall widerfahre. Es ist ein edler und würdiger junger Mann. Jetzt, edler Herr, nehmt etwas Nahrung zu Euch und pflegt der Ruhe. Morgen will ich Euch den Weg zeigen, dann suchet Ihr Euern Teufel auf und ich meinen Bären.«

XXVII.

Der erste Sonnenstrahl beleuchtete eben den höchsten Gipfel des Felsen am Meeresstrand, als ein Fischer, der vor Tag einige Flintenschüsse vom Ufer seine Netze ausgeworfen hatte, eine menschliche Figur, die in einen Mantel oder in ein Leintuch gehüllt war, die Felsen herabsteigen und unter dem Eingang der gefürchteten Grotte von Walderhog verschwinden sah. Von Entsetzen ergriffen, empfahl er seinen Nachen und seine Seele in den Schutz des heiligen Usuph und erzählte seiner staunenden Familie, dass er eines der Gespenster, welche die Grotte Hans des Isländers bewohnen, mit Anbruch des Tages in die Höhle habe zurückkehren sehen.

Dieses Gespenst, von nun an das Gespräch und der Schrecken der langen Winterabende, war Ordener. Der Schütze Kennybol und seine sechs Gefährten, welche ihm den Weg gezeigt hatten, waren eine halbe Stunde von Walderhog zurückgeblieben, und diese unerschrockenen Jäger, die lachend einem wilden Bären entgegentraten, sahen dem kühnen Wanderer, solange sie ihn auf dem Fußpfade erblicken konnten, mit angstvollen Blicken nach.

Ordener betrat kühn und unerschrocken die gefürchtete Grotte, die durch die Felsspalten von oben nur ein sparsames Licht erhielt. Sein Fuß strauchelte oft an umherliegenden Totenschädeln und Gebeinen; aber sein mutiges Herz kannte keine Furcht.

Endlich kam er in eine Art runden Saals, den die Natur in die Seite des Felsen gegraben hatte. Hier schloss sich die Höhle, und die Wände des Saals hatten keine andere Öffnung, als weite Spalten, durch welche man die Berge und Wälder umher erblickte.

Ein Monument von sonderbarer Form, in der Mitte des Saals, zog Ordeners Aufmerksamkeit auf sich. Drei lange massive Steine, die aufrecht auf dem Boden ruhten, trugen einen breiten viereckigen Stein, wie drei Pfeiler ein Dach tragen. Unter diesem gigantischen Dreifuß erhob sich eine Art Altar, der ebenfalls aus einem einzigen Felsstück bestand und in der Mitte seiner oberen Fläche kreisförmig durchbrochen war. Ordener erkannte darin eines jener kolossalen druidischen Bauwerke, deren er auf seinen Reisen in Norwegen schon viele gesehen hatte. Er stützte sich mechanisch auf diesen Altar, dessen Steine gebräunt waren, so viel menschliches Blut hatte er schon getrunken.

Plötzlich schlug eine Stimme an sein Ohr, die unter dem Altar hervorzukommen schien: »Mensch, der Du an diesen Ort gekommen, Deine Füße berühren das Grab!«

Ordener warf rasch den Kopf in die Höhe und griff mit der Hand an das Schwert, während ein Echo, schwach wie die Stimme eines Toten, in den Tiefen der Grotte deutlich wiederholte: »Mensch, der Du an diesen Ort gekommen, Deine Füße berühren das Grab!«

In demselben Augenblicke erhob sich auf der andern Seite des druidischen Altars ein Haupt, schreckhaft anzuschauen, mit roten borstigen Haaren, und ein heiseres Lachen ertönte.

»Mensch«, wiederholte die Stimme, »der Du an diesen Ort gekommen, Deine Füße berühren das Grab!«

Ordener legte ruhig die Hand an das Schwert. Das Ungeheuer stieg ganz aus dem Altar heraus und zeigte seine gedrängten nervigen Glieder, seine blutbefleckten Kleider, seine mit Tierkrallen besetzten Hände, in deren einer er seine schwere steinerne Axt trug.

»Da bin ich!«, sagte der Räuber mit dem Grinsen eines wilden Tiers.

»Da bin ich auch!«, erwiderte der unerschrockene Jüngling.

»Ich habe Dich erwartet.«

»Und ich, ich habe Dich gesucht.«

Der Wilde kreuzte die Arme über die Brust.

»Weißt Du«, fragte er, »wer ich bin?«

»Ich weiß es.«

»Und Du fürchtest Dich nicht?«

»Nicht mehr.«

»Du hast Dich also gefürchtet, als Du hierher kamst?«, fragte das Untier und wiegte triumphierend sein Haupt.

»Ich habe gefürchtet, Dich nicht zu finden.«

»Du bietest mir Trotz, und Deine Füße sind eben über menschliche Gebeine gegangen!«

»Morgen vielleicht werden sie über die Deinigen gehen.«

Der Unmensch zitterte vor Wut. Der Jüngling blieb ruhig, unbeweglich, unerschrocken.

»Nimm Dich in Acht!«, murmelte der Räuber, »ich werde auf Dich stoßen, wie der Falke auf eine Taube.«

»Stoße auf mich!«

In Ordeners ruhigem Blick und Wesen lag etwas, das dem Untier wider Willen Achtung gebot. Der Wilde riss zornig die Haare des Tierfells aus, das um seine Schultern hing, wie ein Tiger das Gras ausreißt, ehe er sich auf seinen Raub stürzt.

»Du lehrst mich, was Mitleid ist«, sagte er.

»Und Du mich, was Verachtung ist.«

»Knabe, Deine Stimme ist sanft, Dein Gesicht rosig, wie die Stimme und das Gesicht einer Jungfrau. Welchen Tod soll ich Dir geben?«

»Den Deinigen.«

Das Untier lachte laut auf.

»Du weißt nicht, dass ich ein Dämon bin, dass mein Geist der Geist Ingulfs des Vertilgers ist.«

»Ich weiß, dass Du ein Räuber bist, und dass Du um Gold mordest.«

»Du irrst Dich, um Blut, nicht um Gold.«

»Haben Dich nicht die Ahlfeldt bezahlt, den Hauptmann Dispolsen zu ermorden.«

»Was sagst Du mir da? Was sind das für Namen?«

»Kennst Du den Hauptmann Dispolsen nicht, den Du am Strande von Urchtal ermordet hast?«

»Das ist möglich, aber ich habe ihn vergessen, wie ich Dich in drei Tagen vergessen haben werde.«

»Kennst Du den Grafen Ahlfeldt nicht, der Dich bezahlt hat, um dem Hauptmann eine eiserne Büchse abzunehmen?«

»Uhlfeldt! Warte! Ja, ich kenne ihn. Ich habe gestern das Blut seines Sohnes aus dem Schädel des meinigen getrunken.«

Ordener schauderte.

»Warst Du denn mit Deinem Lohne nicht zufrieden?«

»Mit welchem Lohn?«

»Höre! Dein Anblick ekelt mich an, ich will zu Ende kommen. Du hast vor acht Tagen einem Deiner Schlachtopfer, einem Offizier von Munckholm, eine eiserne Büchse geraubt.«

Bei dem Worte »*Munckholm*« bebte der Wilde vor Wut.

»Ein Offizier von Munckholm!«, murmelte er zwischen den Zähnen. »Bist Du vielleicht auch ein Offizier von Munckholm?«

»Nein!«

»Desto schlimmer!«, sagte der Räuber und runzelte die Stirne.

»Höre! Wo ist diese eiserne Büchse, welche Du dem Hauptmann geraubt hast?«

Der Räuber schien einen Augenblick nachzudenken.

»Bei Ingulfs Seele!«, sagte er, »diese elende eiserne Büchse setzt viele Leute in Atem. Ich stehe Dir dafür, dass man die Büchse, die Deine Gebeine enthalten soll, weniger suchen wird, wenn sie anders je in einen Sarg kommen.«

Als Ordener aus diesen Worten sah, dass der Räuber etwas von der Büchse wusste, fasste er neue Hoffnung, sie zu bekommen.

»Sage mir, was hast Du mit dieser Büchse gemacht? Ist sie im Besitze des Grafen Ahlfeldt?«

»Nein!«

»Du lügst, ich sehe Dich lachen.«

»Glaube, was Du willst. Was liegt mir daran?«

Das Untier hatte ein höhnisches Wesen angenommen, das Ordener Misstrauen einflößte. Er sah, dass kein anderes Mittel mehr übrig blieb, als ihn in Wut zu bringen oder einzuschüchtern, wenn es möglich war.

»Höre«, rief er ihm barsch zu, »Du musst mir diese Büchse geben.«

Der Räuber antwortete mit einem wilden Grinsen.

»Du musst sie mir geben«, wiederholte der Jüngling mit donnernder Stimme.

»Pflegst Du etwa den Büffelochsen und Bären Befehle zu erteilen?«, erwiderte der Unmensch mit scheußlichem Lachen.

»Dem Teufel in der Hölle will ich befehlen.«

»Das wirst Du in Kurzem tun können.«

Der junge Mann zog sein Schwert, das in der Dunkelheit blitzte: »Gehorche!«

Der Wilde schüttelte seine Axt: »Es hing nur von mir ab, Deine Gebeine zu zerbrechen und Dein Blut zu trinken, als Du hereintratst, aber ich hielt an mich, weil ich begierig war, zu sehen, wie der kleine Sperling auf den Geier schießt.«

»Elender!«, rief Ordener aus. »Verteidige Dich!«

»So etwas höre ich zum ersten Mal«, grinste der Wilde.

Mit diesen Worten sprang er auf den Altar und raffte seine Glieder zusammen, wie der Leopard, der den Jäger auf einem Felsstück erwartet, um sich unversehens auf ihn herabzustürzen.

Das Auge des Unmenschen haftete auf dem Jüngling, um zu sehen, von welcher Seite er sich am besten auf ihn stürzen könne. Es war um Ordener geschehen, wenn er noch einen Augenblick gezaudert hätte; aber er ließ dem Räuber keine Zeit zum Nachdenken, stürzte sich ungestüm auf ihn und setzte ihm die Spitze seines Schwertes vor das Gesicht.

Jetzt entstand ein furchtbarer Kampf. Die Bewegungen des Untiers waren so rasch, dass Ordener immer seinem scheußlichen Gesicht und der Schneide seiner Axt begegnete, von welcher Seite er auch angreifen mochte. Er wäre beim ersten Anlauf verloren gewesen, wenn er nicht den glücklichen Gedanken gehabt hätte, seinen Mantel um den linken Arm zu wickeln, welcher Schild die wütenden Streiche seines Gegners meistens auffing. Beide matteten sich einige Minuten lang mit größter Anstrengung ab, ohne dass einer dem anderen eine Wunde beizubringen vermochte. Die kleinen flammenden Augen des Wilden traten aus ihren Höhlen. Er focht mit schweigender Wut, erzürnt darüber, dass ein dem Anschein nach so schwacher Gegner ihn so keck und kräftig bekämpfte. Die scheußliche Unbeweglichkeit der Züge des Untiers und die unerschrockene Ruhe auf Ordeners Gesicht bildeten einen seltsamen Gegensatz mit der Schnelligkeit ihrer Bewegungen und der Lebhaftigkeit ihrer Angriffe.

Man hörte kein anderes Geräusch, als das Klirren der Waffen, die stürmischen Tritte des Jünglings und den schweren Atem der beiden Kämpfer. Plötzlich stieß der Wilde ein furchtbares Geheul aus. Die Schneide seiner Axt hatte sich in den Falten des Mantels gefangen. Er zog heftig daran, aber sie verwickelte sich dadurch nur noch mehr.

Das Schwert des Jünglings senkte sich gegen die Brust des Räubers.

»Höre mich noch einmal«, sagte Ordener, »willst Du mir diese eiserne Büchse zurückgeben, welche Du gestohlen hast?«

»Nein, und verflucht seist Du«, erwiderte grinsend der Räuber.

Ordener schwang drohend das Schwert: »Besinne Dich!«

»Nein! Du hast es schon gehört!«

Ordener senkte sein Schwert: »So winde Deine Axt von den Falten meines Mantels los, damit wir den Kampf fortsetzen können.«

Ein verächtliches Lachen war die Antwort des Untiers: »Knabe, Du spielst den Edelmütigen, als ob ich dessen bedürfte!«

Ehe der erstaunte Jüngling den Kopf umwenden konnte, hatte der Wilde, von dem Altar herab, seinen Fuß auf die Schulter seines großmütigen Siegers gesetzt und war mit einem Satze zwölf Schritte weit im Saal. Mit einem zweiten Satze hing er an Ordener. Er hatte sich mit dem ganzen Gewicht seines Körpers an ihn gehängt, wie ein Panther, der sich mit Krallen und Rachen in der Seite eines Löwen einbeißt. Seine Klauen wühlten in den Schultern des Jünglings, seine Knie drückten in seine Weichen, sein scheußliches Gesicht grinste ihn an, sein blutiger Rachen war geöffnet und zeigte weiße, spitzige Zähne, den Gegner damit zu zerfleischen. Kein menschliches Wort mehr entschlüpfte seiner lechzenden Kehle; nur ein dumpfes Brüllen stieg aus seinem offenen Rachen hervor. Er war scheußlicher, als ein Tier des Waldes, ungeheurer, als ein Dämon, es war ein Mensch, dem nichts vom Menschen übrig geblieben war.

Ordener schwankte bei diesem furchtbaren Anlauf und wäre rückwärts gefallen, wenn ihn nicht einer der breiten Pfeiler des Altars gehalten hätte. Er lag halb rückwärts gebogen am Pfeiler und atmete schwer unter dem Gewicht seines Feindes. Der Gedanke an seine Geliebte gab ihm neue Kraft; er umspannte das Ungeheuer mit beiden Armen, fasste seine Säbelklinge in der Mitte und setzte deren Spitze dem Gegner auf den Rücken. Als der Räuber das kalte Eisen fühlte, tat er einen durchdringenden Schrei, ließ seinen Feind los und machte einen Satz rückwärts.

Nun entbrannte der Kampf zum dritten Mal noch heftiger. Auf dem Boden lagen ungeheure Felsstücke zerstreut herum. Zwei Männer von gewöhnlicher Kraft hätten das kleinste derselben kaum aufheben können. Der Räuber erfasste eines mit beiden Armen, hob es hoch über seinem Haupte empor und schwenkte es gegen Ordener. Sein Blick war scheußlich. Der kräftig geschleuderte Stein durchflog schwerfällig den Raum, und kaum hatte der Jüngling Zeit genug, ihm auszuweichen.

Kaum hatte sich Ordener wieder gefasst, so war schon ein neuer Stein in den Armen des Untiers geschwungen. Der Jüngling stürzte mit gehobenem Schwert auf den Räuber los, um dem Kampf eine andere Wendung zu geben; aber der Stein begegnete in seinem Flug der schwachen Klinge und zertrümmerte sie. Der Jüngling stand entwaffnet da, und ein wildes Lachen des Ungeheuers stieg an die hohe Wölbung der Grotte.

»Hast Du Gott oder dem Teufel noch etwas zu beichten, ehe Du stirbst?«, rief das Ungeheuer mit misstönender Stimme aus.

Sein Auge flammte vor freudiger Wut und er stützte sich auf seine Axt, die am Boden lag, um den Jüngling damit niederzuschlagen.

Plötzlich ließ sich von außen ein fernes Brüllen hören. Das Untier horchte. Das Geräusch nahm zu. Menschenstimmen mischten sich mit dem kläglichen Brüllen eines Bären. Der Räuber horcht. Das klägliche Geschrei dauert fort. Jetzt ergreift er rasch seine Axt und stürzt nicht auf Ordener, sondern auf eine der Felsspalten in der Höhle los, durch die das Licht eindringt. Der erstaunte Ordener tritt ebenfalls an eine dieser Öffnungen und sieht in einer benachbarten Lichtung einen großen weißen Bären, von sieben Jägern verfolgt, unter welchen er Kennybol zu erkennen glaubt.

Er wendet sich um. Der Räuber war nicht mehr in der Grotte, und er hört außen eine schreckliche Stimme, die ruft: »Freund! Freund! Ich komme!«

XXVIII.

Das Regiment der Arkebusiere von Munckholm befand sich auf dem Marsch in den Engpässen zwischen Drontheim und Skongen. Der Leutnant Randmer, ein junger dänischer Baron, trat zu dem Hauptmann Lory, der von der Pike auf gedient hatte. Der Hauptmann marschierte düster schweigend mit gewichtigem aber sicherem Schritte.

»Nun, Herr Hauptmann«, rief ihm der lustige Leutnant zu, »was ist Ihnen denn? Sie sind traurig.«

»Allerdings und nicht ohne Grund«, erwiderte der alte Offizier, ohne den Kopf zu erheben.

»Nur nicht so betrübt! Sehen Sie mich an, bin ich traurig? Und doch hätte ich wenigstens ebenso viele Ursache dazu, als Sie.«

»Ich zweifle daran, Baron Randmer; ich habe mein einziges Gut, meinen ganzen Reichtum verloren.«

»Herr Hauptmann, unser Unglück ist ganz das gleiche. Erst vor vierzehn Tagen hat der Leutnant Alberik mit einem einzigen Wurf mein schönes Schloss Randmer nebst allen dazu gehörigen Besitzungen gewonnen. Ich bin zugrunde gerichtet; aber sehen Sie mich darum weniger lustig?«

Der Hauptmann erwiderte betrübt: »Herr Leutnant, Sie haben nur Ihr schönes Schloss verloren, ich aber meinen Hund.«

Auf diese Antwort hielt das leichtsinnige Gesicht des jungen Mannes die Mitte zwischen Lachen und Rührung.

»Herr Hauptmann«, sagte er, »trösten Sie sich. Sehen Sie, ich habe mein schönes Schloss verloren.«

Der Hauptmann unterbrach ihn: »Was will das heißen? Übrigens werden Sie wieder ein anderes Schloss gewinnen.«

»Und Sie werden wieder einen anderen Hund finden.«

Der alte Mann schüttelte den Kopf.

»Einen Hund werde ich wohl wieder finden, aber nicht meinen alten Drake.«

Er hielt inne; einige Tränen glänzten in seinen Augen und fielen über seine gefurchten Wangen herab.

»Ich habe«, fuhr er fort, »nie etwas geliebt, als ihn; ich habe weder Vater noch Mutter gekannt. Mögen sie im Frieden ruhen, wie mein armer Drake! Er hat mir im pommerischen Kriege das Leben gerettet; ich nannte ihn dem berühmten Admiral zu Ehren Drake. Dieser gute Hund! Er ist mir immer treu geblieben, wie es mir auch gehen mochte. Nach dem Treffen von Oholjen streichelte ihn der General Schack mit eigener Hand und sagte: ›Ihr habt da einen schönen Hund, Sergeant Lory!‹ Damals war ich noch Sergeant.«

»Das muss einem wunderbar vorkommen, Sergeant zu sein!«, unterbrach ihn der junge adelige Offizier.

Der alte Soldat hörte nicht darauf und fuhr, wie in Gedanken verloren, fort: »Dieser arme Drake! Aus so vielen Gefahren frisch und gesund zurückzukommen, um, wie eine alte Katze, in diesem verfluchten Golf von Drontheim zu ersaufen! Mein armer Hund! Du wärest würdig gewesen, mit mir auf dem Schlachtfelde zu sterben.«

»Sie sind ein tapferer Soldat«, rief der Leutnant, »wie können Sie traurig sein, da wir uns vielleicht morgen schlagen werden?«

»Ja«, erwiderte der alte Hauptmann verächtlich, »gegen saubere Feinde!«

»Wie, diese teuflischen Bergleute! Diese satanischen Bergbewohner!«

»Steinbrecher und Straßenräuber! Leute, die nicht einmal in Schlachtordnung aufmarschieren können! Das sind mir die rechten Leute, um einem alten Knasterbart, wie ich bin, der alle Feldzüge in Pommern und Holstein mitgemacht hat, die Spitze zu bieten! Mir, der unter dem berühmten Schack und dem tapferen Guldenlew gefochten! …«

»Aber Sie wissen nicht, dass diese Banden einen gefürchteten Anführer haben, einen wilden Riesen, so groß und stark wie Goliath, einen Dämon, der nichts als Menschenblut trinkt …«

»Wen denn?«

»Den berüchtigten Han den Isländer.«

»Bravo! Ich wette, dass dieser furchtbare Obergeneral nicht einmal eine Flinte in den vorgeschriebenen Tempos zu laden weiß.«

Der Leutnant lachte laut.

»Lachen Sie nur! Es wird in der Tat recht gut lassen, wenn wackere Soldatensäbel sich mit elenden hauen, und tapfere Piken mit Mistgabeln kreuzen! Das sind würdige Feinde! Mein guter Drake hätte sie nicht für wert gehalten, sie in die Füße zu beißen!«

Sie wurden durch die Ankunft eines Offiziers unterbrochen, der atemlos herbeilief.

»Herr Hauptmann Lory!«, rief er aus. »Mein lieber Randmer!«

»Was gibt es?«, fragten die beiden zusammen.

»Meine Freunde ... Ich bin starr vor Entsetzen ... Ahlfeldt! ... Der Leutnant Ahlfeldt! ... Der Sohn des Großkanzlers! ... Sie wissen, mein lieber Baron Randmer! ... Dieser elegante Friedrich ... Dieser Geck! ...«

»Elegant war er«, erwiderte der junge Baron, »sehr elegant! Inzwischen hatte ich doch auf dem letzten Balle zu Kopenhagen eine geschmackvollere Maske als er ... Was ist ihm denn begegnet?«

»Ich weiß, wen Sie meinen«, sagte zu gleicher Zeit der Hauptmann Lory, »den Friedrich von Ahlfeldt, den Leutnant in der dritten Kompanie, mit den blauen Aufschlägen. Er versieht den Dienst ziemlich nachlässig.«

»Man wird sich nicht mehr über ihn beklagen, Herr Hauptmann!«

»Wie?«, fragte Randmer.

»Er liegt in Garnison zu Wahlstrom«, sagte der alte Hauptmann.

»So ist es«, fuhr der Offizier fort, »der Oberst hat einen Boten bekommen ... Dieser arme Friedrich! ...«

»Was ist es denn, Hauptmann Bollar? Sie erschrecken mich.«

»Bah!«, sagte der Hauptmann Lory. »Unser Geck wird ohne Urlaub fort sein, wie gewöhnlich. Sein Hauptmann wird den Herrn Sohn des Herrn Großkanzlers in Arrest geschickt haben. Das ist wohl alles.«

Der Hauptmann Bollar klopfte ihn auf die Achsel: »Lory, der Leutnant Ahlfeldt ist lebendig gefressen worden.«

Der junge Baron Randmer brach in ein tolles Gelächter aus, während Lory seinen Kameraden anstaunte.

»Ich sehe«, rief der Leutnant aus, »dass Sie noch immer der alte Spaßmacher sind, aber mit dieser Geschichte werden Sie mich nicht anführen.«

Der Leutnant kreuzte die Arme übereinander und lachte aus vollem Halse. Was ihn bei der Sache am meisten ergötzte, war die Leichtgläubigkeit des alten Lory. »Das ist ein rechter Spaß«, fuhr er fort, »und eine gute Erfindung, diesen Friedrich, der eine so zärtlich lächerliche Sorgfalt für seine Haut hatte, lebendig auffressen zu lassen.«

»Randmer«, sagte Bollar ernst, »Sie sind ein Thor. Ich sage Ihnen, Ahlfeldt ist tot. Ich weiß es aus des Obersts eigenem Munde.«

»Ho! Wie gut er seine Rolle spielt! Recht herrlich!«

Bollar zuckte die Achseln und wandte sich dem alten Lory zu, der ihn kaltblütig um eine nähere Erzählung des Vorfalls bat. »Ja, ja«, fiel der Leutnant lachend ein, »erzählen Sie uns doch, von wem dieser arme Teufel mit Haut und Haaren aufgefressen worden ist. Hat er einem Wolf zum Frühstück, einem Büffel zum Mittagessen oder einem Bären zum Nachtmahl gedient?«

»Der Oberst«, sagte Bollar, »hat unterwegs eine Depesche erhalten, dass sich die Besatzung von Wahlstrom vor einer bedeutenden Abteilung der Rebellen auf uns zurückzieht ...«

Der alte Lory runzelte die Stirne.

»Sodann enthielt dieser Bericht, dass der Leutnant Friedrich von Ahlfeldt, als er vor drei Tagen in dem Gebirge auf der Jagd war, in der Nähe der Ruine von Urbar von einem Ungeheuer in seine Höhle getragen und lebendig aufgefressen worden sei.«

Der Leutnant Randmer lachte abermals hell auf: »Ho! Ho! Unser guter Lory glaubt an Ammenmärchen. Recht so, lieber Bollar, nur fein ernsthaft! Sie sind ein Spaßvogel ohne Gleichen. Aber sagen Sie uns doch, wer ist denn dieses Ungeheuer, dieser Menschenfresser, der einen königlichen Leutnant davon trägt und auffrisst, wie ein junges Reh?«

»Sie sollen es nicht erfahren, sondern Lory, der nicht so toll ungläubig ist. Dieser Menschenfresser ist Han der Isländer.«

»Der Anführer der Rebellen?«, rief der alte Offizier.

»Nun, sehen Sie selbst, Lory«, rief Randmer spottend aus, »dass man keine Tempos braucht, wenn man ein so gutes Gebiss hat.«

»Baron Randmer«, sagte Bollar, »Sie haben dasselbe leichte Blut, wie Ahlfeldt; hüten Sie sich, dasselbe Schicksal zu haben.«

»Ich muss gestehen«, rief Randmer, »dass die unerschütterliche Ernsthaftigkeit des Hauptmanns Bollar mich bei der Sache am meisten ergötzt.«

»Und ich«, erwiderte dieser, »muss gestehen, dass mich die unerschöpfliche Lustigkeit des Leutnants Randmer bei dieser ernsten Sache am meisten erschreckt.«

Eine Gruppe Offiziere, in lebhafter Unterhaltung begriffen, näherte sich.

»Ich muss diesen Herren doch«, sagte Randmer, »Bollars spaßhafte Erfindung mitteilen. Kameraden«, fuhr er fort, indem er auf sie zuging, »wisst Ihr auch, dass dieser arme Friedrich von Ahlfeldt von dem barbarischen Han dem Isländer lebendig aufgefressen worden ist?«

Er begleitete diese Worte mit lautem Gelächter. Aus der Mitte der neu Angekommenen erschallten Rufe des Unwillens.

»Wie«, hieß es, »Sie lachen? – Spricht man so von einer so entsetzlichen Tat? – Über ein solches Unglück lachen?«

»Wie!«, erwiderte Randmer bestürzt. »So wäre es denn wahr?«

»Sie haben es uns ja selbst wiederholt! Glauben Sie denn Ihren eigenen Worten nicht?«, rief man ihm von allen Seiten zu.

»Ich hielt es für einen Scherz von Bollar...«

»Das wäre ein schlechter Spaß gewesen«, sagte ein alter Offizier, »aber zum Unglück ist es keiner. Unser Oberst, der Baron Boethäun, hat eben diese schreckliche Nachricht erhalten.«

»Abscheulich! Entsetzlich!«, wiederholten viele Stimmen.

»Wir haben es also«, sagte ein Offizier, »mit Bären und Wölfen in Menschengestalt zu tun?«

»Das ist entsetzlich«, rief Bollar aus. »Unser Regiment ist unglücklich: Dispolsen, diese armen Soldaten zu Cascadthymore, Ahlfeldt! ...«

Baron Randmer erwachte plötzlich aus tiefem Nachdenken, dessen Ergebnis die Worte waren: »Es ist kaum zu glauben, dieser Friedrich, der so gut tanzte!«

XXIX.

Nachdem Ordener die Grotte von Walderhog verlassen hatte, irrte er den ganzen Tag im wilden Gebirge umher, ohne eine Spur von Menschen zu finden. Mit Einbruch der Nacht befand er sich in einer geräumigen Ebene. Er war ermüdet, wickelte sich in seinen Mantel und legte sich auf den Boden nieder, um zu schlafen. Der Wind war kalt, der Himmel schwarz, und bisweilen durchzuckten Blitze die Dunkelheit.

Plötzlich schlugen verwirrte Menschenstimmen an sein Ohr. Er richtete sich halb in die Höhe und erblickte in einiger Entfernung in der Dunkelheit wandelnde Schatten. Ein Licht brannte in der Mitte der geheimnisvollen Gruppe, und zu seinem Erstaunen sah Ordener diese phantasmagorischen Gestalten, eine nach der anderen, in der Erde verschwinden. Alles war weg, wie ein Gedanke.

Ordener war erhaben über den Aberglauben seiner Zeit und seines Landes. Gleichwohl lag in diesem seltsamen Erscheinen und Verschwinden etwas Übernatürliches, das ihn gegen seine eigene Vernunft misstrauisch machte.

Er stand auf und ging dem Orte zu, wo die wandelnden Gestalten verschwunden waren. Dicke Regentropfen begannen zu fallen. Plötzlich blieb er stehen. Ein Blitz hatte ihm vor seinen Füßen eine Art breiten und kreisförmigen Brunnens gezeigt, in den er ohne das wohltätige Leuchten des Gewitters unfehlbar gestürzt wäre. Er näherte sich dem Schlund. In grauenvoller Tiefe sah er ein Licht glänzen, das einen rötlichen Schein von sich warf. Dieser Strahl, der einem magischen Feuer der Erdgeister glich, vermehrte gewissermaßen den unermesslichen Umfang der Finsternis, welche das Auge durchdringen musste, um ihn zu erreichen. Ordener, über den Abgrund sich neigend, horchte. Ein feines Geräusch von Stimmen traf sein Ohr. Er zweifelte nicht, dass die Wesen, die ihm auf eine so seltsame Weise erschienen und wieder verschwunden waren, in diesen Abgrund hinabgestiegen seien, und ein unwiderstehliches Verlangen trieb ihn, ihnen zu folgen.

Der Sturm fing an, heftig zu toben, und dieser Schlund konnte ihm Schutz dagegen gewähren. Aber wie hinabsteigen? Welchen Weg hatten diejenigen genommen, denen er nachfolgen wollte, wenn es anders nicht Gespenster gewesen waren?

Ein zweiter Blitz ließ ihn das obere Ende einer Leiter erblicken, die in die Tiefe zu führen schien. Ordener zauderte keinen Augenblick; er stieg mutig die Leiter hinab. Bald sah er vom Himmel nichts mehr, als die bläulichen Blitze, die ihn beleuchteten. Der Regen, der in Strömen auf die Oberfläche der Erde fiel, gelangte nur noch als ein feiner Tau zu ihm. Er stieg, stieg weiter, stieg immer hinab, und kaum schien es, dass er sich dem unterirdischen Lichte nähere.

Endlich merkte er an der mehr und mehr sich verdickenden Luft, an dem mehr und mehr zunehmenden Geräusche der Stimmen, an dem purpurnen Widerschein, der die kreisförmige Mauer des Brunnens zu färben begann, dass er nicht mehr weit vom Boden sei. Er stieg noch einige Stufen hinab, und jetzt konnte er deutlich am Fuße der Leiter den Eingang eines unterirdischen Gewölbes erblicken, der von einem rötlichen zitternden Lichte beschienen war, während zugleich Stimmen in sein Ohr drangen, welche seine ganze Aufmerksamkeit auf sich zogen.

»Kennybol kommt nicht«, sagte eine Stimme im Tone der Ungeduld.

»Wer mag ihn wohl zurückhalten?«, wiederholte dieselbe Stimme nach einer Pause. »Wir wissen es nicht, Herr Hacket«, antwortete man.

»Er muss bei seiner Schwester Maase Braall im Weiler Surb übernachtet haben«, fügte eine andere Stimme hinzu.

»Ihr seht«, fuhr die erste Stimme fort, »dass ich alle meine Versprechungen halte ... Ich versprach Euch Han den Isländer zum Anführer zu bringen, hier ist er.«

Ein Murmeln, dessen Sinn schwer zu erraten war, antwortete auf diese Worte. Ordeners Neugierde, die durch den Namen dieses Kennybol, der ihn am Tage zuvor so sehr in Verwunderung gesetzt hatte, bereits geweckt worden war, verdoppelte sich, als er Han den Isländer nennen hörte.

Die nämliche Stimme begann wieder: »Meine Freunde, Jonas, Norbith, wenn auch Kennybol zögert, was tut es? Wir sind zahlreich genug, um nichts mehr zu fürchten. Habt Ihr in den Ruinen von Crag Eure Fahnen gefunden?«

»Ja, Herr Hacket«, antworteten mehrere Stimmen.

»Nun, so greift zu den Waffen, es ist Zeit! Hier ist Gold. Da steht Euer unüberwindlicher Anführer! Vorwärts zur Befreiung des edlen Schuhmacher, des unglücklichen Grafen von Greiffenfeld!«

»Es lebe Schuhmacher!«, riefen viele Stimmen, und der Name Schuhmacher drang in den unterirdischen Gewölben fort von Echo zu Echo.

Ordener, der von einem Staunen ins andere geriet, hielt den Atem an sich, um kein Wort zu verlieren. Er konnte nicht glauben noch begreifen, was er hörte. Schuhmachers Name im Verein mit Kennybol und Han dem Isländer! Was war das für ein geheimnisvolles Drama, von dem er, als verborgener Zuschauer, eine Szene mit ansah?

»Ihr seht hier«, fuhr dieselbe Stimme fort, »den Freund und Vertrauten des edlen Grafen von Greiffenfeld. Schenkt mir nur Vertrauen, wie er mir das seinige schenkt. Alles ist Euch günstig. Ihr werdet nach Drontheim kommen, ohne einen Feind zu sehen.«

»Herr Hacket«, unterbrach ihn eine Stimme, »wir müssen schnell aufbrechen. Peters hat mir gesagt, dass er in den Engpässen das ganze Regiment von Munckholm im Anmarsch gegen uns gesehen habe.«

»Er hat Euch getäuscht«, erwiderte der andere im Tone des Ansehens. »Die Regierung weiß noch nichts von Eurem Aufstand und ist so sicher, dass derjenige, der Eure gerechten Beschwerden abgewiesen hat, Euer Unterdrücker, der Unterdrücker des erlauchten und unglücklichen Schuhmacher, der General Levin von Knud, Drontheim verlassen hat und in die Hauptstadt abgereist ist, um den Vermählungsfeierlichkeiten seines Zöglings Ordener Guldenlew, der Ulrike Ahlfeldt heiratet, beizuwohnen.«

Man kann sich Ordeners Staunen denken. In diesem wilden, kaum bewohnten Lande, tief im Schoß der Erde, hörte er unbekannte Menschen alle die Namen aussprechen, die ihm teuer waren. Ein entsetzlicher Zweifel bemächtigte sich seines Herzens. Sollte es wahr sein? War das wirklich ein Agent des Grafen von Greiffenfeld? Wie! Schuhmacher, dieser ehrwürdige Greis, der Vater seiner Ethel, empörte sich gegen seinen König, besoldete Straßenräuber, entzündete einen Bürgerkrieg? Und für diesen Heuchler, für diesen Rebellen, hatte er, der Sohn des Vizekönigs von Norwegen, der Zögling des Generals Levin von Knud, seine Zukunft aufs Spiel gesetzt, sein Leben gewagt! Für ihn hatte er diesen isländischen Räuber aufgesucht und bekämpft, mit dem Schuhmacher im Einverständnis sein musste, weil er ihn an die Spitze seines rebellischen Haufens stellte!

»Ja«, fuhr inzwischen der Emissär fort, »der furchtbare Han der Isländer stellt sich an Eure Spitze. Wer wird gegen Euch zu kämpfen wagen? Ihr fechtet für Eure Weiber und Kinder, die man auf schmähliche Weise ihres Erbtums beraubt, für einen edlen Unglücklichen, der seit zwanzig

Jahren unschuldig im Kerker schmachtet. Vorwärts, Schuhmacher und die Freiheit harren Euer! Krieg den Tyrannen!«

»Krieg!«, wiederholten tausend Stimmen. Waffen klirrten zusammen und das Horn erscholl.

»Haltet ein!«, rief Ordener, indem er auf die Schwelle des unterirdischen Gewölbes trat. Der Gedanke, Schuhmacher ein Verbrechen und seinem Lande die Leiden eines Bürgerkriegs zu ersparen, hatte sein ganzes Wesen ergriffen.

Vor seinen Blicken lag eine unermessliche unterirdische Stadt, deren Grenzen sich hinter einer Menge von Pfeilern verloren, die das Gewölbe trugen. Diese Pfeiler glänzten, wie Kristallbogen, im Strahl von tausend brennenden Fackeln, welche eine seltsam bewaffnete und in den Tiefen des Platzes ordnungslos verbreitete Menschenmenge trug. Wenn man von allen Seiten dieses Licht wiederstrahlen, dann in der fernen Dunkelheit schreckhafte Gestalten zwischen den Pfeilern hinschweben sah, so hätte man glauben können, dass man sich bei einer jener fabelhaften Zusammenkünfte von Hexen und Teufeln befinde, die Sterne als Fackeln in der Hand tragen und nächtlicher Weile um die Bäume der Wälder und die Mauern verfallener Schlösser tanzen.

Ein lautes Geschrei erhob sich: »Ein Fremder! Nieder! Nieder! Nieder mit ihm!«

Hundert Arme erhoben sich gegen Ordener. Er griff mit der rechten Hand an die linke Seite, um seinen Säbel zu ziehen; er hatte vergessen, dass er waffenlos war.

»Haltet ein!«, rief Schuhmachers Agent, ein kleiner, dicker, schwarzgekleideter Mann. Er trat gegen Ordener vor.

»Wer seid Ihr?«, fragte er.

Ordener antwortete nicht. Von allen Seiten starrten ihm Säbelspitzen oder Pistolenmündungen entgegen.

»Hast Du Furcht?«, fragte der Emissär lächelnd.

»Lege Deine Hand auf mein Herz und fühle, ob es schneller schlägt«, erwiderte der Jüngling verächtlich.

»Ei!«, sagte jener, »er spielt den Stolzen! Je nun, er mag sterben!«

»Geduld, Herr Hacket«, fiel ein Greis mit weißem Bart ein, der sich auf ein langes Gewehr stützte. »Ich habe hier allein das Recht, diesen Christen zu den Toten zu senden, um ihnen zu erzählen, was er hier gesehen hat.«

Hacket lachte: »Wie es Euch gefällt, mein lieber Jonas! Gleichviel, wer diesen Spion richtet, wenn er nur verurteilt wird.«

Der alte Mann wandte sich an Ordener: »Wer bist Du, der sich so kühn in unsere Mitte wagt?«

Ordener schwieg.

»Er will nicht antworten«, sagte der Alte. »Wenn der Fuchs gefangen ist, schreit er nicht mehr. Macht ihn nieder!«

»Mein wackerer Jonas«, unterbrach ihn Hacket, »lasst Han den Isländer diesen Menschen töten, dies soll seine erste Tat in Eurer Mitte sein.«

»Ja, ja!«, riefen beifällig viele Stimmen.

Ordener suchte diesen Han den Isländer, mit dem er erst ein so heißes Gefecht gehabt hatte, mit den Augen und sah mit Verwunderung einen Mann von riesenmäßiger Größe in der Tracht der Bergbewohner auf sich zukommen. Der Riese sah Ordener mit einem wild stumpfsinnigen Blicke an und verlangte eine Axt.

»Du bist nicht Han der Isländer«, sagte Ordener ruhig.

»Nieder mit ihm! Nieder mit ihm!«, schrie Hacket wütend.

Ordener sah seinen Tod vor Augen. Er griff in den Busen, um eine Haarlocke seiner Ethel herauszuziehen und den letzten Kuss auf sie zu drücken. Bei dieser Bewegung fiel ein Papier aus seinem Gürtel.

»Was ist das für ein Papier?«, sagte Hacket. »Norbith, hebt dieses Papier auf.

Dieser Norbith war ein junger Mann, dessen bräunliches Gesicht, obwohl von harten Zügen, doch einen Ausdruck von Edelmut hatte. Er hob das Papier auf und entfaltete es.

»Großer Gott!«, rief er aus, »das ist der Pass meines armen Freundes Christoph Nedlam, den sie vor acht Tagen zu Skongen wegen Falschmünzerei gehängt haben.«

»Nun, so behalte diesen Wisch Papier«, sagte Hacket im Tone getäuschter Erwartung. »Ich hielt es für wichtiger. Und Ihr, mein lieber Han, fertigt diesen Menschen ab!«

Norbith trat vor Ordener hin und rief: »Dieser Mann steht unter meinem Schutze. Eher soll mein Haupt fallen, als ein Haar von dem seinigen. Ich leide nicht, dass der Pass meines Freundes Christoph Nedlam verletzt wird.«

»Bah! Bah!«, sagte Hacket, »das ist eine Narrheit von Euch, mein wackerer Norbith! Dieser Mensch ist ein Spion und muss sterben.«

»Gebt mir meine Axt!«, rief der Riese.

»Er soll nicht sterben«, entgegnete Norbith. »Was würde der Geist meines armen Nedlam dazu sagen? Nein, er wird nicht sterben, denn Nedlam will, dass er nicht sterbe!«

»Norbith hat recht«, sagte der alte Jonas. »Warum soll man diesen Fremdling töten, da er einen Pass von Christoph Nedlam hat?«

»Er ist aber ein Spion«, erwiderte Hacket.

Der alte Jonas trat neben Norbith und beide sagten feierlich: »Er hat einen Pass von Christoph Nedlam, der zu Skongen gehängt worden ist.«

Hacket sah, dass er nachgeben musste, denn alle murrten, und viele Stimmen riefen: »Dieser Fremdling darf nicht sterben, denn er hat einen Pass von Nedlam dem Falschmünzer.«

»So mag er denn leben!«, murmelte Hacket mit zurückgehaltener Wut.

»Und wenn es der Teufel wäre«, sagte Norbith, »so würde ich ihn nicht töten.«

Er wandte sich zu Ordener und fuhr fort: »Du bist gewiss ein guter Bruder, weil Du einen Pass von Christoph Nedlam hast. Wir sind königliche Bergleute. Wir empören uns, um uns von der königlichen Vormundschaft frei zu machen. Der Herr Hacket, den Du hier siehst, sagt, dass wir für einen gewissen Grafen Schuhmacher zu den Waffen greifen; aber ich kenne diesen Schuhmacher nicht. Fremdling, unsere Sache ist gerecht. Ich frage Dich, willst Du mit uns sein?«

Ein Gedanke ging in Ordeners Seele auf.

»Ja!«, antwortete er.

Norbith reichte ihm einen Säbel, den er stillschweigend annahm.

»Bruder«, sagte Norbith, »wenn Du uns verraten willst, so töte mich zuerst.«

Ein Horn erscholl und ferne Stimmen riefen: »Da kommt Kennybol!«

XXX

Hacket sprang dem ankommenden Kennybol entgegen.

»Endlich!«, rief er aus, »mein lieber Kennybol, endlich kommt Ihr! Ich will Euch sogleich Eurem gefürchteten Anführer, Han dem Isländer, vorstellen.«

Bei diesem Namen wich Kennybol, der bleich, atemlos, mit verwirrten Haaren, schweißtriefend am Gesicht und mit blutigen Händen eingetreten war, drei Schritte zurück.

»Han der Isländer!«, rief er aus.

»Erschreckt nicht, er kommt zu Eurer Hilfe. Seht in ihm einen Freund und Waffenbruder ...«

»Han der Isländer hier!«

»Allerdings! Fürchtet Ihr ihn denn?«

»Han der Isländer in diesem Bergwerk!«

»Jetzt sehe ich, dass die Furcht vor Han dem Isländer Euch so lange aufgehalten hat.«

»Nicht die Furcht vor Han dem Isländer, sondern Han der Isländer selbst hat mich aufgehalten, das schwöre ich Euch.«

Ein Murmeln der Verwunderung erhob sich. Hacket schien verlegen.

»Wie! Was sagt Ihr da?«, fragte er mit gedämpfter Stimme.

»Ich sage, Herr Hacket, dass ich ohne Euern verfluchten Han den Isländer vor dem ersten Schrei der Eule hier gewesen wäre.«

»Wirklich, was hat er Euch denn getan?«

»Fragt mich nicht, und möge mein Bart in einem Tage weiß werden, wie ein Hermelinfell, wenn ich je in meinem Leben wieder einen weißen Bären jage.«

»Wart Ihr in Gefahr, von einem Bären gefressen zu werden?«

Kennybol zuckte verächtlich die Achseln: »Ein Bär! Kennybol von einem Bären gefressen! Für wen haltet Ihr mich, Herr Hacket?«

»Verzeiht!«, erwiderte Hacket lächelnd.

»Wenn Ihr wüsstet, was mir begegnet ist, so würdet Ihr nicht mehr zu mir sagen, Han der Isländer sei hier.«

»Mein lieber Kennybol«, sagte Hacket, »erzählt mir, was Euch aufgehalten hat. Alles kann in diesem Augenblicke von hoher Wichtigkeit für uns sein.«

»Das ist richtig«, erwiderte Kennybol nach einigem Nachdenken.

Hierauf erzählte er, wie er am Morgen mit sechs Gefährten einen weißen Bären bis in die Gegend der Grotte von Walderhog gejagt habe, ohne in der Hitze der Jagdlust zu bemerken, dass sie diesem furchtbaren Ort so nahe seien. Das klägliche Geschrei des Bären habe einen kleinen Mann, ein Ungeheuer, einen Dämon zu Hilfe gerufen, der mit einer steinernen Axt auf sie losgestürzt sei. Das plötzliche Erscheinen dieses Dämons, der niemand anders als Han der Isländer sein konnte, habe sie mit Schrecken erfüllt. Seine sechs Gefährten seien Opfer der beiden Untiere geworden, und er danke sein Leben nur schnellerer Flucht, seiner Behändigkeit und der Ermüdung Hans des Isländers.

»Ihr seht jetzt, Herr Hacket«, schloss Kennybol seine Erzählung, »dass es nicht meine Schuld ist, wenn ich spät komme, und dass der isländische Dämon, den ich diesen Morgen mit seinem Bären im Gehölze von Walderhog bei den Leichnamen meiner sechs Kameraden zurückgelassen habe, jetzt nicht als unser Freund in dieser Mine von Apsyl-Corh zugegen sein kann. Ich kenne jetzt diesen eingefleischten Teufel, ich habe ihn mit Augen gesehen.«

»Mein wackerer Kennybol«, erwiderte Hacket ernst, »wenn Ihr von Han dem Isländer oder der Hölle redet, so haltet nichts für unmöglich. Ich wusste alles, was Ihr mir da erzählt habt, schon vorher.«

»Wie!«, rief der alte Schütze der Berge von Kole erstaunt aus.

»Ja, ich wusste alles, nur das nicht, dass Ihr der Held dieses traurigen Abenteuers gewesen seid. Han der Isländer hat es mir auf dem Wege hierher selbst erzählt.«

»Wirklich!«, sagte Kennybol mit einem Blicke auf Hacket, in welchem sich Furcht und Respekt zugleich aussprachen.

Hacket fuhr mit gleicher Zuversicht fort: »Jetzt aber könnt Ihr ruhig sein; ich will Euch selbst zu diesem furchtbaren Han dem Isländer führen.«

Kennybol stieß einen Schrei des Entsetzens aus.

»Seid doch ruhig; er ist ja jetzt Euer Anführer und Waffenbruder. Hütet Euch jedoch, ihm das in Erinnerung zu bringen, was diesen Morgen vorgefallen ist. Ihr versteht mich?«

Nicht ohne inneres Widerstreben willigte Kennybol ein, vor das Angesicht des gefürchteten Dämons zu treten. Sie näherten sich der Gruppe, bei welcher sich Ordener, Jonas und Norbith befanden.

»Mein guter Jonas, mein lieber Norbith«, sagte Kennybol, »Gott mit Euch!«

»Dessen bedürfen wir«, erwiderte Jonas.

Jetzt fiel Kennybols Blick auf Ordener.

»Ah!«, sagte er, »willkommen, junger Mann! Es scheint, dass Eure Kühnheit guten Erfolg hatte?«

»Ihr kennt also diesen Fremden, Kennybol?«, fiel Norbith ein.

»Ob ich ihn kenne? Ich liebe und achte ihn. Er ist, gleich uns, eifrig für die gute Sache, die wir verfechten.«

Ehe Ordener ein Wort vorbringen konnte, näherte sich Hacket mit seinem Riesen, aus dessen Nähe alle bestürzt entflohen, und sagte: »Hier, mein wackerer Kennybol, ist Euer Anführer, der berühmte Han der Isländer.«

Kennybol warf einen Blick auf ihn, in welchem mehr Staunen als Furcht lag, und neigte sich zu Hackets Ohr: »Der Han der Isländer, den ich diesen Morgen bei Walderhog zurückgelassen habe, war ein kleiner Mann ...«

Hacket erwiderte leise: »Ihr vergesst, dass er ein Dämon ist.«

»Das ist wahr«, sagte der leichtgläubige Schütze, »er wird eine andere Gestalt angenommen haben.«

XXXI.

In einem düsteren alten Eichenwald trat ein kleiner Mann zu einem anderen, der allein war und auf ihn zu warten schien. Folgendes leise Gespräch begann:

»Euer Gnaden verzeihen, dass ich Sie so lange warten ließ! Mehrere Zufälle haben meine Ankunft verzögert.«

»Welche?«

»Der Anführer der Bergbewohner, Kennybol, ist erst um Mitternacht eingetroffen, und dagegen sind wir durch einen unerwarteten Zeugen gestört worden.«

»Wer war dieser?«

»Ein Mensch, der sich wie ein Narr mitten in unsere nächtliche Zusammenkunft gestürzt hat. Ich hielt ihn anfangs für einen Spion und wollte ihn umbringen lassen; er hatte aber einen Pass von irgendeinem Gehenkten bei sich, der bei unseren Bergleuten sehr in Achtung steht, und sie haben ihn unter ihren Schutz genommen. Ich halte ihn jetzt für einen neugierigen Reisenden oder einen gelehrten Schwachkopf. In jedem Falle habe ich in Beziehung auf ihn meine Maßregeln genommen.«

»Geht sonst alles gut?«

»Sehr gut. Die Bergleute von Gulbranstal und Faroer, unter dem jungen Norbith und dem alten Jonas, und die Bergbewohner von Kole, unter Kennybol, müssen jetzt auf dem Marsch sein. Vier Stunden von Apsyl-Corh werden die Bergleute von Hubfallo und Sundmoer zu ihnen stoßen; einige Stunden weiter werden sie von den Bergleuten von Kongsberg und den Eisenarbeitern von Smiassen erwartet, welche, wie Euer Exzellenz weiß, bereits die Besatzung von Wahlstrom zum Rückzüge gezwungen haben. Alle diese vereinigten Haufen werden heute Nacht, zwei Stunden von Skongen, in den Schluchten des schwarzen Pfeilers, lagern.«

»Aber wie haben sie Euern Han den Isländer aufgenommen?«

»Mit vollkommener Leichtgläubigkeit.«

»Könnte ich doch den Tod meines Sohnes an diesem Ungeheuer rächen! Welches Unglück, dass er uns entkommen ist!«

»Mein gnädiger Herr! Benützen Sie allererst Han des Isländers Namen, um an Schuhmacher Rache zu nehmen. Später werden wir Mittel finden, uns an Han selbst zu rächen. Die Rebellen werden heute den ganzen Tag marschieren und diesen Abend in dem Engpass des schwarzen Pfeilers, zwei Stunden von Skongen, haltmachen.«

»Wie! Ihr wollt einen so beträchtlichen Haufen so nahe an Skongen vorrücken lassen? Musdoemon! ...«

»Verdacht, edler Graf! Schicken Sie auf der Stelle einen Boten an den Oberst Voethaün, dessen Regiment jetzt zu Skongen sein muss; geben Sie ihm Nachricht, dass sämtliche Streitkräfte der Rebellen diese Nacht sorglos im Engpasse des Pfeilers gelagert sein werden. Dieser Engpass scheint ausdrücklich für Hinterhalte geschaffen ...«

»Ich verstehe Euch, aber warum habt Ihr alles so eingerichtet, dass die Rebellen so zahlreich sind?«

»Je furchtbarer der Aufstand ist, je größer werden Schuhmachers Verbrechen und Ihre Verdienste sein. Im Übrigen liegt daran, dass er mit einem Schlage ganz vernichtet werde.«

»Wohl! Aber warum ist der Ort des Lagers so nahe bei Skongen?«

»Weil dies im ganzen Gebirge der einzige Ort ist, wo die Verteidigung unmöglich ist. Keiner wird aus diesem Engpass entkommen, als diejenigen, welche bestimmt sind, vor den Gerichten zu figurieren.«

»Trefflich! Diese Geschichte muss schnell beendigt werden, Musdoemon! Wenn von dieser Seite alles beruhigend ist, so ist von der anderen alles beunruhigend. Ihr wisst, dass wir zu Kopenhagen geheime Nachforschungen nach den Papieren veranstaltet haben, welche in die Hände dieses Dispolsen gefallen sein können?«

»Nun, gnädiger Herr?«

»Nun, ich erfahre eben, dass dieser Ränkemacher mit dem verfluchten Astrologen Cumbysulsum in geheimnisvoller Verbindung gestanden ist ...«

»Mit diesem Cumbysulsum, der kürzlich gestorben ist?«

»Mit eben diesem, und dass der alte Hexenmeister auf dem Sterbebette Schuhmachers Agenten Papiere eingehändigt hat ...«

»Verflucht! Er hatte Briefe von mir, einen Entwurf unseres Planes ...«

»Eures Plans? Musdoemon!«

»Bitte tausendmal um Verzeihung, gnädiger Herr Graf, *Ihres* Plans! Aber warum haben Sie sich auch diesem Scharlatan Cumbysulsum anvertraut? ... Der alte Verräter! ...«

»Hört, Musdoemon! Ich bin nicht, wie Ihr, ein Wesen ohne Treue und Glauben. Nicht ohne genügende Gründe habe ich stets Vertrauen zu der Wissenschaft des alten Cumbysulsum gehabt.«

»Warum hatten Euer Gnaden nicht eben so viel Misstrauen in seine Treue als Vertrauen in seine Wissenschaft? Im Übrigen können wir ruhig sein, Dispolsen ist tot, seine Papiere sind verloren, und in wenigen Tagen wird keine Rede mehr von denen sein, welchen sie dienen könnten.«

»In jedem Fall könnte keine Anklage sich bis zu meiner Person erheben.«

»Oder bis zu mir, der unter Euer Gnaden Schutze steht.«

»Allerdings, Lieber, könnt Ihr auf mich zählen. Inzwischen wollen wir doch die Entwicklung der ganzen Geschichte beschleunigen. Ich werde sogleich einen Boten an den Oberst abschicken. Kommt, meine Leute erwarten mich hinter jenem Gebüsche. Wir müssen den Weg nach Drontheim einschlagen, das ohne Zweifel der Mecklenburger jetzt verlassen haben wird. Fahrt fort, mir wohl zu dienen und zählt auf mich im Leben und im Tode trotz allen Cumbysulsum und Dispolsen auf der Erde.«

»Glauben mir Euer Gnaden ...«

Hier verloren sich beide im Gehölze, in dessen Windungen sich ihre Stimmen allmählich verloren, und bald hörte man weiter nichts mehr von ihnen, als den immer mehr sich entfernenden Hufschlag ihrer Pferde.

XXXII.

Inzwischen waren die Rebellen durch den Haupteingang, der in einer tiefen Schlucht sich zu ebener Erde öffnet, aus der Bleimine von Apsyl-Corh ausgezogen.

Ordener, der Norbiths Bande zugeteilt worden war, sah im Anfang nur einen langen Zug von Fackeln, deren Schein, mit den ersten Strahlen des Tages im Kampfe, auf Äxten, Gabeln, Hauen, eisernen Streitkolben, Hämmern, Hebebäumen und all den plumpen Waffen wiederglänzte, welche der Aufstand von der Arbeit entlehnen kann, vermischt mit regelmäßigen Waffen, Flinten, Piken, Säbeln, Pistolen, aus denen man absehen konnte, dass dem Aufstand eine Verschwörung vorhergegangen war.

Nachdem die Sonne aufgegangen war, konnte Ordener diese seltsame Armee, die ohne Ordnung unter rohem Gesang und wildem Geschrei vorrückte, besser überblicken. Sie war in drei Divisionen, oder vielmehr in drei ordnungslose Haufen abgeteilt. Voran marschierten die Bergbewohner von Kole, angeführt von Kennybol, in Tierfelle gekleidet und von wildem, trotzigem Aussehen. Hierauf kamen die jungen Bergleute unter Norbith und die alten unter Jonas, mit ihren großen Filzhüten und weiten Beinkleidern, mit nackten Armen und geschwärzten Gesichtern. Über den Häuptern dieser ordnungslosen Banden flatterten in bunter Mischung feuerfarbene Fahnen mit verschiedenen Inschriften: *Es lebe Schuhmacher! – Lasst uns unseren Befreier befreien! – Freiheit den Bergleuten! – Freiheit dem Grafen von Greiffenfeld! – Tod Guldenlew! – Tod unseren Unterdrückern! – Tod Ahlfeldt!*

Die Rebellen schienen diese Fahnen mehr als eine Last denn als eine Zierde zu betrachten, und sie gingen von Hand zu Hand, wenn die Fahnenträger müde waren, oder an dem wilden Gesang und tollen Geschrei ihrer Waffenbrüder teilnehmen wollten.

Die Nachhut dieser seltsamen Armee bestand aus zehn, von Rentieren und Eseln gezogenen Karren, welche den Schießbedarf führten, und die Vorhut aus dem falschen Han dem Isländer, der, mit einem ungeheuren Streitkolben und einer Axt bewaffnet, ganz allein marschierte. Weit hinter ihm kamen, in respektvoller Entfernung, die ersten Reihen der

Bande Kennybols, der ihn nicht aus den Augen verlor, um seinem diabolischen Anführer in den verschiedenen Verwandlungen, welche er vorzunehmen belieben möchte, folgen zu können.

Bald wurde das Heer der Rebellen durch die Banden von Sundmoer, Hubfallo, Kongsberg und die Eisenarbeiter von Smiassen verstärkt; diese letzteren waren große und starke Leute mit Zangen und Hämmern bewaffnet, lederne Schürzen um; sie hatten keine andere Fahne, als ein hölzernes Kreuz, und marschierten ernst und taktfest einher, mit einer mehr religiösen als militärischen Regelmäßigkeit, ohne anderen Kriegsgesang als Psalmen und Kirchenlieder. Sie hatten keinen anderen Anführer, als ihren Kreuzträger, der unbewaffnet an ihrer Spitze einherzog.

Diese Masse von Rebellen stieß auf kein menschliches Wesen auf ihrem ganzen Wege. Bei ihrer Annäherung trieb der Ziegenhirt seine Herde in eine Höhle, und der Landmann verließ seine Wohnung, denn der Einwohner der Ebenen und Täler ist überall derselbe, er fürchtet das Heer der Räuber so sehr, als das der Häscher.

So zogen sie durch Hügel und Tal, durch Wald und Feld, ungebahnten Pfaden folgend, wo man mehr Spuren von wilden Tieren, als Tritte von Menschen fand, umgingen Moraste, setzten über Waldströme und Schluchten. Ordener kannte keinen dieser Orte. Einmal nur, als er das Haupt hob, fiel sein Blick in weiter Ferne auf einen großen abgeplatteten Felsen. Er neigte sich zu einem seiner plumpen Reisegefährten: »Freund, was ist das für ein Felsen dort rechts im Süden?«

»Das ist der Geyerhals, der Felsen von Oelmö«, war die Antwort.

Ordener stieß einen tiefen Seufzer aus.

XXXIII.

Leibaffe, Papageien, Kämme und Bänder, alles lag bei der Gräfin von Ahlfeldt bereit, ihren Sohn Friedrich zu empfangen. Sie hatte mit großen Kosten den neuesten Roman der berühmten Scudery kommen lassen. Nachdem sie diese kleinen Sorgen mütterlicher Zärtlichkeit beseitigt hatte, dachte sie an nichts anderes mehr, als ihrem Hasse gegen Schuhmacher und seine Tochter freien Lauf zu lassen. Die Abwesenheit des Generals Levin lieferte die armen Gefangenen schutzlos in ihre Hände.

Sie wünschte Aufklärung über eine Menge Gegenstände, die nur sehr unbestimmt zu ihrer Kenntnis gelangt waren: Wer war der Leibeigene oder Vasall, den die Tochter des Exkanzlers liebte? In welcher Verbindung stand Baron Ordener mit dem Gefangenen von Munckholm? Was war der Grund der so unbegreiflichen Abwesenheit Ordeners? Was war zwischen Levin Knud und Schuhmacher vorgefallen? Selbstsucht und Neugierde zogen die Gräfin unwiderruflich nach Munckholm hin.

Als eines Abends Ethel einsam im Garten des Gefängnisses saß, öffnete sich die Türe, und eine große weiß gekleidete Dame trat herein. Ein Lächeln schwebte auf ihren Lippen, süß wie vergifteter Honig.

Ethel sah sie mit Verwunderung, fast mit Furcht an. Seit dem Tode ihrer alten Amme war diese das erste Weib, das sie im Kerker von Munckholm gesehen hatte.

»Mein Kind«, sagte die Fremde mit sanfter Stimme, »Sie sind die Tochter des Gefangenen von Munckholm?«

»Ich heiße Ethel Schuhmacher«, erwiderte die Jungfrau. »Mein Vater sagt, man habe mich, als ich noch in der Wiege lag, Gräfin von Tongsberg und Prinzessin von Wollin genannt.«

»Ihr Vater sagt Ihnen das!«, rief die Frau in einem Tone aus, den sie alsbald wieder ermäßigte. Dann fügte sie hinzu: »Sie haben viel Unglück erfahren!«

»Das Unglück hat mich bei meiner Geburt mit eisernen Armen umfangen; mein edler Vater sagt, dass es mich nur im Tode loslassen werde.«

»Und Sie murren nicht gegen diejenigen, die Ihr junges Leben in diesen Kerker geworfen haben? Sie verfluchen nicht die Urheber Ihres Unglücks?«

»Nein, damit nicht unser Fluch die nämlichen Übel, welche wir leiden, auf ihre Häupter herabziehe.«

»Kennen Sie die Urheber der Übel, über welche Sie sich beklagen?«

Ethel dachte einen Augenblick nach und erwiderte: »Alles ist durch den Willen des Himmels geschehen.«

»Redet Ihr Vater niemals mit Ihnen von dem König?«

»Dem König? Für den bete ich morgens und abends, ohne ihn zu kennen.«

Ethel begriff nicht, warum sich die Fremde bei dieser Antwort in die Lippen biss.

»Nennt Ihnen Ihr unglücklicher Vater, wenn er zornig ist, niemals seine unversöhnlichen Feinde, den General Arensdorf, den Bischof Spollyson, den Kanzler Ahlfeldt? ...«

»Ich weiß nicht, von wem Sie da reden.«

»Kennen Sie den Namen Levin Knud?«

»Levin von Knud? Es scheint mir, dass das der Mann ist, für welchen mein Vater so viele Achtung und beinahe Zuneigung hegt.«

»Wie!«, rief die Frau aus.

»Ja, Levin von Knud war es, den mein Vater vorgestern so lebhaft gegen den Gouverneur von Drontheim verteidigte.«

»Gegen den Gouverneur von Drontheim? Treiben Sie nicht Ihr Spiel mit mir? Es ist Ihr Wohl, was mich hierher geführt hat. Ihr Vater hat gegen den Gouverneur von Drontheim die Partie des Generals Levin von Knud genommen?«

»Des Generals! Es scheint mir des Hauptmanns ... Doch nein, Sie haben recht. Mein Vater schien ebenso viel Anhänglichkeit an diesen General Levin von Knud zu haben, als er Hass gegen den Gouverneur von Drontheim bezeugte.«

»Abermals ein seltsames Rätsel!«, dachte die Gräfin. »Was ist denn«, fragte sie, »zwischen Ihrem Vater und dem Gouverneur von Drontheim vorgefallen?«

Dieses Verhör ermüdete die arme Ethel; sie fixierte die Fremde und sagte: »Bin ich denn eine Verbrecherin, dass Sie mich so verhören?«

Diese einfache Frage setzte die Gräfin in Verlegenheit; sie fasste sich jedoch und erwiderte: »Sie würden nicht so reden, wenn Sie wüssten, warum und für wen ich komme ...«

»Wie!«, fragte Ethel hastig, »kommen Sie von ihm? Bringen Sie mir Nachricht von ihm? ...«

»Von wem?«

Ethel hielt inne, als sie eben den Namen aussprechen wollte, denn sie sah eine düstere Schadenfreude im Auge der Fremden blitzen.

»Sie wissen also nicht, wen ich meine?«, sagte sie traurig.

»Armes Kind, was kann ich für Sie tun?«

Ethel hörte nichts, Ihre Gedanken irrten durch die nördlichen Berge hinter dem reisenden Abenteurer her.

»Hofft Ihr Vater aus diesem Gefängnis zu kommen?«

Diese zweimal wiederholte Frage brachte die Jungfrau wieder zu sich.

»Ja«, sagte sie, und eine Träne glänzte in ihrem Auge.

»Er hofft es! Und auf welche Weise? ... Durch welche Mittel? ... Wann? ...«

»Wenn er das Leben verlässt.«

Es liegt bisweilen in der Einfachheit eines jungen unverdorbenen Herzens eine Macht, welche die Ränke einer in Bosheit gealterten Seele spielend vereitelt. Dieser Gedanke schien dem Geiste der Gräfin vorzuschweben, denn der Ausdruck ihres Gesichts änderte sich plötzlich, sie legte ihre kalte Hand auf Ethels Arm und sagte in einem Tone, der an Offenheit grenzte: »Haben Sie sagen hören, dass das Leben Ihres Vaters durch eine richterliche Untersuchung aufs Neue bedroht sei, dass er im Verdacht stehe, eine Empörung unter den Bergleuten im Norden angezettelt zu haben?«

Die Worte Empörung und Untersuchung boten der Jungfrau keine klaren Ideen dar; sie hob ihr großes schwarzes Auge zu der Fremden: »Was wollen Sie damit sagen?«

»Dass sich Ihr Vater gegen den Staat verschwört, dass sein Verbrechen beinahe entdeckt ist, dass dieses Verbrechen Todesstrafe nach sich zieht ...«

»Todesstrafe! ... Verbrechen! ...«, rief das arme Mädchen aus.

»Verbrechen und Tod!«, sagte ernst die Fremde.

»Mein Vater! Mein edler Vater! Er ist ein Verschwörer! Was hat er Ihnen denn getan?«

»Sehen Sie mich nicht so an, ich sage Ihnen noch einmal, dass ich nicht feindlich gegen Sie gesinnt bin. Ihr Vater steht im Verdacht, ein großes Verbrechen begangen zu haben. Ich setze Sie davon in Kenntnis und sollte eher Ihren Dank verdienen, als diese Beweise des Hasses.«

Dieser Vorwurf rührte Ethel: »Verzeihung, edle Dame! Wir haben bis jetzt nur Feinde kennengelernt. Ich war misstrauisch gegen Sie, das werden Sie mir verzeihen, nicht wahr?«

Die Gräfin lächelte. »Wie, meine Tochter! Haben Sie bis auf diesen Tag nicht einen einzigen Freund gefunden?«

Ethel errötete und zauderte mit der Antwort: »Ja! ... Gott weiß die Wahrheit. Wir haben einen Freund gefunden ... einen einzigen!«

»Einen einzigen! Wie heißt er? ... Sie wissen nicht, wie wichtig es ist ... Es ist zum Besten Ihres Vaters ... Wie heißt dieser Freund?«

»Das weiß ich nicht.«

»Treiben Sie keinen Scherz mit mir, da ich Ihnen dienen will. Bedenken Sie, dass es sich um das Leben Ihres Vaters handelt. Wie heißt dieser Freund?«

»Der Himmel ist mein Zeuge, dass ich von ihm nichts als den Taufnamen weiß: Er heißt Ordener.«

»Ordener! Ordener!«, wiederholte die Fremde in auffallender Bewegung. »Und wie heißt sein Vater?«

»Das weiß ich nicht. Was liegt an seiner Familie und seinem Vater! Dieser Ordener ist der edelste aller Menschen.«

Der Ton, in welchem die Jungfrau diese Worte aussprach, verriet der Fremden das Geheimnis ihres Herzens. Sie heftete einen festen Blick auf Ethel und fragte ruhig: »Haben Sie von der nahen Vermählung des Sohnes des Vizekönigs mit der Tochter des Großkanzlers von Ahlfeldt gehört?«

»Ich glaube ja«, war die gleichgültige Antwort.

»Nun, was halten Sie von dieser Heirat?«

»Möge sie glücklich sein!«, erwiderte die Jungfrau unbefangen.

»Die Grafen Guldenlew und Ahlfeldt, die Väter der beiden Verlobten, sind zwei große Feinde Ihres Vaters.«

»Möge die Vereinigung ihrer Kinder glücklich sein!«, wiederholte Ethel mit sanfter Stimme.

»Es kommt mir da ein Gedanke«, fuhr das verschmitzte Weib fort: »wenn das Leben Ihres Vaters in Gefahr ist, so könnten Sie bei Gelegenheit dieser Heirat durch den Sohn des Vizekönigs seine Begnadigung erlangen.«

»Der Himmel vergelte Ihnen Ihre Teilnahme an uns, aber auf welche Weise sollte ich meine Bitte bis zu dem Sohne des Vizekönigs gelangen lassen?«

»Wie! Kennen Sie ihn denn nicht?«

»Ob ich diesen mächtigen Herrn kenne? Sie vergessen, dass mein Fuß noch nicht über die Schwelle dieses Kerkers gekommen ist!«

»Unmöglich! Sie müssen den Sohn des Vizekönigs gesehen haben, er ist hierhergekommen.«

»Das ist möglich, aber von allen Menschen, die hierher kamen, habe ich nie einen andern gesehen, als ihn, meinen Ordener ...«

»Ihren Ordener! ... Kennen Sie einen jungen Mann von edlen Zügen, schlankem Wuchs, ernstem gesetztem Wesen, sanftem offenem Auge, frischer Farbe, hellbraunen Haaren ...«

»Das ist er! Das ist mein Ordener!«, rief Ethel hastig aus.

Die Gräfin zitterte, ward rot und blass und rief mit zermalmender Stimme aus: »Unglückliche, Du liebst Ordener Guldenlew, den Bräutigam Ulrikes von Ahlfeldt, den Sohn des Todfeindes Deines Vaters, des Vizekönigs von Norwegen.« Ethel sank ohnmächtig nieder.

XXXIV.

»Sage mir, Guldon Stayver, mein alter Kamerad, weißt Du auch, dass mir der abendliche Nordwind stark ins Gesicht zu wehen beginnt?«, sagte Kennybol zu einem neben ihm gehenden Bergbewohner.

»Hm! Ich glaube, wir werden in diesen verdammten Schluchten des schwarzen Pfeilers, in welche sich der Wind stromweise stürzt, heute Nacht eben nicht sonderlich warm haben.«

»Nun, so wollen wir solche Feuer machen, dass die Nachteulen von den höchsten Felsenspitzen verjagt werden. Ich liebe ohnedies die Eulen nicht, seit jener Nacht, wo mir die Fee Ubfem in Gestalt einer Eule erschienen ist.«

»Bei St. Sylvester!«, unterbrach ihn Guldon Stayper, »der Engel des Windes gibt uns tüchtige Flügelschläge! Wenn es nach mir geht, so zünden wir alle Tannen des Waldes an. Eine Armee wärmt sich dann an einem brennenden Walde.«

»Gott behüte, was faselst Du da! Und was würde aus den Rehen und dem übrigen Wilde werden!«

»Du bist immer noch der alte Schütze Kennybol, der Wolf der Rehe, der Bär der Wölfe und der Büffel der Bären!«

»Sind wir noch weit entfernt von dem schwarzen Pfeiler?«, fragte eine Stimme.

»Mit sinkender Nacht werden wir in seine Schluchten einziehen«, erwiderte Kennybol.

»Freund Guldon Stayper«, fuhr er fort, »Du hast ja einige Tage zu Drontheim zugebracht?«

»Ja, bei meinem kranken Bruder Georg Stayper, dem Fischer; ich führte einige Tage seine Barke, damit seine arme Familie nicht verhungerte.«

»Nun, hast Du dort nicht den Staatsgefangenen ... Stumacher ... Gleffenheim ... oder wie er sonst heißt, gesehen, ich meine den Mann, in dessen Namen wir uns empören?«

»Du meinst den Gefangenen auf Munckholm. Wie hätte ich den sehen können? Da hätte ich, wie der Teufel, der da vor uns marschiert, die

Gabe besitzen müssen, durch Mauern zu sehen. Es ist gewiss unter uns allen nur ein Einziger, der diesen Gefangenen gesehen hat.«

»Ein Einziger? ... Ah! Herr Hacket? Aber der ist ja fort. Er hat uns diese Nacht verlassen, um ...«

»Ich meine nicht den Herrn Hacket.«

»Und wen denn?«

»Den jungen Mann mit dem grünen Mantel und der schwarzen Feder, der diese Nacht so plötzlich mitten unter uns kam ...«

»Nun?«

»Nun, dieser kennt den Grafen, wie ich Dich kenne.«

Kennybol klopfte ihm auf die Achsel, blinzelte mit den Augen und rief: »Das habe ich mir doch gedacht!«

»Ja, dieser junge grüne Mann hat den Grafen in der Festung Munckholm selbst besucht und ist so ohne Umstände in wohlbewachte Mauern eingegangen, wie wir beide in einen königlichen Park.«

»Und woher weißt Du das, Bruder Guldon?«

Guldon schlug vorsichtig sein Tierfell auseinander: »Sieh her!«

»Bei Gott!«, rief Kennybol aus, »das glänzt wie Edelstein!«

Es war wirklich eine kostbare Diamantschnalle, welche den ledernen Gürtel Guldon Staypers festhielt.

»Das ist ebenso gewiss ein Edelstein«, versicherte Guldon, »als es gewiss ist, dass der Mond zwei Tagereisen von der Erde entfernt, und dass mein Gürtel von Büffelleder ist.«

Kennybol runzelte die Stirne, sah von Guldon weg und sprach in wild feierlichem Tone: »Guldon Stayper vom Dorfe Chol-Soe, in den Bergen von Kole, Dein Vater Medprath Stayper ist einhundertundzwei Jahre alt gestorben mit reinem Gewissen, denn einen Hirsch oder ein Elentier des Königs zu töten, ist keine Sünde. Guldon Stayper, siebenundfünfzig Jahre sind über Dein graues Haupt hingegangen, und es wäre Dir besser, wenn dieser Diamant zu einem Kieselstein würde, als dass Du ihn durch ein Verbrechen gewonnen hättest!«

»So wahr Kennybol der beste Schütze in den Bergen von Kole, und so wahr dieser Diamant ein Diamant ist, so wahr besitze ich ihn von Rechtswegen.«

»Wirklich!«

»Gott und meine Schutzengel wissen es. Eines Abends, als ich Söhnen unserer guten Mutter Norwegen, welche den Leichnam eines am Strande von Urchtal gefundenen Offiziers trugen, den Weg in das Spladgest zeigte, es sind jetzt acht Tage her, trat ein junger Mann an meine Barke und rief: nach Munckholm! Er sprang in meinen Nachen und ich stieß vom Ufer ab. Es war mein guter Engel, der ihn zu mir führte. Als der junge Mann zu Munckholm ausstieg, warf er mir als Bezahlung diese Diamantschnalle zu, die meinem Bruder Georg, und nicht mir, gehört hätte, wenn nicht zu der Stunde, in welcher ich den Reisenden führte, das Tagewerk, das ich für meinen Bruder tat, zu Ende gewesen wäre. Das ist die reine Wahrheit, Bruder Kennybol!«

»Gut, und weißt Du gewiss, dass dieser junge Mann der nämliche ist, der jetzt mit Norbiths Haufen hinter uns marschiert?«

»Gewiss! Unter tausend Gesichtern würde ich den herausfinden, der mein Glück gemacht hat. Es ist auch der nämliche Mantel und die nämliche schwarze Feder ...«

»Ich glaube Dir, Guldon!«

»Und es ist offenbar, dass er den berühmten Gefangenen besucht hat, denn wäre es nicht um eines so großen Geheimnisses willen gewesen, so würde er den Schiffer nicht so reichlich beschenkt haben.«

»Du hast recht--«,

»Und ich denke so bei mir, dass dieser junge Fremde den Grafen, den wir befreien wollen, vielleicht besser kennt, als Herr Hacket, der mir zu nichts gut scheint, als zu miauen, wie eine wilde Katze.«

»Du sagst da etwas, was ich auch denke. Ich möchte dem fremden jungen Herrn lieber gehorchen, als diesem Hacket, und wenn der Dämon von Island unser Anführer ist, so danken wir es weniger dem Schwätzer Hacket, als diesem Unbekannten.«

»Wirklich?«, fragte Guldon.

Eben öffnete Kennybol den Mund zur Antwort, als ihm Norbith von hinten auf die Schulter schlug. »Kennybol«, sagte er, »wir sind verraten. Gormon Woestroem kommt von Süden. Das ganze Regiment von Munckholm marschiert gegen uns. Die Uhlanen von Schleswig sind zu Sparbo, drei Kompanien dänischer Dragoner erwarten Pferde im Dorfe Löwig. Auf der ganzen Straße hat er ebenso viele grüne Jacken als Büsche gesehen. Wir müssen schnell Skongen zu erreichen suchen und dürfen nicht haltmachen. Dort können wir uns wenigstens verteidigen.

Auch glaubte Gormon, als er durch die Schluchten des schwarzen Pfeilers kam, im Gesträuch Flintenläufe blitzen zu sehen.«

Der junge Anführer war bleich, aufgeregt, aber aus Blick und Ton sprachen gleichwohl Mut und Entschlossenheit.

»Unmöglich!«, rief Kennybol aus.

»Sicher und gewiss!«, erwiderte Norbith.

»Aber Herr Hacket ...«

»Ist ein Verräter oder eine feige Memme. Daraus verlass Dich, Kamerad Kennybol! ... Wo ist er, dieser Hacket? ...«

Der alte Jonas trat zu den beiden. An der tiefen Mutlosigkeit, die allen seinen Zügen aufgedrückt war, ließ sich leicht erkennen, dass er bereits um die unglückliche Nachricht wusste.

Die Blicke der beiden Alten begegneten sich und sie schüttelten zumal die Köpfe.

»Nun, Jonas? Nun, Kennybol?«, sagte Norbith.

Der alte Anführer der Bergleute von Faroer strich langsam mit der Hand über seine runzlige Stirne und antwortete auf den fragenden Blick, den ihm Kennybol zuwarf, mit gedämpfter Stimme: »Ja, es ist nur allzu wahr. Gormon Woestroem hat sie selbst gesehen.«

»Wenn dem so ist«, sagte Kennybol, »was ist zu tun?«

»Was zu tun ist?«, versetzte Jonas.

»Ich glaube, Bruder Jonas, wir würden wohl daran tun, haltzumachen.«

»Und noch besser, Bruder Kennybol, uns zurückzuziehen.«

»Haltmachen! Zurückziehen!«, rief Norbith aus. »Vorrücken muss man!«

»Vorrücken!«, sagte Kennybol, »und die Arkebusiere von Munckholm?«

»Und die Uhlanen von Schleswig?«, fügte Jonas hinzu,

»Und die dänischen Dragoner?«, fuhr Kennybol fort.

Norbith stampfte mit dem Fuß auf den Boden: »Und die königliche Vormundschaft? Und meine Mutter, die vor Hunger und Kälte stirbt!«

»Teufel auch! Die königliche Vormundschaft!«, wiederholte Jonas.

»Was liegt daran!«, sagte Kennybol.

Jonas nahm ihn bei der Hand: »Bruder Schütze, Ihr habt nicht die Ehre, der Mündel unseres glorreichen Souveräns Christiern IV. zu sein. Möge der heilige König Olaus, der im Himmel ist, uns von der Vormundschaft befreien!«

»Befreie Dich mit Deinem Säbel!«, sagte Norbith wild.

»Kecke Worte«, antwortete Kennybol, »kosten einen jungen Menschen wenig, aber bedenkt, dass wenn wir weiter marschieren, alle diese Grünröcke ...«

»Ich bedenke, dass es uns wenig nützen wird, uns wie Füchse vor den Wölfen in unsere Berge zu verkriechen, man kennt unseren Aufstand, man weiß unsere Namen, und wenn es einmal gestorben sein muss, so ziehe ich eine Flintenkugel dem Galgenstricke vor.«

Jonas nickte mit dem Kopf zum Zeichen der Zustimmung,

»Der Teufel auch!«, sagte er. »Die Vormundschaft für unsere Brüder! Der Galgen für uns! Norbith könnte wohl recht haben.«

»Deine Hand her, wackerer Norbith!«, rief Kennybol aus. »Es ist Gefahr von beiden Seiten. Besser ist's, gerade aus auf den Abgrund loszugehen, als rücklings hineinzustürzen.«

»Vorwärts denn!«, schrie der alte Jonas und schlug an seinen Säbel.

Norbith schüttelte ihnen die Hand: »Hört, Brüder! Seid kühn wie ich, ich will klug sein wie ihr. Lasst uns heute nicht bälder haltmachen, als in Skongen. Die Besatzung ist schwach, wir können sie erdrücken. Lasst uns die Schluchten des schwarzen Pfeilers, weil es einmal sein muss, in tiefster Stille durchziehen. Wir müssen durch, wenn sie auch vom Feinde besetzt wären. Ich glaube, dass die Arkebusiere noch nicht an der Brücke von Ordals, vorwärts Skongen, sind, aber gleichviel! Tiefe Stille!«

»Tiefe Stille!«, wiederholte Kennybol.

»Jetzt, Jonas«, fuhr Norbith fort, »zurück auf unseren Posten! Morgen vielleicht sind wir zu Drontheim, trotz der Arkebusiere, der Uhlanen, der Dragoner und aller Grünröcke des Südens.«

Die drei Anführer kehrten zu ihren Haufen zurück. Bald lief das Losungswort: »Tiefe Stille« von Reihe zu Reihe, und diese kaum noch so tumultuarische Rebellenbande bot in diesen Wüsten, im düstern Scheine der sinkenden Sonne, nur noch eine Truppe stummer Gespenster dar, die geräuschlos über die Gräber des Kirchhofs hinstreicht.

Inzwischen verengte sich der Weg immer mehr zwischen zwei Felsenwällen, die je länger, je steiler sich erhoben.

In dem Augenblick, wo das rötliche Licht des Mondes mitten im kalten Dufte der Wolken sich erhob, neigte sich Kennybol zu Guldon Stayper: »Jetzt kommen wir an den Engpaß des schwarzen Pfeilers, Stille!«
Man hörte bereits das Geräusch des Waldstroms, der brausend zwischen den Felsen hinfließt, und im Süden sah man die ungeheure längliche Granitpyramide, die der schwarze Pfeiler heißt, sich auf dem Grau des Himmels und dem Schnee der umliegenden Berge abmalen. Die Rebellen, gezwungen, in diesen Engpässen ihre Kolonnen zu verlängern, setzten ihren Marsch fort. Sie durchzogen diese tiefen Schluchten, ohne eine Fackel anzuzünden, ohne einen Laut von sich zu geben. Selbst das Geräusch ihrer Schritte war von dem betäubenden Falle der Kaskaden und dem Geheul des Windes übertönt. In den düstern Tiefen des Engpasses verloren, drang das oft umwölkte Licht des Mondes nicht bis zu dem Eisen ihrer Piken herab, und die weißen Adler, die je und je über ihren Häuptern hinflogen, merkten nicht, dass jetzt eine so große Menschenmenge ihren einsamen Aufenthalt erfülle.
Einmal klopfte Guldon Stayper mit seinem Gewehrkolben aus Kennybols Schulter: »Bruder, dort leuchtet etwas hinter jenem Ginster.«
»Ich sehe es«, erwiderte Kennybol, »es ist das Wasser des Waldstroms, in dem sich die Wolken spiegeln.«
Man schritt unaufhaltsam vorwärts.
Ein andermal fasste Guldon den Arm Kennybols: »Sind das nicht Gewehre, die da oben im Schatten des Felsen blitzen?«
Kennybol schüttelte den Kopf: »Beruhige Dich, Bruder! Es ist ein Lichtstrahl, der auf das Eis einer Felsenspitze fällt.«
Nach zwei Stunden eines beschwerlichen Marsches gelangte die Vorhut an den Ausgang der Schluchten des schwarzen Pfeilers. Guldon Stayper näherte sich Kennybol und äußerte leise seine Freude, dass sie endlich ohne Unfall am Ziel ihres Marsches angelangt seien, Kennybol lachte und schwor, dass er nicht einen Augenblick die Besorgnisse seines Gefährten geteilt habe. Für die meisten Menschen hat die Gefahr, wenn sie einmal vorüber ist, nicht bestanden, und sie heucheln einen Mut, der ihnen im dringenden Augenblick vielleicht gefehlt hätte.
In diesem Augenblicke zogen zwei runde Scheine, die im Gebüsche wie glühende Kohlen glänzten, Kennybols Aufmerksamkeit auf sich.
»Bei meiner armen Seele!«, sagte er leise, indem er Guldons Arm fasste, »da sehe ich zwei glühende Augen, die niemand anders angehören können, als der schönsten Pantherkatze, die je im Walde miaut hat.«

»Du hast recht--«, antwortete Guldon, »und wenn er nicht vor uns marschierte, so würde ich glauben, dass es die verfluchten Augen dieses isländischen Teufels ...«

»Stille!«, sagte Kennybol und nahm seine Büchse zur Hand. »Niemand soll sagen«, fuhr er fort, »dass ein solches Wild ungestraft vor Kennybols Augen gekommen ist.«

Der Schuss erfolgte, ehe Guldon Staypers Arm den unklugen Schützen zurückhalten konnte, aber nicht das klägliche Geschrei einer wilden Katze antwortete darauf, sondern ein furchtbares Tigergeheul, dem ein noch entsetzlicheres menschliches Lachen folgte.

Kaum war der unselige Schuss gefallen, als auf den Bergen, in den Schluchten, in den Wäldern ein Tausendfaches: »Es lebe der König!« erscholl. Hinter ihnen, vor ihnen, neben ihnen ertönte der unerwartete Donner dieser Stimmen, dem von allen Seiten ein mörderisches Gewehrfeuer folgte.

XXXV.

Das Regiment der Arkebusiere von Munckholm, das wir auf dem Marsch nach Stongen verlassen haben, war in diese Stadt eingerückt. Nachdem der Oberst Baron Voethaün die nötigen Anordnungen zur Einquartierung seiner Truppen getroffen hatte, wollte er eben in seine Wohnung gehen, als er eine schwere Hand sich vertraulich auf seine Schulter legen fühlte. Er wendete sich um.

Vor ihm stand ein kleiner Mann, dessen großer Binsenhut sein Gesicht so bedeckte, dass man davon nur seinen dichten roten Bart sah. Er war in einen grauen Mantel gewickelt und hatte große Handschuhe an.

»Was wollt Ihr von mir, guter Freund?«, fragte der Oberst.

»Oberst der Arkebusiere von Munckholm«, erwiderte der Mann, »folge mir einen Augenblick, ich habe Dir eine Nachricht mitzuteilen.«

Bei dieser seltsamen Aufforderung blieb der Oberst einen Augenblick stumm vor Staunen.

»Eine wichtige Nachricht, Oberst!«, wiederholte der Mann.

Dieses Beharren bestimmte den Entschluss des Obersten. In dem Augenblicke der Krise, worin sich die Provinz befand, und bei der Mission, womit er beauftragt war, durfte man keine irgend nützliche Mitteilung von sich weisen. »So lass uns gehen!«, sagte demnach der Oberst.

Der kleine Mann führte ihn vor die Stadt: »Oberst«, sagte er hier, »hast Du Lust, alle Rebellen mit einem Schlage zu vernichten?«

Der Oberst lächelte: »Dies hieße den Feldzug nicht übel eröffnen.«

»Nun denn, lege heute noch alle Deine Soldaten in den Schluchten des schwarzen Pfeilers in Hinterhalt; die Banden der Aufrührer werden diese Nacht daselbst lagern. Stürze Dich auf sie, und der Sieg wird leicht sein.«

»Wackerer Mann, der Rat ist gut, und ich danke Euch dafür. Aber woher wisst Ihr das, was Ihr mir da sagt?«

»Wenn Du mich kenntest, Oberst, so würdest Du vielmehr fragen, wie es möglich wäre, dass ich es nicht wüsste.«

»Wer seid Ihr denn?«

Der Mann stampfte mit dem Fuße.

»Ich bin nicht hierhergekommen, Dir dies zu sagen.«

»Fürchtet nichts. Wer Ihr auch seid, der Dienst, den Ihr mir leistet, wird Euch zum Schutze gereichen. Vielleicht habt Ihr zu den Aufrührern gehört?...«

»Ich habe mich geweigert, an dem Aufstand teilzunehmen.«

»Warum dann Euern Namen verschweigen, da Ihr ein getreuer Untertan des Königs seid?«

»Was liegt mir daran!«

Der Oberst suchte noch einige Erkundigungen von diesem seltsamen Menschen einzuziehen.

»Sagt mir doch, ist es wahr, dass der berüchtigte Han der Isländer die Aufrührer befehligt?«

»Han der Isländer!«, wiederholte der Mann mit sonderbar gedehnter Stimme.

Der Oberst wiederholte seine Frage. Ein Auflachen, das fast einem Geheule glich, war die ganze Antwort, die er erhielt. Er versuchte noch mehr Fragen über die Zahl und die Anführer der Rebellen.

Der kleine Mann fertigte ihn mit den Worten ab: »Oberst der Arkebusiere von Munckholm, ich habe Dir alles gesagt, was ich Dir zu sagen hatte. Lege Dich heute mit Deinem ganzen Regiment in dem Engpasse des schwarzen Pfeilers in Hinterhalt, um den ganzen Haufen der Rebellen mit einem Schlage zu vernichten.

»Wenn Ihr mir nicht sagt, wer Ihr seid, so entzieht Ihr Euch dadurch der Dankbarkeit des Königs; aber es ist billig, dass der Oberst Voethaün für den Dienst, den Ihr ihm leistet, Euch seinen Dank darbringe.«

Mit diesen Worten warf der Oberst dem kleinen Mann seine Börse vor die Füße. »Behalte Dein Gold, Oberst«, sagte dieser. »Ich brauche Dein Gold nicht«, fügte er hinzu, indem er auf einen schweren Geldsack deutete, der an seinem Gürtel befestigt war, »und wenn Du eine Belohnung verlangtest, um diese Leute zu töten, so könnte ich Dir ihr Blut noch mit Gold bezahlen.«

Ehe noch der Oberst von dem Erstaunen zurückkam, worein ihn die unerklärbaren Worte dieses geheimnisvollen Wesens versetzt hatten, war der Mann verschwunden.

Der Oberst kehrte langsam in die Stadt zurück, und erwog bei sich, ob man wohl der Nachricht dieses Menschen Glauben schenken könne. Als er in seine Wohnung kam, überreichte man ihm ein Schreiben vom Großkanzler, worin ihm zu seiner Verwunderung der nämliche Rat erteilt wurde, den ihm der mystische kleine Mann gegeben hatte.

XXXVI.

Als die Rebellen alle Pässe und Höhen von Feinden besetzt sahen, gerieten ihre bereits ordnungslosen Haufen in unbeschreibliche Verwirrung. Das furchtbare Feuer, das nun die aus ihrem Hinterhalt hervorgetretenen königlichen Truppen von allen Seiten auf sie schleuderten, nahm an Heftigkeit stets zu, und ehe noch von ihrer Seite ein einziger Schuss geantwortet hatte, herrschte schon überall Tod und Verwirrung in ihren Reihen. Ihre Streitkräfte waren in einem Engpasse zerstreut, der ungefähr eine Stunde Wegs lang aus der einen Seite von einem tiefen Waldstrome eingefasst und auf der anderen von einer hohen Felswand beherrscht ist.

Nachdem die erste Überraschung vorüber war, ergriff diese von Natur unerschrockenen Menschen alle zumal, wie einen einzigen Mann, ein Gefühl der Verzweiflung. Wütend, sich so ohne Verteidigung hingeschlachtet zu sehen, stießen sie ein furchtbares Geschrei aus, kletterten ohne Ordnung, fast ohne Waffen, unter dem unaufhörlichen Feuer der Feinde, die steile Felswand hinan, hielten sich mit den Händen, mit den Füßen, mit den Zähnen fest, schwangen ihre Säbel, ihre Hämmer, Waffen aller Art, boten ihren Gegnern einen so furchtbaren Anblick verzweifelnder Wut dar, dass diese so wohl geordneten, so sicher aufgestellten Schaaren, die noch nicht einen einzigen Mann verloren hatten, sich eines unwillkürlichen Schauderns nicht enthalten konnten. Manche gelangten durch übermenschliche Anstrengung bis auf die Spitze der Felswand, aber kaum hatten sie Zeit, ihre Waffen gegen ihre Feinde zu erheben, so waren sie in den Abgrund zurückgestürzt. Es war gleich unmöglich zu fliehen oder sich zu verteidigen; alle Ausgänge des Engpasses, alle zugänglichen Punkte waren besetzt. Einige zerschlugen selbst ihre Waffen an dem Felsen und warfen sich auf die Erde nieder, so den Tod erwartend, andere kreuzten die Arme über die Brust, hefteten den starren Blick auf den Boden, setzten sich am Wege nieder und harrten so, stumm und unbeweglich, bis eine Kugel sie treffen und in den Wellen des Stromes begraben würde. Diejenigen, welche mit Flinten bewaffnet waren, richteten auf Geratewohl einige verlorene Schüsse gegen den Gipfel der Felsen, von denen ohne Unterbrechung ein Hagel von Kugeln herabregnete.

Die von dem tapferen und unklugen Kennybol angeführten Bergbewohner hatten vom Anfang des Treffens an am meisten gelitten. Sie bildeten, wie bereits gesagt, die Vorhut der Rebellen und hatten, als die ersten Schüsse fielen, einen Tannenwald erreicht, der den Ausgang des Engpasses bildet. Kaum war der unselige Schuss aus Kennybols Büchse gefallen, so bevölkerte sich, wie mit einem Zauberschlage, das Gehölz mit feindlichen Plänklern und schloss sie in einen Zirkel von Feuer ein, während von der Spitze eines abgeplatteten Felsens ein ganzes Bataillon des Regiments von Munckholm sie mit einem Kugelregen übergoss. In dieser furchtbaren Krise warf Kennybol in seiner Verwirrung seine Augen auf den geheimnisvollen Riesen, da er keine andere Rettung mehr erwartete, als von einer übermenschlichen Macht, wie die Hans des Isländers war. Jetzt, dachte er, jetzt wird der furchtbare Dämon plötzlich zwei ungeheure Flügel entfalten, sich hoch über die Streitenden in die Wolken erheben und die Feinde mit einem Feuerstrome übergießen; jetzt wird auf einmal seine Gestalt größer und immer größer werden, bis sie in den Himmel ragt, dann wird er mit seinen Riesenarmen einen Berg ergreifen und die Feinde darunter begraben; jetzt wird er mit dem Fuß auf die Erde stampfen, und sie wird sich alsbald öffnen und die Feinde in ihrem Schoße verschlingen. Von allem diesem geschah nichts. Der gefürchtete Han wich bei den ersten Schüssen zurück, wie die anderen, kam ziemlich bestürzt zu Kennybol und verlangte von ihm eine Büchse, weil, wie er mit ganz gewöhnlicher Menschenstimme sagte, in diesem Augenblicke seine Axt so wenig brauchbar sei, als die Kunkel eines alten Weibes.

Kennybol, verwundert, aber immer noch voll Glauben an die dämonischen Eigenschaften des Riesen, händigte ihm mit einem Schrecken, der ihn fast die Furcht vor den feindlichen Kugeln vergessen ließ, seine eigene Büchse ein. Immer noch hoffte er auf ein Wunder. Jetzt, dachte er, wird in des Dämons Händen meine Büchse so groß werden, wie eine Kanone, oder sich in einen geflügelten Drachen verwandeln, der aus Augen, Rachen und Nasenlöchern Feuer auf die Feinde speit. Wie groß war aber die Verwunderung des armen Schützen, als er den Dämon seine Büchse auf ganz ordinäre Weise mit Pulver und Blei laden, nach Art aller Schützen an den Backen legen und wie ein anderes Menschenkind losschießen sah, ohne auch nur so gut zu zielen, als er, Kennybol, hätte tun können. Er sah ihn mit stummer Verwunderung dieses ganze mechanische Verfahren mehrmals wiederholen, und da er nun begriff, dass er nicht länger auf ein Wunder zählen dürfe, dachte er darauf, sich und seine Gefährten durch irgendein menschliches Mittel aus ihrer üblen Lage zu reißen. Schon war sein alter Kamerad Guldon Stayper an seiner Seite gefallen, und seine Bergbewohner, von allen Seiten eingeschlossen, drängten sich aufeinander, wie eine Herde Schafe, stießen ein klägliches Geschrei aus und dachten nicht an Verteidigung. Da Kennybol leicht begriff, welchen Vorteil diese gedrängte Stellung dem feindlichen Feuer gewährte, befahl er seinen unglücklichen Gefährten, sich zu zerstreuen und längs des Weges in die Gebüsche zu werfen, um von dort aus das Feuer des Feindes nach Kräften zu erwidern. Die Bergbewohner, die als Schützen größtenteils wohl bewaffnet waren, vollzogen mit pünktlichem Gehorsam diesen Befehl, der jedoch bei Weitem noch nicht zum Siege, nicht einmal zur Rettung führte. Die Hälfte der Bergbewohner war bereits gefallen, und mehrere von ihnen blieben, trotz des guten Beispiels, das ihnen ihr Anführer und der Riese gaben, vollkommen untätig, stützten sich stumpfsinnig auf ihre Gewehre und beharrten dabei, den Tod zu empfangen, ohne ihn zu geben. Wer sich darüber wundern möchte, dass Menschen, welche jeden Tag ihr Leben auf Schneebergen und Gletschern wagten, die der Fährte der Gämse aus ihrer gefährlichen Bahn folgten oder den wilden Bären in seinem Lager aufsuchten, so bald den Mut verloren hatten, der bedenke, dass bei gewöhnlichen Seelen der Mut örtlich ist; mancher lacht dem feindlichen Kartätschenfeuer gegenüber und zittert in der Finsternis oder am Rande eines Abgrunds; mancher zittert vor der Mündung einer Kanone und setzt mit einem Sprung über den tiefsten Abgrund, oder tritt jeden Tag den wildesten Tieren entgegen. Die Unerschrockenheit ist häufig bloße Gewohnheit, und wenn man auch dem Tod unter dieser oder jener Form trotzt, so hat man darum nicht aufgehört, ihn zu fürchten.

Kennybol, von den Trümmern seiner Haufen umgeben, begann selbst am Erfolg zu verzweifeln, obgleich er erst eine leichte Wunde am linken Arm erhalten hatte und den dämonischen Riesen sein Handwerk als Musketier mit der ruhigsten Pünktlichkeit vollziehen sah. Plötzlich bemerkte er, unter dem auf der Höhe aufgestellten feindlichen Bataillon eine außerordentliche Verwirrung, die sicherlich nicht durch den geringen Schaden, den ihm das schwache Feuer der Bergbewohner zufügte, entstanden sein konnte. Aus diesem bis jetzt siegreichen Haufen ertönten auf einmal Geschrei Verwundeter und Sterbender, Töne der Verwirrung und des Schreckens. Bald ließ das Gewehrfeuer nach, der Rauch verzog sich, und Kennybol sah deutlich von der Spitze des Felsen, der das Plateau beherrschte, ungeheure Granitblöcke auf die Arkebusiere von Munckholm hinabfallen. Diese Felsstücke folgten sich in ihrem Falle mit reißender Schnelligkeit; man hörte sie mit großem Geräusch eines über das andere fallen, die Linien der Soldaten lösten sich auf, sie verließen in ordnungslosen Haufen die Höhen und flohen in allen Richtungen davon.

Bei dieser unerwarteten Hilfe wandte Kennybol den Kopf nach dem Riesen um, er war zu seinem Erstaunen noch da, denn er hatte nicht anders geglaubt, als dass Han der Isländer endlich sich in die Lüfte geschwungen habe, und jetzt von der Höhe jenes Felsen den Feind zermalme. Er hob die Augen zu dem Gipfel des Felsen, von welchem die furchtbaren Steinmassen herabfielen, und sah nichts. Er konnte daher nicht glauben, dass ein Teil der Rebellen jenen wichtigen Posten eingenommen habe, weil er dort keine Waffen schimmern sah und kein Siegesgeschrei hörte. Inzwischen hatte das Feuer vom Plateau ganz aufgehört. Das dichte Gehölz verbarg die Trümmer des Bataillons, das sich ohne Zweifel am Fuß der Höhe wieder sammelte. Selbst das Feuer der Plänkler war weniger lebhaft geworden, Kennybol benützte als besonnener Anführer diesen unerwarteten Vorteil, machte seine Waffenbrüder auf die Verwirrung in den feindlichen Reihen aufmerksam und feuerte ihren gesunkenen Mut an. Jetzt stimmten die Bergbewohner ein Siegesgeschrei an, bildeten sich in Kolonne und rückten vorwärts, entschlossen, um jeden Preis den Ausgang des Passes zu gewinnen.

Die Kolonne rückte unter dem Ruf: »Freiheit! Freiheit! Keine Vormundschaft mehr!« gegen den Feind vor. Bald stießen die Bergbewohner auf den Rest der Bataillone, der sich wieder geordnet, so wie durch einige andere Truppen verstärkt hatte, und nun unter dem Schall der Trommeln und Hörner gegen die Rebellen vorrückte. In der Entfernung eines halben Flintenschusses machten die königlichen Truppen plötzlich Halt; ein Offizier mit einer weißen Fahne in der Hand, die er zum Zeichen seines friedlichen Auftrags schwenkte, ging, von einem Trompeter begleitet, den Rebellen entgegen.

Das plötzliche Anrücken der königlichen Truppen hatte Kennybol nicht erschreckt. Es gibt einen Höhepunkt im Gefühle der Gefahr, welcher der Überraschung und Furcht unzugänglich ist. Beim ersten Schall der Hörner und Trommeln hatte Kennybol seine Bergbewohner haltmachen lassen. Als die Front der feindlichen Kolonne in guter Ordnung vorrückte, ließ er alle Büchsen laden und verteilte seine Bergbewohner zu zwei und zwei, um den feindlichen Ladungen weniger Oberfläche darzubieten. Er selbst stellte sich an die Spitze neben den Riesen, mit welchem er sich in der Hitze des Gefechtes zu befreunden begann, da er allmählich bemerkt hatte, dass seine Augen gerade nicht so glühend waren, als der Hochofen eines Eisenwerks, und dass die angeblichen

Klauen an seinen Händen sich nicht sehr von bei Länge gewöhnlicher Nägel entfernten.

Inzwischen war der Offizier mit der weißen Fahne bis in die Mitte des Raumes gelangt, der die beiden Kolonnen trennte. Hier hielt er an und sein Begleiter stieß dreimal in die Trompete. Zugleich rief der Offizier mit lauter Stimme: im Namen des Königs! Die Gnade des Königs ist allen denjenigen unter den Rebellen bewilligt, welche sogleich die Waffen ablegen und ihre Anführer der souveränen Justiz Sr. Majestät ausliefern werden!

Kaum hatte der Parlamentär diese Worte geendigt, so fiel ein Schuss aus dem nahen Gebüsche. Der getroffene Offizier schwankte, hob seine Fahne über das Haupt, tat noch einige Schritte und fiel mit dem Rufe: Verrat! Verrat!

Niemand wusste, wer den Schuss getan hatte.

»Verrat! Verrat!«, wiederholten die Arkebusiere mit wütendem Geschrei, und eine furchtbare Gewehrsalve begrüßte die Bergbewohner.

»Verrat! Verrat!«, riefen ihrerseits die Rebellen, als sie ihre Brüder neben sich fallen sahen, und eine allgemeine Ladung antwortete der Salve der Soldaten,

»Nieder mit ihnen! Nieder mit ihnen!«, schrien die Offiziere, ihre Soldaten anfeuernd,

»Nieder, nieder mit ihnen!«, antworteten die Bergbewohner.

Bald trafen die beiden Kolonnen in der Mitte der Distanz zusammen, und ein wütender Kampf mit den blanken Waffen erhob sich. Die Reihen wurden durchbrochen und mischten sich untereinander. Rebellenanführer, königliche Offiziere, Soldaten, Bergbewohner, alle in bunter Mischung, trafen zusammen, packten, erwürgten, erschlugen, zerrissen sich, wie zwei Haufen hungriger Tiger, die in einer Wüste aufeinanderstoßen. Piken und Bajonette waren jetzt unbrauchbar geworden; bloß Säbel und Äxte sah man über den Häuptern der Streiter glänzen, und viele Kämpfer, die sich umfasst hielten, konnten sogar keine andere Waffe mehr brauchen, als den Dolch, das Messer oder die Zähne. Beide Teile fochten mit gleichem Mut, und das Handgemenge war bis zu jenem Grade gestiegen, wo tierische Wildheit alle Herzen ergreift, wo man den Tod eines Feindes, den man nicht kennt, seinem eigenen Leben vorzieht, wo man gleichgültig über Haufen Toter und Verwundeter wegschreitet, wo der Sterbende den Fuß, der ihn zu Boden tritt, noch mit den Zähnen zerfleischt.

In diesem Augenblicke warf sich ein kleiner Mann, den mehrere Kämpfer, da er in Tierfelle gehüllt war, im Anfang für ein wildes Tier hielten, mit schrecklichem Lachen und Freudengeheul mitten in das Toben der Schlacht. Niemand wusste, woher er kam, noch für welchen Teil er focht, denn seine steinerne Axt wählte die Schlachtopfer nicht und spaltete eben sowohl den Scheitel eines Rebellen, als den Bauch eines Soldaten. Gleichwohl schien er lieber die Arkebusiere von Munckholm niederzumachen. Alle flohen seine Nähe; er schwebte durch das Handgemenge hin wie ein böser Geist, und ohne Unterlass schwang er seine blutige Axt über dem Haupte; auf allen Seiten flogen abgehauene Stücke Fleisch und gebrochene Glieder um ihn her. Er rief »Rache!«, wie alle anderen, und stieß unverständliche Worte aus, unter welchen der Name Gill häufig vorkam. Das Blutbad schien ein Freudenfest für den schrecklichen Unbekannten zu sein.

Ein Bergbewohner, über dessen Haupt das Untier seine Axt schwang, fiel zu den Füßen des Riesen nieder, auf welchen Kennybol so viele jetzt getäuschte Hoffnungen gesetzt hatte, und rief: »Han von Island, rette mich!«

»Han von Island!«, wiederholte der kleine Mann und wandte sich dem Riesen zu. »Bist Du Han der Isländer?«, sagte er.

Statt aller Antwort hob der Riese seine eiserne Axt gegen ihn. Der kleine Mann sprang rückwärts, und die Axt fuhr in den Schädel des Unglücklichen, der den Riesen um Hülfe angefleht hatte.

Der Unbekannte schrie lachend: »Ho! Ho! Bei Ingulf dem Vertilger! Ich hielt Han den Isländer nicht für so ungeschickt.«

»So rettet Han der Isländer, wer ihn ansieht!«, sagte der Riese.

»Da hast Du recht!«

Jetzt erhob sich ein furchtbarer Kampf zwischen den beiden. Eiserne und steinerne Axt klirrten unaufhörlich aneinander. Beide fielen bald in Stücken zu Boden.

Schnell wie ein Gedanke raffte der kleine Mann eine schwere hölzerne Keule vom Boden aus, die ein Sterbender hatte fallen lassen, wich dem Riesen aus, der sich gebückt hatte, um ihn mit den Armen zu packen, und brachte seinem kolossalen Gegner einen furchtbaren Schlag über die Stirne bei.

Der Riese stieß einen Schrei aus und fiel zu Boden. Der kleine Mann, schäumend vor Wut, trat ihn unter die Füße.

»Du führtest einen Namen, der für Dich zu schwer war«, rief er aus, schwang seine siegreiche Waffe und suchte nach anderen Schlachtopfern.

Der Riese war nicht tot, sondern nur betäubt von der Heftigkeit des Schlages. Er öffnete die Augen und machte einige schwache Bewegungen, da warf sich ein Soldat mit dem Rufe auf ihn: »Sieg! Han der Isländer ist gefangen! Sieg!«

»Han der Isländer ist gefangen!«, ertönte jetzt von allen Seiten, von den einen im Tone des Triumphs, von den anderen in dem der Mutlosigkeit. Der kleine Mann war verschwunden. Die tapferen Bergbewohner fühlten sich bereits seit einiger Zeit übermannt, da ihre Feinde von allen Seiten Verstärkung erhielten. Jetzt wurde auch der mutige Kennybol, schon im Anfang des Treffens verwundet, gefangen genommen. Die Gefangennahme Hans des Isländers schlug vollends ihren Mut nieder, sie legten die Waffen ab und ergaben sich.

Als die ersten Strahlen der aufgehenden Sonne die weißen Gipfel der hohen Schneeberge beleuchteten, herrschte tiefe Ruhe und feierliche Stille in den Schluchten des schwarzen Pfeilers. Dunkle Scharen von Raubvögeln flogen über das Schlachtfeld hin, angelockt von dem Geruch der Leichname, und als die versteckten Hirten, welche vor den Tönen der Schlacht in verborgene Höhlen geflohen waren, wieder das Licht des Tages begrüßten, sahen sie ein Tier mit menschlichem Angesicht auf toten Körpern sitzen und das noch warme Blut der Erschlagenen trinken.

XXXVII.

»Öffne dieses Fenster, meine Tochter! Diese Scheiben sind sehr trübe; ich möchte den Tag ein wenig sehen.«

»Sehen Sie den Tag, mein Vater? Die Nacht ist nahe.«

»Noch bescheint die Sonne die Hügel, welche den Golf umringen. Ich bedarf dieser reinen Luft, welche durch die Gitter meines Kerkers dringt. Der Himmel ist so hell und schön.«

»Am fernen Horizont zieht ein Gewitter auf, mein Vater!«

»Ein Gewitter, Ethel! Wo siehst Du es?«

»Eben weil der Himmel rein ist, mein Vater, mache ich mich auf ein Gewitter gefasst.«

Der Greis warf einen Blick des Staunens auf die Jungfrau.

»Wenn ich das in meiner Jugend bedacht hätte«, sprach er, »so wäre ich nicht hier. Was Du hier sagst, ist richtig, aber es geht über Dein Alter. Ich begreife nicht, wie es kommt, dass Deine junge Vernunft meiner alten Erfahrung gleicht.«

Ethel schlug die Augen nieder, wie verwirrt durch diese einfach ernste Betrachtung. Ihre beiden Hände falteten sich in stummem Schmerz, und ein tiefer Seufzer hob ihre Brust.

»Meine Tochter«, sagte der alte Gefangene, »seit einigen Tagen bist Du bleich, als ob ein heißes Blut durch Deine Adern geströmt wäre. Wenn Du morgens aufstehst, sind Deine Augen rot und angeschwollen, wie nach einer durchwachten und durchweinten Nacht. Seit mehreren Tagen sitze ich einsam und verlassen, und Deine Stimme entreißt mich nicht dem düsteren Nachsinnen über mein vergangenes Leben, Du bist trauriger als ich, der alte Gefangene, und doch lastet nicht auf Deinen Schultern, wie auf den meinigen, das Gewicht eines leeren und nichtigen Lebens. Trübsinn mag die Jugend befallen, aber er nistet sich nicht ein in die Tiefen ihres Herzens. Die Wolken des Morgens haben sich am Abend verzogen. Du bist in dem Alter, wo man sich in Träumen eine von der Gegenwart unabhängige Zukunft schafft, welche es auch sei. Was ist Dir denn, mein Kind? Dank dieser eintönigen Gefangenschaft bist Du vor unvorhergesehenen Unfällen gesichert! Welchen Fehler hast

Du denn begangen? Mein Los kann Dich nicht so beugen, bist Du an mein Unglück gewöhnt, Du weißt, dass es ohne Abhilfe ist. Wenn auch hoffnungslos, bin ich am Rande des Grabes; warum solltest Du verzweifeln in den Tagen Deines blühenden Alters?«

Die strenge und ernste Stimme des alten Gefangenen war allmählich weich geworden und hatte fast den Ton väterlicher Rührung angenommen. Ethel stand stumm vor ihm. Plötzlich wandte sie sich mit einer fast krampfhaften Bewegung ab, sank auf die Knie und bedeckte ihr Gesicht mit beiden Händen, als wollte sie die Tränen und Seufzer ersticken, die unwiderstehlich ihrem gepressten Herzen entströmten.

Der Vater schüttelte das greise Haupt, lächelte bitter und warf einen ernsten Blick auf seine Tochter: »Ethel«, sprach er, »warum weinst Du, während Du doch nicht unter den Menschen lebst?«

Kaum hatte er diese Worte gesprochen, so erhob sich das sanfte und edle Geschöpf von der Erde. Die kindliche Liebe gab ihr die Kraft, ihren Schmerz tief in ihr Inneres zu verschließen. Sie fuhr mit ihrer Leibbinde über die Augen und gebot ihren Tränen Stillstand.

»Verzeihen Sie mir, mein Vater«, sagte sie, »es war nur ein Anfall von Schwäche.«

Sie heftete einen aus Tränen lächelnden Blick auf den verehrten Greis, holte die Edda, setzte sich neben ihren schweigsamen Vater und öffnete das Buch auf Geratewohl. Sie bezwang die Rührung ihrer Stimme und las; aber der Ton ihrer Stimme verflog nutzlos, denn weder sie noch ihr Vater achteten darauf.

»Genug, meine Tochter!«, sagte der Greis und gab ein Zeichen mit der Hand.

Sie schloss das Buch.

»Ethel«, fragte der Vater, »denkst Du bisweilen an Ordener?«

Die Jungfrau bebte.

»An jenen Ordener«, fuhr der Vater fort, »der abgereist ist ...«

»Warum an ihn denken, mein Vater?«, unterbrach ihn Ethel. »Ich denke, wie Sie, dass er nie wiederkehren wird.«

»Nie wiederkehren, meine Tochter! Das könnte ich nicht sagen. Im Gegenteil sagt mir irgendeine Ahnung, dass er wiederkommen wird.«

»So dachten Sie nicht, mein Vater, als Sie mit so vielem Misstrauen von diesem jungen Manne sprachen.«

»Habe ich denn mit Misstrauen von ihm gesprochen?«

»Ja, mein Vater, und ich trete Ihrer Meinung bei; ich glaube, dass er uns getäuscht hat.«

»Dass er uns getäuscht hat, meine Tochter! Wenn ich ihn so beurteilte, so habe ich gehandelt, wie alle Menschen, die ohne Beweis verdammen. Ich habe von diesem Ordener lauter Zusicherungen seiner Ergebenheit erhalten.«

»Und wissen Sie denn, mein ehrwürdiger Vater, ob hinter diesen treuherzigen Worten nicht treulose Gesinnungen versteckt waren?«

»In der Regel drängen sich die Menschen nicht zu dem ohnmächtigen Unglück. Wenn dieser Ordener nicht Anhänglichkeit an mich gefühlt hätte, wäre er nicht so ohne Zweck in meinen Kerker gekommen.«

»Wissen Sie gewiss«, fuhr Ethel mit schwacher Stimme fort, »dass er keinen Zweck dabei hatte?«

»Und welchen denn?«, fragte lebhaft der Greis.

Die Jungfrau schwieg.

Es kostete sie zu viel Mühe, den geliebten Ordener, den sie sonst gegen ihren Vater verteidigt hatte, jetzt vor ihm anzuklagen.

»Ich bin nicht mehr der Graf von Greiffenfeld«, fuhr der alte Gefangene fort. »Ich bin nicht mehr der Großkanzler von Dänemark und Norwegen, nicht mehr der begünstigte Verteiler der königlichen Gnadenspenden, der allmächtige Minister, sondern ein armseliger Staatsgefangener, ein Geächteter, ein politisch Verpesteter. Es beweist schon Mut, wenn man gegen diese Menschen, die ich mit Ehre und Reichtum überhäuft habe, meiner nur ohne Verwünschung erwähnt; es ist Entsagung, wenn man die Schwelle dieses Kerkers betritt, außer man wäre ein Kerkermeister oder Henker! Es ist Heldenmut, wenn man sie als mein Freund betritt. Nein, ich will nicht undankbar sein, wie dieses ganze menschliche Geschlecht. Dieser junge Mann hat meine Dankbarkeit verdient, und wenn es für nichts anderes wäre, als dass er mir ein wohlwollendes Gesicht gezeigt hat und mich eine tröstende Stimme vernehmen ließ.«

Diese Sprache, die einige Tage früher die Jungfrau entzückt hätte, zerschnitt jetzt ihr Herz. Der Greis fuhr mit feierlicher Stimme fort: »Höre, meine Tochter, ich will jetzt ein ernstes Wort zu Dir reden. Ich fühle, dass meine Kräfte schwinden, das Leben zieht sich allmählich aus diesem abgelebten Körper zurück, ich fühle, dass mein Ende naht.«

Ethel unterbrach ihn durch einen halberstickten Seufzer.

»Um Gotteswillen, mein Vater, reden Sie nicht so! Schonen Sie Ihre arme Tochter! Wollen Sie mich einsam zurücklassen auf der Welt? Was soll dann aus mir werden? Was bin ich ohne Ihren Schutz?«

»Der Schutz eines Geächteten!«, sagte der Greis mit Kopfschütteln. »Doch eben daran denke ich ja. Die Sorge für Dein künftiges Glück, meine Tochter, drückt mich mehr, als das Andenken an mein vergangenes Unglück. Darum höre die Worte Deines Vaters. Dieser Ordener verdient Dein strenges Urteil nicht, und ich glaubte bis jetzt, dass Du keine solche Abneigung gegen ihn hättest. Sein Äußeres ist edel und offen, was zwar allerdings nichts für sein Inneres beweist; aber ich muss gestehen, dass er mir nicht ohne einige Tugenden scheint, obwohl das menschliche Herz den Keim aller Laster und Verbrechen in sich trägt. Keine Flamme ist ohne Rauch.

»Im Vorgefühl meines nahen Todes«, fuhr der Greis feierlich fort, »habe ich an Dich und ihn gedacht, und wenn er zurückkommt, wie ich hoffe, so gebe ich ihn Dir zum Beschützer und Gatten.«

Die Jungfrau erbleichte. In demselben Augenblicke, wo ihre Träume für immer in Rauch zerflogen waren, wollte ihr Vater sie verwirklichen. Der bittere Gedanke: »Ich könnte also glücklich sein!« gab ihrer Verzweiflung ihre ganze Kraft wieder. Sie blieb einen Augenblick sprachlos, damit die glühenden Tränen, die in ihrem Auge starrten, ihm nicht entfliehen möchten.

»Wie, mein Vater!«, sagte sie endlich mit erloschener Stimme, »Sie wollten mich einem Unbekannten zum Weibe geben, dessen Namen, dessen Geburt, dessen Familie Sie nicht kennen?«

»Ich wollte Dich ihm nicht geben, ich gebe Dich ihm«, erwiderte der Vater in fast gebietendem Tone.

Ethel seufzte.

»Ich gebe Dich ihm, sage ich. Was liegt mir an seiner Geburt? Was geht mich seine Familie an? Er ist der einzige Rettungsanker, der Dir übrig bleibt. Ich glaube, dass er nicht denselben Widerwillen gegen Dich hegt, wie Du gegen ihn.«

Das arme Mädchen hob ihre Augen gen Himmel.

»Du hörst es, Ethel, ich kümmere mich nichts um seine Geburt. Er ist ohne Zweifel von gemeinem Stande, denn in den Palästen der Großen lehrt man diejenigen, die darin geboren werden, nicht, die Hütten der Unglücklichen und die Kerker der Gefangenen zu besuchen. Wozu diese stolzen Rückerinnerungen? Ethel Schuhmacher ist nicht mehr Prinzessin von Wollin und Gräfin von Tongsberg! Du bist tiefer gefallen, als Dein Vater stand, da er sich erhoben hat. Schätze Dich also glücklich, wenn dieser Mann Deine Hand annimmt, welches auch seine Familie sei. Ist er von niederem Stande, desto besser, dann wird Dein Leben wenigstens vor den Stürmen sicher sein, die Dein Vater überstanden hat. Du wirst ferne vom Neid und Hass der Menschen, unter irgendeinem unbekannten Namen ein verborgenes Dasein verleben, das glücklicher enden wird, als die Laufbahn meiner Größe ...«

Ethel war vor ihrem Vater auf die Knie gesunken.

»O, mein Vater! ... Gnade!«

Der Greis öffnete erstaunt seine Arme.

»Was willst Du damit sagen, mein Kind?«

»Um Gottes willen, schildern Sie mir ein Glück nicht, das mir nicht beschieden ist!«

»Ethel, spiele nicht mit Deinem ganzen künftigen Lebensglück! Ich habe die Hand einer Prinzessin von königlichem Geblüt, einer Prinzessin von Holstein-Augustenburg ausgeschlagen, und mein Stolz ist grausam bestraft worden. Du willst einen ehrlichen Mann abweisen, weil er nicht von hoher Geburt ist. Zittere, Du möchtest ebenso hart gezüchtigt werden!«

»Möchte doch dieser Ordener ein rechtlicher unbekannter Mann sein!«, murmelte Ethel.

Der Greis erhob sich und ging mit heftigen Schritten durch das Zimmer.

»Mein Kind, es ist Dein armer alter Vater, der Dich bittet und Dir befiehlt. Versprich mir, diesen Fremdling zum Gatten anzunehmen, damit ich ruhig sterben kann.«

»Ich werde Ihnen immer gehorchen, mein Vater! Doch zählen Sie nicht auf seine Rückkehr ...«

»Ich habe die Wahrscheinlichkeiten abgewogen, und nach dem Tone, womit dieser Ordener Deinen Namen aussprach, glaube ich ...«

»Dass er mich liebt!«, unterbrach ihn die Tochter mit Bitterkeit. »O, nein, glauben Sie das nicht!«

»Ich weiß nicht, ob er Dich liebt; aber ich weiß, dass er zurückkommen wird.«

»Geben Sie diesen Gedanken auf, mein edler Vater! Und wenn Sie diesen Fremdling kennten, so würden Sie nicht mehr wünschen, dass er der Gatte Ihrer Tochter sei.«

»Er wird es sein, welches auch sein Name und sein Stand sei.«

»Wenn nun«, erwiderte die Jungfrau feierlich, »dieser Unbekannte, in welchem Sie einen Tröster, den künftigen Beschützer Ihrer Tochter erblicken, der Sohn eines Ihrer Todfeinde, des Vizekönigs von Norwegen, des Grafen Guldenlew wäre?«

Der Greis wich drei Schritte zurück: »Was sagst Du da? Großer Gott! Ordener! Dieser Ordener! ... Das ist unmöglich! ...«

Der unaussprechliche Ausdruck von Hass, der sich in allen Zügen des alten Mannes malte, erfüllte Ethels Herz mit Schauder, und sie bereute das unkluge Wort, das sie gesprochen hatte.

Der Schlag war gefallen. Der Greis blieb einige Augenblicke unbeweglich mit gekreuzten Armen; sein ganzer Körper zitterte, seine flammenden Augen schienen den kalten Stein des Fußbodens durchdringen zu wollen. Allmählich entfuhren seinen blauen Lippen einige mit schwacher Stimme von einem Träumenden ausgesprochenen Worte.

»Ordener! ... Ja, so ist es, Ordener Guldenlew! ... So ist es! ... Ganz richtig! ... Schuhmacher, alter Thor, öffne ihm doch deine Arme, dieser redliche junge Mensch kommt, um dir den Dolch ins Herz zu stoßen ...«

Plötzlich stampfte er mit dem Fuß auf den Boden, und seine Stimme ward donnernd.

»Ha! So haben sie mir denn ihr ganzes schändliches Geschlecht auf den Hals geschickt, mich in meinem Falle zu verhöhnen! Ich musste einen Ahlfeldt vor Augen sehen! Ich habe einem Guldenlew zugelächelt! ... Die Unmenschen! Wer hätte von diesem Ordener geglaubt, dass er diesen Namen führe, dass er ein solches Herz habe! Wehe mir! Wehe ihm!«

Der Greis fiel erschöpft in seinen Lehnsessel. Seine Brust arbeitete gewaltig. Seine weinende Tochter saß zu seinen Füßen.

»Weine nicht, meine Tochter!«, sagte der Greis mit düsterer Stimme. »Komm an mein Herz!«

Er drückte sie an seine Brust.

»Du hast heller gesehen, junges Mädchen«, fuhr er fort, »als Dein alter Vater. Die giftige Schlange mit den Taubenaugen hat Dich nicht getäuscht. Ich danke Dir für Deinen Hass gegen diesen schändlichen Ordener.«

»Mein Vater, beruhigen Sie ...«

»Schwöre mir, stets die nämlichen Gesinnungen gegen Guldenlews Sohn zu hegen!«

»Gott verbietet den Schwur, mein Vater!«

»Schwöre es mir, meine Tochter! Schwöre mir, immer die nämlichen Gesinnungen gegen diesen Ordener Guldenlew zu hegen!«

Ethel konnte mit Wahrheit antworten: »Immer!«

»Wohl, meine Tochter! Ich vermache Dir meinen Hass gegen sie, denn Ehre und Gut haben sie mir geraubt, und ich kann Dir sonst nichts hinterlassen. Die Elenden! Und ich war es, dem sie Macht und Ehre verdanken! Im Namen des Himmels und der Hölle verfluche ich sie in ihrem Dasein und in ihrer fernsten Nachkommenschaft!«

Der Greis schwieg einige Augenblicke und fuhr dann fort: »Aber sage mir, mein Kind, wie hast Du entdeckt, dass dieser Verräter einen der verabscheuten Namen führte, die mit Gift und Galle in mein Herz geschrieben sind? Wie bist Du hinter dieses Geheimnis gekommen?«

Die Jungfrau nahm alle ihre Kraft zusammen, diese Frage zu beantworten, als plötzlich die Türe sich öffnete. Ein schwarz gekleideter Mann, einen Stab von Ebenholz in der Hand und eine gebräunte Stahlkette um den Hals, erschien auf der Schwelle, umgeben von schwarz gekleideten Hellebardieren.

»Was willst Du von mir?«, fragte der Gefangene mit unwilligem Staunen.

Ohne zu antworten und ohne ihn nur anzusehen, rollte der Mann ein langes Pergament aus, an welchem ein Siegel von grünem Wachs an einer seidenen Schnur hing, und las mit lauter Stimme:

»Im Namen Sr. Majestät, unseres allergnädigsten Königs und Herrn, König Christiern!

»Kund und zu wissen dem Staatsgefangenen Schuhmacher in der königlichen Festung Munckholm und dessen Tochter, dass sie dem Vorweiser dieses zu folgen haben.«

»Was willst Du von mir?«, wiederholte der Gefangene.

Statt aller Antwort begann der schwarze Mann abermals das königliche Dekret abzulesen.

»Schon gut!«, sagte der Greis.

Er stand auf und gab seiner erstaunten Tochter ein Zeichen, mit ihm diesem Unglücksboten zu folgen.

XXXVIII.

Die Nacht war eben angebrochen. Ein kalter Wind pfiff um den verfluchten Turm, und die Pforten der Ruinen von Vygla erzitterten in ihren Angeln, als ob derselbe Arm sie alle zumal geschüttelt hätte.

Die rohen Turmbewohner, der Henker und seine Familie, saßen um das Feuer, das in der Mitte des Zimmers brannte und seinen rötlich flackernden Schein auf ihre finsteren Gesichter und scharlachenen Gewänder warf. In den Gesichtszügen der Kinder lag etwas Wildes, wie das Lachen ihres Vaters, und etwas Grasses, wie der Blick ihrer Mutter. Die Augen des Weibes und der Kinder waren auf Orugix gerichtet, der, auf einem hölzernen Schemel sitzend, auszuschnaufen schien, und dessen mit Staub bedeckte Füße verrieten, dass er einen langen Weg gemacht habe.

»Weib, höre! Kinder, hört!«, sprach er. »Ich bin nicht umsonst zwei Tage abwesend gewesen und bringe keine schlechten Nachrichten mit. Wenn ich nicht, ehe ein Monat vergeht, königlicher Vollstrecker der hohen Gerichtsbarkeit bin, so soll man von mir sagen, ich wisse keine Schleife an einen Strick zu machen und könne kein Beil führen. Freut Euch, Ihr jungen Wölflein, Euer Vater hinterlässt Euch vielleicht sogar das Schafott von Kopenhagen zum Erbe.«

»Nychol«, fragte Bechlie, »was gibt es denn?«

»Und Du, meine alte Zigeunerin«, fuhr Nychol mit seinem schwerfälligen Lachen fort, »freue Dich, auch Du kannst ein Halsband von blauen Glaskorallen kaufen, um damit Deinen Storchenhals zu schmücken. Unsere eheliche Verpflichtung ist bald zu Ende; wenn Du mich aber in einem Monat mit der Würde eines ersten Henkers beider Königreiche bekleidet siehst, so wirst Du gerne einen zweiten Krug mit mir zerbrechen.«

»Was gibt es denn? Was gibt es denn?«, fragten die Jungen, deren ältester mit einer blutigen Zange spielte, während der jüngste einen kleinen Vogel lebendig rupfte.

»Was es gibt, meine Kinder? ... Bringe doch diesen Vogel um, Haspar, er schreit wie eine schlechte Säge, und überhaupt man muss nicht grausam sein. Bringe ihn um ... Was es gibt? Nichts, gar wenig, außer, Dame

Bechlie, dass, ehe acht Tage vergehen, der Exkanzler Schuhmacher, der zu Kopenhagen bereits mein Gesicht in der Nähe gesehen hat, und der berüchtigte isländische Räuber Han von Klipstadur, mir vielleicht beide zumal in die Hände fallen werden.«

Das verstörte Auge des Weibes nahm einen Ausdruck neugierigen Staunens an.

»Schuhmacher! Han der Isländer! Wie kommt das, Nychol?«

»Ich will Euch alles sagen. Ich begegnete gestern morgens auf der Straße von Skongen, auf der Brücke von Ordals, dem Regiment der Arkebusiere von Munckholm, das in triumphierendem Aufzug nach Drontheim zurückkehrte. Ich befragte einen der Soldaten, der mich einer Antwort würdigte, weil er ohne Zweifel nicht wusste, warum ich ein rotes Kleid trage, und ich erfuhr, dass die Soldaten aus den Schluchten des schwarzen Pfeilers zurückkamen, wo sie die Banden der rebellischen Bergleute in Stücke gehauen hatten. Nun musst Du wissen, Zigeunerin Bechlie, dass diese Rebellen sich für Schuhmacher empörten und von Han dem Isländer befehligt waren. Ferner musst Du wissen, dass diese Empörung Han den Isländer des Verbrechens des Aufruhrs gegen die königliche Gewalt, und Schuhmacher des Verbrechens des Hochverrats schuldig macht, welche beide Verbrechen zum Galgen oder auf das Schafott zu führen pflegen. Füge nun zu diesen zwei prächtigen Hinrichtungen, deren jede mir wenigstens fünfzehn Dukaten eintragen muss, und mir in den Königreichen zur höchsten Ehre gereichen wird, noch einige andere hinzu, die zwar nicht ebenso wichtig sind ...«

»Wie!«, unterbrach ihn das Weib, »Han der Isländer ist also gefangen?«

»Warum unterbrichst Du Deinen Herrn und Meister, verdammtes Weib? Allerdings, dieser berüchtigte, ungreifbare Han der Isländer ist gefangen, und mit ihm einige andere Anführer der Rebellen, deren jeder mir ebenfalls zwölf Taler eintragen wird, ohne zu rechnen, was ich aus den Leichnamen erlösen werde. Er ist gefangen, sage ich Dir, und ich habe ihn selbst gesehen, wie er in den Reihen der Soldaten ging ...«

Das Weib und die Kinder traten staunend näher zu Orugir.

»Wie! Du hast ihn gesehen, Vater?«, fragten die Kinder.

»Schweigt Kinder! Ihr schreit wie ein Spitzbube, der seine Unschuld beteuert. Ich habe ihn gesehen. Er ist ein Riese und die Hände waren ihm auf den Rücken gebunden, und um den Kopf trug er eine Binde. Ohne Zweifel ist er am Kopfe verwundet worden. Aber er kann ruhig sein, in Kurzem werde ich ihn von dieser Wunde kuriert haben.«

Der Henker begleitete diese furchtbaren Worte mit einer schrecklichen Gebärde und fuhr dann fort: »Hinter ihm gingen vier andere Gefangene, und man führt sie alle nach Drontheim, um mit dem Exkanzler Schuhmacher vor Gericht gestellt zu werden.«

»Vater, wie sahen die anderen Gefangenen aus?«

»Zwei davon sind alte Männer, und einer von ihnen trug den Filzhut der Bergleute, und der andere die Mütze der Gebirgsbewohner. Beide waren traurig. Von den beiden anderen war der eine ein junger Bergmann; er trug den Kopf hoch und pfiff; der andere ... Erinnerst Du Dich, meine höllische Bechlie, an die Reisenden, die vor etwa zehn Tagen in diesen Turm gekommen sind, als bei Nacht ein so heftiges Gewitter war? ...«

»Wie Satan sich seines Falls erinnert«, antwortete das Weib.

»Erinnerst Du Dich des jungen Mannes unter den Reisenden, des Gefährten des alten närrischen Perückenstocks, der den grünen Mantel und die schwarze Feder trug?«

»Ich sehe ihn noch vor mir stehen und höre ihn sagen: Weib, wir haben Gold!«

»Nun denn, Weib, der war der vierte Gefangene, und wenn es nicht so ist, so soll man von mir sagen, dass ich in meinem Leben niemand die Kehle zugeschnürt habe, als einer alten Henne. Das gibt einen Spaß: Neulich habe ich ihm zu essen gegeben, und jetzt werde ich ihm bald auf ewig den Mund stopfen.«

Der Henker lachte hell auf bei diesen Worten und fuhr dann fort: »Wir wollen uns freuen und trinken. Teufelsweib, schenke mir ein Glas Bier ein auf meine nahe Erhöhung. Auf die Gesundheit des Herrn Nychol Orugix, königlichen Vollstreckers der hohen Gerichtsbarkeit in spe! Ich muss Dir gestehen, alte Sünderin, dass es mich Mühe kostete, mich in den Flecken Noes zu begeben, um daselbst einen gemeinen Dieb zu hängen. Doch dachte ich, du kannst die paar Groschen auch mitnehmen, der Exkanzler und Han der Isländer entgehen dir doch nicht.«

In diesem Augenblicke ließ sich außen vor dem Turme in drei Absätzen der Schall eines Hornes hören.

»Weib«, rief Orugix aufspringend, »das sind die Häscher des Oberrichters.«

Mit diesen Worten stieg er eilends die Treppe hinab. Bald darauf kam er zurück mit einem großen Pergament in der Hand, dessen Siegel er gelöst hatte.

»Hier Weib, das kommt vom Oberrichter. Entziffre mir das, da Du das Teufelsgeschmiere lesen kannst. Es ist vielleicht schon ein Beförderungspatent, denn da der Gerichtshof einen Großkanzler zum Präsidenten und einen Großkanzler zum Delinquenten hat, so schickt es sich nicht wohl anders, als dass ein königlicher Großhenker seinen Spruch vollziehe.«

Das Weib hatte inzwischen die Schrift durchgesehen und begann nun mit lauter Stimme zu lesen:

»Im Namen des Oberrichters von Drontheimhus! Nychol Orugix, Scharfrichter dieser Provinz, hat sich angesichts dies, versehen mit seinem Ehrenbeil, dem Block »und der schwarzen Behängung nach Drontheim zu begeben.«

»Ist das alles?«, fragte der Henker missvergnügt. »Alles«, antwortete das Weib.

»Scharfrichter dieser Provinz«, murmelte Orugir zwischen den Zähnen und warf unwillige Blicke auf den Brief.

»Nun ins Teufels Namen!«, rief er endlich aus, »man muss gehorchen und sich auf den Weg machen. Verlangt man doch das Ehrenbeil und die schwarze Behängung. Weib, Putze mir das Ehrenbeil blank, und bürste mir die schwarze Behängung aus. Man muss den Mut nicht sinken lassen, vielleicht wollen sie mich erst nach dieser schönen Hinrichtung befördern. Freilich werden dann die Verurteilten der Ehre verlustig gehen, durch einen königlichen Großhenker hingerichtet zu werden.«

XXXIX.

Der Graf von Ahlfeldt, in seiner schwarzen Amtstracht und mit Orden behängt, ging nachdenklich im Zimmer seiner Gemahlin auf und ab.

»Es ist neun Uhr«, sagte die Gräfin, »der Gerichtshof soll seine Sitzung beginnen, man darf ihn nicht warten lassen. In der Nacht noch muss das Urteil gefällt werden, dass man es spätestens morgen früh vollziehen kann. Der Oberrichter hat mich versichert, dass der Scharfrichter vor Sonnenaufgang hier sein werde.«

»Elphege, haben Sie die Barke, welche mich nach Munckholm bringen soll, bereithalten lassen?«

»Sie wartet schon über eine halbe Stunde auf Sie.«

»Und ist meine Sänfte vor der Türe?«

»Sie steht bereit.«

»So will ich nicht säumen. Noch ein Wort, Elphege! Sie behaupten also, dass ein Liebeshandel zwischen Ordener Guldenlew und Schuhmachers Tochter bestehe?«

»Und das ein ernstlicher, versichere ich Sie!«, versetzte die Gräfin mit einem Lächeln des Zorns und der Verachtung.

»Wer hätte das gedacht? Doch muss ich gestehen, dass ich es bereits vermutet hatte.«

»Und ich auch«, sagte die Gräfin. »Das ist ein Streich, den uns dieser verdammte Levin gespielt hat.«

»Der alte mecklenburgische Schurke!«, murmelte der Kanzler zwischen den Zähnen. »Warte nur, ich will Dich Arensdorf empfehlen. Wenn ich ihn nur stürzen könnte! Jetzt geht mir ein Licht auf. Hören Sie einmal, Elphege!«

»Nun denn? Reden Sie!«

»Sie wissen, dass es sechs Individuen sind, welche wir im Schlosse von Munckholm zu richten haben: Schuhmacher, den ich morgen um diese Zeit hoffentlich nicht mehr fürchten werde, unser falscher Han der Isländer, der versprochen hat, seine Rolle bis ans Ende festzuhalten, in der Hoffnung, dass ihn Musdoemon, von dem er bereits starke Geldsummen erhalten hat, entwischen lassen werde. Dieser Musdoemon hat wahrhaft teuflische Ideen. Die vier anderen Angeklagten sind die drei Anführer der Rebellen und ein Quidam, der unter die Anführer gekommen ist, man weiß nicht wie, und den Musdoemon hat festsetzen lassen. Er hält diesen Menschen für einen Spion Levins von Knud, und wirklich hat er hier gleich bei seiner Ankunft nach dem General gefragt und schien bestürzt, als er die Abwesenheit des Mecklenburgers erfuhr. Im Übrigen hat er auf keine der Fragen geantwortet, welche Musdoemon an ihn gerichtet hat.«

»Warum haben Sie ihn nicht selbst verhört?«

»Meine Geschäfte ließen mir keine Zeit dazu, wie Sie selbst wissen, und übrigens konnte ich mich in dieser Sache ganz auf Musdoemon verlassen. Überhaupt lege ich auf diesen Menschen an sich keinen besonderen Wert; er ist ohne Zweifel irgendein armer Landstreicher. Er kann uns bloß dazu dienen, dass wir ihn als einen Agenten Levins darstellen, und da er in den Reihen der Rebellen ergriffen worden ist, so könnte daraus ein strafbares Einverständnis zwischen dem Mecklenburger und Schuhmacher gefolgert werden, das hinreichend wäre, wo nicht die Versetzung in Anklagestand, doch wenigstens die Ungnade dieses verdammten Levin Knud herbeizuführen.«

Die Gräfin schien einen Augenblick nachzudenken: »Sie haben recht, aber diese unglückliche Leidenschaft des Barons Thorwick für Ethel Schuhmacher ...«

»Hören Sie, Elphege, wir sind beide nicht mehr jung und keine Neulinge im Leben, wir sollten die Menschen kennen. Wenn Schuhmacher zum zweiten Mal wegen Hochverrats verurteilt ist, wenn er auf dem Schafott seine Strafe erstanden haben wird, wenn diese Schmach auf seine Tochter übergegangen ist und sie tief unter die letzten Reihen der Staatsgesellschaft herabgesetzt hat, glauben Sie, dass dann Ordener Guldenlew sich dieser kindischen Liebe, welche Sie Leidenschaft nennen, wieder erinnern und nur einen Augenblick zwischen der entehrten Tochter eines elenden Staatsverräters und der erlauchten Tochter eines glorwürdigen Großkanzlers schwanken werde? So und nicht anders ist das menschliche Herz.«

»Ich wünsche, dass Sie recht haben mögen. Sie werden inzwischen nicht überflüssig finden, dass Schuhmachers Tochter dem Prozess ihres Vaters anwohne, und zwar in der nämlichen Loge mit mir. Ich möchte gerne dieses Geschöpf studieren.«

»Nichts, was uns über diese Geschichte aufklären kann, ist zu versäumen«, erwiderte der Kanzler phlegmatisch ... »Aber sagen Sie mir doch, weiß man, wo Ordener gegenwärtig ist?«

»Kein Mensch weiß es. Er ist der würdige Zögling des alten Levin, ein fahrender Ritter, wie er. Ich glaube, dass er sich jetzt zu Ward-Hus befindet ...«

»Das ist gut. Unsere Ulrike wird ihn festhalten. Doch ich vergesse, dass der Gerichtshof wartet ...«

»Noch ein Wort! Ich habe Sie schon gestern gefragt, aber Sie waren so in Geschäften vertieft, dass ich keine Antwort von Ihnen erhalten konnte. Wo ist mein Friedrich?«

»Friedrich!«, wiederholte der Kanzler in düsterem Tone und fuhr mit der Hand über das Gesicht.

»Ja, mein Friedrich! Sein Regiment ist ohne ihn nach Drontheim zurückgekommen! Schwören Sie mir, dass Friedrich nicht in diesen furchtbaren Schluchten des schwarzen Pfeilers war. Warum erblassten Sie bei seinem Namen? Ich bin in tödlicher Angst.«

Der Kanzler nahm seine gleichgültige Miene wieder an: »Elphege, seien Sie ruhig. Ich schwöre Ihnen, dass er nicht in den Schluchten des schwarzen Pfeilers war. Im Übrigen hat man ja die Liste der Offiziere, die in diesem Gefecht getötet oder verwundet wurden, bekannt gemacht ...«

»Das beruhigt mich allerdings. Nur zwei Offiziere sind geblieben: der Hauptmann Lory und der junge Baron Randmer, der auf den Bällen zu Kopenhagen mit meinem Friedrich so vielen Spaß gemacht hat. Ich habe die Liste mehr als einmal gelesen, das versichere ich Sie. Aber sagen Sie mir, mein Sohn ist also zu Wahlstrom geblieben?«

»Er ist dort geblieben.«

»Ich bitte Sie, lieber Freund«, sagte die Gräfin mit einem Lächeln, in das sie einige Zärtlichkeit zu legen vergebens bemüht war, »lassen Sie doch um Himmels willen meinen Friedrich schnell aus diesem abscheulichen Lande zurückkommen ...«

»Madame, was Sie da verlangen, steht nicht in meiner Macht.«

Mit diesen Worten entfernte er sich schnell. Die Gräfin blieb in düsterem Nachdenken zurück.

»Das steht nicht in seiner Macht!«, sagte sie für sich. »Es kostet ihn ja nur ein Wort, mir meinen Sohn zurückzugeben. Das ist doch ein abscheulicher Mensch, voll Hinterlist und Bosheit! Hatte ich nicht recht, ihn nie leiden zu können?«

XL.

Die zitternde Ethel, welche die Wachen beim Ausgang aus dem Kerker des Löwen von Schleswig von ihrem Vater getrennt hatten, wurde durch finstere, ihr bis dahin unbekannte Gänge in eine Art dunkler Zelle geführt, die man bei ihrem Eintritt hinter ihr schloss. Gegenüber der Zellentüre war eine vergitterte Öffnung, durch welche der Schein von Fackeln und Kerzen hereinfiel; hinter dieser Öffnung eine Bank, auf der eine schwarz gekleidete verschleierte Frau saß, die ihr ein Zeichen gab, sich neben sie zu setzen. Sie gehorchte in schweigender Verwirrung.

Ihre Augen richteten sich auf den Raum jenseits des Gitters. Ein düsteres Schauspiel stellte sich ihr dar.

Am äußersten Ende eines schwarz behängten Saals, der durch kupferne Lampen, welche an der Decke hingen, schwach beleuchtet war, erhob sich in Gestalt eines Hufeisens ein schwarz ausgeschlagenes Gerüste, auf welchem sieben schwarz gekleidete Richter saßen, deren einer, im Mittelpunkt auf einem erhöhten Sitze, glänzende Sterne und diamantene Ketten auf seiner Brust trug. Der Richter, der ihm zur Rechten saß, zeichnete sich von den anderen durch einen weißen Leibgürtel und einen Hermelinmantel, die Amtskleidung des Oberrichters der Provinz aus. Rechts vom Tribunal war eine Erhöhung mit einem Thronhimmel, auf welcher ein Greis in geistlichem Ornat saß; links ein mit Papieren belegter Tisch, hinter welchem ein kleiner Mann stand, der eine ungeheure Perücke auf dem Kopfe hatte und in einen langen, weiten schwarzen Mantel ganz eingewickelt war.

Den Richtern gegenüber war eine hölzerne Bank, von Hellebardieren umgeben, welche Fackeln in der Hand trugen, deren von einem Walde von Piken und Flinten wiederstrahlender Schein seinen ungewissen Strahl auf die wogenden Häupter einer Menge von Zuschauern warf, die sich gegen das eiserne Gitter drängten, das sie von dem Tribunal absonderte.

Ethel sah diesem Schauspiele zu, als ob sie wachend einem Traum angewohnt hätte. Sie sah den Präsidenten sich erheben und im Namen des Königs verkünden, dass jetzt das Gericht eröffnet sei.

Nun las der kleine schwarze Mann mit flüchtiger und fast unvernehmbarer Stimme einen langen Bericht ab, in welchem der Name ihres Vaters in Verbindung mit den Worten »Verschwörung, Hochverrat, Aufstand der Bergleute« häufig vorkam. Sie erinnerte sich nun mit Schrecken an das, was ihr die Unbekannte von einer Anklage gesagt hatte, die ihrem Vater drohe, und sie schauderte, als sie den schwarzen Mann seinen Bericht mit dem Worte Tod, das er stark betonte, schließen hörte.

Erschüttert wandte sie sich zu der verschleierten Frau, vor welcher sie, sie wusste selbst nicht, warum, ein Gefühl der Furcht hegte, und fragte schüchtern: »Wo sind wir? Was heißt alles dies?« Eine Gebärde der Unbekannten verwies sie zur Stille und Aufmerksamkeit. Sie wandte ihre Blicke wieder dem Tribunal zu.

Der ehrwürdige Greis im geistlichen Ornat hatte sich erhoben und sprach mit lauter und deutlicher Stimme: »Im Namen des allmächtigen und allbarmherzigen Gottes, ich Pamphilius Eleutherus, Bischof der königlichen Stadt Drontheim und der königlichen Provinz Drontheimhus, grüße den ehrwürdigen Gerichtshof, der im Namen des Königs, welcher nächst Gott unser Herr und Gebieter ist, richtet.

Da die vor dieses Tribunal geführten Gefangenen Menschen und Christen sind, und da sie keine Verteidiger haben, so erkläre ich hiermit den ehrwürdigen Richtern, dass ich ihnen in der bedrängten Lage, worein sie der Himmel versetzt hat, mit meiner schwachen Kraft beizustehen gedenke.

So bitte ich nun Gott, dass er meine Schwäche mit seiner Kraft stärken, und meine Blindheit mit seinem Licht erleuchten wolle!«

Mit diesen Worten stieg der Bischof von seinem erhabenen Sitze und setzte sich auf die für die Angeklagten bestimmte hölzerne Bank. Ein Murmeln des Beifalls erhob sich unter den Zuschauern.

Der Präsident stand auf und sagte mit kalter und trockener Stimme: »Hellebardiere, gebietet Stille!«

»Hochwürdiger Herr Bischof«, fuhr er fort, »der Gerichtshof dankt Ihnen im Namen der Gefangenen. Einwohner von Drontheimhus, habt Acht auf die hohe Rechtspflege des Königs, von diesem Gericht findet keine Berufung statt! Kerkermeister, führt die Gefangenen herein!«

Unter den Zuschauern entstand eine Stille schauerlicher Erwartung; sie teilten sich in zwei Reihen. Bald ertönten Schritte vieler Menschen, Piken und Gewehre blitzten, und sechs Gefangene in Ketten und von Wache umgeben, traten mit entblößten Häuptern ein. Ethel sah nur den ersten dieser sechs Gefangenen: Es war ein Greis mit weißen Haaren, ihr Vater.

Sie lehnte sich halb ohnmächtig auf das steinerne Geländer, ihr Blick umnebelte sich und sie seufzte mit erloschener Stimme: »O, Herr mein Gott, stehe mir bei!« Die verschleierte Frau neigte sich gegen sie und hielt ihr ein Riechfläschchen vor, das sie aus ihrer Ohnmacht wieder erweckte.

Der Präsident erhob sich und sprach mit langsam feierlicher Stimme: »Gefangene, man hat Euch vor diesen Gerichtshof geführt, damit er untersuche und entscheide, ob Ihr des Hochverrats, der Verschwörung und des bewaffneten Aufstands gegen unseren König und Herrn schuldig seid oder nicht. Geht nun in Euch und überlegt in Euerm Gewissen, denn eine Anklage der Majestätsbeleidigung ersten Grads lastet auf Euern Häuptern.«

In diesem Augenblicke fiel ein Lichtstrahl auf das Gesicht eines der sechs Gefangenen, eines jungen Mannes, der den Kopf auf die Brust geneigt hatte, als ob er seine Gesichtszüge unter seinen langen, herabhängenden Locken verbergen wollte. Ethel zitterte an allen Gliedern, sie glaubte zu erkennen, dass ... doch nein, es war bittere Täuschung; der Saal war nur schwach beleuchtet, und die Menschen bewegten sich darin gleich Schatten; kaum konnte man das große Christusbild von schwarzem Ebenholz, das über dem Lehnstuhl des Präsidenten hing, erblicken.

Aber dieser junge Mann trug einen Mantel, der von Weitem grün schien, seine Haare, die in Unordnung herabhingen, waren kastanienbraun, und der Strahl des Lichts, der sein Gesicht gezeigt hatte ... Doch nein, er war es nicht, er konnte es nicht sein! Es war eine furchtbare Täuschung.

Die Gefangenen saßen auf der Bank, auf welche der Bischof herabgestiegen war. Schuhmacher saß an einem Ende derselben, der unbekannte junge Gefangene am anderen. Der Bischof saß auf dem äußersten Ende der Bank.

Der Präsident wandte sich an Schuhmacher und fragte mit strengem Tone: »Wer seid Ihr und wie heißt Ihr?«

Der Gefangene erhob sich und blickte den Präsidenten starr an: »Ehemals nannte man mich Graf von Greiffenfeld und Tongsberg, Prinz von Wollin, Fürsten des Heiligen Römischen Reichs, Ritter des Elefantenordens, Ritter des Danebrogordens, Ritter des Goldenen Vlieses und des

Hosenbandordens, ersten Minister, Generalinspektor des Kirchen- und Schulwesens, Großkanzler von Dänemark und ...«

Der Präsident unterbrach ihn: »Angeklagter, der Gerichtshof will nicht wissen, wie man Euch ehemals genannt, noch wer Ihr sonst gewesen seid, sondern wie man Euch jetzt nennt, und wer Ihr jetzt seid.«

»Jetzt«, erwiderte der Gefangene, »jetzt heiße ich Johann Schuhmacher, neunundsechzig Jahre alt, und bin nichts mehr, als Euer alter Wohltäter, Kanzler von Ahlfeldt.«

Der Präsident schien verlegen.

»Ich habe Euch erkannt, Herr Graf«, fügte der Gefangene hinzu, »und da Ihr mich nicht erkannt habt oder nicht erkennen wolltet, so bin ich so frei gewesen, Euer Gnaden in Erinnerung zu bringen, dass wir alte Bekannte sind.«

»Schuhmacher«, sagte der Präsident mit einem Tone, in welchem der unterdrückte Zorn unverkennbar war, »spart dem Gerichtshof seine kostbare Zeit.«

Der alte Gefangene unterbrach ihn abermals: »Wir haben die Rolle gewechselt, edler Kanzler. Ehemals nannte ich Euch bloß Ahlfeldt, und Ihr nanntet mich Herr Graf.«

»Angeklagter«, erwiderte der Präsident, »Ihr schadet Eurer Sache, wenn Ihr das schimpfliche Urteil in Erinnerung bringt, das schon über Euch ergangen ist.«

»Wenn dieses Urteil schimpflich ist, Graf Ahlfeldt, so beschimpft es wenigstens nicht mich.«

Der Gefangene war bei diesen Worten, die er mit starker Stimme sprach, halb aufgestanden. Der Präsident streckte die Hand gegen ihn aus.

»Setzt Euch! Schmäht nicht vor einem Tribunal auf die Richter, die Euch verurteilt haben, und auf den König, der Euch diese Richter gab. Denkt daran zurück, dass der König Euch das Leben zu schenken geruhte, und beschränkt Euch hier auf Eure Verteidigung.«

Der alte Gefangene antwortete bloß mit einem Achselzucken.

»Habt Ihr«, fragte der Präsident, »in Betreff des Kapitalverbrechens, dessen Ihr angeklagt seid, dem Gerichtshof einige Geständnisse zu machen?«

Der Gefangene gab keine Antwort. Der Präsident wiederholte die Frage.

»Sprecht Ihr mit mir?«, erwiderte der Exkanzler. »Ich glaube, edler Graf von Ahlfeldt, Ihr sprecht mit Euch selbst. Welches Verbrechen meint Ihr denn? Habe ich je einem Freunde einen Judaskuss gegeben? Habe ich je einen Wohltäter eingekerkert und schimpflich verurteilt? Habe ich dem alles genommen, dem ich alles dankte? Ich weiß in der Tat nicht, Herr Kanzler von heute, warum man mich hierher gebracht hat. Ohne Zweifel um zu sehen, mit welcher Geschicklichkeit Sie unschuldige Köpfe fallen machen. Allerdings werden Sie mich mit ebenso leichter Mühe ins Verderben zu stürzen wissen, wie dieses Königreich, und ein Komma oder Punktum wird hinreichend sein, mich des Todes schuldig zu finden, gleichwie es für Sie nur eines Buchstabens bedurfte, um einen Krieg mit Schweden zu provozieren.«[1]

Kaum hatte der Exkanzler diese bittere Anspielung vollendet, so erhob sich der kleine schwarze Mann an der Nebentafel.

»Herr Präsident«, sagte er mit einer tiefen Verbeugung, »meine Herren Richter, ich trage darauf an, dem Johann Schuhmacher das Wort zu entziehen, wenn er fortfährt, auf solche Weise Se. Gnaden den Herrn Großkanzler und dieses ehrwürdige Gericht zu schmähen.«

Der Bischof erhob mit ruhiger Würde seine Stimme: »Herr geheimer Sekretär, man kann einem Angeklagten das Wort nicht entziehen ...«

»Sie haben ganz recht, hochwürdiger Herr Bischof«, fiel der Präsident ein. »Es ist unsere Absicht, der Verteidigung alle mögliche Freiheit zu lassen. Ich fordere den Angeklagten bloß auf, seine Sprache zu mäßigen, und das liegt in seinem eigenen Interesse.«

Schuhmacher schüttelte den Kopf und sagte kalt: »Es scheint der Graf Ahlfeldt sei diesmal seiner Sache gewisser, als im Jahre 1677.«

»Schweigt«, erwiderte der Präsident, wandte sich sogleich an den Gefangenen, der neben Schuhmacher saß, und fragte ihn um seinen Namen.

---

[1] Es waren ernstliche Zwistigkeiten zwischen Dänemark und Schweden ausgebrochen, weil der Graf von Ahlfeldt in einer Unterhandlung verlangt hatte, durch einen Vertrag zwischen den beiden Staaten dem König von Dänemark den Titel *rex Gothorum* beizulegen, welches dem dänischen Monarchen die Souveränität über Gothland, eine schwedische Provinz, zu überweisen schien; während ihm die Schweden bloß die Eigenschaft eines *rex Gototorum* bewilligen wollten, welche unbestimmte Benennung dem alten Titel der dänischen Monarchie »König der Goten« gleichkam. Auf dieses *h*, welches die Ursache einer langen Unterhandlung war und beinahe zu einem Kriege geführt hätte, spielte hier Schuhmacher an.

Dieser Gefangene war ein Mann von riesenmäßiger Gestalt, dessen Stirne verbunden war. Er erhob sich und sagte: »Ich bin Han von Klipstadur in Island.«

Eine Bewegung des Schauders lief durch das Auditorium, und Schuhmacher, dessen Kopf bereits nachdenkend auf seine Brust gefallen war, erhob ihn wieder und warf einen schnellen Blick auf seinen furchtbaren Nachbar, von dem sich alle andern Mitangeklagten entfernt hielten.

»Han von Island«, fuhr der Präsident zu fragen fort, »was habt Ihr dem Gerichtshofe mitzuteilen?«

»Ich war der Anführer des Aufstands.«

»Habt Ihr aus eigenem Antrieb oder auf fremdes Antreiben den Befehl über die Rebellen übernommen?«

»Nicht aus eigenem Antrieb.«

»Wer hat Euch zu diesem Verbrechen verleitet?«

»Ein Mensch, der sich Hacket nannte.«

»Wer war dieser Hacket.«

»Ein Agent von Schuhmacher, den er auch Graf von Greiffenfeld nannte.«

Der Präsident wandte sich an Schuhmacher: »Kennt Ihr diesen Hacket?«

»Ihr seid mir zuvorgekommen, Graf Ahlfeldt, ich wollte die nämliche Frage an Euch richten.«

»Johann Schuhmacher, Ihr seid übel beraten mit Eurem Hasse. Der Gerichtshof wird Euer Verteidigungssystem zu würdigen wissen.«

Der Bischof nahm das Wort: »Herr geheimer Sekretär, befindet sich dieser Hacket unter meinen Klienten?«

»Nein, hochwürdiger Herr!«

»Weiß man, was aus ihm geworden ist?«

»Er hat sich aus dem Staube gemacht, ehe man ihn festnehmen konnte.«

»Lässt man ihn verfolgen? Hat man seine Gestaltsbezeichnung?«

Ehe der geheime Sekretär antworten konnte, erhob sich der junge Bergmann und sagte mit lauter kräftiger Stimme: »Sein Signalement ist leicht zu geben. Dieser elende Hacket, dieser Agent Schuhmachers, ist ein Mann von kleiner Gestalt, von offenem Gesicht, aber offen wie der Schlund der Hölle ... Seine Stimme, hochwürdiger Herr Bischof, hat viele Ähnlichkeit mit der Stimme des Herrn, der an dieser Tafel schreibt und den Euer Hochwürden geheimer Sekretär nennen. Und wenn dieser Saal weniger düster wäre, und wenn weniger Haare das Gesicht des geheimen Sekretärs bedeckten, so möchte ich fast behaupten, dass in seinen Zügen einige Ähnlichkeit mit denen des Verräters Hacket liege.«

»Unser Bruder redet die Wahrheit,«, riefen die beiden Nachbarn des jungen Bergmanns aus.

»Wirklich!«, murmelte Schuhmacher mit einem Ausdrucke des Triumphs.

Der Sekretär machte eine unwillkürliche Bewegung, sei es aus Furcht, sei es aus Unwillen, dass man ihn mit diesem Hacket verglich. Der Präsident, der selbst verlegen schien, beeilte sich, seine Stimme zu erheben.

»Gefangene, vergesst nicht, dass Ihr nur dann reden dürft, wenn Euch der Gerichtshof fragt, und vor allen Dingen beleidigt kein Mitglied des Tribunals durch unwürdige Vergleichungen!«

»Inzwischen, Herr Präsident«, sagte der Bischof, »ist hier nur von einem Signalement die Rede. Wenn der flüchtige Hacket einige Ähnlichkeit mit dem geheimen Sekretär hat, so könnte das von Nutzen sein ...«

Der Präsident unterbrach ihn: »Han von Island, Ihr, der Ihr in so genauer Verbindung mit Hacket gestanden, sagt uns doch, zur Befriedigung des hochwürdigen Herrn Bischofs, ob dieser Mensch wirklich unserem geheimen Sekretär gleicht?«

»Ganz und gar nicht,« antwortete der Riese ohne Zögern.

»Da sehen Sie also selbst, Herr Bischof!«

Der Bischof gab durch ein Kopfneigen zu erkennen, dass er befriedigt sei. Der Präsident wendete sich zu einem andern Angeklagten mit der üblichen Frage: »Wie heißt Ihr?«

»Wilfried Kennybol aus den Bergen von Kole.«

»Wart Ihr unter den Aufrührern?«

»Ja, gnädiger Herr! Die Wahrheit geht über das Leben. Ich bin in den verdammten Schluchten des schwarzen Pfeilers gefangen worden. Ich war der Anführer der Gebirgsbewohner.«

»Was hat Euch zum Verbrechen des Aufruhrs angetrieben?«

»Unsere Brüder, die Bergleute, beklagten sich über die königliche Vormundschaft und da hatten sie ganz recht, mit Euer Gnaden Erlaubnis. Wenn einer nur eine elende Lehmhütte und zwei schlechte Fuchsbälge hat, so ist es ihm doch lieb, dass er darüber Herr und Meister ist. Die Regierung hat auf ihre Bitten nicht geachtet; darum, gnädiger Herr, haben sie sich empört und um unseren Beistand gebeten. So etwas kann ein Bruder dem anderen nicht abschlagen. So ist es gegangen.«

»Hat niemand Euern Aufstand angereizt, ermuntert und geleitet?«

»Ein Herr Hacket sprach uns immer viel von einem Grafen vor, der zu Munckholm gefangen sitze, und den wir befreien sollten. Wir haben es ihm versprochen, denn es machte uns nichts aus, ob einer mehr frei sei.«

»Hieß dieser Graf nicht Schuhmacher oder Greiffenfeld?«

»Richtig, so hieß er.«

»Habt Ihr ihn nie gesehen?«

»Nein, gnädiger Herr! Wenn es aber der alte Mann ist, der Ihnen ebenso viele Namen gegeben hat, so muss ich gestehen ...«

»Was?«, fragte hastig der Präsident.

»... Dass er einen schönen weißen Bart hat, fast ebenso schön, als der des Schwiegervaters meiner Schwester Maase, im Flecken Surb, welcher 120 Jahre alt geworden ist.«

Der Präsident schien durch diese naive Antwort des Gebirgsbewohners nicht sonderlich befriedigt; er befahl den Gerichtsdienern einige feuerfarbene Fahnen, die vor dem Tribunal niedergelegt waren, aufzurollen.

»Wilfried Kennybol«, sagte er, »erkennt Ihr diese Fahnen?«

»Ja, Ihr Gnaden, Hacket hat sie uns im Namen des Grafen Schuhmacher zugestellt. Er hat auch Gewehre unter die Bergleute austeilen lassen, denn wir Gebirgsbewohner, die wir von der Büchse und Waidtasche leben, brauchen keine. Und ich, wie Sie mich hier sehen, gebunden wie eine alte Henne, die man braten will, ich habe mehr als einmal aus der Tiefe unserer Täler alte Adler herabgeschossen, die in der Höhe ihres Flugs nicht größer erschienen, als eine Lerche oder Wachtel.«

»Die Herren Richter hören«, sagte der geheime Sekretär, »dass der angeklagte Schuhmacher durch Hacket Waffen und Fahnen unter die Rebellen austeilen ließ.«

»Kennybol«, fuhr der Präsident fort, »habt Ihr sonst nichts zu sagen?«

»Nichts, als dass ich den Tod nicht verdiene. Ich habe bloß, als redlicher Bruder, den Bergleuten Beistand geleistet, und ich kann versichern, dass die Kugel meiner Büchse, so ein alter Schütze ich auch bin, noch nie einen Damhirsch des Königs getötet hat.«

Der Präsident begann jetzt das Verhör der beiden Anführer der Bergleute. Der älteste derselben, namens Jonas, wiederholte mit andern Worten, was Kennybol bereits gesagt hatte. Der jüngere, Norbith, gestand furchtlos seinen Anteil an der Empörung, über Hacket und Schuhmacher aber wollte er nichts aussagen. »Er habe«, sagte er, »den Eid der Verschwiegenheit abgelegt.« Alle Ermahnungen und Drohungen des Präsidenten brachten ihn nicht von diesem Vorsatze ab. »Im Übrigen«, fügte er hinzu, »habe er sich nicht für Schuhmacher empört, sondern für seine arme Mutter, die Hunger und Kälte leide.«

Der geheime Sekretär resümierte die Aussagen der Angeklagten und bemühte sich, daraus Folgerungen und Beweise für die Schuldbarkeit des Exkanzlers zu ziehen. »Es ist jetzt«, fuhr er fort, »nur noch ein Angeklagter zu verhören, und wir haben gegründete Ursache, denselben für einen geheimen Agenten der Befehlshaberschaft zu halten, welche für die Ruhe der Provinz Drontheimhus so schlecht gesorgt hat. Diese Befehlshaberschaft hat, wo nicht durch strafbares Einverständnis, mindestens doch durch ihre unselige Nachlässigkeit den Ausbruch des Aufstands begünstigt, der alle diese Unglücklichen ins Verderben stürzen und diesen Schuhmacher abermals auf das Schafott bringen wird, von dem ihn schon einmal die Gnade des Königs gerettet hat.«

Ethel schauderte bei diesen Worten, und ein Strom von Tränen entfloss ihren Augen. Ihr Vater erhob sich und sagte mit Ruhe: »Kanzler Ahlfeldt, alles das ist trefflich eingefädelt. Habt Ihr doch die Vorsicht gehabt, den Scharfrichter schon zu bestellen?«

Inzwischen hatte sich der sechste Angeklagte erhoben. Als der Präsident die übliche Frage an ihn richtete, strich er die Haare aus dem Gesicht und antwortete mit lauter, fester Stimme: »Ich heiße Ordener Guldenlew, Baron von Thorwick, Ritter des Danebrogordens.«

Ein Schrei des Staunens entwischte dem Sekretär: »Der Sohn des Vizekönigs!«

»Der Sohn des Vizekönigs!«, wiederholten alle Stimmen.

Der Präsident fuhr auf seinem Lehnstuhl zusammen, die bis dahin unbeweglichen Richter neigten sich tumultuarisch zusammen. Ebenso große Gärung herrschte unter den Zuschauern.

Nachdem die Stille allmählich wieder hergestellt war, schickte sich der Präsident an, das Verhör zu beginnen.

»Herr Baron«, sagte er mit zitternder Stimme ...

»Ich heiße hier nicht »»Herr Baron««, unterbrach ihn Ordener, »sondern Ordener Guldenlew, wie der ehemalige Graf von Greiffenfeld bloß Johann Schuhmacher.«

Der Präsident blieb einige Augenblicke wie versteinert.

»Nun denn«, fuhr er dann fort, »Ordener Guldenlew, ohne Zweifel hat Sie ein bloßer Zufall vor diesen Gerichtshof geführt. Die Rebellen haben Sie auf der Reise aufgefangen und gezwungen, ihnen zu folgen, und so kommt es ohne allen Zweifel, dass man Sie in ihren Reihen gefunden hat.«

Der Sekretär erhob sich: »Verehrteste Herren Richter: Schon der Name des Sohns des Vizekönigs allein ist für ihn eine hinreichende Verteidigung. Der Baron Ordener Guldenlew kann kein Rebell sein. Unser erlauchter Präsident hat seine Anwesenheit unter den Aufrührern genügend erklärt. Das einzige Unrecht, das dieser edle Gefangene begangen hat, besteht darin, dass er seinen Namen nicht bälder sagte. Wir geben jede Anklage gegen ihn auf, tragen auf seine augenblickliche Freilassung an und bedauern nur, dass er einen Augenblick auf der Bank saß, die der Staatsverbrecher Schuhmacher und seine Mitschuldigen besudeln.«

»Was soll das heißen?«, fragte Ordener.

»Der geheime Sekretär«, erwiderte der Präsident, »enthält sich aller gerichtlichen Anklage gegen Ihre Person.«

»Daran tut er Unrecht«, sagte Ordener mit lauter volltönender Stimme, »ich bin es, der hier allein angeklagt, gerichtet und verurteilt werden muss. Ich bin der einzige Schuldige.«

»Der einzige Schuldige!«, rief der Präsident aus.

»Der einzige Schuldige!«, wiederholte der geheime Sekretär.

Ein neuer Ausbruch des Staunens erfolgte unter den Zuschauern. Die unglückliche Ethel schauderte.

»Hellebardiere, gebietet Stille!«, sagte der Präsident, der mühsam seine Geisteskräfte zu sammeln suchte.

»Ordener Guldenlew«, fuhr er fort, »erklären Sie sich näher.«

Der junge Mann blieb einige Augenblicke sinnend, stieß einen Seufzer aus und antwortete dann mit der Ruhe der Ergebung: »Ich weiß, welches Ende meiner wartet, aber ich weiß auch, was die Pflicht mir gebietet. Ja, ihr Herren Richter, ich bin schuldig, und allein schuldig. Schuhmacher ist unschuldig, die anderen sind bloß verführt. Der Urheber des Aufstandes bin ich.«

»Sie!«, riefen der Präsident und der geheime Sekretär zumal in seltsamer Überraschung.

»Ich! Ich habe die Bergleute in Schuhmachers Namen zur Empörung gereizt, ich habe in seinem Namen Geld und Waffen unter sie verteilt.

Hacket war mein Agent. Ich trieb sie zum Aufstand an, ich bin in ihren Reihen gefangen worden. Ich allein habe alles getan. Mein ist das Verbrechen, Schuhmacher ist unschuldig. Jetzt, ihr Herren Richter, fällen Sie das Urteil.«

Ethel war der Ohnmacht nahe. Eine Pause allgemeinen Erstaunens trat ein. Der Präsident sammelte sich mühsam.

»Wenn Sie wirklich der einzige Urheber dieses Aufstandes sind«, fragte er endlich, »zu welchem Zwecke haben Sie ihn angestiftet?«

»Das kann ich nicht sagen.«

»Hatten Sie nicht«, fuhr der Präsident nach einer Pause fort, »einen Liebeshandel mit Schuhmachers Tochter?«

Ordener trat einen Schritt gegen das Tribunal vor und sagte mit würdiger Haltung: »Kanzler von Ahlfeldt, begnügen Sie sich mit meinem Leben, das ich hingebe, und achten Sie eine edle, unschuldige Jungfrau.«

»Ordener Guldenlew, achten Sie selbst den Gerichtshof des Königs. Ich frage Sie nochmals, zu welchem Zwecke Sie diesen Aufstand angestiftet haben?«

»Und ich wiederhole Ihnen nochmals, dass ich das nicht sagen kann.«

»Geschah es nicht, um Schuhmacher zu befreien?«

Ordener schwieg.

»Es ist erwiesen, dass Sie Einverständnisse mit Schuhmacher hatten, und das Geständnis Ihrer Strafbarkeit klagt ihn selbst mehr an, als es ihn rechtfertigt. Sie sind oft nach Munckholm gekommen, und Ihre Besuche müssen etwas anderem, als gewöhnlicher Neugierde, zugeschrieben werden. Beweis dafür ist diese diamantene Schnalle.«

Der Präsident nahm eine Diamantschnalle vom Tisch und hielt sie Ordener vor: »Erkennen Sie diese Schnalle als die Ihrige?«

»Ja! Durch welchen Zufall? ...«

»Einer der Aufrührer hat sie, ehe er den Geist aufgab, unserem geheimen Sekretär zugestellt, mit der Erklärung, dass er sie von Ihnen als Bezahlung der Überfahrt aus dem Hafen von Drontheim nach Munckholm erhalten habe. Ich frage nun die Herren Richter, ob eine solche Belohnung für einen so geringen Dienst nicht beweise, welchen Wert der Angeklagte darauf legte, in Schuhmachers Gefängnis zu gelangen?«

»Ich verhehle nicht, dass ich Schuhmacher zu sehen wünschte; aber diese Schnalle beweist nichts. Man darf nicht mit Diamanten und andern Kostbarkeiten in die Festung: Der Schiffmann hatte sich bei der Überfahrt über seine Dürftigkeit beklagt; ich warf ihm diese Schnalle zu, die ich nicht bei mir behalten durfte.«

»Verzeihung, gnädiger Herr«, unterbrach ihn der geheime Sekretär, »das Reglement nimmt den Sohn des Vizekönigs von dieser Maßregel aus. Sie konnten also ...«

»Ich wollte meinen Namen nicht nennen.«

»Warum?«, fragte der Präsident.

»Das kann ich nicht sagen.«

»Ihr Einverständnis mit Schuhmacher und seiner Tochter beweist, dass der Zweck Ihres Komplotts war, sie zu befreien.«

Schuhmacher, der bis dahin kein anderes Zeichen von Aufmerksamkeit von sich gegeben hatte, als ein verächtliches Achselzucken, erhob sich: »Mich befreien! Der Zweck dieses höllischen Komplotts war, mich in Verdacht zu bringen und ins Verderben zu stürzen, wie er es noch ist. Glaubt Ihr denn, dass Ordener Guldenlew seinen Anteil an dem Verbrechen gestanden hätte, wenn er nicht unter den Aufrührern gefangen genommen worden wäre? Oh! Ich weiß wohl, dass er seines Vaters Hass gegen mich geerbt hat. Und was das Einverständnis betrifft, das man bei ihm mit mir und meiner Tochter voraussetzte, so mag er wissen, dieser schändliche Guldenlew, dass auch meine Tochter meinen Hass gegen ihn, gegen das ganze Geschlecht der Guldenlew und Ahlfeldt geerbt hat.«

»Der Gerichtshof wird sein Urteil fällen«, sagte der Präsident.

Ordener erhob das Haupt und sprach: »Verehrte Richter, vergessen Sie nicht, dass Ordener Guldenlew allein schuldig, Schuhmacher unschuldig ist. Die anderen Unglücklichen sind durch meinen Agenten Hacket irregeführt worden. Ich habe alles Übrige getan.«

Kennybol unterbrach ihn: »Der gnädige Herr sagt die Wahrheit, denn er hat Han den Isländer in der Grotte von Walderhog aufgesucht und uns zugeführt. Ja, wir sind durch diesen verfluchten Hacket verleitet worden, und wir verdienen den Tod nicht.«

»Herr geheimer Sekretär«, sagte der Präsident, »die Verhandlungen sind geschlossen. Wie lautet Ihr Antrag?«

Der Sekretär erhob sich: »Herr Präsident, verehrteste Herren Richter! Die Anklage bleibt in voller Kraft. Ordener Guldenlew, der eine Schande seines glorwürdigen Namens ist, hat seine Strafbarkeit bewiesen, ohne dadurch Schuhmachers und der übrigen Angeklagten Unschuld darzutun. Ich trage daher darauf an, sämtliche sechs Angeklagte des Hochverrats und Majestätsverbrechens ersten Grads schuldig zu erkennen.«

Der Bischof erhob sich: »Gelehrte Herren Richter! Dem Verteidiger der Angeklagten gebührt das letzte Wort. Ich wundere mich über den strengen Antrag des geheimen Sekretärs. Das Verbrechen meines Klienten Schuhmacher ist durch nichts erwiesen. Man kann keine unmittelbare Teilnahme an dem Aufstand gegen ihn aufstellen, und da mein anderer Klient, Ordener Guldenlew, erklärt, dass er Schuhmachers Namen missbraucht habe und der einzige Urheber dieser verdammlichen Empörung sei, so schwindet aller Verdacht gegen Schuhmacher, der deshalb gänzlich freizusprechen ist. Die anderen Angeklagten, die bloß verführt worden sind, empfehle ich Ihrer christlichen Milde, und selbst den jungen Ordener Guldenlew, der wenigstens das in den Augen des Himmels große Verdienst hat, sein Verbrechen bekannt zu haben. Legen Sie seine Jugend und Unerfahrenheit in die Waagschale Ihres Urteils und entziehen Sie ihm nicht ein Leben, das ihm der Himmel vor noch nicht langer Zeit geschenkt hat.«

Der ehrwürdige Bischof setzte sich, und die Richter entfernten sich in ihr Beratungszimmer. Die Beratung dauerte lange, der Morgen brach bereits an, als sie in den Sitzungssaal zurückkehrten.

Der Oberrichter der Provinz erhob sich und entfaltete ein Papier:

»Seine Gnaden, unser erlauchter Präsident, ermüdet von der Länge der Sitzung, hat uns, Oberrichter der Provinz Drontheimhus, gewöhnlichen Präsidenten dieses ehrwürdigen Gerichtshofs, ermächtigt, das im Namen des Königs gefällte Urteil statt seiner abzulesen. Wir werden nun diese ebenso ehrenvolle als traurige Pflicht erfüllen, und ermahnen die Zuhörer, den Spruch der unfehlbaren Rechtspflege des Königs in ehrerbietiger Stille anzuhören.«

Die Stimme des Oberrichters nahm jetzt einen ernsten und feierlichen Ton an, der die Herzen der Zuhörer erbeben machte:

»Im Namen unseres allergnädigsten Königs und Herrn, Christiern, Königs von Dänemark und Norwegen!

Wir, die Richter des Obertribunals der Provinz Drontheimhus, nachdem wir die Gesetze und unser Gewissen befragt, erlassen, betreffend Johann Schuhmacher, Staatsgefangenen, Wilfried Kennybol, Bewohner der Berge von Kole, Jonas, königlichen Bergmann, Norbith, königlichen Bergmann, Han von Klipstadur in Island und Ordener Guldenlew, Baron von Thorwick, Ritter des Danebrogordens, sämtlich des Hochverrats und Majestätsverbrechens ersten Grads, Han von Island überdies der Verbrechen des Mords, der Brandstiftung und des Straßenraubs, angeklagt, folgendes Urteil:

Johann Schuhmacher ist nicht schuldig.

Wilfried Kennybol, Jonas und Norbith sind schuldig, aber der Gerichtshof findet einen Milderungsgrund darin, dass sie verführt worden sind.

Han der Isländer ist aller ihm zur Last gelegten Verbrechen schuldig.

Ordener Guldenlew ist des Hochverrats und Majestätsverbrechens ersten Grads schuldig.«

Der Richter hielt einen Augenblick inne, als ob er Atem schöpfen wollte.

»Johann Schuhmacher«, fuhr er fort, »der Gerichtshof absolviert Euch und schickt Euch in Euer Gefängnis zurück.

Kennybol, Jonas und Norbith, der Gerichtshof verwandelt die Todesstrafe, welche Euch gebührt hätte, in ewige Gefangenschaft und eine Strafe von tausend Talern für jeden von Euch.

Han von Klipstadur, Mörder und Brandstifter, Ihr werdet diesen Abend auf den Waffenplatz von Munckholm geführt und am Halse gehängt werden, bis der Tod erfolgt.

Ordener Guldenlew, Hochverräter, Ihr werdet vor diesem Gerichtshofe Eurer Ehren und Würden entsetzt, sofort diesen Abend, mit einer Fackel in der Hand, an den nämlichen Ort geführt werden, allwo man Euch das Haupt abschlagen und Euern Körper verbrennen wird, damit Eure Asche in alle Winde zerstreut und Euer Haupt auf den Pfahl gesteckt werde.

Jetzt entfernt euch alle. So lautet der Spruch, den die Rechtspflege des Königs erlassen hat.«

Kaum hatte der Oberrichter dieses furchtbare Urteil verkündet, so ertönte im Saale ein Schrei. Dieser Schrei erfüllte die Umstehenden mit noch mehr Schauder, als das Bluturteil selbst. Ordener erbleichte.

XLI.

Ordener Guldenlew saß in einem feuchten Kerker, in welchen das Licht des Tages nur spärlich durch vergitterte Öffnungen fiel. Seine Hände und Füße waren gefesselt, ihm zur Seite stand ein Wasserkrug und lag ein schwarzes Brot. Die schwere eiserne Pforte drehte sich kreischend in ihren verrosteten Angeln, Ethel Schuhmacher trat herein.

Halb ohnmächtig fiel die Jungfrau in seine Arme, ein Tränenstrom floss aus ihren Augen über seine gefesselten Arme hinab. Lange hielten sie sich sprachlos umarmt. Endlich erhob die Jungfrau das Haupt von seiner Brust.

»Ordener«, sagte sie, »ich komme, Dich zu retten.«

Ordener schüttelte lächelnd den Kopf: »Mich retten, Ethel! Flucht ist unmöglich.«

»Das weiß ich wohl. Dieses Schloss wimmelt von Soldaten, jeder Ausgang ist bewacht. Aber ich bringe Dir ein anderes Mittel der Rettung.«

»Vergebliche Hoffnung! Täusche Dich nicht selbst durch Trugbilder. In wenigen Stunden wird das Beil des Henkers ...«

»Halt ein, Ordener! Nein, Du sollst nicht sterben. Der Tod in seiner ganzen schrecklichen Gestalt steht vor meinen Augen, ich will freudig das Opfer bringen.«

»Welches Opfer?«

»Ordener, Du sollst nicht sterben. Um das Leben zu behalten, darfst Du nur versprechen, Ulrike Ahlfeldt zu heiraten.«

»Ulrike Ahlfeldt! Dieser Name in meiner Ethel Mund!«

»Unterbrich mich nicht. Die Gräfin Ahlfeldt schickt mich hierher. Man verspricht Dir, Deine Begnadigung vom König zu erlangen, wenn Du der Tochter des Großkanzlers Deine Hand reichen willst. Mich hat man zur Botin gewählt, weil man glaubt, dass meine Stimme etwas über Dich vermöge.«

»Ethel, wenn Du aus diesem Kerker gehst, so sage ihnen, dass sie den Henker schicken.«

Die Jungfrau sank auf die Knie vor ihm, hob ihre Hände flehend zu ihm auf und sagte mit brechender Stimme: »Ordener, willst Du mich töten?«

Eine Träne trat in des Jünglings Auge: »Ethel, hast Du aufgehört mich zu lieben?«

»Ich Dich nicht mehr lieben?«, rief die Jungfrau aus.

»Du liebst mich nicht mehr, denn Du verachtest mich.«

»O mein Gott! Den sollte ich verachten, den ich anbete!«

»Wie konntest Du mich dann auffordern, mein Leben durch das Opfer meiner Liebe zu erkaufen?«

»Ordener, von den Fenstern meines Kerkers sieht man auf dem Waffenplatze Dein Schafott erbauen. Die Gräfin Ahlfeldt kam zu mir, sie fragte mich, ob ich Dich retten wolle, sie bot mir dieses Rettungsmittel an. Ich schwankte keinen Augenblick, ich kenne kein anderes Glück mehr, als Dich dem Leben zu erhalten.«

»Auch ich schwanke keinen Augenblick, geliebte Ethel! Ich will sterben, und wenn Du wüsstest, warum ich sterbe, so wärest Du nicht gekommen, mir mit Ulrikes Hand das Leben anzubieten.«

»Wie? Welches Geheimnis! ...«

»Lass mir mein Geheimnis. Ich will sterben, und Du sollst nicht wissen, ob ich für meinen Tod Deinen Dank oder Deinen Hass verdient habe.«

»Du willst sterben! Ist es denn kein Traum? Und eben schlägt man das Blutgerüste auf, und keine menschliche Macht vermag Dich zu befreien! Nein, Du sollst nicht sterben; Du bist zu einem langen glücklichen Leben bestimmt. Gewiss ist diese Ulrike Ahlfeldt ein edles Geschöpf, die Dir das Leben versüßen wird.«

»Nichts mehr davon, meine Ethel! In diesen letzten Augenblicken soll nur Dein und mein Name aus unserem Munde gehen.«

Ein Greis in priesterlicher Kleidung trat aus dem Schatten des dunklen Eingangs.

»Was wollen Sie?«, fragte ihn Ordener.

»Gnädiger Herr, ich bin mit der Abgesandten der Gräfin Ahlfeldt gekommen. Sie haben mich nicht bemerkt, und ich wartete in der Stille, bis Ihre Augen auf mich fallen würden. Ich bin der Geistliche, welcher ...«

»Ich verstehe, und bin bereit.«

»Auch Gott ist bereit, Sie aufzunehmen, mein Sohn.«

»Herr Prediger, Ihr Gesicht ist mir bekannt. Ich habe Sie schon irgendwo gesehen.«

»Im Turme von Bygla. Sie versprachen mir die Begnadigung von zwölf Verurteilten, und ich setzte kein Vertrauen in Ihr Versprechen, denn ich wusste nicht, dass Sie der Sohn des Vizekönigs sind, und Sie, gnädiger Herr, der damals auf seinen Rang und seine Macht vertraute ...«

»Ich kann jetzt heute nicht einmal meine eigene Begnadigung erlangen. Ich baute auf meine Macht, aber das Schicksal ist mächtiger, als wir arme Sterbliche.«

Der Geistliche beugte das Haupt: »Gott ist allmächtig, Gott ist allgütig.«

»Herr Prediger«, sagte Ordener nach einer Pause, »ich will mein Versprechen halten. Wenn ich vollendet haben werde, so gehen Sie nach Bergen zu meinem Vater, und sagen Sie ihm, die letzte Bitte seines Sohnes an ihn sei die Begnadigung der zwölf Verurteilten. Er wird sie Ihnen gewähren.«

»Mein Sohn«, erwiderte der Geistliche mit gerührter Stimme. »Sie müssen ein edles Herz haben, dass Sie in der Stunde, wo Sie Ihre eigene Begnadigung verschmähen, um Gnade für andere bitten. Sagen Sie mir nun: *Unde scelus?* Wie kommt es, dass ein Mann, der so edle Gefühle hegt, sich mit dem Verbrechen des Hochverrats besudeln konnte?«

»Mein Vater, das habe ich selbst diesem Engel verhehlt, und kann es Ihnen auch nicht sagen. Das dürfen Sie aber glauben, dass die Ursache meiner Verurteilung nicht in einem Verbrechen liegt.«

»Erklären Sie sich näher, mein Sohn.«

»Drängen Sie mich nicht, ich will mein Geheimnis mit in das Grab nehmen.«

»Dieser Mensch kann nicht schuldig sein«, murmelte der Prediger zwischen den Zähnen. Hierauf zog er ein Kruzifix aus dem Busen, stellte es auf die Mauer, zündete eine kleine eiserne Lampe an, die er mitgebracht hatte, und legte eine Bibel daneben.

»Jetzt, mein Sohn, erheben Sie Ihren Geist im Gebet. In einigen Stunden werde ich wiederkehren. Wir müssen jetzt«, fügte er zu Ethel gewendet hinzu, »den Gefangenen verlassen.«

Ethel erhob sich mit Ruhe. Ein Strahl himmlischen Friedens leuchtete aus ihren Augen.

»Verweilen Sie noch einen Augenblick, Herr Prediger«, sagte sie. »Sie müssen zuvor Ethel Schuhmacher mit Ordener Guldenlew ehelich verbinden.«

Sie warf einen Blick auf Ordener: »Wenn Du noch glücklich, frei und mächtig wärest, so würde ich mein Schicksal von dem Deinigen trennen. Jetzt, da Du ein armer Gefangener bist wie ich, so will ich mich mit Dir im Tode vereinen.«

Ordener umschlang entzückt ihre Knie.

»Sie, ehrwürdiger Greis, werden Vaterstelle an uns vertreten, dieser Kerker ist der Tempel, dieser Stein der Altar. Hier ist mein Brautring, wir liegen auf den Knien vor Gott und seinem Diener. Weihen Sie den Bund unserer Ehe ein.«

Der Prediger betrachtete sie mit mitleidigem Wohlwollen: »Wie, meine Kinder! Was machen Sie da?«

»Mein Vater«, erwiderte die Jungfrau, »die Zeit enteilt. Gott und der Tod erwarten uns.«

Der Priester hob seine Augen zum Himmel: »Möge mir Gott verzeihen, wenn meine Schwäche strafbar ist! Ihr liebt Euch, Euch ist nur noch eine Spanne Zeit auf Erden übrig, ich will Eurer Liebe den Segen der Kirche erteilen.«

Die Zeremonie war vorüber, sie erhoben sich als Gatten.

»Was das Leben nicht konnte«, sagte die Jungfrau feierlich, »hat der Tod vollbracht: Wir sind durch das Band der heiligen Ehe vereint. Höre mich jetzt, mein Gatte! Ich werde an das Fenster treten, wenn man Dich auf das Blutgerüste führt, und ehe der tödliche Streich fällt, wird meine Seele ihre irdische Hülle verlassen haben. An den Pforten des Himmels sehe ich Dich wieder.«

Der Jüngling drückte sie schweigend an seine Brust.

»Meine Kinder«, sagte der Priester gerührt, »sagt Euch Lebewohl!«

Ethel sank auf die Knie nieder: »Segne mich, mein Geliebter, ehe ich scheide!«

Ordener legte segnend seine Hand auf ihr Haupt; dann wandte er sich an den Priester, um ihn zum Abschied zu grüßen. Der ehrwürdige Greis kniete vor ihm.

»Was verlangen Sie von mir, mein Vater?«, fragte er staunend.

»Deinen Segen, mein Sohn!«, erwiderte der Priester mit christlicher Demut.

»So segne Dich der Himmel, mein Vater, und vergelte Dir in der Ewigkeit, was Du hienieden für die Menschen, Deine Brüder, getan hast!«, sagte Ordener feierlich.

XLII.

»Baron Voethaün, Oberst der Arkebusiere von Munckholm, nennen Sie dem Gerichtshofe den Soldaten, der in den Schluchten des schwarzen Pfeilers Han den Isländer zum Gefangenen gemacht hat, damit er die versprochenen tausend Taler in Empfang nehme.«

So sprach der Präsident des Tribunals zu dem Oberst der Arkebusiere. Das Tribunal, das ohne Appellation verurteilte, blieb nach altem Gebrauche versammelt, bis sein Spruch vollzogen war. Vor ihm stand der falsche Han von Island mit dem Strick um den Hals.

Der Oberst, der an dem Tische des Geheimschreibers saß, erhob sich.

»Verehrteste Herren Richter«, sprach er, »der Soldat, der Han den Isländer gefangen hat, ist hier; er heißt Torie Belfast, zweiter Arkebusier meines Regiments.«

»So trete er vor«, sagte der Präsident, »die zugesagte Belohnung zu empfangen.«

Ein junger Soldat trat vor.

»Seid Ihr Torie Belfast?«

»Ja, Ihr Gnaden!«

»Habt Ihr Han von Island gefangen genommen?«

»Ja, mit Beelzebubs Hilfe, Euer Gnaden erlauben!«

Man legte einen schweren Geldsack auf den Tisch nieder.

»Erkennt Ihr in diesem Manne da Han den Isländer?«

»Das Gesicht der schönen Caddie kannte ich besser, als das Han's von Island, aber wenn Han der Isländer irgendwo ist, so steckt er gewiss in diesem Riesen da.«

»Tretet näher, Torie Belfast, hier sind die versprochenen tausend Taler.«

Der Soldat trat näher. Da erhob sich unter den Zuschauern eine Stimme: »Arkebusier von Munckholm, Du hast Han den Isländer nicht gefangen!«

»Bei allen Teufeln!«, rief der Soldat und wandte sich um, »ich habe nichts im Vermögen, als meine Tabakspfeife, aber dem, der dies sagt, will ich zehntausend Taler geben, wenn er beweist, was er gesagt hat.«

Der Soldat kreuzte die Arme über die Brust und warf einen zuversichtlichen Blick auf die Zuschauer umher: »Nun, trete hervor, wer gesprochen hat!«

»Ich!«, sagte ein kleiner Mann und trat aus der Menge.

Der Mann war in Seehundsfelle gehüllt, ein schwarzer Bart und schwarze Haare bedeckten sein Gesicht; was man davon sehen konnte, war scheußlich anzublicken. Seine Kleidung war über ihn ausgebreitet, wie das Dach einer konischen Hütte, und man sah nichts von seinen Armen und Händen.

»Ah! Du bist es!«, sagte der Soldat mit lautem Lachen. »Und wer sonst hat denn diesen teufelhaften Riesen gefangen?«

Der kleine Mann lächelte spöttisch und sagte: »Ich!«

»Wirklich! Du!«, erwiderte der Soldat ironisch. »Wenn Du nicht in diesen grönländischen Seehundsfellen stecktest, würde ich Dich für jenen andern Zwerg halten, der vor etwa vierzehn Tagen im Spladgest Streit mit mir anfing ... Es war an dem Tage, wo man den Leichnam des Bergmanns Gill Stadt ...«

»Gill Stadt!«, unterbrach ihn der kleine Mann heulend.

»Ja, Gill Stadt, der abgewiesene Liebhaber eines Mädchens, welches die Geliebte eines meiner Kameraden war, und für die er gestorben ist, wie ein Thor.«

Der kleine Mann fragte mit dumpfer Stimme: »War nicht auch im Spladgest der Leichnam eines Offiziers Deines Regiments?«

»Richtig, ich werde mein Leben lang an diesen Tag denken, ich hatte im Spladgest die Stunde des Zapfenstreichs vergessen, und wäre deshalb beinahe degradiert worden. Dieser Offizier war der Hauptmann Dispolsen ...«

Bei diesem Namen erhob sich der geheime Sekretär: »Diese beiden Individuen missbrauchen die Geduld des Gerichtshofs. Wir bitten den Herrn Präsidenten, diesem nutzlosen Gespräch ein Ende zu machen.«

»Bei den Schelmenaugen meiner Caddie, das ist mir ganz recht, wenn mir nur die Herren Richter die tausend Taler zuerkennen, denn ich habe Han den Isländer gefangen genommen.«

»Du lügst!«, schrie der kleine Mann.

Der Soldat griff mit der rechten Hand an die linke Seite.

»Es ist ein Glück für Dich, dass wir vor Gericht stehen, wo ein Soldat unbewaffnet erscheinen muss, wie ein altes Weib«, sagte der Soldat.

»Mir«, erwiderte frostig der kleine Mann, »gehört der Preis, denn ohne mich würde man Han des Isländers Kopf nicht haben.«

Der Soldat wurde wütend und schwur, dass er Han den Isländer gefangen genommen habe, als er auf dem Schlachtfelde lag und die Augen wieder zu öffnen begann.

»Es ist möglich«, antwortete sein Gegner, »dass Du ihn gefangen hast, aber ich habe ihn niedergeschlagen. Ohne mich hättest Du ihn nicht gefangen nehmen können. Also gehören mir die tausend Taler.«

»Das ist erlogen, nicht Du hast ihn niedergeschlagen, sondern ein in Tierhäute gehüllter Dämon.«

»Ich war es!«

»Nein! Nein!«

Der Präsident legte beiden Stille auf; dann fragte er den Oberst Voethaün, ob Torie Belfast es gewesen, der ihm Han den Isländer gefangen zugeführt, und auf dessen bejahende Antwort erklärte er, dass die Belohnung dem Soldaten gehöre.

Der kleine Mann knirschte mit den Zähnen, und der Soldat streckte gierig die Hände aus, den Geldsack in Empfang zu nehmen.

»Einen Augenblick Geduld!«, rief der kleine Mann aus. »Herr Präsident, nach dem Edikt des Oberrichters gehört dieses Geld bloß demjenigen, der Han den Isländer überliefern wird?«

»Nun denn«, sagten einige Richter.

Der kleine Mann wendete sich gegen den Riesen: »Dieser Mensch da ist nicht Han der Isländer.«

Ein Murmeln des Staunens durchlief den Saal. Der Präsident und der geheime Sekretär ereiferten sich auf ihren Sitzen.

»Nein«, wiederholte mit starker Stimme der kleine Mann, »das Geld gehört nicht dem verdammten Arkebusier von Munckholm, denn dieser Mensch da ist nicht Han der Isländer.«

»Hellebardiere«, sagte der Präsident, »man führe diesen Rasenden ab, er ist wahnsinnig.«

Der Bischof erhob seine Stimme: »Der Herr Präsident erlaube mir die Bemerkung, dass man, wenn dieser Mensch nicht angehört wird, die Rettungsplanke unter den Füßen des hier gegenwärtigen Verurteilten zertrümmern kann. Ich verlange daher, dass die Konfrontation fortgesetzt werde.«

»Hochwürdiger Herr Bischof«, erwiderte der Präsident, »der Gerichtshof willfahrt Ihnen.«

Hierauf wandte er sich zu dem Riesen: »Ihr habt erklärt, Han der Isländer zu sein. Bestätigt Ihr diese Aussage im Angesicht des Todes?«

Der Verurteilte erwiderte: »Ich bestätige sie, ich bin Han der Isländer.«

»Sie hören jetzt selbst, Herr Bischof!«

Der kleine Mann rief zu gleicher Zeit: »Du lügst, Bergbewohner von Kole! Du lügst! Beharre nicht länger darauf, einen Namen zu führen, dessen Gewicht Dich zu Boden drückt! Denke daran, dass er Dir schon einmal Unheil gebracht hat!«

»Ich bin Han von Klipstadur in Island«, wiederholte der Riese, während er den geheimen Sekretär starr anblickte.

Der kleine Mann trat näher zu dem Soldaten von Munckholm, der, wie alle Zuschauer, diesen Auftritt neugierig beobachtete.

»Bergbewohner von Kole, Han der Isländer trinkt Menschenblut. Wenn Du Han bist, so trink! Hier ist Menschenblut!«

Kaum waren diese Worte gesprochen, so ließ er seinen Seehundsmantel fallen, und durchbohrte mit einem Dolche die Brust des Soldaten, der entseelt zu den Füßen des Riesen niederfiel.

Ein Schrei des Entsetzens erhob sich, die Soldaten, welche den Riesen bewachten, wichen scheu zurück. Der kleine Mann, schnell wie der Blitz, stürzte auf den Bergbewohner los und mit einem zweiten Dolchstiche streckte er ihn auf den Leichnam des Soldaten nieder. Jetzt warf er sein falsches Haar und seinen falschen Bart ab und stand da in der ganzen Kraft seiner nervigen Glieder, scheußlich in Tierfelle gehüllt und mit einem Gesichte, das unter den Umstehenden noch mehr Entsetzen erregte, als selbst der von Menschenblut gefärbte Dolch, den er in seiner Hand hielt.

»He, Ihr Richter«, rief er aus, »wo ist Han der Isländer?«

»Wachen«, rief der Präsident mit Entsetzen, »greift dieses Ungeheuer!«

Er warf seinen Dolch auf den Boden: »Er ist mir unnütz, es sind keine Soldaten von Munckholm mehr da!«

Nachdem er dies gesprochen hatte, ließ er sich von den Häschern und Hellebardieren, die sich angeschickt hatten, ihn wie eine Festung zu belagern, ohne Widerstand greifen. Man kettete ihn auf die Bank der Angeklagten, und eine Sänfte trug seine beiden Schlachtopfer, von denen das eine, der Bergbewohner, noch atmete, weg.

Der Bischof erhob sich: »Verehrteste Herren Richter ...«

»Bischof von Drontheim«, unterbrach ihn das Ungeheuer, »ich bin Han der Isländer, gib Dir nicht die Mühe, mich zu verteidigen.« Der geheime Sekretär stand auf: »Erlauchter Präsident ...«

»Geheimer Sekretär«, fiel ihm das Untier ins Wort, »ich bin Han der Isländer, gib Dir nicht die Mühe, mich anzuklagen.«

Jetzt, mit seinen Füßen im Blute der Ermordeten, ließ er seinen wilden Blick über die Richter, die Wächter und die Zuschauer hinschweifen, und diese ganze Menschenmasse schien vor einem einzelnen waffenlosen, angeketteten Manne zu zittern und sich zu entsetzen.

»Ihr Richter«, fuhr er fort, »erwartet kein langes Geschwätz von mir. Ich bin der Dämon von Klipstadur. Meine Mutter ist das alte Island, die Insel der Vulkane. Sie bildete ehemals nur einen einzigen Berg, aber ein Riese, der sich auf sie stützte, als er vom Himmel fiel, hat sie zusammengedrückt. Ich bin der Abkömmling Ingulfs des Vertilgers und sein Geist ruht auf mir. Ich habe mehr Mordtaten begangen und mehr Gebäude angezündet, als Ihr in Eurem Leben ungerechte Urteile gesprochen habt. Ich habe gemeinschaftliche Geheimnisse mit dem Kanzler Ahlfeldt. Ich würde alles Blut, das in Euren Adern fließt, mit Vergnügen trinken. Meine Natur ist, die Menschen hassen, mein Beruf, ihnen zu schaden. Oberst der Arkebusiere von Munckholm, ich war es, der Dir von dem Marsch der Bergleute durch die Schluchten des schwarzen Pfeilers Nachricht gab, weil ich wusste, dass Du in diesen Schluchten viele Menschen töten würdest, ich war es, der ein Bataillon Deines Regiments mit meinen Feldstücken zerschmetterte; ich rächte meinen Sohn. Jetzt, Ihr Richter, ist mein Sohn tot, und ich komme, hier den Tod zu suchen. Ingulfs Seele wird mir zur Last, weil ich sie allein trage und keinem Erben übergeben kann. Ich bin des Lebens müde, weil es nicht mehr Lehre und Beispiel für einen Nachfolger sein kann. Ich habe Menschenblut genug getrunken, ich habe keinen Durst mehr. Hier bin ich, jetzt könnt Ihr mein Blut trinken.«

Er schwieg, und leise liefen seine furchtbaren Worte von Mund zu Mund.

Der Bischof sprach zu ihm: »Mein Sohn, in welcher Absicht habt Ihr denn so viele Verbrechen begangen?«

Das Untier lachte: »Ich schwöre Dir, hochwürdiger Bischof, dass es nicht in der Absicht geschah, wie Dein Kollege, der Bischof von Borglum tat, mich zu bereichern.[2] Es lag etwas in meinem Innern, das mich dazu trieb.«

»Gottes Geist ruht nicht auf allen seinen Dienern«, erwiderte demütig der Bischof. »Ihr wolltet mich schmähen, ich möchte Euch verteidigen können.«

»Du verlierst Deine Zeit, Bischof! Frage Deinen anderen Kollegen, den Bischof von Scalholt in Island. Bei Ingulf, das ist seltsam, dass zwei Bischöfe sich meines Lebens angenommen haben, der eine an meiner Wiege, der andere an meinem Grabe, Bischof, Du bist ein alter Narr.«

»Glaubst Du an Gott, mein Sohn?«

»Warum nicht? Es soll ein Gott sein, damit ich ihn lästern kann.«

»Halt ein, Unglücklicher! Du stirbst und demütigst Dich nicht zu Christi Füßen!«

Das Ungeheuer zuckte die Achseln: »Wenn ich es täte, so würde es auf die Weise des Kriegsmanns Rolf geschehen, der des Königs Füße küsste, um ihn zu Boden zu werfen.«

Der Bischof setzte sich tief betrübt nieder.

»Nun, ihr Richter«, rief der Räuber, »auf was wartet Ihr noch? Wäre ich an Eurer Stelle gewesen und Ihr an der meinigen, ich hätte Euch nicht so lange auf Euer Todesurteil warten lassen.«

Die Richter entfernten sich. Nach einer kurzen Beratung kehrten sie zurück, und der Präsident las mit lauter Stimme ein Urteil, das in den üblichen Formeln Han den Isländer verurteilte, am Halse gehängt zu werden, bis der Tod erfolge.

»So ist es recht«, sagte das Ungeheuer. »Kanzler von Ahlfeldt, ich weiß genug von Dir, um ein gleiches Urteil für Dich zu erlangen; aber lebe, weil Du den Menschen Böses tust. Macht fort, ich bin jetzt sicher, nicht in den Nysthiem[3] zu kommen.

Der geheime Sekretär befahl der Wache, ihn in den Keller des Löwen von Schleswig zu führen, während man ihm in der Kaserne der Arkebusiere von Munckholm ein Gefängnis bereite.

»In der Kaserne der Arkebusiere von Munckholm«, wiederholte das Untier mit freudigem Grinsen.

---

[2] Nach alten Chroniken machte sich im Jahre 1525 ein Bischof von Borglum durch verschiedene Räubereien berüchtigt. Er war im Bunde mit Seeräubern, welche die Küsten von Norwegen plünderten.

[3] Nach dem Volksglauben war bei Nysthiem die Hölle derjenigen, die an Krankheit oder Altersschwäche sterben.

XLIII.

Vor Sonnenaufgang, in der Stunde, wo Ordeners Urteil zu Munckholm gesprochen ward, war der neue Aufseher des Spladgest zu Drontheim, der ehemalige Gehilfe und jetzige Nachfolger des Benignus Spiagudry, der Lappe Oglypiglap, durch heftiges Pochen an der Türe aus dem Schlafe geweckt worden, Fischer aus dem See von Sparbo brachten einen Leichnam.

Nachdem Oglypiglap allein war, entkleidete er den toten Körper, der sich durch seine Länge und Magerkeit auszeichnete. Der erste Gegenstand, der ihm in die Augen fiel, nachdem er das Tuch, das den Leichnam bedecke, weggezogen hatte, war eine ungeheure Perücke.

»Diese Perücke kenne ich«, sagte er, »sie hat dem jungen französischen Stutzer gehört ... Hier«, fuhr er fort, »sind die Reiterstiefel des armen Postillons Kramner, den seine Pferde geschleift haben ... Was Teufels bedeutet das?«

»Der schwarze Rock des Professors Syngramtax, der sich kürzlich ersäuft hat ... Wer ist denn dieser neue Ankömmling, der die Kleider aller meiner alten Bekannten auf dem Leibe hat?«

Er besichtigte den Toten genauer, aber seine Gesichtszüge waren nicht mehr zu erkennen. Er durchsuchte die Taschen und fand darin einige alte Pergamentblättchen, die vom Wasser durchnässt waren; er wischte sie ab und konnte darauf noch einzelne Worte ohne Zusammenhang lesen: »Rudbeck: Sachs der Grammatiker; Arngrimm, Bischof von Holum ... Es gibt in Norwegen nur zwei Grafschaften, Löwig und Jarlsberg, und eine Baronie ... Man findet bloß zu Kongsberg Silberminen; Magnet und Asbest bloß zu Sundmoer; Amethyst bloß zu Guldbranstal ... In Nukahiva aßen zur Zeit der Hungersnot die Männer ihre Weiber und Kinder ... Thormodus Thorföus, Bischof von Scalholt, erster Historiker Islands ... *Hirundo, hirudo* ... Je mehr der Boden ... umso weniger führt er Gips ...

»Kaum traue ich meinen Augen«, rief Oglypiglap aus, »das ist ja die Handschrift meines alten Meisters Benignus Spiagudry!«

Jetzt besichtigte er den Leichnam von Neuem, erkannte die langen Hände, das kahle Haupt und den ganzen Körperbau seines alten Herrn.

»Nicht mit Unrecht«, dachte er, »hat man ihn wegen Schwarzkunst und Entweihung des Heiligen verfolgt. Der Teufel hat ihn durch die Lüfte geführt und in den See Sparbo fallen lassen.«

Er hob den Körper auf, um ihn auf eines der steinernen Betten zu legen, als er etwas Schweres bemerkte, das mit einem Leder um den Hals des unglücklichen Spiagudry befestigt war.

»Das ist ohne Zweifel der Stein«, murmelte er, »den ihm der Teufel umhing, als er ihn in den See stürzte.«

Er hatte sich geirrt, es war eine kleine eiserne Büchse, auf welcher er bei näherer Besichtigung ein mit einem Wappen versehenes breites Schloss wahrnahm.

»Ohne Zweifel sind irgend Teufelskünste in dieser Büchse verborgen«, sagte er, »denn dieser Mensch war ein Schwarzkünstler. Ich will diese Büchse zum Bischof tragen, es steckt vielleicht irgendein gebannter Teufel oder Geist darin.«

Nachdem er den Leichnam auf das steinerne Bett gelegt hatte, rannte er in aller Eile mit der furchtbaren Büchse, gegen deren teuflischen Inhalt er sich unterwegs durch einige Gebete verwahrte, in den bischöflichen Palast.

XLIV.

Han der Isländer saß in Ketten, von Wachen umgeben, im Kerker des Löwen von Schleswig. Schuhmacher ging mit finsterer Miene langsam im Zimmer auf und ab. Die beiden Gefangenen beobachteten sich lange stillschweigend; man hätte glauben können, dass sie instinktartig sich gegenseitig als Menschenfeinde erkannten.

»Wer bist Du?«, fragte endlich der Exkanzler den Räuber.

»Wenn Du meinen Namen hörst, wirst Du davon fliehen. Ich bin Han der Isländer.«

Schuhmacher trat auf ihn zu: »Hier ist meine Hand!«

»Soll ich sie fressen?«

»Han von Island, ich liebe Dich, weil Du die Menschen hassest.«

»Darum hasse ich auch Dich.«

»Höre, ich hasse die Menschen, wie Du, weil ich ihnen Gutes getan habe, und sie mir dafür Böses taten.«

»Du hassest sie nicht wie ich; ich hasse sie, weil sie mir Gutes taten, und ich ihnen mit Bösem vergalt.«

Schuhmacher schauderte zurück vor dem Blicke des Untiers. Wohl mochte er seiner Natur Gewalt antun, aber mit dieser Seele konnte die seinige sich nicht befreunden.

»Ja«, rief er aus, »ich verwünsche die Menschen, weil sie heuchlerisch, undankbar, grausam sind. Menschen sind an allem Unglück meines Lebens Schuld.«

»Desto besser! Ich danke ihnen alles Glück meines Lebens.«

»Welches Glück?«

»Das Glück, noch zuckendes Fleisch zwischen meinen Zähnen zu fühlen und das noch rauchende Blut in meine Kehle zu schütten; die Wollust, lebende Wesen an Felsen zu zerschmettern, zu hören, wie das Geschrei der Schlachtopfer sich mit dem Krachen ihrer brechenden Glieder mischt. Solche Vergnügungen haben mir die Menschen verschafft.«

Schuhmacher wich mit Entsetzen vor dem Ungeheuer zurück, dem er sich fast mit dem Stolz, ihm zu gleichen, genähert hatte. Von Scham durchdrungen, bedeckte er sein ehrwürdiges Gesicht mit beiden Händen, denn seine Augen waren voll Tränen des Unwillens, nicht gegen das menschliche Geschlecht, sondern gegen sich selbst. Sein edelmütiges Herz begann zurückzuschaudern vor dem Hasse, den er so lange gegen die Menschen genährt hatte, als er diesen Hass, wie in einem Spiegel, aus dem Herzen dieses Ungeheuers wiederstrahlen sah.

»Nun«, sagte das Untier lachend, »Du Feind der Menschen, wagst Du Dich zu rühmen, dass Du mir gleichest?«

Der Greis schauderte zurück: »O Gott! Ehe ich die Menschen hassen sollte wie Du, wollte ich sie eher lieben.«

Eine Wache holte das Ungeheuer ab, um es in einen festeren Kerker zu bringen. Schuhmacher blieb sinnend allein im Zimmer zurück, aber er war kein Feind der Menschen mehr.

XLV.

Nur noch die Hälfte der Sonnenscheibe stand über dem Horizont, die furchtbare Stunde nahte. Alle Posten in der Festung waren verdoppelt, vor jeder Türe gingen schweigsame Schildwachen trotzig auf und ab. In allen Höfen ertönte der dumpfe Schall der schwarz behängten Trommeln; je und je fiel von den Außenwerken ein Kanonenschuss; die schwere Glocke ertönte in schauerlich langsamen Schlägen, und aus allen Punkten des Hafens eilten Fahrzeuge, mit Neugierigen angefüllt, der Festung zu.

Ein schwarz ausgeschlagenes Schafott, um das sich die ungeduldige Menge drängte, war auf dem Waffenplatz aufgeschlagen und von einem Viereck von Soldaten umgeben. Auf dem Schafott ging ein rot gekleideter Mann, der ein Beil in der Hand trug, auf und ab. Neben dem Schafott war ein Holzstoß aufgeschichtet, zwischen beiden war ein Pfahl aufgepflanzt, an welchem eine Tafel hing, worauf mit großen Buchstaben geschrieben stand: »Ordener Guldenlew, Hochverräter.« Hoch oben von dem Kerker des Löwen von Schleswig flatterte eine große schwarze Fahne.

In diesem Augenblicke wurde Ordener vor den noch immer versammelten Gerichtshof geführt. Der Bischof allein war abwesend, da seine Funktion als Verteidiger aufgehört hatte.

Ordener war schwarz gekleidet und trug den Danebrogorden um den Hals. Sein Gesicht war bleich, aber stolz und ruhig. Er war allein, denn man hatte ihn zur Hinrichtung abgeholt, ehe noch der Almosenier Athanasius Munder in seinen Kerker zurückgekommen war. Die Zuschauer waren bewegter, als der Verurteilte selbst. Sein hoher Rang und sein grausames Schicksal erweckten Mitleid in aller Herzen.

Kaum hatte sich die durch seine Ankunft erregte Bewegung gelegt, so ließ sich der Präsident das Wappenbuch beider Königreiche und die Statuten des Danebrogordens darreichen. Hierauf forderte er den Verurteilten auf, niederzuknien, ermahnte die Zuschauer zu ehrerbietigem Schweigen und begann mit lauter und ernster Stimme zu lesen:

»Wir Christiern, von Gottes Gnaden König von Dänemark und Norwegen, der Vandalen und Goten, Herzog von Schleswig, Holstein, Stornmarn und Dithmarsen, Graf von Oldenburg und Delmenhurst, tun hiermit kund und zu wissen, nachdem wir auf den Antrag Unseres Großkanzlers, Grafen von Greiffenfeld (der Präsident sprach diesen Namen so schnell aus, dass man ihn kaum hörte), den von unserem Vorfahrer in der Regierung St. Waldemar gegründeten königlichen Danebrogorden wieder hergestellt, in Betracht, dass dieser ehrwürdige Orden zum Andenken an die Danebrogfahne, die Unserm gesegneten Königreich von dem Himmel selbst zugesendet ward, geschaffen worden,

Und dass es den göttlichen Ursprung dieses Ordens verleugnen hieße, wenn ein Mitglied desselben die Ehre und die heiligen Gesetze der Kirche und des Staats ungestraft verletzen könnte,

Als verordnen wir, vor Gott auf den Knien liegend, dass ein jeglicher unter den Rittern des Ordens, welcher mittelst Treulosigkeit und Verrats seine Seele dem Teufel übergeben hätte, vor Gericht öffentlich gerügt und für immer des Rangs eines Ritters unseres königlichen Danebrogordens entsetzt werde.«

Der Präsident schloss das Buch wieder und sprach: »Ordener Guldenlew, Baron von Thorwick, Ritter des Danebrogordens, Ihr habt Euch des Hochverrats schuldig gemacht, für welches Verbrechen Euer Kopf abgeschlagen, Euer Körper verbrannt und Eure Asche in alle Winde zerstreut werden wird. Ordener Guldenlew, Hochverräter, Ihr habt Euch unwürdig erwiesen, unter die Ritter des Danebrogordens zu gehören, darum demütigt Euch, denn ich werde öffentlich im Namen des Königs Euch aus ihrer Liste ausstreichen.«

Der Präsident streckte die Hand nach dem Ordensbuche aus, um den Urteilsspruch zu vollziehen, als plötzlich eine Seitentüre, rechts vom Tribunal, sich öffnete. Ein geistlicher Diener erschien unter ihr und kündigte den hochwürdigen Bischof von Drontheim an.

Der ehrwürdige Geistliche trat in den Saal, begleitet von einem anderen Priester, der ihn unterstützte.

»Halten Sie ein, Herr Präsident!«, rief er eifrig. »Halten Sie ein! Gelobt sei Gott! Noch ist es Zeit.«

Der Präsident wandte sich missmutig dem Bischof zu: »Erlauben Sie mir, Ihnen zu bemerken, hochwürdiger Herr, dass Ihre Anwesenheit hier überflüssig ist. Der Gerichtshof ist im Begriff, den Verurteilten seiner Ehren und Würden zu entsetzen, ehe er seine Strafe ersteht.«

»Hüten Sie sich«, erwiderte der Bischof, »an den Ihre Hand zu legen, der rein ist vor dem Herrn. Dieser Verurteilte ist unschuldig.«

Ein Schrei des Staunens erhob sich unter den Zuschauern und Richtern.

»Ja«, fuhr der Bischof fort, »zittert, ihr Richter! Ihr wart auf dem Punkt, unschuldiges Blut zu vergießen.«

»Herr Bischof«, sagte der Präsident, »lassen Sie sich nicht durch einen leeren Schein täuschen. Wenn Ordener Guldenlew unschuldig ist, wer ist dann schuldig?«

»Euer Gnaden wird das erfahren«, antwortete der Bischof. Bei diesen Worten zeigte er dem Gerichtshof eine eiserne Büchse vor, die ein Diener hinter ihm trug.

»Verehrte Richter«, rief er aus, »ihr habt im Finstern gerichtet, in dieser Büchse ist das wunderbare Licht, das Euch erleuchten wird.«

Der Präsident, der geheime Sekretär und Ordener schienen von dem Anblick dieser geheimnisvollen Büchse gleich ergriffen.

Der Bischof fuhr fort: »Hört mich, ihr Richter! Heute, als ich in meine bischöfliche Wohnung zurückkehrte, um von den Beschwerden dieser Nacht auszuruhen und Gott für das ewige Heil der Verurteilten anzuflehen, hat man mir diese versiegelte eiserne Büchse zugestellt. Der Aufseher des Spladgest hatte sie diesen Morgen gebracht, mit der Versicherung, dass sie ohne Zweifel irgendein satanisches Geheimnis enthalte, da er sie bei dem Schwarzkünstler Benignus Spiagudry gefunden habe, dessen Leichnam man im Sparbosee aufgefischt hat. Nachdem ich über diese Büchse den Segen gesprochen, öffnete ich das Siegel, das, wie Sie hier noch sehen können, das alte abgeschaffte Wappen des Grafen von Greiffenfeld an sich trägt. Ich habe in der Tat ein satanisches Geheimnis darin gefunden. Schenken Sie mir jetzt Ihre ganze Aufmerksamkeit, denn es handelt sich hier um Menschenblut, und der Herr wägt jeden Tropfen desselben auf gerechter Wage.«

Mit diesen Worten öffnete er die Büchse und zog ein Pergament daraus hervor, auf dessen Rückseite folgendes Zeugnis geschrieben war:

»Ich Blaxtum Cumbysulsum, Doktor, erkläre in der Stunde meines Todes, dass ich dem Hauptmann Dispolsen, Prokurator des ehemaligen Grafen von Greiffenfeld, folgendes Aktenstück zugestellt habe, das ganz von der Hand Turiaf Musdoemons, in Diensten des Grafen von Ahlfeldt, geschrieben ist, damit der oben benannte Hauptmann Dispolsen davon denjenigen Gebrauch mache, der ihm gefallen wird. Somit bitte ich Gott, mir meine Sünden zu vergeben.«

»Kopenhagen am 11. Tage des Monats Januar im Jahr unserer Erlösung 1699.«

»Cumbysulsum.«

Der geheime Sekretär zitterte krampfhaft. Er wollte sprechen und vermochte es nicht. Der Bischof stellte das Pergament dem Präsidenten zu, der bleich und heftig bewegt war.

»Was sehe ich?«, rief der Präsident aus, als er das Aktenstück entfaltete: »Note an den erlauchten Grafen von Ahlfeldt, betreffend die Mittel, sich auf gerichtlichem Wege des Exkanzlers Schuhmacher zu entledigen ...«

»Ich schwöre Ihnen, hochwürdiger Bischof ...«

Das Papier entfiel der Hand des Präsidenten.

»Lesen Sie, lesen Sie, gnädiger Herr!«, fuhr der Bischof fort. »Ich zweifle nicht daran, dass Ihr unwürdiger Sekretär Ihren Namen missbraucht hat, wie er den des unglücklichen Schuhmacher missbrauchte. Sie werden jetzt einsehen, welche unselige Folgen Ihr unchristlicher Hass gegen Ihren Vorgänger gehabt hat. Einer Ihrer Untergebenen hat in Ihrem Namen ihn zugrunde zu richten gesucht, in der Hoffnung, sich dadurch bei Ihnen in Gunst zu setzen.«

Als der Präsident sah, dass der Verdacht des Bischofs, der den ganzen Inhalt der Büchse kannte, sich nicht bis zu ihm erhob, fasste er wieder frischen Mut. Ordener fühlte sich freudig ergriffen, als ihm klar ward, dass Schuhmachers Unschuld mit der seinigen zugleich an den Tag kommen würde.

Der Präsident nahm jetzt seine ganze Besonnenheit zusammen und las mit allen Zeichen des Unwillens, den sämtliche Zuschauer teilten, eine lange Note, in welcher Musdoemon den Plan, welchen wir ihn im Laufe dieser Geschichte befolgen sahen, in allen seinen Einzelheiten entwickelte. Mehrere Male wollte der geheime Sekretär aufstehen, um sich zu verteidigen, aber jedes Mal warf ihn das Geräusch der öffentlichen Entrüstung wieder auf seinen Sitz zurück. Als die Verlesung des schändlichen Aktenstücks zu Ende war, ließ sich unter den Zuschauern ein Murren des Abscheus vernehmen.

»Hellebardiere, greift diesen Menschen!«, sagte der Präsident, indem er mit dem Finger auf den geheimen Sekretär deutete.

Der elende Wicht stieg, sprachlos und mit wankenden Füßen, unter dem lauten Zischen des Volks von seinem Sitze herab auf die Bank der Angeklagten.

»Verehrteste Herren Richter«, sprach der Bischof, »schaudern Sie und freuen Sie sich zugleich. Die Wahrheit, welche bereits Ihre Gewissen durchdrungen hat, wird noch bestätigt werden durch das, was der Almosenier der Gefängnisse dieser königlichen Stadt, mein ehrwürdiger Mitbruder Athanasius Munder, der hier gegenwärtig ist, Ihnen zu berichten hat.«

Athanasius Munder neigte sich vor dem Bischof und dem Gerichtshof: »Was ich jetzt sagen werde, ist die reine Wahrheit. Nach allem dem, was ich diesen Morgen in dem Kerker des Sohns des Vizekönigs sah, konnte ich den Gedanken nicht unterdrücken, dass dieser junge Mann unschuldig sei, obwohl ihn das Tribunal auf sein eigenes Geständnis hin verurteilt hatte. Vor einigen Stunden nun bin ich berufen worden, dem unglücklichen Bergbewohner, der hier vor Ihren Augen so grausam erdolcht worden ist, und den Sie als Han den Isländer verurteilt hatten, den letzten Trost der Religion zubringen. Dieser Mensch hat mir sterbend Folgendes mitgeteilt: Ich bin nicht Han der Isländer; ich habe diesen Namen fälschlich geführt und bin nur allzu sehr dafür gestraft worden. Derjenige, welcher mich bezahlt hat, diese Rolle zu spielen, ist der geheime Sekretär des Großkanzlers; er heißt Musdoemon und hat den Aufstand unter dem Namen Hacket angezettelt. Ich halte ihn für den allein Schuldigen bei der ganzen Sache. – Nach diesem Bekenntnis hat er mich um den Segen der Kirche gebeten und mir empfohlen, alsbald hierher zu eilen, um seine letzten Worte dem Gerichtshof mitzuteilen. Gott ist Zeuge, dass ich die Wahrheit sage. Möchte es mir gelingen, das Blut des Unschuldigen zu retten, ohne dass das des Schuldigen vergossen wird!«

»Ew. Gnaden sehen«, sagte der Bischof zum Präsidenten, »dass einer meiner Klienten nicht mit Unrecht so viele Ähnlichkeit zwischen diesem Hacket und Ihrem geheimen Sekretär gefunden hat.«

»Turins Musdoemon«, fragte der Präsident den neuen Angeklagten, »was habt Ihr zu Eurer Verteidigung vorzubringen?«

Musdoemon erhob zu seinem Herrn einen Blick, der diesen erschreckte. Seine ganze Besonnenheit war zurückgekehrt, und er antwortete nach einigem Bedenken: »Nichts, gnädiger Herr!«

Der Präsident fuhr mit schwacher angegriffener Stimme fort: »Ihr bekennt Euch demnach des Euch zur Last gelegten Verbrechens schuldig? Ihr gesteht, dass Ihr der Urheber einer Verschwörung seid, welche gegen den Staat und ein Individuum namens Schuhmacher zugleich gerichtet war?«

»Ja, gnädiger Herr!«, antwortete Musdoemon.

Der Bischof erhob sich: »Damit kein Zweifel in dieser Sache übrig bleibe, so bitte ich den Angeklagten zu fragen, ob er Mitschuldige gehabt hat?«

»Mitschuldige!«, wiederholte Musdoemon.

Er schien einen Augenblick nachzusinnen. Im Gesicht des Präsidenten malte sich peinliche Angst.

»Nein, Herr Bischof!«, sagte endlich Musdoemon.

Der Präsident warf einen Blick des Dankes auf ihn, der dem seinigen begegnete. »Nein«, fuhr Musdoemon mit Bestimmtheit fort, »nein, ich habe keine Mitschuldige gehabt. Ich habe dieses Komplott aus Anhänglichkeit an meinen Herrn, der nichts davon wusste, geschmiedet, um seinen Feind Schuhmacher ins Verderben zu stürzen.«

Die Blicke des Angeklagten und des Präsidenten begegneten sich abermals.

»Da Musdoemon keine Mitschuldige gehabt hat«, sagte der Bischof, »so folgt daraus von selbst, dass Ordener Guldenlew nicht schuldig sein kann.«

»Wenn er es nicht war, hochwürdiger Herr Bischof, warum hat er sich dann als schuldig bekannt?«

»Warum, Herr Präsident, hat sich dieser Gebirgsbewohner auf Gefahr seines Kopfes hartnäckig für Han den Isländer ausgegeben? Gott allein weiß, was im Grunde der Herzen vorgeht.«

Ordener nahm das Wort: »Verehrteste Herren Richter, da nun der wahre Schuldige entdeckt ist, kann ich offen reden. Ja, ich habe mich selbst fälschlich angeklagt, um den gewesenen Kanzler Schuhmacher, dessen Tod seine Tochter ohne Schutz gelassen hätte, zu retten.«

Der Präsident biss sich in die Lippen.

»Ich ersuche das Tribunal«, sagte der Bischof, »die Unschuld meines Klienten Ordener auszusprechen.«

Der Gerichtshof entfernte sich und kehrte nach kurzer Beratung in den Saal zurück. Der Präsident las mit fast erloschener Stimme das Urteil ab, das Turiaf Musdoemon zum Tode verdammte, Ordener Guldenlew freisprach und in alle Ehren und Würden wieder einsetzte.

XLVI.

Der Überrest des Regiments der Arkebusiere von Munckholm war in seine Kaserne zurückgekehrt, welche innerhalb der Festung einzeln in einem großen viereckigen Hofe stand. Mit Einbruch der Nacht wurden die Pforten dieses Gebäudes, wie es gebräuchlich war, verrammelt. In diesem Gefängnis, dem sichersten und am besten bewachten in der ganzen Festung, wurden die beiden Verurteilten, die am folgenden Morgen gehängt werden sollten, Han der Isländer und Musdoemon, verwahrt.

Han der Isländer lag allein in seinem Kerker. Plötzlich erhob er sich und rief den Kerkermeister, der in einem Nebenzimmer bei der Wache saß.

»Was willst Du?«, fragte der Kerkermeister.

»Es friert mich. Mein steinernes Bett ist hart und feucht. Gib mir einen Bund Stroh zum Schlafen und ein wenig Feuer, mich zu wärmen.«

»Es ist billig, einem armen Teufel, der morgen gehängt werden soll, mindestens einige Bequemlichkeit zu verschaffen, wäre es auch Han der Isländer. Ich will Dir bringen, was Du verlangst ... Hast Du Geld?«

»Nein!«, erwiderte der Räuber.

»Wie! Du, der berüchtigtste Räuber in Norwegen, Du hast nicht einmal ein paar elende Dukaten in Deiner Tasche?«

»Nein!«

»Doch etliche Taler?«

»Nein, sage ich Dir!«

»Nicht einmal einige armselige Groschen?«

»Nein! Nein! Nichts, nicht so viel, um davon das Fell einer Ratte oder die Seele eines Menschen kaufen zu können.«

Der Kerkermeister schüttelte den Kopf: »Das ist ein anderes, dann hast Du unrecht, Dich zu beklagen. Deine Zelle ist nicht so kalt, als die, worin Du morgen schlafen wirst, ohne Dich, das versichere ich Dir, über die Härte des Bettes zu beklagen.«

Der Kerkermeister entfernte sich unter den Verwünschungen des Gefangenen, der seine schweren Ketten schüttelte.

Bald darauf öffnete sich die Türe wieder. Ein großer Mann in roter Kleidung, eine Blendlaterne in der Hand, trat in den Kerker, begleitet von dem Kerkermeister.

»Han von Island«, sagte der Mann, »ich bin Nychol Orugir, Scharfrichter der Provinz Drontheimhus. Ich werde morgen mit Tagesanbruch die Ehre haben, Deine Exzellenz auf dem öffentlichen Platze von Drontheim an einen schönen neuen Galgen zu hängen.«

»Weißt Du gewiss, dass Du mich hängen wirst?«, fragte der Räuber. Der Henker lachte: »Wenn Du nur so gewiss wärest, auf der Jakobsleiter geradewegs in den Himmel zu steigen, als Du gewiss bist, morgen auf der Orugixleiter auf den Galgen zu steigen.«

»Meinst Du wirklich?«, sagte das Untier mit höhnischem Grinsen.

»Ich sage Dir ja, Freund Galgenschwengel, dass ich der Scharfrichter der Provinz bin.«

»Wenn ich nicht ich wäre, möchte ich Du sein«, sagte der Gefangene.

»Ich möchte Dir nicht das Nämliche sagen«, erwiderte der Henker. Dann rieb er sich im Gefühle geschmeichelter Eitelkeit die Hände und fuhr fort: »Mein Freund, Du hast recht, es ist ein schöner Stand um den unsrigen. Ah! Meine Hand weiß, was der Kopf eines Menschen wiegt.«

»Hast Du bisweilen Blut getrunken?«, fragte der Räuber.

»Nein, aber ich habe oft auf die Folter gespannt.«

»Hast Du manchmal die Eingeweide eines noch lebenden kleinen Kindes aufgefressen?«

»Nein, aber ich habe menschliche Knochen in meinen eisernen Schraubstöcken zermalmt; ich habe menschliche Glieder zwischen den Fugen meines Rads gebrochen; ich habe menschliches Fleisch mit glühenden Zangen gezwickt; ich habe siedendes Öl und heißes Blei in geöffnete Adern gegossen.«

»Du hast allerdings auch Deine Genüsse, das muss ich gestehen«, sagte das Untier nach einigem ernsten Nachdenken.

»Überhaupt«, fuhr der Henker fort, »obwohl Du Han der Isländer bist, glaube ich, dass meine Hände noch mehr Seelen zum Teufel geschickt haben, als die Deinigen, ohne Dich selbst mitzuzählen, da ich morgen früh die Ehre haben werde, Dich in die Hölle zu befördern.«

»Weißt Du denn, ob ich eine Seele habe? Meinst Du denn, Henker von Drontheimhus, dass Du Ingulfs Geist aus Han's Körper austreiben könnest, ohne dass er den Deinigen mitnimmt?«

»Das werden wir morgen sehen!«, erwiderte der Henker lachend.

»Wir werden es sehen!«, sagte der Räuber.

»Aber«, fuhr der Henker fort, »ich bin nicht gekommen, mit Dir von Deiner Seele zu reden, sondern von Deinem Körper, Dein Leichnam gehört mir nach Deinem Tode von Rechtswegen, allein das Gesetz gibt Dir die Befugnis, ihn an mich zu verkaufen. Sage mir nun, was willst Du dafür?«

»Was ich für meinen Leichnam will?«

»Ja, und mache es christlich!«

Han der Isländer wandte sich an den Kerkermeister: »Was willst Du für einen Bund Stroh und ein wenig Feuer?«

»Zwei Dukaten«, erwiderte der Kerkermeister nach einigem Besinnen.

»Also«, sagte der Gefangene zum Henker, »verlange ich zwei Dukaten für meinen Leichnam.«

»Zwei Dukaten!«, rief der Henker aus. »Das ist entsetzlich teuer. Zwei Dukaten für einen elenden Leichnam! Nein, so viel gebe ich nicht.«

»Dann«, antwortete ruhig das Untier, »bekommst Du ihn auch nicht.«

»Dann wird Dein Leichnam auf den Schindanger geworfen, statt das Museum zu Kopenhagen oder Bergen zu zieren.«

»Was liegt mir daran!«

»Noch lange nach Deinem Tode würde man Dein Skelett besehen und sagen: Das ist das Skelett des berühmten Han's des Isländers! Man würde Deine Gebeine sorgfältig polieren, mit kupfernen Ringen zusammen befestigen, man würde Dich in einem Glasschrank aufstellen, der jeden Morgen sauber abgewischt würde. Im anderen Falle werden Dich Geier und Raben fressen, und Würmer an Deinem Leichnam zehren.«

»Dann gleiche ich den Lebenden, die stets von den Kleinen benagt und von den Großen aufgezehrt werden.«

»Zwei Dukaten!«, murmelte der Henker zwischen den Zähnen. »Welch ungeheure Forderung! Wenn Du den Preis nicht herabsetzest, werden wir nicht einig.«

»Es ist zum ersten und letzten Mal, dass ich mein Leben verkaufe, und da will ich einen guten Handel machen.«

»Bedenke, dass ich Dich Deine Halsstarrigkeit bereuen lassen kann. Morgen bist Du in meiner Gewalt.«

»Meinst Du?«

Diese Worte wurden mit einem Ausdruck gesprochen, der dem Henker entging.

»Allerdings, und es gibt eine Art, die Schleife zu machen ... während ich, wenn Du vernünftig bist, Dich aufs Beste hängen will.«

»Mir liegt wenig daran, was Du morgen mit meinem Halse machst!«, antwortete das Untier spöttisch.

»Könntest Du nicht mit zwei Talern zufrieden sein? Was nützt Dir denn das Geld?«

»Wende Dich an Deinen Kameraden; er fordert mir zwei Dukaten für ein wenig Stroh und Feuer.«

»Es ist empörend«, sagte der Henker, sich gegen den Kerkermeister ereifernd, »sich ein wenig Stroh und Holz mit Gold aufwägen zu lassen. Zwei Dukaten!«

»Ich bin ein guter Kerl, dass ich nicht vier Dukaten fordere. Du, Meister Nychol, bist ein Jude, dass Du diesem armen Gefangenen nicht zwei Dukaten für seinen Leichnam geben willst, den Du um wenigstens zwanzig Dukaten an irgendeinen Gelehrten oder Arzt verkaufen kannst.«

»Ich habe nie mehr als fünfzehn Groschen für einen Leichnam gegeben.«

»Ja, für den Leichnam eines elenden Diebs oder eines Betteljuden, das mag sein, aber man weiß wohl, dass Du für Han des Isländers Leichnam bekommen wirst, was Du nur forderst.«

Der Räuber schüttelte verächtlich den Kopf.

»Was geht es Dich an!«, sagte Orugix rasch. »Kümmere ich mich um Deine Beute, um die Kleider, das Geld, die Kleinodien, welche Du den Gefangenen stiehlst, um das schmutzige Wasser, das Du in ihre magere Suppe gießest, um alle die Drangsale, die Du ihnen antust, um Geld von ihnen zu erpressen? Nein, ich gebe nicht zwei Dukaten.«

»Keine zwei Dukaten, kein Stroh und kein Feuer!«, erwiderte der halsstarrige Kerkermeister.

»Keine zwei Dukaten, kein Leichnam!«, fügte ruhig der Räuber hinzu.

Nach einigem Schweigen stampfte der Henker auf den Boden: »Ich habe keine Zeit zu verlieren: Ein anderes Geschäft ruft mich. Hier, verfluchter isländischer Teufel, hier hast Du Deine zwei Dukaten! Der Satan gibt gewiss nicht so viel um Deine Seele, als ich um Deinen Körper.«

Der Räuber nahm die beiden Goldstücke. Sogleich streckte der Kerkermeister die Hand darnach aus, um sie zu empfangen.

»Geduld, guter Freund, gib mir zuvor, was ich von Dir verlangt habe!«

Der Kerkermeister ging hinaus und kehrte bald mit einem Bund Stroh und einer Kohlpfanne voll glühender Kohlen zurück, die er neben den Gefangenen stellte.

»So«, sagte der Räuber und gab ihm die beiden Goldstücke, »jetzt will ich mich diese Nacht wärmen. Noch ein Wort«, fügte er in düsterem Tone hinzu: »Stößt nicht dieser Kerker an die Kaserne der Arkebusiere von Munckholm?«

»Allerdings!«, erwiderte der Kerkermeister.

»Und woher kommt der Wind?«

»Von Westen«, glaube ich.

»Recht«, sagte der Gefangene.

»Wo willst Du damit hinaus?«, fragte der Kerkermeister.

»Nirgends«, antwortete der Räuber.

Die Pforte schloss sich hinter dem Henker und Kerkermeister, und sie hörten nichts mehr als das grinsende Lachen des Untiers.

XLVII.

In einem anderen Kerker des nämlichen Gebäudes saß Turiaf Musdoemon. Als er sein ganzes höllisches Komplott so plötzlich entschleiert und so unwiderlegbar erwiesen gesehen hatte, war er in augenblickliche Verwirrung geraten. Bald aber kehrte seine Besonnenheit zurück, und er sah wohl ein, dass er jetzt nicht mehr an das Verderben seiner Feinde, sondern nur noch an seine eigene Rettung zu denken hatte. Er konnte zweierlei tun: Das Ganze auf die Schultern des Grafen von Ahlfeldt abladen, der ihn so feig im Stich gelassen hatte, oder alles auf sich nehmen. Musdoemon wählte Letzteres. Der Graf von Ahlfeldt war Großkanzler; nichts in den vorhandenen Papieren kompromittierte ihn unmittelbar; er hatte einige Blicke des Einverständnisses mit Musdoemon gewechselt; er entschloss sich daher, das Urteil über sich ergehen zu lassen, in der sicheren Hoffnung, dass der Graf von Ahlfeldt sein Entkommen erleichtern werde, weniger aus Dankbarkeit für seine geleisteten Dienste, als wegen der Unentbehrlichkeit seiner künftigen Leistungen.

Musdoemon ging daher mit großer Gemütsruhe in seinem Kerker auf und ab und zweifelte nicht, dass dessen Türe sich in der Nacht für ihn öffnen werde. Er untersuchte beim Schein einer düsteren Lampe die Form dieses Gefängnisses, das alte Könige, deren Namen die Geschichte kaum nennt, gebaut hatten, und wunderte sich nur, dass es einen hölzernen Boden hatte, auf welchem seine Tritte widerhallten, wie auf einer unterirdischen Höhlung. Oben an der Decke war ein großer eiserner Ring befestigt, in dem noch ein Stück eines alten Strickes hing.

Die Zeit verging, eine Stunde nach der andern hörte er schlagen, und noch immer erschien kein Retter. Der Gefangene ward allmählich ungeduldig. Da klirrten plötzlich die Riegel im Schloss, und die alte Türe bewegte sich in ihren verrosteten Angeln.

Ein rot gekleideter Mann trat in den Kerker. Er trug einen aufgewickelten hänfenen Strick in der Hand, vier schwarz gekleidete Hellebardiere folgten ihm.

Musdoemon trug noch seine Perücke und seinen richterlichen Anzug. Diese Kleidung schien dem rot gekleideten Mann die gewohnte Achtung einzuflößen. Er grüßte den Gefangenen ehrerbietig.

»Gnädiger Herr«, fragte er nach einigem Zaudern, »sind es Euer Gnaden, mit dem wir zu schaffen haben?«

»Ja, ja«, erwiderte eilig Musdoemon, den dieser höfliche Eingang in seiner Hoffnung auf Entweichung bestärkte, und der die rote Kleidung des Ankömmlings übersah.

»Sie heißen«, fuhr der rot gekleidete Mann fort, indem er auf ein Papier blickte, das er in der Hand hielt, »Turias Musdoemon?«

»Richtig! Der Großkanzler schickt Euch, meine Freunde?«

»Ja, Ew. Gnaden!«

»Vergesst nicht, nachdem Ihr Euern Auftrag vollzogen haben werdet, Sr. Gnaden dem Großkanzler meinen innigsten Dank zu melden.«

Der rote Mann warf einen Blick des Staunens auf ihn: »Ihren innigsten Dank! ...«

»Allerdings, denn es wird mir wahrscheinlich unmöglich sein, ihn Sr. Gnaden im Augenblicke selbst darzubringen.«

»Wahrscheinlich nicht«, erwiderte jener mit einem Ausdruck der Ironie.

»Und Ihr werdet selbst einsehen«, fuhr Musdoemon fort, »dass ich mich für einen solchen Dienst nicht undankbar erweisen darf.«

Der rote Mann schlug ein lautes Gelächter auf: »Sollte man nicht glauben, wenn man Sie hört, dass der Kanzler für Euer Gnaden etwas ganz anderes tue!«

»Für jetzt allerdings lässt er mir nur strenge Gerechtigkeit widerfahren ...«

»Streng! Allerdings! Aber Sie geben selbst zu, dass es Gerechtigkeit ist. Dies ist das erste Geständnis dieser Art, das ich in den sechsundzwanzig Jahren meiner Amtsführung höre. Aber die Zeit vergeht unter unnützem Geschwätz. Sind Sie bereit, gnädiger Herr?«

»Fix und fertig«, erwiderte Musdoemon freudig und ging der Türe zu.

»Einen Augenblick Geduld!«, rief der rote Mann und bückte sich, um seinen aufgerollten Strick auf den Boden zu legen.

Musdoemon blieb stehen: »Wozu denn diesen ganzen Bund Stricke?«

»Ew. Gnaden haben recht, es ist mehr, als wir brauchen, aber im Anfang dieses Prozesses glaubte ich viel mehr Verurteilte zu bekommen.«

Mit diesen Worten löste der Mann seinen aufgerollten Strick auf.

»Lasst uns eilen!«, sagte Musdoemon.

»Euer Gnaden sind sehr pressiert ... Haben Sie nicht noch irgendeine Bitte? ...«

»Keine andere, als dass Ihr, wie bereits gesagt, Sr. Gnaden dem Herrn Großkanzler meinen Dank darbringt. Jetzt lasst uns eilen, es treibt mich von hier fort. Haben wir einen weiten Weg vor uns?«

»Weg!«, wiederholte der rote Mann, indem er sich aufrichtete und mehrere Ellen des aufgerollten Stricks loswickelte. »Der Weg, den wir zu machen haben, wird Euer Gnaden nicht sehr ermüden. Wir werden alles hier an Ort und Stelle zustande bringen.«

Musdoemon erbebte: »Was wollt Ihr damit sagen?«

»Was wollen Sie selbst sagen, Ew. Gnaden?«

»O, mein Gott!«, sagte Musdoemon erbleichend, als ob ihm plötzlich ein Licht aufgegangen wäre. »Wer seid Ihr?«

»Ich bin der Henker.«

Der Elende zitterte wie ein vom Winde bewegtes Laub: »Kommt Ihr denn nicht, um mir fortzuhelfen?«, murmelte er mit erloschener Stimme.

Der Henker lachte laut auf: »Allerdings will ich Ihnen forthelfen, und zwar in das Land der Geister, wohin Ihnen gewiss niemand nachsetzen wird.«

Musdoemon warf sich mit dem Gesicht auf die Erde nieder: »Gnade! ... Barmherzigkeit! ... Gnade!«

»Bei meiner Treu«, sagte der Henker kaltblütig, »das ist das erste Mal, dass man eine solche Bitte an mich richtet. Halten Sie mich etwa für den König?«

Der Elende schleppte sich auf den Knien zu dem Henker und umfasste seine Beine unter Tränen und Seufzern.

»Ruhig!«, fuhr der Henker fort. »Es ist das erste Mal, dass ich das schwarze Richterkleid sich vor meinem roten Henkermantel demütigen sehe.«

Er stieß den Bittenden mit dem Fuße von sich: »Guter Freund, flehe Gott und die Heiligen an, die werden Dich eher anhören, als ich.«

Musdoemon blieb auf den Knien liegen, bedeckte das Gesicht mit beiden Händen und weinte bitterlich. Inzwischen hatte der Henker sich auf den Zehen erhoben und den Strick in den Ring an der Decke befestigt, ließ ihn bis auf den Fußboden herabhängen und machte dann eine Schleife daran, welche bis zu den Dielen des Kerkers herabreichte.

»Ich bin fertig«, sprach er zu dem Gefangenen, »bist Du auch mit dem Leben fertig?«

»Nein«, rief Musdoemon aufstehend, »nein, das ist unmöglich! Hier waltet ein furchtbares Missverständnis ob. Der Kanzler von Ahlfeldt handelt nicht so niederträchtig ... Er bedarf meiner zu sehr. Es ist unmöglich, dass man Euch zu mir geschickt hat. Lasst mich entwischen ... Fürchtet den Zorn des Großkanzlers ...«

»Hast Du uns nicht selbst erklärt, dass Du Dich Turiaf Musdoemon nennst?«

Der Gefangene blieb einen Augenblick stumm: »Nein«, rief er plötzlich aus, »ich heiße nicht Musdoemon, sondern Turiaf Orugix.«

»Orugix!«, schrie der Henker, »Orugix!«

Er riss schnell die Perücke ab, welche das Gesicht des Verurteilten bedeckte, und stieß einen Schrei des Staunens aus: »Mein Bruder!«

»Dein Bruder!«, rief der Verurteilte mit einer Verwunderung aus, in welche sich Scham und Freude mischten, »wärest Du? ...«

»Nychol Orugix, Scharfrichter der Provinz Drontheimhus, Dir zu dienen, mein Bruder Turiaf!«

Der Verurteilte fiel dem Henker um den Hals und nannte ihn seinen Bruder, seinen teuren Bruder.

Er machte ihm eine Menge erzwungener Liebkosungen mit einem falschen und furchtsamen Lächeln, und Nychol beantwortete sie durch finstere und verlegene Blicke. Man hätte ihn für einen Tiger halten können, der einen Elefanten in dem Augenblicke leckt, wo das Ungeheuer seinen Fuß auf ihn setzt, ihn zu zertreten.

»Welches Glück, Bruder Nychol! ... Wie freue ich mich, Dich wieder zu sehen!«

»Und mir, Bruder Turiaf, tut es leid darum um deinetwillen.«

Der Verurteilte stellte sich, als ob er dies nicht höre, und fuhr mit zitternder Stimme fort: »Du hast ohne Zweifel Weib und Kinder? Führe mich doch zu ihnen, dass ich meine liebenswürdige Schwägerin begrüßen und meine niedlichen kleinen Neffen umarmen kann! ...«

»Den Teufel auch!«, murmelte der Henker.

»Ich will ihr zweiter Vater sein ... Höre, Bruder, ich bin mächtig, ich habe Einfluss ...«

»Ich weiß, dass Du Einfluss hattest. Jetzt aber denke nur noch an den Einfluss, den Du Dir ohne Zweifel im Himmel zu bewahren gewusst haben wirst.«

Jede Hoffnung schwand aus dem Gesichte des Verurteilten: »Mein Gott! Was soll das heißen, lieber Bruder Nychol? Ich bin ja gerettet, weil ich Dich wiedergefunden habe. Bedenke doch, dass wir unter dem nämlichen Herzen gelegen sind, und dass dieselbe Brust uns gesäugt hat. Vergiss nicht, Nychol, dass Du mein Bruder bist!«

»Bis heute hast Du Dich dessen nicht erinnert!«, erwiderte der rohe Nychol.

»Nein, von meines Bruders Hand kann ich nicht sterben.«

»Das ist Deine Schuld, Turiaf! Du hast meine Laufbahn unterbrochen, ohne Dich wäre ich königlicher Scharfrichter zu Kopenhagen. Wer hat mich als Scharfrichter der Provinz in dieses elende Land verwiesen? Hättest Du nicht als schlechter Bruder an mir gehandelt, so würdest Du Dich nicht über das zu beklagen haben, was Dir jetzt empörend erscheint. Ich wäre dann nicht in der Provinz Drontheimhus, und ein anderer würde das Geschäft an Dir verrichten. Jetzt genug, mein Bruder, Du musst sterben.«

Der Verurteilte rollte sich auf dem Boden, rang die Hände und stieß ein klägliches Geheul aus, wie die Verdammten in der Hölle.

»Lieber Herr Gott«, rief er aus, »wenn es einen gibt, habe Barmherzigkeit mit mir! Nychol, mein Nychol! Ich beschwöre Dich bei unserer gemeinschaftlichen Mutter, lass mich doch leben!«

Der Henker zeigte sein Papier: »Ich kann nicht, der Befehl ist bestimmt.«

»Dieser Befehl betrifft nicht mich«, stotterte der Elende in seiner Verzweiflung, sondern einen gewissen Musdoemon; ich bin Turiaf Orugix.«

»Sei nicht einfältig«, erwiderte Nychol mit Achselzucken, »ich weiß wohl, dass er Dich betrifft. Im Übrigen«, fügte er noch hinzu, »wärest Du gestern noch für Deinen Bruder nicht Turiaf Orugix gewesen, so sollst Du denn heute für ihn nur Turiaf Musdoemon sein.«

»Mein Bruder! Mein Bruder! So warte doch bis morgen! Der Großkanzler kann unmöglich Befehl zu meiner Hinrichtung gegeben haben. Es ist ein entsetzliches Missverständnis. Der Graf von Ahlfeldt liebt mich sehr. Ich beschwöre Dich, mein lieber Nychol, lass mir das Leben! Ich werde bald wieder in Gunst sein und will Dir dann alle möglichen Dienste leisten ...«

»Du kannst mir nur noch einen Dienst leisten, Turiaf. Ich bin bereits um zwei schöne Hinrichtungen gekommen, die des Exkanzlers Schuhmacher und des Sohns des Vizekönigs. Ich habe nichts als Unglück. Jetzt sind mir nur noch Han der Isländer und Du übrig. Deine Hinrichtung bringt mir, als nächtlich und geheim, zwölf Dukaten ein. Lass mich also in Gottes Namen mein Geschäft verrichten, das ist der einzige Dienst, den ich von Dir erwarte.«

»O, mein Gott!«, rief der Verurteilte schmerzlich aus.

»Ich verspreche Dir, dass ich Dich nicht lange leiden lassen will. Ich werde Dich mit brüderlicher Zärtlichkeit hängen. Ergib Dich darein!«

Musdoemon stand auf, seine Nasenflügel waren weit geöffnet vor Wut, seine blauen Lippen zitterten, die Zähne klapperten aneinander, sein Mund schäumte.

»Satan!«, rief er ... »ich habe diesen Ahlfeldt gerettet! Ich habe diesen Bruder da umarmt! Und sie töten mich! Und ich soll sterben... bei Nacht ... in einem finsteren Kerker, ohne dass die Welt meine Verwünschungen hören, ohne dass meine Stimme von einem Ende des Königreichs zum anderen über sie donnern, ohne dass meine Hand den Schleier, der ihre Verbrechen bedeckt, zerreißen kann! Um diesen Tod zu erleiden, hätte ich mein ganzes Leben besudelt! Elender«, fuhr er zu seinem Bruder gewendet fort, »Du willst also Brudermörder werden?«

»Ich bin Henker!«, antwortete Nychol phlegmatisch.

»Nein!«, rief der Verurteilte aus und warf sich ingrimmig auf den Henker, und seine Augen spien Flammen und vergossen Tränen, wie ein in die Enge getriebener Stier. »Nein, so will ich nicht sterben! Ich will nicht als furchtbarer Drache gelebt haben, um mich zuletzt als elender Wurm zertreten zu lassen!«

Er würgte jetzt als Feind den, welchen er eben erst als Bruder umarmt hatte. Die Verzweiflung spannte alle seine Kräfte an; sie rangen miteinander, und es wäre schwer zu entscheiden gewesen, welcher der beiden Brüder scheußlicher war, der eine mit der stupiden Wildheit eines reißenden Tiers, der andere mit der verschmitzten Wut eines Teufels.

Die bis dahin teilnahmslos gebliebenen Hellebardiere traten jetzt ins Mittel. Sie standen dem Henker bei und rissen Musdoemon von ihm weg. Er warf sich der Länge nach auf die Erde, stieß ein entsetzliches unartikuliertes Geheul aus und kratzte sich die Nägel blutig.

»Sterben!« ... rief er ... »Ihr Geister der Hölle! Sterben, ohne dass mein Geschrei diese Hallen durchdringt, ohne dass meine Arme diese Mauern umstürzen! ...«

Man ergriff ihn, er leistete keinen Widerstand mehr. Man zog ihm seine weite Kleidung aus, um ihn zu binden. Ein versiegeltes Paket fiel auf den Boden.

»Was ist das?«, fragte der Henker.

Eine höllische Freude leuchtete aus dem grassen Auge des Verurteilten. »Wie konnte ich das vergessen!«, murmelte er. »Höre, Bruder Nychol«, fügte er mit fast freundschaftlicher Stimme hinzu, »diese Papiere gehören dem Großkanzler. Versprich mir, sie ihm einzuhändigen, und mache dann mit mir, was Du willst.«

»Weil Du jetzt ruhig bist, verspreche ich Dir Deine letzte Bitte zu erfüllen. Ich werde diese Papiere dem Großkanzler einhändigen, so wahr ich Orugix heiße.«

»Übergib sie ihm selbst«, fuhr Musdoemon boshaft lächelnd fort, »das Vergnügen, das sie dem Kanzler machen werden, kann Dir vielleicht von Nutzen sein.«

»Wirklich, Bruder! Ich danke Dir. Vielleicht kann ich dadurch königlicher Scharfrichter werden. Nun, wir wollen als gute Freunde scheiden. Ich verzeihe Dir, dass Du mich mit den Nägeln blutig gekratzt hast, verzeihe mir das hänfene Halsband, das ich Dir umknüpfen werde.«

»Der Kanzler hatte mir ein anderes Band versprochen«, antwortete Musdoemon.

Die Hellebardiere führten ihn jetzt geknebelt in die Mitte des Kerkers, und der Henker legte ihm die Schlinge um den Hals.

»Turiaf, bist Du bereit?«

»Noch einen Augenblick! Einen Augenblick!«, rief der Verurteilte aus, dessen Angst zurückgekehrt war. »Ich bitte Dich, Bruder, ziehe den Strick nicht eher an, bis ich es Dir sage.«

»Ich brauche den Strick nicht anzuziehen«, antwortete der Henker.

Eine Minute darauf wiederholte er seine Frage: »Turiaf, bist Du bereit?«

»Nur noch einen Augenblick! Muss ich denn sterben? ...«

»Turiaf, ich habe nicht länger Zeit zu warten.«

Orugix forderte die Hellebardiere auf, sich von dem Verurteilten zu entfernen.

»Noch ein Wort, Bruder! Vergiss nicht das Paket dem Grafen Ahlfeldt einzuhändigen.«

»Sei ruhig deshalb. Turiaf, bist Du bereit?«

Der Elende öffnete den Mund, um vielleicht noch eine Minute Leben zu erbetteln, aber der ungeduldige Henker bückte sich, drehte an einer Schraube, und der Boden öffnete sich unter den Füßen des Patienten, der Unglückliche verschwand im Abgrund, und man sah nur noch den schwankenden Strick, der in die dunkle Höhlung hinabhing. Tief unten hörte man Wasser rauschen. Ein schwacher Seufzer ertönte aus der Tiefe. Die Hellebardiere wichen entsetzt zurück.

»Es ist geschehen!«, sagte der Henker. »Fahre wohl, Bruder!«

Er zog ein Messer aus dem Gürtel und schnitt den Strick ab: »Fahre hin und nähre die Fische des Golfs.«

Der Henker schloss die Öffnung wieder. Als er sich aufrichtete, war der Kerker voll Rauch.

»Was ist das?«, fragte er die Hellebardiere. »Woher kommt dieser Rauch?«

Sie öffneten die Türe des Kerkers. Alle Gänge waren voll dicken Rauchs. Ein geheimer Ausgang führte sie in den viereckigen Hof, wo ein furchtbarer Anblick ihrer wartete.

Ein ungeheurer Brand, verstärkt durch den heftigen Westwind, verzehrte die Kaserne der Arkebusiere. Die Flamme schlug auf allen Seiten heraus.

Ein Kerkermeister, der in den Hof geflohen war, erzählte ihnen, dass das Feuer in Han des Isländers Kerker ausgebrochen sei, dem man unklugerweise Feuer und Stroh gegeben habe.

»Ich habe doch viel Unglück«, rief Orugix aus, »da entgeht mir nun wieder Han der Isländer. Der Wicht ist verbrannt, und ich bekomme nun nicht einmal seinen Körper, den ich doch mit zwei Dukaten erkauft habe!«

Die unglücklichen Arkebusiere, plötzlich aus dem Schlafe aufgeschreckt, drängten sich dem großen Tore zu, das verrammelt war. Man hörte ihr Angstgeschrei, man sah, wie sie an den Fenstern die Hände rangen. Viele stürzten sich in den Hof herab und fanden einen anderen Tod, als den durch die Flammen. Das furchtbare Element verbreitete sich durch das ganze Gebäude, ehe der übrige Teil der Besatzung zur Hilfe herbeieilen konnte. Man schlug das große Tor mit Äxten ein, aber es war schon zu spät; das ganze Dach stürzte zusammen und begrub die Bewohner des Hauses unter seinen Trümmern.

Am anderen Morgen waren von dem Gebäude nur noch die verbrannten und noch glühenden Mauern übrig. Von dem schönen Regiment der Arkebusiere von Munckholm entgingen nur etwa dreißig Mann dem Tode, aber die meisten waren Krüppel geworden.

In Han des Isländers Kerker fand man die Überreste eines menschlichen Körpers neben einem eisernen Rost und zerbrochenen Ketten.

XLVIII.

Bleich und niedergeschlagen ging der Graf von Ahlfeldt mit großen Schritten in seinem Zimmer auf und ab. Er zerknitterte mit seinen Händen ein Paket Briefe, das er eben durchlesen hatte, und stampfte mit dem Fuß auf den Boden.

Am anderen Ende des Gemachs stand, mit allen Zeichen tiefster Ehrfurcht, Nychol Orugix in seiner roten Kleidung, seinen Filzhut in der Hand.

»Du hast mir da einen Dienst geleistet, Musdoemon!«, murmelte der Kanzler mit verbissenem Zorn zwischen den Zähnen.

Der Henker hob schüchtern seinen stupiden Blick zu ihm empor: »Euer Gnaden sind also zufrieden?«

»Was willst Du da?«, fragte der Kanzler, indem er sich barsch umwandte.

Der Henker, stolz darauf, einen Blick des hohen Hauptes auf sich gezogen zu haben, lächelte voll Hoffnung: »Was ich will, Ew. Gnaden? Die Stelle des königlichen Scharfrichters zu Kopenhagen, wenn Euer Gnaden mir die guten Nachrichten, welche ich Ihnen gebracht habe, durch diese Gunstbezeugung vergelten wollen.«

Der Kanzlei rief die beiden Hellebardiere, die vor seiner Türe Wache hielten: »Greift diesen Schlingel da, der die Frechheit hat, mich zu verspotten!«

Die beiden Hellebardiere schleppten den bestürzten Nychol weg, der in der Angst noch zurückrief: »Aber, gnädiger Herr ...«

»Du bist nicht mehr Scharfrichter der Provinz Drontheimhus! Ich setze Dich ab«, rief ihm der Kanzler zornig nach und schlug die Türe hinter ihm zu.

Der Kanzler griff wieder zu den Briefen, es waren die Liebesbriefe, welche die Gräfin von Ahlfeldt mit Musdoemon gewechselt hatte. Das ist Elphegens Hand. Der Kanzler ersieht daraus, dass Ulrike nicht seine Tochter, der so sehr bedauerte Friedrich vielleicht nicht sein Sohn ist. Dieser Hochmut, die Ursache aller seiner Verbrechen, rächt sich jetzt an ihm selbst. Er wollte seine Feinde ins Verderben stürzen; er hat nur sein eigenes Ansehen, seinen eigenen Einfluss vernichtet. Er musste seinen bösen Ratgeber selbst dem Tode überliefern, und dieser rächte sich an ihm durch die Mitteilung, dass sein Weib eine Ehebrecherin sei.

Er gerät in Wut, er will die Elende noch einmal sehen; er will ihr ihre verbuhlten Briefe ins Gesicht werfen, ehe er sie verstößt. Er durcheilt mit schnellen Schritten die Zimmer des Palastes, er tritt wütend in ihr Gemach – und findet eine Wahnsinnige. Die Nachricht von dem schrecklichen Tode ihres Sohnes hatte sie der Vernunft beraubt.

XLIX.

Vierzehn Tage nach diesen Ereignissen kam Ordener Guldenlew, begleitet von Levin von Knud und Athanasius Munder in den Kerker des Löwen von Schleswig.

Schuhmacher ging eben im Garten mit seiner Tochter spazieren. Er drückte zärtlich Ordeners Hand und grüßte die beiden anderen.

»Junger Mann«, sagte der alte Gefangene, »der Himmel segne Deine Rückkehr!«

»Herr Graf«, erwiderte Ordener, »ich komme von Bergen von meinem Vater.«

»Was soll das heißen?«, fragte der erstaunte Greis.

»Das soll heißen, dass ich um die Hand Ihrer Tochter bitte.«

»Meiner Tochter!«, rief der alte Gefangene aus und wandte sich zu Ethel, die schamrot und zitternd da stand.

»Ja, Herr Graf, ich liebe Ihre Ethel.«

Schuhmachers Stirne umwölkte sich: »Du bist ein edler und würdiger junger Mann, mein Sohn. Dein Vater hat mir viel Böses zugefügt, aber ich verzeihe ihm um deinetwillen, und ich würde diese Heirat gerne sehen. Aber es ist ein Hindernis ...«

»Welches, Herr Graf?«, fragte Ordener unruhig.

»Du liebst meine Tochter, aber weißt Du auch, ob sie Dich liebt?«

Die beiden Liebenden betrachteten sich stumm vor Staunen.

»Ja«, fuhr der Vater fort, »es ist mir leid, denn ich liebe Dich und hätte Dich gerne meinen Sohn genannt. Aber meine Tochter wird nicht wollen. Sie hat mir neulich ihre Abneigung gegen Dich erklärt. Seit Deiner Abreise schweigt sie, wenn ich von Dir rede, und scheint den Gedanken an Dich zu vermeiden. Verzichte daher auf Deine Liebe. Die Liebe heilt sich, wie der Hass ...«

»Herr Graf! ...«, sagte Ordener bestürzt.

»Mein Vater!«, rief Ethel aus.

»Sei ruhig, meine Tochter! Diese Heirat gefällt mir, aber sie missfällt Dir. Ich will Dich nicht zwingen, mein Kind; seit vierzehn Tagen bin ich ein anderer Mensch. Du bist frei ...«

Athanasius Munder lächelte: »Sie ist nicht frei.«

»Sie irren sich, mein Vater«, fügte Ethel ermutigt hinzu, »Ordener ist mir nicht zuwider.«

»Wie!«, rief der alte Gefangene aus.

»Ich bin ...«, fuhr Ethel fort.

Sie hielt inne. Ordener kniete vor dem Greise nieder.

»Sie ist mein Weib«, sagte er. »Verzeihen Sie uns und segnen Sie Ihre Kinder!«

Der Greis, erstaunt und gerührt, gab dem vor ihm knienden Paar seinen Segen.

Man teilte ihm mit, wie alles gegangen war. Er weinte vor Rührung und Dankbarkeit gegen die Vorsehung, die alles zu einem glücklichen Ende gefühlt hatte.

»Ich hielt mich für weise«, sagte er, »ich bin alt, und das Herz eines jungen Mädchens war mir ein Rätsel!«

»Mein Sohn Ordener«, fügte er hinzu, »Du bist besser als ich, denn in den Tagen meines Glücks hätte ich mich gewiss nicht so tief herabgelassen, die Tochter eines armen Gefangenen zu heiraten, der Ehre und Güter verloren hat.«

Der General Levin schüttelte die Hand des Gefangenen und reichte ihm ein Paket zusammengerollter Papiere dar.

»Herr Graf«, sagte er, »reden Sie nicht so. Hier sind Ihre Adelstitel, welche Ihnen der König bereits durch Dispolsen zurückgeschickt hatte. Se. Majestät fügt das Geschenk Ihrer Begnadigung und Freiheit hinzu. Dies ist die Mitgift der Gräfin von Daneskiold, Ihrer Tochter.«

»Gnade! Freiheit!«, wiederholte Ethel entzückt.

»Gräfin von Daneskiold!«, fügte der Vater hinzu.

»Ja, Herr Graf!«, erwiderte der General, »Sie werden in Ihre Güter, Ehren und Würden wieder eingesetzt.«

»Wem danke ich dies alles?«, fragte der beglückte Greis.

»Dem General Levin von Knud«, antwortete Ordener.

»Levin von Knud! Ich sagte es ja, er ist der beste der Menschen. Aber warum ist er nicht selbst gekommen, mir mein Glück zu verkünden?«

»Hier steht er!«, sagte Ordener lächelnd und deutete auf den Gouverneur.

Welch rührende Szene, als die beiden Jugendfreunde sich wieder umarmten! Des alten Gefangenen Herz öffnete sich ganz. Als er Han den Isländer kennenlernte, hatte er aufgehört, die Menschen zu hassen; Ordener und Levin lehrten ihn sie lieben.

Ordeners heimliche Vermählung wurde durch prachtvolle Feste öffentlich gefeiert. Der Graf Ahlfeldt sah sie glücklich und dies war seine größte Strafe.

Athanasius Munder hatte auch seine Freude: Er erlangte die Begnadigung nicht nur der zwölf Verurteilten, sondern auch die Kennybols, Jonas und Norbiths, die frei und freudig in ihre Heimat zurückkehrten und den Bergleuten verkündeten, dass der König sie von der Vormundschaft befreit habe.

Schuhmacher erfreute sich nicht lange des Glücks seiner Kinder, sein Herz war unter den Wechselfällen dieser wenigen Tage zu sehr erschüttert worden; er starb in demselben Jahre. Man begrub ihn in der Kirche von Beer, einer Besitzung seines Tochtermanns in Jütland. Aus dem Ehebund Ordeners und Ethels entsprang die Familie der Grafen von Daneskiold.